Claudia Carroll
Die Ehe-Pause

W0289717

PIPER

Zu diesem Buch

Eigentlich sind Annie und Dan das absolute Traumpaar, aber kurz nach ihrer Hochzeit ist bei beiden irgendwie die Luft raus. Als Annie dann auch noch ein Jobangebot in New York bekommt, schmieden sie einen ungewöhnlichen Plan: Sie legen ein Jahr »Ehe-Pause« ein, Annie in New York, Dan in ihrem Heimatdorf in Irland. Jeder kann tun und lassen, was er will, der Phantasie sind keine Grenzen gesetzt. Die einzige Verpflichtung besteht darin, nach genau einem Jahr zu einer bestimmten Zeit im Rockefeller Center aufzutauchen – um endgültig gemeinsam über das Schicksal ihrer Ehe zu entscheiden …

Claudia Carroll lebt in Dublin und ist eine erfolgreiche Theater- und TV-Schauspielerin. Ihre Romane stehen ganz oben auf den irischen Bestsellerlisten und werden in zahlreiche Sprachen übersetzt.

Claudia Carroll

Die Ehe-Pause

Roman

Aus dem Englischen von
Karin Dufner

Piper München Zürich

Mehr über unsere Autoren und Bücher:
www.piper.de

Von Claudia Carroll liegt bei Piper vor:
Der männliche Makel

FSC
www.fsc.org
MIX
Papier aus verantwortungsvollen Quellen
FSC® C014496

Deutsche Erstausgabe
Oktober 2013

Titel der englischen Originalausgabe:
»Will you still love me tomorrow«, Avon,
a division of HarperCollins Publishers, London

Umschlaggestaltung und -motiv: bürosüd°, München
Satz: Kösel, Krugzell
Gesetzt aus der Granjon
Papier: Munken Print von Arctic Paper Munkedals AB, Schweden
Druck und Bindung: GGP Media GmbH, Pößneck
Printed in Germany ISBN 978-3-492-27407-4

Für Frank Mackey, in Liebe.
Das hier ist dein Jahr, Frankie, vergiss das bloß nicht!

Das Leben ist nichts als ein prachtvolles Lied,
ein Mischmasch aus gar vielen Szenien.
In der Liebe niemals ein Unheil geschieht,
und ich bin Marie von Rumänien.

Dorothy Parker
Not So Deep as a Well (1937)

Prolog

Der amerikanische Schriftsteller Henry David Thoreau hat einmal gesagt, die Mehrheit aller Menschen führe ein Leben in stiller Verzweiflung. Natürlich konnte er es damals noch nicht wissen, aber er hat offensichtlich mich gemeint.

Sich zu verlieben ist kinderleicht, jeder Idiot kriegt das hin. Nur mit dem Entlieben ist das so eine Sache.

Dazu braucht man Mut, Risikobereitschaft und eine gewisse Skrupellosigkeit, nicht nur im Umgang mit dem eigenen Herzen, sondern auch mit dem eines anderen Menschen. Dazu noch mit dem Herzen von jemandem, dessen schiere Existenz einem einst mehr bedeutet hat als das eigene Leben.

Und wenn Sie je mit dem Mann, mit dem Sie eigentlich bis ans Ende Ihrer Tage glücklich werden wollten, am Küchentisch gesessen und sich gefragt haben, warum Sie keine Schmetterlinge mehr im Bauch haben ... tja, dann können Sie sich vermutlich genau vorstellen, was ich derzeit durchmache.

Ich betrachte Dan schweigend über den Frühstückstisch hinweg, überlege, wann genau diese Kluft zwischen uns entstanden ist, und bekomme den Moment nicht zu fassen. Wann haben wir angefangen, »ich« statt »wir« zu sagen? Früher verstanden Dan und ich uns ohne Worte. Wir haben die Sätze des anderen beendet. Und einander das Essen weggegessen. Herrje, es gab sogar eine Zeit, in der wir ganz auf das Frühstück verzichteten und lieber eine weitere Stunde ineinander verschlungen im Bett verbrachten und uns bis zur Erschöpfung liebten.

Inzwischen bezweifle ich, dass er auch nur von seinem Sudoku in der *Times* aufblicken würde, wenn ich angezogen wäre wie Lady Gaga, ihm *Telephone* mit vollständigem Text vorsingen und dazu sämtliche Bewegungen aus dem Video nachmachen würde. Denn die traurige Wahrheit ist, dass unser gemeinsames Liebesleben nur noch eine ferne Erinnerung ist. Im Bett liegen wir nebeneinander wie zwei steinerne Figuren auf einem Sarkophag.

Das Problem in diesem Haus ist allerdings, dass es als positiv gewertet wird, einander aus dem Weg zu gehen. Als Zeichen von emotionaler Reife und Rücksicht. Wir beide wissen, dass wir uns durch ein Minenfeld bewegen, und zwar schon seit geraumer Zeit. Der Grundsatz lautet, dass eine Sache einfach wieder von selbst verschwindet, wenn man nicht darüber spricht.

Das Bedauerliche daran ist nur, dass ich befürchte, bald laut loszuschreien, wenn ich nicht endlich loswerden kann, was mir so durch den Kopf geht. Und das ist, dass mich der derzeitige Zustand unserer Ehe an das stete Piepsen eines Herzmonitors erinnert, der eine gerade Linie anzeigt.

Unsere Liebe ist klinisch tot.

Ich trinke einen Schluck Tee und blicke Dan an, ohne ihn wirklich zu sehen, während sich meine quälenden Gedanken überschlagen. Doch er ist so in seine Zeitung vertieft, dass er es nicht einmal bemerkt.

Offen gestanden, würden Sie schwören, dass wir eine Bilderbuchehe führen, wenn Sie von außen beobachten könnten, wie wir gemütlich schweigend frühstücken. Dan und Annie, Annie und Dan. Sogar unsere Namen passen gut zueinander. Wir sind jetzt schon fast die Hälfte unseres Lebens zusammen, was sich anhört, als wären wir eines dieser weißhaarigen Paare mittleren Alters mit Porzellanteint, die Werbung für Treppenlifte machen. Aber das stimmt nicht. Wir sind beide erst achtundzwanzig. Allerdings kann ich mich kaum noch an die Zeit erinnern, in der wir kein Paar waren.

Mit fünfzehn war er mein erster Freund, und ich war seine erste Freundin. Und nun, in einem Alter, in dem die meisten Freunde aus unserem alten Leben in der Stadt allmählich mit dem Gedanken spielen, zu heiraten und eine Familie zu gründen, haben Dan und ich uns nach all den Jahren nicht weiterentwickelt.

Dan greift nach einer weiteren Scheibe Toast. Als er meinen Blick auffängt, verzieht sich sein gebräuntes attraktives Gesicht besorgt.

»Alles in Ordnung, Liebling?«

Ich nicke, starre jedoch unverwandt auf das Aufbackbrötchen vor mir.

Es gibt so vieles, was ich ihm sagen müsste, und ich habe keine Ahnung, wo ich anfangen soll.

Ich möchte ihm erklären, dass ich genau weiß, wie der Tag ablaufen wird, obwohl er noch kaum angefangen hat. Er wird mehr oder weniger identisch mit dem gestrigen und dem vorgestrigen sein. Ich werde den Vormittag an einem Arbeitsplatz verbringen, der mir keine Freude macht und wo ich kaum etwas verdiene, nur damit ich aus dem Haus komme und, was das Wichtigste ist, beschäftigt bin. Denn beschäftigt zu sein ist immer gut. Beschäftigt zu sein bedeutet weniger Zeit zum Grübeln.

Auf dem Weg zur Arbeit werde ich vermutlich unserer Nachbarin Bridie McCoy begegnen, die mir in sämtlichen Einzelheiten das spannendste und dringendste aller Themen schildern wird – ihre Furunkel. So wie immer. Wenn ich die Buchhandlung am Ort betrete, wo ich eine Teilzeitstelle habe, wird meine Chefin mir im Scherz dieselbe Frage stellen wie jeden Tag. Wann genau soll es denn losgehen mit der Familiengründung? Immerhin bin ich knapp dreißig und mit Dan von der Stadt in das große Landhaus seiner Eltern gezogen. Und ich werde so reagieren wie sonst auch, nämlich indem ich geschickt das Thema wechsle und mich erkundige, ob sie heute Morgen lieber Jaffa Cakes oder HobNobs zu ihrem Tee möchte. Das klappt jedes Mal.

Wenn ich nach Hause komme, werde ich schon von Dans Mutter erwartet, die einen eigenen Haustürschlüssel hat. Sie wird sämtliche Zimmer kontrolliert haben und mir einen Vortrag darüber halten, dass der gute Tisch im Esszimmer täglich poliert werden müsse. Alternativ könnte eine Predigt über das korrekte Reinigen des Küchenherdes auf dem Programm stehen. Ich werde lächelnd die Zähne zusammenbeißen und mir vor Augen halten, dass The Moorings eigentlich ihr Haus und nicht meines ist, weshalb sie ein Recht darauf hat.

Später am Nachmittag erscheint dann Lisa Ledbetter, begleitet von einem Soundtrack aus Donnergrollen und einem schrillen in eine Orgel gedroschenen Mollakkord in meinem Kopf. Sie kommt ins Haus gestürmt und tut dasselbe wie immer, nämlich am Küchentisch Kaffee trinken und dabei über die Arbeitslosigkeit ihres Mannes jammern. So, als hätte er diesen Zustand absichtlich und nur um sie zu ärgern provoziert. Übrigens ist Lisa hier im Ort aufgewachsen und eine alte Sandkastenfreundin von Dan. Wir sind gleichaltrig, und es herrscht die allgemeine Auffassung, dass wir beide die besten Freundinnen sind.

Doch lassen Sie mich diesen Eindruck sofort berichtigen und feststellen, dass jegliche Freundschaft zwischen uns nichts weiter als ein absoluter Mythos ist. Denn Lisa vereint, wie Sie wissen sollten, interessanterweise Bedürftigkeit, Hilflosigkeit und Anspruchsdenken in einer Person, gehört also zu den Leuten, die sich nicht sträuben, wenn ihre Mitmenschen ihnen die ganze Arbeit abnehmen. Babysitten, das Zubereiten von Mahlzeiten für sie und ihre Kinder, Sie können es sich sicher denken. Hin und wieder bittet sie Dan um Geld, um ihre Rechnungen zu bezahlen, auch etwas, wobei sie nicht die geringsten Skrupel hat.

Also sitze ich da, lausche voller Mitgefühl und nicke wie immer an den geeigneten Stellen mit dem Kopf. Währenddessen konzentriere ich mich darauf, mich nicht von ihr aussaugen zu lassen, wie sie es immer tut.

Später schneit Jules, Dans flatterhafte jüngere Schwester, herein, plündert den Kühlschrank und errichtet sich dann vor dem Fernseher mit Bier, Nachos und den Resten von gestern Abend ein kleines Cockpit. Sie hat gerade das College abgebrochen und scheint nicht sonderlich darauf zu brennen, sich eine andere Beschäftigung zu suchen. Arbeit zum Beispiel, Gott behüte. Jetzt hat sie nämlich alle Zeit der Welt, in unserem Wohnzimmer herumzulungern und pausenlos Seifenopern zu glotzen. Sie benimmt sich wie eine Untermieterin, nur dass sie keine Miete bezahlt.

Verstehen Sie mich nicht falsch, das ist für mich eigentlich der schönste Teil des Tages, hauptsächlich deshalb, weil ich Jules mag. Von allen hier habe ich sie wirklich am liebsten, denn sie ist temperamentvoll, schlagfertig und hat Humor.

Inzwischen wissen Sie sicher, worauf ich hinauswill. Dans Familie und Freunde kommen und gehen, wie es ihnen passt.

Das sind eben offenbar die Freuden des Kleinstadtlebens. Und hier in dem winzigen, im County Waterford gelegenen Bilderbuchdorf namens Stickens (es heißt wirklich so, schlagen Sie es doch nach, wenn Sie mir nicht glauben ...) ist Privatsphäre im wahrsten Sinne ein Fremdwort. Wirklich, wenn ich morgens beim Verlassen des Hauses auch nur niese, haben bis mittags mindestens drei wohlmeinende Nachbarn angerufen, um sich nach meiner Grippe zu erkundigen.

In Stickens gibt es keine Geheimnisse.

Man muss Dan der Fairness halber zugestehen, dass er hier aufgewachsen ist, daher Hinz und Kunz kennt und die Banalitäten des Dorfalltags genießt. Übrigens ist er der Tierarzt hier am Ort. So wie sein Vater vor ihm und davor dessen Vater. Bei Dan ist es Berufung. Er liebt seinen Job abgöttisch und gehört zu den Menschen, die sich keine Sekunde lang vorstellen können, dass es Leute gibt, denen es anders geht.

Doch als sein Dad vor gut drei Jahren starb ... nun, da nahm die Katastrophe ihren Lauf. Mein Mann erbte die baufällige alte Familienvilla, die auch die Praxis beherbergt und für seine Mutter allein viel zu groß und mit zu viel Arbeit verbunden war. Deshalb haben Jules und sie eine kleinere Wohnung im Dorf bezogen, was hieß, dass uns nichts anderes übrig blieb, als unser schönes, glückliches Leben in Dublin aufzugeben und uns in Dans Elternhaus niederzulassen. Es war nicht nur die richtige Entscheidung, sondern die einzige Alternative.

Die Sache mit Dan ist nämlich, dass er offiziell den Titel

Nettester Mann der Welt innehat. Das sagen alle. Es dauert zwar ein wenig, bis man seine Zuneigung gewinnt, wenn man es allerdings erst einmal geschafft hat, bleibt sie einem ein Leben lang erhalten. Nach dem Tod seines Vaters wollte er unbedingt so nah wie möglich bei seiner Mutter und seiner Schwester sein, die er übrigens beide weiterhin finanziell unterstützt. Er ist so etwas wie ein Ein-Mann-Wohlfahrtsstaat.

Aber so ist Dan eben; er ist glücklich, wenn er anderen helfen kann.

Wir kriegen das hin, habe ich damals aufmunternd zu ihm gemeint, obwohl das bedeutete, dass ich meine Schauspielerkarriere auf Eis legte, als wir unsere Freiheit in der Stadt aufgaben und den Umzug vorbereiteten. Klar, solange wir zusammen sind, können wir alles meistern, beteuerte ich. Und wenn ich ein Rollenangebot bekomme, pendle ich eben nach Dublin.

Denn unsere Ehe ist das Wichtigste. Oder?

Doch wie bereits gesagt, sind seitdem gut drei Jahre vergangen. Inzwischen haben sich die Eckpunkte verschoben. Und zwar sehr. Erstens hat es sich als um einiges umständlicher entpuppt als erwartet, nach Dublin und wieder zurück zu fahren, sobald sich auch nur die Chance auf eine Rolle ergibt. Und so beschäftige ich mich eben anderweitig. Mittlerweile habe ich fast alles durch, was in Stickens jobmäßig geboten ist. Hin und wieder ein Schauspielkurs für die Schulkinder hier am Ort. Eine Teilzeitstelle im Blumengeschäft. Ich habe alles ausprobiert.

Tatsache jedoch ist, dass ich nur auf der Stelle getreten habe, anstatt das zu tun, was ich wirklich will. Im Grunde meines Herzens war mir schon immer klar, dass ich, wenn ich wirklich als Schauspielerin arbeiten möchte, in der Stadt wohnen muss, wo es Rollenangebote gibt. Ganz zu schweigen von all meinen alten Freunden. Natürlich halten wir per SMS, Telefon und E-Mail Kontakt, und Skype ist inzwischen aus meinem Leben nicht mehr wegzudenken. Aber das ist nicht dasselbe, wie jemanden ständig zu sehen, oder?

Dauernd flehe ich meine alten Freunde an, mich zu besuchen. Wenigstens übers Wochenende. Und der Fairness halber muss ich sagen, dass die meisten der Einladung einmal gefolgt sind. Das Problem in Stickens ist nur, dass abends nicht unbedingt viel geboten ist. Außer einigen Pubs, in denen die Gäste ein Durchschnittsalter von achtzig haben, kann man nirgendwo hingehen.

Vergessen Sie nicht, dass wir hier von einem winzigen Dorf sprechen, wo ein Spar-Markt, Zeitungskioske und eine große Uhr mitten in der Main Street die Hauptsehenswürdigkeiten sind. Daher ist es nicht weiter verwunderlich, dass meine Dubliner Freunde mir nur selten und nur in größeren Abständen einen Besuch abstatten.

Aber es tut mir gut, Kontakt zu unserem alten Freundeskreis zu halten. Ich freue mich, wenn meine Freundinnen mir erzählen, was in der Stadt so los ist und wie wunderbar sich ihre Karrieren entwickeln. Am liebsten höre ich ihre Berichte direkt von der Singlefront. Selbst wenn ihre Romanzen nicht immer nach Plan laufen, mischen sie sich wenigstens unters Volk, amüsieren sich, verlieben sich, lassen sich das Herz brechen, rappeln sich wieder auf und werfen sich erneut ins Getümmel … so wie es in unserem Alter eben normal ist.

Manchmal habe ich das Gefühl, dass sie mich als frühzeitig gealterte Hausfrau in geblümter Küchenschürze mit passenden Tischdecken sehen. »Aber du bist doch verheiratet!«, rufen sie aus. »Warum sitzt du nicht zu Hause und wirst dick?«

Am liebsten würde ich ihnen die Wahrheit sagen, nämlich dass ich eigentlich nur geheiratet habe, weil ich mit jemandem alt werden wollte. Doch stattdessen lache ich nur und witzle, eine jungfräuliche viktorianische Braut in einer arrangierten Ehe hätte vermutlich mehr von der Welt gesehen als ich, bevor ich vor den Traualtar trat. Dann ziehen mich alle auf und erinnern mich daran, was für ein Glückspilz ich bin. Schließlich hätte ich nicht nur einen tollen Typen geheiratet, sondern den allertollsten Typen von allen, oder?

Das Herzzerreißendste daran ist, dass es stimmt – das habe ich wirklich.

Die Sache ist nur, dass man immer denkt, die anderen hätten es besser getroffen als man selbst.

Oft denke ich, dass Dan hier ein viel leichteres Leben hat als ich. Schließlich ist er von seiner Familie und seinen Freunden umgeben, die er von Kindesbeinen an kennt. Manche Menschen führen ein Leben, das bis ins letzte Detail für sie vorausgeplant wurde. Bei Dan trifft das zu, und er ist damit völlig zufrieden. Aber wenn ich ehrlich bin, fällt mir nach drei langen Jahren hier die Decke auf den Kopf.

Trotz meiner übermenschlichen Anstrengungen, dazuzugehören und eine gute Ehefrau und eine halbwegs annehmbare Schwiegertochter und Schwägerin zu sein … schwöre ich, dass ich an manchen Tagen das Gefühl habe zu ersticken. Dann glaube ich, keine Luft mehr zu kriegen.

Und was noch schlimmer ist: Ich werde sterben, ohne das Leben gelebt zu haben, das ich mir erträumt habe.

Allein das Klappern, wenn Dan die Kaffeetasse auf die Untertasse stellt, genügt beinahe, dass ich zu schreien anfange.

Obwohl ich über so vieles mit ihm sprechen muss, sitzen wir nur schweigend da. Wie ein altes Ehepaar, das sich schon seit Jahren nichts mehr zu sagen hat.

Und plötzlich kommt mir ein anderer äußerst unangenehmer Gedanke: Werden wir in zwanzig Jahren auch so weit sein? Denn wie ich es sehe, sind wir genau auf dem richtigen Weg dorthin. Da er rund um die Uhr arbeitet, haben gemeinsame Mahlzeiten Seltenheitswert. Und weil seine Familienmitglieder dieses Haus noch immer als ihres betrachten und hereingeplatzt kommen, wann es ihnen gefällt, haben wir kaum Gelegenheit, miteinander allein zu sein. Ganz zu schweigen von seinen Mitarbeitern, die unser Haus als eine Mischung von rund um die Uhr geöffneter kostenloser Kantine und Hotel nutzen. Und nun vergeuden wir diese kostbare Gelegenheit, endlich einmal zu reden, damit, dass er mit seiner verdammten Zeitung raschelt und ich finster ins Leere starre ...

Dan hebt den Kopf und fängt wieder meinen Blick auf. Ein winziger Hoffnungsschimmer. Vielleicht ist unsere Liebe ja doch noch zu retten ...

»Annie?«

»Ja?«

Los, Dan, mach schon ... komm mir ein Stückchen entgegen.

»Denk doch bitte daran, die Antipilzsalbe gegen die Scherpilzflechte der Katze abzuholen.«

Ich fasse es nicht.

Unglaublich. Einfach unglaublich.

Als ich nicht antworte, legt er die Zeitung beiseite und sieht mich einen Augenblick lang wirklich an.

»Alles in Ordnung?«, fragt er besorgt.

Und ich Feigling mache einen Rückzieher.

Ich zaubere ein höfliches gefrorenes Lächeln auf mein Gesicht und schaffe es sogar, dass es meine Augen erreicht.

»Alles bestens.«

Aber das ist gelogen.

Gar nichts ist bestens.

Kapitel eins
Winter

Gut, zwei Dinge sollten Sie über mich wissen. Erstens bin ich nicht der Mensch, der aus einer Laune heraus seine gesamte Zukunft aufs Spiel setzt. Und zweitens habe ich durch das Leben in Stickens eines gelernt: Je mehr man die eigenen Erwartungen herunterschraubt, umso geringer ist die Wahrscheinlichkeit, enttäuscht zu werden. Und vor allem darf man niemals, ich wiederhole, niemals damit rechnen, dass hier in der Provinz ein Wunder geschieht.

Man kann sich also vorstellen, dass es mich erschreckt wie ein Blitz aus heiterem Himmel, als um halb zwölf Uhr vormittags mein Mobiltelefon unablässig zu läuten beginnt.

Ich stehe im staubigen Hinterzimmer der Buchhandlung auf einer Leiter und räume Ausgaben einer neuen, sehr angesagten Serie für junge Erwachsene ins Regal, die hoffentlich den dringend benötigten Weihnachtsumsatz ankurbeln wird. Denn wenn man bedenkt, dass es bis dahin nur noch ein paar Wochen sind, laufen die Geschäfte erschreckend schlecht. Heute Morgen hat mir Agnes Quinn, die Inhaberin, mitgeteilt, es tue ihr zwar sehr leid, aber sie glaube nicht, dass sie mich nach den Feiertagen weiterbeschäftigen könne.

Natürlich sei das nicht ihre Schuld, wie sie mir ausführlich erklärte. Den Leuten sitze der Geldbeutel eben nicht mehr so locker wie früher ... heute bestellten immer mehr Kunden ihre Bücher im Internet ... Amazon schnüre ihr die Luft ab … die Mieten seien zu hoch … die Rezession sei noch nicht ganz überstanden … bla, bla, bla …

Ich kenne diese Geschichte nur allzu gut und habe Verständnis für Agnes. Kopf hoch, sage ich aufmunternd. Sehen Sie doch einmal die positive Seite. Ja, die Geschäfte laufen nicht sehr gut, meine ich freundlich zu ihr. Aber überlegen Sie mal. Nun haben Sie wenigstens Zeit, an Ihrem Buch weiterzuschreiben. Ihre Pausbäckchen röten sich wie immer, wenn man sie an ihr noch immer unvollendetes Opus erinnert. Übrigens ist es ein Kochbuch. Agnes hat sich die letzten drei Jahre durch die Kochrezepte ihrer Großmutter gearbeitet und will sie veröffentlichen.

»Die Stelle hier wird Ihnen sicher nicht fehlen, Annie, mein Kind.« Sie steht an der Kasse und zwinkert mir wissend zu. »Jetzt haben Sie viel mehr Zeit, um sich in The Moorings Ihrer Verwandtschaft zu widmen, richtig?«

Ich reagiere so wie immer – lächelnd und schweigend.

Dann reißt sie einen Pappkarton auf, der gerade geliefert wurde, und seufzt enttäuscht auf. »Oh, schauen Sie nur, noch mehr Bücher.« Sie klingt, als hätte sie Petunien erwartet.

In diesem Moment spüre ich, wie mein Mobiltelefon in der Tasche vibriert. Ich achte nicht darauf, sondern räume weiter Regale ein. Sicher ist es Audrey, meine Schwiegermutter, die mich von meinem Haus aus anruft, um mir mit ihrer brüchigen, dünnen Kleinmädchenstimme etwas vorzujammern, wie sie es jeden Tag tut. Und dabei weiß sie sehr wohl, dass ich in der Arbeit keine Privatgespräche annehmen darf.

Gut, es gibt drei mögliche Gründe für ihren Anruf: a) Sie möchte mich auf ihre bewährte passiv-aggressive Methode zur Schnecke machen, weil ich noch immer keinen Weihnachtsbaum aufgestellt habe. b) Sie hat wieder einen kleinen

Anfall von »Unwohlsein«, weshalb ich dringend sofort nach Hause kommen muss, obwohl ich arbeite. Es ist ja nicht so, dass sie nicht selbst eine Tochter hätte, die ihr rund um die Uhr zur Verfügung steht, weil sie arbeitslos ist, weshalb sie viel mehr Zeit hat als ich. Und trotzdem ruft sie immer mich an, als sei ich eine Art Nikotinpflaster für ihre Nerven.

Die schlimmste Möglichkeit wäre natürlich c). Wenn Audrey die Anlässe ausgehen, mir Schuldgefühle zu machen, sie aber trotzdem das Bedürfnis hat, sich an mir abzureagieren, durchsucht sie in meiner Abwesenheit das ganze Haus und beschuldigt mich dann, ich hätte angeblich hinter ihrem Rücken etwas verändert. Ein paar verrutschte Möbel oder umgestelltes Porzellan auf der Küchenanrichte fallen übrigens bereits in diese Kategorie. Und wenn ich versuche, besagte Veränderung abzustreiten, schüttelt sie ihr liebstes Beschwerdethema aus dem Ärmel, nämlich dass ich die Frechheit hatte, die geblümte Tapete von den Schlafzimmerwänden zu entfernen und selbige stattdessen cremefarben zu streichen. Das ist nicht gelogen. Als ich sie damals nach oben führte, um ihr in meiner frisch verheirateten Unschuld stolz mein Werk zu präsentieren, ist die gute Frau beinahe geplatzt. Der Hausarzt musste kommen und ihr ein Beruhigungsmittel verabreichen. Bis heute reibt sie mir dieses Schwerverbrechen unter die Nase.

Das war, nebenbei bemerkt, der einzige Eingriff in die Gestaltung des Hauses, den ich seit dem Umzug vorgenommen habe. Der erste und auch der letzte. Wie konnte ich nur auf den Gedanken kommen, so kaltherzig zu sein? Nie werde ich vergessen, wie Audrey wimmernd und einer Ohnmacht nah auf dem Sofa lag und mich anklagend ansah. Ich hätte nicht nur die Atmosphäre des Raumes völlig zerstört, schniefte sie, sondern wisse auch nicht zu schätzen, dass diese Tapete bereits bei ihrem Einzug als junge Braut da gewesen sei.

Oh … vermutlich irgendwann im frühen achtzehnten Jahrhundert.

The Moorings ist, wie ich hinzufügen muss, eine riesige angejahrte Villa mit acht Zimmern. Gnadenlos viktorianisch und von einer abweisenden Mauer aus Granit umgeben. Für so ein Haus würde jemand, der einen Drehort für einen Agatha-Christie-Film mit Hercule Poirot sucht, einen Mord begehen. Die Innenausstattung lässt sich am besten mit »frühe Thatcher-Jahre« beschreiben. Ein wahrer Jammer, denn mit ein wenig Arbeitseinsatz könnte ich wirklich etwas aus dem Haus machen, wenn man mich denn ließe. An The Moorings ist alles intakt und genau so, wie es sein sollte: die Gewölbe, das Mauerwerk und die beeindruckenden fünf Meter hohen verputzten Decken. Allerdings legt sich der altmodische, längst überholte Geschmack eines anderen Menschen darüber wie eine Decke. Folglich fühle ich mich in meinem eigenen Zuhause wie ein Gast.

Das Problem ist, dass Audrey sich seit dem Tod von Dans Vater Königin Viktoria zum Beispiel nimmt und alles in dem Zustand belassen will, in dem es zu seinen Lebzeiten war – es ist ein bewohntes Mausoleum. Trauernde Menschen tun manchmal merkwürdige Dinge, meinte Dan nach dem Tapetendebakel verständnisvoll zu mir, worauf ich mich wortreich entschuldigte und feierlich schwor, niemals etwas zu tun, das eine Wiederholung dieser Szene hervorrufen könnte. Mir bleibe nichts anderes übrig, als mir auf die Zunge zu beißen und Audrey zu unterstützen, solange sie das brauche. Wir müssten Geduld mit ihr haben, sagte Dan zu mir. Gemeinsam könnten wir ihr helfen, darüber hinwegzukommen.

Natürlich war das etwa um die Zeit, als er anfing, sich zu verdrücken, um fünfzehn Stunden am Tag zu arbeiten. Er kommunizierte nur noch per Post-its an der Kühlschranktür mit mir, auf denen stand, ich müsse nicht aufbleiben, um auf ihn zu warten, da es spät werden könne. Selbstverständlich besuchte Jules damals noch das College, weshalb man ihr nicht zumuten konnte, auch nur einen Finger krumm zu machen.

Was hieß, dass es ganz allein an mir hängen blieb, mich mit Audrey herumzuschlagen.

Versuchen Sie mal, in einem Mausoleum zu leben, mit einer Schwiegermutter, die es noch immer für ihr Zuhause hält, und einem Mann, der nie da ist. Und der, wenn doch, kaum mit einem spricht.

Los, ich möchte Sie mal in dieser Lage erleben.

Nun wieder zurück zur Buchhandlung, wo mein Mobiltelefon immer weiter läutet und ich es standhaft ignoriere, wobei ich mich zum wohl tausendsten Mal frage, ob Audrey überhaupt eine Vorstellung von angemessenem Verhalten am Arbeitsplatz hat. Man kann keine Telefonate annehmen, wenn man arbeiten muss. Allerdings ist genau das der springende Punkt; für sie gilt das, was ich tue, nicht als »Arbeit«. In ihren Augen ist es ein richtiger, anständiger Beruf, wenn man Tierarzt ist wie Dan, während ich nur ein bisschen jobbe. Nur für den Fall, Gott behüte, dass ich mir etwas darauf einbilden sollte.

Gegen Mittag ist so wenig los, dass die arme, besorgte alte Agnes mir sagt, ich könne für heute Schluss machen.

Um kurz vor eins habe ich wieder Gelegenheit, die Nachrichten auf meinem Telefon abzufragen.

Zu meiner Überraschung ist keine einzige von Audrey.

Angezeigt ist hingegen eine Dubliner Nummer, die ich

schon seit einer gefühlten Ewigkeit nicht mehr am Apparat hatte. Eine gewisse Hilary Williams. Auch bekannt als … dramatischer Trommelwirbel … meine Agentin.

Okay, hier eine Kurzbeschreibung von Hilary: Erstens war sie gar nicht begeistert über meine Entscheidung, nach Stickens zu ziehen. Sie ist über sechzig, eine Altachtundsechzigerin und Feministin. Bei der bloßen Vorstellung, dass ich meine beginnende Theaterkarriere opferte und, Gott bewahre, tatsächlich meiner Ehe den Vorzug gab, hätte sie sich beinahe in ein abgedunkeltes Zimmer gelegt, ein paar Tabletten genommen und Delfinmusik aufgelegt.

Außerdem qualmt sie am Tag mindestens sechzig Zigaretten. Sie ist der einzige Mensch, den ich kenne, der tatsächlich Demonstrationen gegen das Rauchverbot organisiert hat. Alle ihre Klienten wissen, dass man sich nur mit mindestens zwei Päckchen unter dem Arm in ihr Büro wagen darf.

Deshalb klingt ihre Stimme normalerweise dunkel, kehlig und rau, ja fast ein wenig wie die eines Mannes, aber … nicht heute. Sie hat mir vier Nachrichten hinterlassen, und zwar in einem Tonfall, der dazu geeignet ist, Menschen aus dem Schlaf zu reißen.

»Mein Gott, Annie, warum rufst du mich nicht zurück? Kannst du dich gnädigerweise bei mir melden? Und zwar … jetzt?«

Ich höre die Nachricht ab, rufe sie sofort zurück … und springe auf der Stelle ins Auto.

Und dann mache ich mich in blitzartiger Geschwindigkeit auf die lange, lange Fahrt nach Dublin.

Wenn man sich ans Tempolimit hält, braucht man von Stickens nach Dublin gute drei Stunden, und glauben Sie mir, es ist keine Strecke für zaghafte Menschen. Den Großteil kann man zwar auf der Schnellstraße zurücklegen, doch zuerst muss man mehr als fünfundsiebzig Kilometer auf schmalen, kurvigen Landstraßen hinter sich bringen. Jedenfalls schaffe ich es, aufgepeitscht vom Adrenalin, a) ein Höllentempo vorzulegen, b) nicht von der Polizei erwischt zu werden und c) meinen eigenen Rekord zu brechen, indem ich, das Gaspedal durchgetreten und mit wild klopfendem Herzen, die Stadt in knapp zweieinhalb Stunden erreiche.

Am späten Nachmittag komme ich in Dublin an, entgehe dem schlimmsten Berufsverkehr und ergattere auf wundersame Weise einen Parkplatz in einem rund um die Uhr geöffneten Parkhaus, direkt in der Innenstadt und ganz in der Nähe von Hilarys Büro. Obwohl ich völlig durchgeschwitzt bin und kurz vor einem Herzinfarkt stehe, erinnere ich mich zu meinem eigenen Erstaunen sogar daran, die obligatorischen Marlboro Lights für sie zu besorgen.

»Annie, beweg deinen Arsch hierher und setz dich!«, lautet ihre Begrüßung. Das mag ein wenig unfreundlich klingen, muss bei Hilary allerdings eher als Liebesbeweis gewertet werden. Ich gehorche, trete ein und überreiche ihr, während wir einen Luftkuss austauschen, brav die Zigaretten.

Es ist über drei Jahre her, dass ich das letzte Mal einen Fuß in dieses Büro gesetzt habe. Seit unserem letzten Telefonat ist mindestens ein Jahr vergangen. Daher empfinde ich es als beruhigend, dass sich hier zum Glück kaum etwas verändert hat, obwohl ich so lange aus dem Verkehr gezogen war. Hilary hat noch immer dieselbe graue Igelfrisur, dieselben grauen Hosenanzüge, dieselbe dazupassende graue Hautfarbe. Dieselbe scharfe Zunge und dieselbe Reizbarkeit. Oh, und sie raucht noch immer Kette, als ernähre sie sich von den Dingern.

Ach, und noch etwas, bei ihr gibt es niemals Small Talk. Zeit ist Geld, weshalb sie immer sofort auf den Punkt kommt. Sie lässt sich hinter ihrem Schreibtisch nieder, wirft ein dickes Skript vor mich hin und beugt sich dann vor, um mich gründlich unter die Lupe zu nehmen.

»Sehr gut.« Mit einem Nicken mustert sie mich so prüfend wie ein Schönheitschirurg, während sie sich eine Zigarette anzündet.

»Äh … Verzeihung, Hilary … was ist sehr gut?«

»Du siehst noch genauso aus wie auf der Porträtaufnahme in deinem Lebenslauf. Das Einsiedlerleben auf dem Lande hat dich optisch kaum verändert. Wenigstens etwas.«

Ich kann aus dieser Bemerkung nur schließen, dass sie befürchtet hat, ich könnte in schlammigen Gummistiefeln, mit Stroh in den Haaren und einer Mistgabel in der Hand in ihrem Büro erscheinen. Obwohl das normalerweise der Wahrheit ziemlich nah kommt (Stickens ist nicht unbedingt Paris während der Modewoche), habe ich heute nicht die üblichen Jeans mit Wollpullover an, sondern mein bestes Buchhändlerinnenoutfit: einen warmen Wollmantel, ein Wickelkleid und einigermaßen ordentliche Stiefel ohne Schlammspritzer.

»Nein«, brummt sie. »Du siehst noch immer aus wie die Annie Cole von früher. Was eine gute Nachricht ist. Weil wir genau das brauchen.«

Die Wände ihres Büros sind mit Schwarz-Weiß-Fotos all ihrer Klienten bedeckt, und ich kann mein eigenes durch die Rauchschwaden erkennen. Es ist vor über vier Jahren entstanden, doch außer ein paar Falten und einigen überzähligen Pfunden … nein, sehr verändert habe ich mich nicht. Dieselbe dunkle Haut, dasselbe lange, dunkle, in der Mitte gescheitelte und störrische Haar. Um es zu glätten, braucht man so viel Haarspray, dass die Ozonschicht aufschreit. Also alles genauso wie früher.

Komisch, aber der Anblick meines Fotos erinnert mich immer daran, wie sehr Dan und ich uns ähneln. Wir haben die gleiche Augenfarbe, Dunkelbraun, und beinahe könnten wir als Bruder und Schwester durchgehen. Oder wie Jules es so zartfühlend ausdrückt: Ich sehe aus wie er in Frauenklamotten.

Autsch.

»Okay, jetzt zum Geschäftlichen«, beginnt Hilary, beugt sich vor und legt die Zigarette am Rand eines Aschenbechers ab. »Die Arbeiten von Jack Gordon sind dir doch sicher ein Begriff.«

»Du meinst den Jack Gordon? Willst du mich auf den Arm nehmen? Ja, klar, natürlich sind mir die ein Begriff. Ich bewundere ihn«, platze ich heraus und frage mich, was das wohl werden wird.

Jack Gordon ist übrigens einer der jüngsten und angesagtesten Theaterregisseure in der Stadt und unbeschreiblich erfolgreich. Das ist kein Scherz. Schauspieler würden ihr letztes Hemd hergeben, nur um bei ihm vorsprechen zu dürfen, geschweige denn um für ihn zu arbeiten. Seine Inszenierungen sind stets rasant, provokant und unweigerlich Stadtgespräch der Kulturbeflissenen. Kurz und gut, er ist der Alexander McQueen der Theaterwelt.

»Dann lies das«, sagt Hilary und wirft mir ein gebundenes Manuskript zu.

Ich werfe einen Blick auf den Titel. *Hochzeitsglocken*. Von einem Dramatiker, dessen Name mir nicht vertraut ist.

»Es ist eine Mischung aus Komödie und Drama und wird

sicher ein großer Erfolg«, fährt Hilary fort. »Die Handlung spielt in einem Wellnesshotel, wo eine Gruppe von Frauen verschiedenen Alters, aber alle aus derselben Familie, ein Wochenende lang einen Junggesellinnenabschied feiern, weil die eine von ihnen heiraten wird. Die Premiere fand im Oktober im National Theatre im Rahmen des Theaterfestivals statt, und die Vorstellungen sind noch immer ausverkauft.«

Allmählich klingelt bei mir etwas.

»Ja, richtig ... ich habe die Kritiken in der Zeitung gelesen«, erwidere ich aufgeregt, greife nach dem Manuskript und blättere darin herum.

Hilary zieht die Augenbrauen hoch, als könne sie es nicht fassen, dass wir in Stickens tatsächlich Zeitungen kaufen, anstatt per Brieftaube mit der Außenwelt zu kommunizieren. Doch das kümmert mich nicht, da ich inzwischen aufgeregt auf der Stuhlkante sitze und mich frage, was all das nur mit mir und meiner beschaulichen Welt zu tun haben mag. Das Stück läuft bereits, weshalb ich wohl kaum dafür vorsprechen kann, oder? Wäre ich da nicht ein paar Monate zu spät dran?

»Heute Abend um Punkt halb acht hebt sich der Vorhang. Ich habe bereits einen Platz für dich ergattert und möchte, dass du erscheinst«, spricht Hilary weiter und zieht so heftig an ihrer Zigarette, dass sich der Rauch fast aus ihren Zehen kräuselt. »Dann kannst du wieder zurück in die Prärie ...« Ich lasse ihr diesen Kommentar aus diplomatischen Gründen durchgehen. »... wo du die restliche Nacht damit verbringen wirst, das Manuskript zu lesen, als ob es um dein Leben ginge. Dann, morgen Nachmittag.«

»Aber, Hilary, ich verstehe nicht ganz ... das ergibt doch keinen Sinn. Die Rollen sind bereits besetzt, das Stück läuft ...«

»Wenn du mich vielleicht ausreden lassen würdest. Ich wollte dir soeben erklären, dass eine der Darstellerinnen gerade gekündigt hat. Sie ist schwanger und wird sehr bald aus der Produktion aussteigen. Offenbar ist sie schon im vierten Monat, und die Schwangerschaft lässt sich leider nicht mehr leugnen. Außerdem wirst du, wenn du das Stück liest, feststellen, dass die Rolle körperlich ziemlich anspruchsvoll ist, weshalb ihre Ärzte ihr geraten haben, so schnell wie möglich aufzuhören. Natürlich wegen der Gesundheit und Sicherheit des Babys.«

»Schwanger?«, wiederhole ich verdattert.

»Und jetzt kommst du ins Spiel. Jack Gordon hat sich daran erinnert, dich vor vielen Jahren in *Die zwölfte Nacht* gesehen zu haben. Das war natürlich, bevor du beschlossen hast, in Frührente zu gehen.«

Wieder beiße ich mir auf die Zunge und gehe nicht darauf ein. Im Moment bin ich viel zu aufgeregt, um mir die Mühe zu machen, mein Leben zu verteidigen.

»... und er glaubt, dass du dich vielleicht für die Rolle eignest ...«

»Das hat er tatsächlich gesagt?« Meine Stimme überschlägt sich fast, so sehr erstaunt es mich, dass sich der große Jack Gordon überhaupt noch an mich erinnert.

»Wenn du vielleicht einmal zwei Sekunden am Stück den Mund halten könntest, hätte ich die Möglichkeit, die wirklich gute Nachricht loszuwerden. Jack lässt diese Woche nur drei Schauspielerinnen für die Rolle vorsprechen. Und du, mein Kind, bist eine der drei Glücklichen.«

Zum ersten Mal seit meiner Ankunft stehe ich so unter Schock, dass ich keinen Ton mehr herauskriege.

Ich verlasse Hilarys Büro und schaffe es irgendwie, mich in einen Starbucks zu schleppen, wo ich mir eine stille Ecke suche und verzweifelt versuche, mich zu beruhigen. Allerdings klopft mein Herz so heftig, dass ich schon befürchte, in eine Papiertüte atmen zu müssen. Nachdem ich mir einen Becher Kaffee geholt habe, fange ich mit zitternden Händen an, das Manuskript zu lesen, obwohl ich alles nur verschwommen sehe. Ich bin ja so nervös.

Das Stück ist übrigens nicht nur ausgezeichnet, sondern der absolute Knaller. Es ist heutzutage für Frauen schwer, eine halbwegs anständige Rolle zu finden. Und dieses Stück ist ein Traum. Eine ausschließlich weibliche Besetzung von einer Jugendlichen bis zu einer Frau Mitte fünfzig. Und die Rolle, für die ich vorgesehen bin, ist die zukünftige Braut, vierundzwanzig, genau dasselbe lächerlich jugendliche Alter, in dem ich selbst geheiratet habe.

Es ist nicht nur so dahingesagt, dass es wirklich meine Traumrolle wäre. Sie hat einfach alles. Höhen, Tiefen, Spannung, Gefühlsausbrüche und eine Wendung, auf die man niemals im Leben gekommen wäre. Das Stück lullt einen mit einem falschen Sicherheitsgefühl ein … und verpasst einem dann einen Schlag in die Magengrube. Es beginnt als Farce und endet als Tragödie.

Also meiner eigenen Ehe gar nicht so unähnlich, wenn man es sich genauer überlegt.

So sehr bin ich in die Lektüre versunken, dass es kurz nach sieben ist, ehe ich mich's versehe. Also haste ich zum National Theatre, das zum Glück mitten in der Stadt, also nur einen kurzen Dauerlauf entfernt, ist. Unterwegs rufe ich Dan an, obwohl ich natürlich weiß, dass ich nur die Mailbox erreichen werde, weil er noch Hausbesuche auf den Farmen macht.

Also hinterlasse ich ihm eine chaotische Nachricht, erkläre ihm, was passiert ist, und verspreche, gleich nach der Vorstellung brav nach Hause zu kommen. Die ganze Geschichte kann sicher warten, bis wir Gelegenheit haben, miteinander zu reden. Und zwar persönlich. Natürlich habe ich inzwischen drei verpasste Anrufe von Audrey, die sich fragt, was wohl aus mir geworden sein mag, wo ich bin, ob mir klar sei, dass heute ihre Rente ausgezahlt wird, weshalb ich sie zum Postamt fahren muss? Doch ich rufe sie nicht zurück und beschließe, die Schuldgefühle auf morgen zu verschieben.

Ich schwöre bei Gott, allein schon ein Theater zu betreten versetzt mich in Hochstimmung. So, als bekäme die kleine Schauspielerin, die nun schon seit Jahren in mir vor sich hin stirbt, plötzlich einen Adrenalinstoß bis ins Mark. Ich bin schon oft am National Theatre aufgetreten, und es ist ein unglaubliches Glücksgefühl, hier zu sein und alle wiederzusehen.

Tom, der knackige Empfangschef, kommt sofort auf mich zu, umarmt mich und begrüßt mich so herzlich, dass mir beinahe die Tränen in die Augen treten. Die Mädchen an der Kasse kreischen los, als ich den Kopf zur Tür hereinstecke, und sagen, es sei wie früher, dass ich wieder hier sei. Das Stück selbst ist eine Wucht. Zum Schreien komisch, strotzend von schwarzem Humor und gleichzeitig von einer solchen Durchschlagskraft, dass das Publikum, wenn ich mich umsehe, vollkommen gebannt ist, bis der Vorhang fällt. Das Ensemble muss sich erstaunliche drei Mal stehend Beifall spenden lassen, und ich bin mir sicher, dass ich die Letzte bin, die den Zuschauerraum verlässt. Am liebsten würde ich bleiben, die Atmosphäre in mich aufsaugen und die magische Stimmung aufrechterhalten, die uns alle umgibt.

Am besten ist, dass eine Freundin, die ich schon seit Jahren kenne, eine Schauspielerin namens Liz Shields, auch zum Ensemble gehört. Also schicke ich ihr eine SMS und teile ihr mit, ich sei hier und warte in der Bar auf sie, um Hallo zu sagen. Zehn Minuten später kommt sie aus ihrer Garderobe gelaufen, noch immer in Kriegsbemalung und mit den wallenden blonden Haarverlängerungen, allerdings in ihrem üblichen Rockerbrautoutfit, bestehend aus Jeans und Leder.

Das ist kein Scherz. Liz ruft so laut meinen Namen, dass sich das halbe Lokal umdreht, um das Spektakel zu genießen.

»Gütiger Himmel, Annie Cole, das gibt's ja nicht! Komm und lass dich umarmen! Hast du überhaupt eine Ahnung, wie sehr ich dich vermisst habe?« Wir fallen uns kreischend um den Hals und küssen uns. Ich kann Ihnen gar nicht sagen, wie toll es ist, sie wiederzusehen.

Liz und ich haben in grauer Vorzeit hier in Dublin zusammen die Schauspielschule besucht und uns auf Anhieb gut verstanden. Sie ist absolut wild und durchgedreht – und man kann mit ihr gut feiern.

Jedenfalls setzen wir uns an einen Tisch und bestellen einen Wodka für Liz und eine Cola für mich und erzählen uns erst mal, was in letzter Zeit alles so passiert ist. Dabei reden wir genauso chaotisch durcheinander wie früher und führen fünf Gespräche gleichzeitig.

»Und wie findest du das Stück?«, fragt sie aufgeregt. »Womit ich natürlich meine, wie du mich fandest? Los, lass hören. Und keine Beschönigungen bitte. Sei grausam und gemein.«

»Das ist nicht schwer, elf von zehn Punkten«, antworte ich kichernd. Ich genieße das Geplänkel. Bis jetzt war mir gar nicht klar, wie sehr ich das vermisst habe. Seit Menschengedenken habe ich nicht mehr so herzhaft gelacht.

»Verschon mich, elf von zehn Punkten klingt unehrlich.«

»Also gut, neun Komma neun von zehn, wenn du mir dann glaubst! Wirklich, Liz, weißt du überhaupt, wie toll du heute Abend warst? Echt, du würdest die Leute sogar begeistern, wenn du dich hinstellen und die Bauanleitung für ein Ikea-Sofa vorlesen würdest ... aber in einem so guten Theaterstück wie diesem? Du warst eine absolute Wucht! Das ist die reine Wahrheit, Schätzchen.«

Sie versetzt mir einen scherzhaften Klaps und ruft dann dem Barmann zu: »Wann kriegen wir endlich was zu trinken? In der nächsten Eiszeit?«

Liz, wie sie leibt und lebt. Ich umarme sie spontan und erzähle ihr dann den wahren Grund, warum ich heute ganz allein ins Theater gekommen bin. Wahrscheinlich kann man ihre Jubelrufe bis nach Stickens hören. Ich glaube tatsächlich, dass sie wegen des Vorsprechens noch aufgeregter ist als ich, wenn das möglich ist.

»Sag mal«, frage ich dann, »wie ist es denn so, mit dem großen Jack Gordon zusammenzuarbeiten?«

Liz denkt nach und lässt sich mit der Antwort Zeit.

»Jack ist ... schwer zu erklären ... Ich kenne ihn eigentlich nicht, obwohl ich ihn schon seit Jahren kenne. Er ist einfach ein Genie, aber auch ein Idiot, falls du verstehst, was ich meine. Nie ist der mit der Aufführung zufrieden, nicht einmal an Abenden, an denen wir dreimal rausmüssen, weil die Leute stehend applaudieren. Immer hat er etwas zu meckern.«

Bei diesen Worten krampft sich mir das Herz zusammen, und mir wird plötzlich flau im Magen, weil ich ihm morgen vorsprechen muss.

»Oh, und er hat etwas mit einem der Mädchen von der Theaterkasse«, fährt Liz fort. »Die Kleine ist noch so jung, dass sie nicht einmal alle Folgen von *Friends* gesehen haben kann. Und er behandelt sie wie den letzten Dreck. Immer verspricht er ihr, sie anzurufen, und tut es dann nicht. Oder er lädt sie ein, nach der Aufführung mit ihm essen zu gehen, und kommt nicht. Dann steht die Arme allein da, während wir anderen sie betreten anschauen und es nicht wagen, über ihn herzuziehen, nur für den Fall, dass es ihm zugetragen wird. Also: Vorsicht. Jack gehört zu den Leuten, der anderen sagt, was sie hören wollen, und auf ihnen herumtrampelt, um seine Vorstellungen durchzusetzen. Und weil ihn alle als das Wunderkind des Theaters feiern, lässt man es ihm durchgehen.«

Im nächsten Moment werden die Getränke serviert, und wir beide fangen automatisch die »Ich übernehme das/Nein, Finger weg, ich bin dran«-Debatte an. »Ist dir eigentlich klar«, wechselt Liz zum Glück das Thema, »dass wir beste Freundinnen spielen, wenn du die Rolle kriegst? Mann, Annie, das wäre ja einfach genial!«

Ich strahle und erlaube mir kurz die Hoffnung, dass dieser Traum wirklich in Erfüllung gehen wird. Dann jedoch erinnere ich mich an die Einzelheiten, die Hilary mir ausführlich in ihrem Büro erläutert hat. Das absolut hundertprozentige Engagement, das von mir erwartet wird, falls sich die Dinge wirklich und wahrhaftig in meinem Sinne entwickeln. Mit anderen Worten: Ganz gleich, wie überwältigend die Vorstellung auch sein mag, um die Rolle zu bekommen, werde ich einen ziemlich hohen Preis zahlen müssen.

Allerdings habe ich keine Zeit, darüber nachzugrübeln, da Liz bereits das nächste wichtige Thema angeschnitten hat und mich über ihr Liebesleben aufklärt.

»Mal ganz was Neues«, beginnt sie und trinkt einen großen Schluck Wodka. »Ich bin noch immer Single. Seit wir uns zuletzt gesehen haben, hatte ich insgesamt etwa dreizehn Affären, war ungefähr ebenso oft mit einem Typen im Bett und hatte nur einen richtigen Freund. Mist, findest du nicht? Oh, und mit ›einem richtigen Freund‹ meine ich, um das klarzustellen, einen Kerl, mit dem ich mehr Zeit verbracht habe als nur ein einziges Wochenende. Inzwischen war ich auf so vielen Blind Dates, dass ich allmählich einen Blindenhund beantragen sollte. Kurzum, Annie, ich wirke weiterhin unbeschreiblich anziehend auf emotional unerreichbare Typen mit niedrigem Selbstbewusstsein und Bindungsneurotiker. In der Hälfte der Fälle sind sie auch noch arbeitslos. So, nun weißt du es. Du hattest Glück, während ich noch immer Schwachköpfen hinterherjage. Wie dem auch sei«, sie hält inne und gibt dem Barmann ein Zeichen, ihr noch einen Wodka zu bringen, »wenn Matt Damon Single und nicht berühmt wäre und wenn er in Dublin wohnen und arbeiten und mich kennen würde ... wären wir ziemlich sicher zusammen.«

»Das sind aber recht viele Wenns, Schätzchen.« Ich kichere.

»Du hast leicht reden. Lass uns den Tatsachen doch ins Auge sehen: Du hast den letzten brauchbaren Mann auf der nördlichen Erdhalbkugel geheiratet.«

Ich schüttle nur schweigend den Kopf, schmunzle in mich hinein und erinnere mich an die langen Nächte, in denen wir Liz' Liebesleben in seine Bestandteile zerlegt und wieder zusammengesetzt haben.

»Doch wenn wohlmeinende, aber neugierige Angehörige mir wegen dieses Themas zusetzen, antworte ich immer Folgendes«, spricht sie lachend weiter, kippt den Rest ihres Wodkas hinunter und setzt einen britischen Oberschichtakzent auf. »›Einer der Gründe, weshalb ich trotz der atemberaubenden Auswahl an Verehrern nie geheiratet habe, war meine feste Entschlossenheit, mir keine Vorschriften machen zu lassen.‹ Los, Annie, woraus ist das?«

Dieses Spiel treiben wir übrigens schon seit der Schauspielschule – *Erkenne das Zitat*. Eine von uns zitiert eine Stelle aus einem bekannten Film oder Theaterstück, und die andere muss erraten, woraus es stammt. Und da Liz einen scharfen Verstand und ein erstaunliches Gedächtnis für Kleinigkeiten hat, gewinnt sie unweigerlich.

»Äh … Glenn Close als Marquise de Merteuil in *Gefährliche Liebschaften?*«, versuche ich mein Glück.

»Zehn von zehn Punkten! Du hast es noch drauf, Schätzchen. Aber jetzt genug von mir. Erzähl mir, was bei dir so los ist.«

»Los? In Stickens? Machst du Witze? Schön wär's.«

»Oh, komm schon, Schätzchen. Wie geht es deinem tollen, knackigen Ehemann? Wie lebt es sich denn in einer Bilderbuchehe im ländlichen Idyll?«

Natürlich ist das mein Stichwort, um zu lügen, mir nichts anmerken zu lassen, fröhlich zu lächeln und zu erwidern, alles sei wundervoll, traumhaft und perfekt.

»… und das bringt mich zu meiner nächsten Frage«, sagt Liz und kaut, eine alte Angewohnheit, auf einem Eiswürfel aus ihrem leeren Wodkaglas herum. »Wenn mit dem Vorsprechen alles klappt … glaubst du, Dan wird einverstanden sein … ich meine, mit der ganzen Sache … was alles damit einhergeht? Es ist eine ziemliche Verpflichtung, etwas, das eine weniger gefestigte Ehe als deine belasten könnte, Liebes.«

Ich sehe sie verlegen an und trinke einen Schluck. »Weißt du, Liz … er ahnt noch nichts davon.«

Es ist absurd spät, kurz vor halb drei Uhr morgens, als ich endlich in die gewaltige mit Kies bestreute Einfahrt von The Moorings einbiege und mich auf Zehenspitzen in unser Schlafzimmer schleiche. Inzwischen habe ich im Kopf, welche Dielenbretter knarzen und welche nicht, und pirsche mich im Zickzackkurs nach oben, um Dan nicht zu wecken. Wirklich, wer mich so sehen könnte, würde schwören, dass ich sturzbetrunken bin, auch wenn ich den ganzen Abend nichts Stärkeres als Cola light getrunken habe.

Obwohl es stockfinster ist, als ich ins Schlafzimmer schlüpfe, kann ich im rötlichen Schummerlicht des Weckers Dans kräftige, muskulöse Umrisse erkennen. Er hat die Bettdecke weggeschleudert, sein dunkler zerzauster Haarschopf sträubt sich, und er trägt nichts als ein T-Shirt. Seine breit gebauten eins fünfundachtzig nehmen etwa neunzig Prozent der verfügbaren Liegefläche ein. Außerdem schläft er wie immer in der Haltung eines Menschen, der gerade am Strand angespült worden ist. Völlig weggetreten und nicht ahnend, dass möglicherweise ein Damoklesschwert über unserer beider Köpfe schwebt.

Am liebsten würde ich ihn jetzt wecken und ihm alles erzählen, aber die Vorsicht siegt. Es geht nicht. Er ist überarbeitet und müde, weshalb es nicht nett von mir wäre. Also muss es bis morgen warten, so einfach ist das.

Das Komische ist, dass ich ihn zum ersten Mal seit einer Ewigkeit wieder wirklich sehe, als ich ihn so betrachte. Mir fallen Dinge auf, die ich entweder verdrängt oder für selbstverständlich genommen habe. Erstens sein breitschultriger, durchtrainierter Körper, straff und phantastisch in Form, da sein Beruf mit ziemlich viel sportlichem Einsatz einhergeht. Die leisen Geräusche, die er ausstößt, wenn er wirklich tief und fest schläft. Sein moschusartiger Geruch und die Hitze, die er abstrahlt, seine pulsierende, lebendige Wärme. All die Neckereien damals, als wir noch glücklich waren. Wir zogen einander auf, weil ich ständig friere, während er wie ein riesengroßes Federbett in Menschengestalt ist, an das man sich nachts so wunderbar kuscheln kann. Ich sei die Klimaanlage für den Sommer und er die Heizdecke für den Winter.

Ich ziehe mich aus, so schnell ich kann, und tue mein Bestes, nicht darauf zu achten, wie ich mich immer beklommener fühle. Mein Gott, allein der Gedanke an das wichtige Gespräch, das er und ich irgendwann morgen werden führen müssen, genügt, dass ich wieder starkes Herzklopfen bekomme. Was wird Dan sagen … wie wird er reagieren … was wird er empfinden? Oder, noch schlimmer, vielleicht empfindet er ja gar nichts.

Inzwischen brummt mir vor Furcht der Schädel, als ich meinen Pyjama anziehe und leise neben ihn in das weiche, warme Bett schlüpfe. Denn ganz gleich, ob es mir nun gefällt oder nicht, lässt sich durch nichts in der Welt verbergen, dass unsere Ehe auf gefährlich tönernen Füßen steht, und zwar schon seit geraumer Zeit.

Und hier bin ich.

Im Begriff, sie in einen Scherbenhaufen zu verwandeln.

Wie Dan und ich uns kennengelernt haben

In meiner Jugend wurde ich von allen beneidet. Wirklich von allen. Und das, obwohl ich mein Bestes tat, um jedem, der es hören wollte, zu sagen, dass es absolut fehl am Platz sei, auf meine Kindheit eifersüchtig zu sein. Meine Mutter ist nämlich Diplomatin im Dienste des Auswärtigen Amtes. Derzeit ist sie nach einer Beförderung in Washington, D.C., im Einsatz. Wenn ich Glück habe, bekomme ich sie etwa einmal im Jahr zu sehen … aber das ist eine andere Geschichte.

Jedenfalls hieß das für mich, dass ich meine prägenden Jahre bei meiner alleinerziehenden Mum verbrachte. Sie und ich gegen den Rest der Welt.

Mein Vater, der sich, wie ich oft denke, von einem erfolgreichen Energiebündel wie meiner Mutter eingeschüchtert fühlte, hatte uns verlassen, als ich noch ganz klein war. Inzwischen lebt er mit seiner zweiten Frau und meinen beiden Halbbrüdern in Moskau. Ich bin ihnen noch nie begegnet, und es wird vermutlich auch nie dazu kommen. Allerdings bin ich ihm nicht böse. Es war sicher nicht leicht für ihn, immer den Bill Clinton für eine durch die Weltgeschichte gondelnde, karrierebewusste, tüchtige, ehrgeizige und zu guter Letzt viel erfolgreichere Hillary zu spielen. Und glauben Sie mir, mein Vater ist kein Versager.

Also wuchs ich bei meiner Mutter auf, folgte ihr von einem Auslandsposten zum anderen und bekam in ihrem Kielwasser viele Länder zu Gesicht. Es mag seltsam klingen, doch es war seine Herkunft, die mich anfangs am meisten an Dan reizte. Seine Eltern waren ein richtiges Ehepaar, die ein stinknormales Leben führten, und er hatte eine reizende kleine Schwester. Und alle vier lebten glücklich zusammen unter einem Dach.

Eine Bilderbuchfamilie.

Ich hingegen musste mir ständig anhören, was für eine exotische Kindheit ich gehabt hätte. Wie aufregend. Ach herrje. Du hast ja solches Glück. Erzählen Sie doch mal, wie es sich unter den oberen Zehntausend so lebt, Madame Botschafterin.

Gut, nun ist es an der Zeit, mit den falschen Vorstellungen aufzuräumen. Denn wissen Sie, damals wurde Mum nie in eine der schicken Weltstädte wie Paris, Buenos Aires oder auch nur Monaco versetzt. Keine Chance. Als ich in die Oberschule kam, hatte ich bereits in Lagos, Nigeria und Osttimor gelebt, nicht zu vergessen die funkelnden Lichter und das glamouröse Nachtleben von Karatschi, Pakistan. Mit anderen Worten: Wir zogen herum wie die Zigeuner, nur mit mehr Sozialprestige.

Es war die entwurzelte Kindheit einer Nomadin, die in mir eine tiefe und lebenslange Sehnsucht nach einem beständigen Familienleben auslöste. Vorzugsweise in einem Land, wo man das Leitungswasser tatsächlich trinken und ohne Polizeischutz das Haus verlassen kann.

Außerdem hatte ich im zarten Alter von vierzehn Jahren bereits sage und schreibe fünf internationale Schulen besucht, eine Erfahrung, die mich schüchtern und ein wenig introvertiert gemacht hatte. Bis heute habe ich eine Todesangst vor Veränderung. Immer war ich die Neue, immer die Außenseiterin, und es lief stets auf dieselbe Weise ab: Kaum wurde ich von meinen Mitschülern angenommen und begann, Freundschaften zu schließen, war es Zeit, mich wieder einmal aus dem Klassenverband zu reißen und mich in eine andere Schule im nächsten entlegenen Land zu stecken, wo mich neue Sprachbarrieren und fremde Leute erwarteten.

Als ich fünfzehn war, wurde meine Mutter erneut versetzt, diesmal nach Georgetown in Guyana, Südamerika – eine Stadt, die für viele Dinge berüchtigt ist, berühmt jedoch weder für ihren Reichtum noch für ihr Schulsystem. Natürlich wollte Mum, dass ich die bestmögliche Schulbildung bekam und stolz mein Abschlusszeugnis vorzeigen konnte.

Und das bedeutete für sie selbstverständlich nur eines: Sie würde mich auf ein Internat schicken. Zu Hause in Irland. Mit der Hilfe meiner Dubliner Großmutter, die es kaum erwarten konnte, ihr einziges Enkelkind in ihrer Nähe zu wissen, entdeckte sie schließlich die passende Schule: Allenwood Abbey im County Westmeath, ein Internat für Jungen und Mädchen. Nicht zu weit entfernt vom Dubliner Flughafen, damit ich Mum in den Schulferien besuchen konnte, und dennoch nah genug bei meiner Großmutter, um sie an den freien Wochenenden zu sehen.

Ich erinnere mich noch deutlich an die Todesangst, mit der ich in Allenwood Abbey eintraf, und zwar eine ganze Woche nach Beginn des Schuljahrs, weil sich die Abreise aus Pakistan verzögert hatte. Ich weiß noch, wie wir die kilometerlange Allee entlangfuhren, die vom Schultor zum Hauptgebäude führte. Ich saß zwischen meiner Mutter und meiner Großmutter, die beide versuchten, mir die Schule schmackhaft zu machen. Mum trug Hermès und Perlen, Oma Schottenrock und Stützstrümpfe. Ich duckte mich so tief wie möglich auf dem Rücksitz zusammen und schickte ein Stoßgebet zum Himmel, dass niemand draußen auf den Sportplätzen die Ankunft der Neuen bemerken und mich als aufdringliche Göre abschreiben würde, die alles tat, um sich in den Vordergrund zu drängen. Ich fiel nicht nur auf, weil ich die Neue war, sondern fühlte mich, als schwebe eine Neonreklame über meinem Kopf. »Schaut mich an«, verkündete sie. »Hier kommt die Spinnerin! Was für ein Spektakel!«

Mir war so absolut elend.

Wir drei wurden in eine Eingangshalle, die fast als Kathedrale hätte dienen können, und dann einen breiten steinernen Flur entlang ins Büro des Direktors geführt, der Professor Proudfoot hieß. Noch nie im Leben war ich einem Menschen wie ihm begegnet. Er trug tatsächlich einen wallenden schwarzen Talar und wirkte mit den schneeweißen Augenbrauen ein wenig wie ein mittelalterlicher König.

Professor Proudfoot bestand darauf, dass es das Beste sei, mich sofort in mein neues Klassenzimmer zu bringen, um meine Verspätung wettzumachen. Danach sei auch noch Zeit genug, um auszupacken und meine Zimmergenossin Yolanda kennenzulernen.

Bis heute steht mir eine Erinnerung deutlich vor Augen: Ich umarme Mum zum Abschied, rieche ihr Parfüm von Bulgari und suche in ihrem Gesicht nach Anzeichen dafür, dass sie ebenso leidet wie ich. Doch sie war so stark geschminkt, dass ich nichts erkennen konnte. Dann fiel ich Oma um den Hals, die genauso roch wie immer – nach starken Pfefferminzbonbons, gemischt mit Unkrautvernichtungsmittel (Gartenarbeit ist ihre Religion). Ich zwang mich zu einem fröhlichen Lächeln und drängte die Tränen zurück, als wir uns kurz voneinander verabschiedeten. Und schon wurde ich den eiskalten steinernen Gewölbegang entlang ins Erwachsenenleben geleitet.

Unterwegs zu meinem ersten Klassenzimmer fühlte ich mich wie eine Tote. Es befand sich in einem neueren Anbau der Schule, den man über weitere endlose, voneinander abzweigende Korridore erreichte. Das Licht der Neonröhren an der Decke war grell genug, um Gangsterbosse zu verhören.

»Kopf hoch, das wird schon«, meinte der Direktor lächelnd und blieb stehen, um an eine Klassenzimmertür zu klopfen. Im nächsten Moment standen wir vor der fünften Klasse im Senior House, und dreißig Augenpaare richteten sich nur auf mich. Als ich vorgestellt wurde, errötete ich wie ein Buschfeuer. Dann erzählte Professor Proudfoot der Klasse ein wenig über mich. Er sagte, ich käme gerade aus Karatschi, hätte überall auf der Südhalbkugel gelebt und sei seit dem Kindergarten nicht mehr in Irland zur Schule gegangen. Alle sollten dafür sorgen, dass ich mich willkommen fühlte.

Ich bemerkte, dass mehrere Dinge gleichzeitig geschahen, als der Lehrer mir einen freien Platz in der dritten Reihe anwies: Alle Augen folgten mir neugierig, es wurde kurz und höflich applaudiert, und ein hübsches blondes Mädchen packte mich am Arm und flüsterte mir zu, sie sei meine Zimmergenossin und finde meine Sommerbräune wirklich toll.

Später erfuhr ich, dass es Yolanda Jones war, und mit der Zeit freundeten wir uns miteinander an. Eigentlich schon um Mitternacht waren wir die besten Freundinnen, sobald sie festgestellt hatte, dass ihr ziemlich viele meiner Sommersachen aus Pakistan passten.

Yolanda war viel mädchenhafter als ich. Eigentlich betrachtete sie die Oberschule nur als zwei Jahre Zeit, um Spaß zu haben. Selbst mit fünfzehn Jahren sah man ihr bereits die Glamourgene an, die in ihr schlummerten. Sie wissen schon, das Erbgut, das dafür sorgt, dass sich ein Mädchen später im Leben nach Haarverlängerungen, künstlichen Fingernägeln und einem Cabrio sehnt.

Dann pfiff mir ein kräftig gebauter blonder Junge nach, der eher auf ein Rugbyfeld als in ein Klassenzimmer gepasst hätte, fragte mich, begleitet von hämischem Gekicher, frech, ob ich am Abend schon etwas vorhätte, und erbot sich, mir alles hier zu zeigen.

Damals wusste ich es noch nicht, doch das war Mike Sherry, der knackigste Typ der Klasse und Lustobjekt aller Schülerinnen. Einer der Jungs, die Frauen nicht den Hof machen, sondern russisches Roulette mit ihren Gefühlen spielen. Später am selben Tag brachte er sein romantisches Interesse an mir dadurch zum Ausdruck, dass er meine Schnürsenkel ans Pult band, als ich nicht hinsah, und noch in der gleichen Woche übertraf er sich selbst, indem er mir das Handtuch wegriss, mit dem ich mich im Schwimmbad so gut wie möglich zu bedecken versuchte, und es am tiefen Ende ins Becken warf. Mike gehörte zu den Jungen, die nichts davon hielten, cool zu sein oder Mädchen, die ihm gefielen, zu ignorieren.

»Das da links am Fenster ist dein Platz, Annie«, sagte der Lehrer hilfreich, als ich vor den Augen der ganzen Klasse über meine eigenen Füße stolperte, weil ich mich noch nicht an die klobigen, Amish-artigen Schuhe gewöhnt hatte. Wieder Gekicher. Ich war mir sicher, dass ich mich gleich aus dem Fenster stürzen würde, wenn ich noch länger im Mittelpunkt stehen müsste.

Im nächsten Moment packte mich eine große, kräftige Hand am Arm, um mich vor dem Fall zu bewahren, nahm mir die schwere Schultasche ab und stellte sie neben das Pult auf den Boden. Der Griff verriet Stärke. Ich rutschte auf den freien Platz und drehte mich um, um diesem riesenhaften Fremden mit den markanten Zügen einen Dank zuzuflüstern. Und ich schwöre, einen Moment lang war es, als hätte ich mein eigenes Spiegelbild vor mir. Gebräunte Haut, störrisches dunkles Haar und braune Augen, die meinen Blick erwiderten. Darauf folgten ein strahlendes, schiefes Lächeln und ein warmer, freundlicher Händedruck.

»Du darfst Mike auf keinen Fall ernst nehmen«, sagte der Junge mit sanfter Stimme. »Der beißt nicht. Aber wenn er dir Ärger macht, hätte ich nichts dagegen, ihn mir vorzuknöpfen.«

Ich lächelte dankbar.

»Schön, dich kennenzulernen, Annie. Willkommen in Alcatraz. Es ist ätzend hier. Du wirst dich wohlfühlen.«

Ich lachte, und es war, als hätte er meine Gedanken gelesen.

»Ach, übrigens«, fügte er grinsend hinzu. »Ich heiße Dan.«

Kapitel zwei

Da sich Dans Praxis in The Mooring befindet und täglich pünktlich um acht öffnet, herrscht bei uns zu Hause immer reger Betrieb.

Ich fasse es nicht. Ausgerechnet heute wollte ich auf gar keinen Fall verschlafen. Mein schlauer Plan sah vor, bei Morgengrauen aufzustehen und Dan zu wecken, bevor er sich wie sonst verdrückte, um ihn über die jüngsten Entwicklungen in meinem Leben aufzuklären. Das heißt, bevor das halbe Dorf über uns hereinbricht.

Doch nach den Geräuschen zu urteilen, ist es dafür schon zu spät. Während ich oben im Schlafzimmer hektisch in Jeans und einen warmen Wollpulli schlüpfe, kann ich unten Andrew Leonard herumpoltern hören. Er hat auch einen Hausschlüssel, wie offenbar jeder andere hier.

Andrew ist der alte Praxispartner von Dans Vater und mit seinen fünfundsiebzig Jahren noch rüstig. Er arbeitet genauso viel wie vor zwanzig Jahren. Dan und er öffnen morgens immer gemeinsam die Praxis, und so hat sich Andrew, ein Witwer, der allein lebt, angewöhnt, sich an den meisten Tagen bei uns zum Frühstück einzuladen. Offenbar ist James, der neue Praktikant, auch schon da.

Als ich rasch meine Stiefel anziehe, höre ich, wie die beiden reden und klappernd Küchenschränke öffnen. Dann ruft Andrew die Treppe hinauf, dass keine Milch für den Tee mehr da sei. Ob ich bitte schnell gehen und welche kaufen könne?

Als Nächstes fügt die alte Mrs Brophy, die ausgesprochen missmutige Empfangssekretärin der Praxis, hinzu, ich könnte, wenn ich einkaufen ginge, doch auch gleich süße Brötchen mitbringen. Die seien nämlich alle. Schließlich sei ich gestern nicht da gewesen, um zu Tesco zu fahren.

Oh Gott, oh Gott, oh Gott, das passiert also, wenn ich einen einzigen Nachmittag nicht da bin und an einem einzigen Morgen verschlafe? Gütiger Himmel ...

»UND KÖNNEN SIE AUCH NOCH TEEBEUTEL KAUFEN, WENN SIE SOWIESO SCHON DORT SIND, ANNIE?«, kreischt sie. Ich erwidere, ich sei bereits unterwegs. Dazu muss ich erklären, dass Mrs Brophy schon seit den Zeiten von Dans Vater hier arbeitet und sich rundheraus weigert, mich einen Teil der Verwaltungsarbeit übernehmen zu lassen. Wirklich, sie fühlt sich bereits bedroht, wenn ich auch nur ans Telefon gehe und einen Termin vereinbare, während sie im Haus ist. Dann schmollt sie oft tagelang, und das ist kein Scherz. Sie hat auch nicht vor, in absehbarer Zukunft in Rente zu gehen, und Sie können mir glauben, dass sämtliche Bestechungsversuche unternommen wurden, um sie dazu zu verlocken – eine Mittelmeerkreuzfahrt oder eine Woche in einem Wellnesshotel. Aber nein, keine Chance. Sie ist beleidigt, wenn ich ihr meine Hilfe anbiete, und kündigen will sie auch nicht, also eine klassische Situation, in der man nur verlieren kann. Außerdem ist sie schwerhörig, was heißt, dass jeder, der hier anruft, ins Telefon brüllt, ganz gleich, wer das Gespräch annimmt. Nur für den Fall, dass sie es sein könnte.

Plötzlich schießt mir von irgendwoher ein Gedanke durch

den Kopf: Ist es nicht seltsam, dass ich mich so absolut isoliert und einsam fühle, obwohl es im Haus ständig von Menschen wimmelt?

Ich binde mein Haar zu einem Pferdeschwanz zusammen und haste zum Bad, wo Dan gerade herauskommt, gewaschen, rasiert und bereit, den Tag in Angriff zu nehmen. Die optimale Gelegenheit, ihn mir zu schnappen. Denn ich weiß nur zu gut, dass der Versuch, unter vier Augen mit ihm zu sprechen, wenn er erst einmal zu arbeiten angefangen hat, aussichtslos ist.

»Dan, bevor du runtergehst, muss ich dringend …«

»Hey, du warst gestern aber lange weg. Wo warst du denn?«

»Ja, ich weiß, ich musste nach Dublin … Ich habe dich angerufen. Hast du meine Nachricht nicht gekriegt?«

»Hast du mir eine Nachricht hinterlassen? Nein, habe ich nicht gekriegt. Wahrscheinlich hatte ich keinen Empfang. Ach, Mist, das erinnert mich daran, dass ich das Telefon offenbar gestern Abend im Auto vergessen habe …«

Es scheint ihn nicht im Geringsten zu interessieren, warum ich in die Stadt musste. Inzwischen läuft er schon die Treppe hinunter und nimmt mit seinen langen Beinen zwei Stufen auf einmal. Ich muss rennen, um nicht abgehängt zu werden.

»Die Sache ist, Dan, dass ich mit dir reden muss. Es ist wirklich wichtig …«

»Klar, schon gut … MRS BROPHY? HAT PAUL FOGARTY SIE WEGEN DES RENNPFERDES MIT DEM GEBROCHENEN OBERSCHENKEL ANGERUFEN?«

Das ist kein Scherz. Mit Mrs Brophy muss man wirklich in dieser Lautstärke sprechen.

»Weißt du, ich habe gestern einen Anruf von meiner Agentin in Dublin bekommen …«

»GUTEN MORGEN, DAN«, sagt Mrs Brophy und steckt den Kopf zur Küchentür herein. »WO WAREN SIE DENN GESTERN, ANNIE? ES MUSS UNBEDINGT EINGEKAUFT WERDEN.«

»KEINE SORGE, MRS BROPHY, ICH KÜMMERE MICH DARUM«, schreie ich und versuche, Dan am Arm festzuhalten. »Warte, da ist etwas, über das ich dringend mit dir reden muss, bevor du zur Arbeit gehst.«

»JA, PAUL FOGARTY HAT ANGERUFEN. ER BITTET SIE, SICH HEUTE IRGENDWANN BEI IHM ZU MELDEN, WENN SIE IHRE RUNDE MACHEN«, unterbricht mich Mrs Brophy.

»AUSGEZEICHNET. WIRD GEMACHT«, erwidert Dan, reibt sich erschöpft die Augen und senkt ein wenig die Stimme, als er bemerkt, dass wir mit Andrew, James und Mrs Brophy die Küche voller Gäste haben.

»Guten Morgen zusammen«, sagen wir im Chor, während ich mich frage, wie ich es nur schaffen soll, ihn abzufangen.

»Ach, da bist du ja, Annie, mein Schätzchen. Machst du vielleicht einen deiner leckeren Säfte?« Andrew grinst mich über den Rand seiner *Irish Times* an. Ich lächle zurück und antworte, er sei schon unterwegs.

Jeden Morgen frischen Saft auszupressen ist ein Ritual, das ich eingeführt habe, seit ich vor langer Zeit feststellen musste, dass Dan nur auf diese Weise irgendwelche Vitamine zu sich nimmt. Die meisten Mahlzeiten lässt er wegen seiner vielen Hausbesuche nämlich ausfallen. Nur dass ich inzwischen Saft für eine ganze Armee zubereiten muss, da in unserer Küche ein Trubel herrscht wie auf einem Bahnhof. Also gehe ich in die Speisekammer, um Äpfel, Karotten und Ingwer zu holen, und fange an, alles zu zerkleinern, während Dan Andrew die schwierige Geburt eines Kalbs am gestrigen Abend schildert.

»ANNIE, HABEN SIE NICHT GEHÖRT, DASS SIE TEEBEUTEL KAUFEN SOLLEN?«, schreit Mrs Brophy mich an, während sie, den Praktikanten im Schlepptau, auf die Praxis zusteuert.

»JA, WIRD GEMACHT.« Ich lächle sie mit zusammengebissenen Zähnen an. Am liebsten würde ich hinzufügen, dass nicht nur ich sie gehört habe, sondern vermutlich das gesamte County Waterford. Ich schmeiße Obst und Gemüse in den Mixer, während Andrew Dan über die Einzelheiten der Dystokie bei Kühen ausfragt und sie zu fachsimpeln beginnen. (Für Dummerchen wie mich lässt sich das frei mit »komplizierte Geburt« übersetzen.)

Es reicht, ich will ja nicht unhöflich sein, weiß aber aus Erfahrung, dass sich solche Gespräche über eine halbe Stunde hinziehen können. Und die Zeit wird knapp, ehe Dan für den restlichen Tag verschwindet, weshalb ich keine andere Wahl habe, als sie zu unterbrechen.

»Leute, ich störe euch ja nur ungern. Doch ich muss ganz kurz mit dir reden, Dan, bevor du in die Praxis gehst.«

»Oh, ja, du wolltest mir etwas erzählen … äh … tut mir leid, was war es noch mal?«, meint Dan geistesabwesend. Ich habe zwar nicht seine ungeteilte Aufmerksamkeit, nutze aber die Chance. Jetzt oder nie.

»Ja … nun, es sind gute Nachrichten. Zumindest könnten es welche sein … Ich habe nämlich einen Termin zum Vorsprechen …«

»Hey, das freut uns aber für dich«, erwidert Dan mäßig interessiert. Im nächsten Moment läutet sein Mobiltelefon.

»Das Vorsprechen findet heute statt, und das bedeutet, dass ich wieder nach Dublin muss …«

»Moment, Annie, das könnte Paul Fogarty sein. Hallo?«

Und schon ist er mir entglitten. Natürlich nimmt er den Anruf an. Telefone werden in diesem Hause niemals ignoriert. Wie sich herausstellt, ist es ein Farmer, der ihn bittet, so schnell wie möglich zu kommen. Nicht weiter überraschend. Hinter fast jedem Anruf hier steht ein Notfall. Dan fördert sofort einen Stift zutage und fängt an, die Symptome auf den Rand der Beilage von Andrews Zeitung zu kritzeln, die auf dem Tisch liegt. Dabei spricht er weiter ins Telefon, ohne sich nur eine Sekunde ablenken zu lassen.

»Okay«, sagt er geduldig. »Regen Sie sich nicht auf, ich bin schon unterwegs. Fieber oder Appetitlosigkeit? Keine fortschreitende Lähmung? Gut … ich bin gleich da. Geben Sie mir eine halbe Stunde. Und keine Panik. Ich bin mir ziemlich sicher, dass wir eine Lösung finden.«

Ich schenke Saft ein, während Dan das Telefonat beendet. Ein Glas gebe ich Andrew und will Dan das andere reichen, aber er ist bereits damit beschäftigt, seine Tasche zu packen und seinen Mantel anzuziehen.

»Scheint mir nicht weiter schlimm zu sein«, ruft er Andrew zu, »aber ich schaue es mir sicherheitshalber an. Kommst du allein mit der Praxis klar, bis ich zurück bin?«

»Natürlich, fahr nur los. Bis später.«

Ich nehme den Saft, den ich für ihn ausgepresst habe, und folge ihm den Flur entlang.

»Dan, ich habe dir den wichtigsten Teil noch gar nicht erzählt.«

»Kann das nicht warten, bis ich wieder da bin?«, fragt er und marschiert zur Seitentür hinaus, wo sein Jeep steht.

»Aber wenn du wieder da bist, bin ich vielleicht gar nicht zu Hause. Das ist es ja, was ich dir klarzumachen versuche. Das Vorsprechen findet in Dublin statt. Es geht um eine Rolle in einem neuen Stück.«

»Sehr gut«, antwortet er mechanisch, doch ich weiß genau, dass er nur mit halbem Ohr zuhört. »Viel Glück, Liebling. Ich drücke dir die Daumen.«

Inzwischen ist er eingestiegen und lässt den Motor an, um endlich loszufahren.

»Dan, das ist es nicht, was ich dir sagen wollte.«

»Okay, ich muss los. Du hast sicher Erfolg bei deinem ... wie heißt es noch mal ... Vorsprechen. Ich bin überzeugt, dass du es schaffst.«

»Das ist hier nicht das Thema.«

»Ich bemühe mich, heute Abend pünktlich zu sein.«

»Dan! Fahr noch nicht los. Ich muss dringend mit dir reden.«

Plötzlich blickt er mich finster an.

»Annie, verstehst du denn nicht? Ich muss jetzt wirklich weg, also hab Geduld. Wir sprechen später darüber, einverstanden?«

Inzwischen klingt er gereizt und verärgert, und ich gebe mir Mühe, es nicht persönlich zu nehmen. Wenn er sehr erschöpft ist, fängt er meistens an, launisch zu werden.

»Aber es dauert nur zwei Minuten! Ich muss dir noch erklären, warum –«

Herrgott, wahrscheinlich bin ich vor lauter Druck und Redebedürfnis schon blau im Gesicht, doch er bemerkt es offenbar nicht. Und was wirklich wehtut, ist, dass ich mich an eine weit entfernte Zeit erinnere, in der er mir tatsächlich zugehört und sich für mich interessiert hätte.

Vielleicht hätte er mich sogar unterstützt.

»Bis später irgendwann. Und komm gut in Dublin an.«

Und dann gibt er einfach Gas und ist verschwunden. Der Kies in der Auffahrt spritzt in sämtliche Richtungen, so eilig hat er es wegzukommen. Und das Erstaunlichste daran ist, dass das tatsächlich das längste Gespräch war, das wir seit Menschengedenken geführt haben. Wirklich.

Was in mir wiederum das Gefühl auslöst, dass ich in der Prioritätenliste meines Ehemannes an letzter Stelle komme. Oder noch schlimmer, dass ich einen Mann geheiratet habe, dem ich einfach nichts bedeute. Denn jeder, absolut jeder, ist wichtiger als ich: Katzen, die sterilisiert werden müssen, Rennpferde mit Verstopfung, seine Mum mit ihren sämtlichen Neurosen, seine Schwester Jules und ihre Liquiditätsprobleme, die dämliche Lisa Ledbetter und ihr Sorgenkatalog ... Sie können es sich aussuchen. Sie brauchen nur Schwäche und Bedürftigkeit zu äußern, und schon kümmert sich Dan um Sie. Eine starke, tüchtige Frau hingegen, die das Beste aus dem zu machen versucht, was das Schicksal ihr zugeteilt hat, wird bei ihm immer auf unterster Stufe stehen.

Das ist nicht seine Schuld. Manchmal glaube ich, er ist einfach nicht darauf eingestellt, nur einen einzigen Menschen glücklich zu machen. Nicht, wenn er stattdessen der gesamten Menschheit dienen kann.

Komisch, nicht wahr? Wie Frauen eine Ewigkeit damit verbringen, Freundschaft und Romantik voneinander zu trennen. Und ich hielt mich so lange für die glücklichste Frau der Welt, weil ich beides hatte.

Doch nun sieht es ganz danach aus, als hätte ich keines von beidem mehr.

Den doofen Saft hat er nicht einmal angerührt.

Kapitel drei

Das Vorsprechen findet zur Mittagszeit in Dublin statt, weshalb die Zeit kaum reicht, zu Tesco zu rasen und alles einzukaufen, was wir laut Mrs Brophys Genörgel nicht im Haus haben. Außerdem musste ich Agnes in der Buchhandlung anrufen und ihr sagen, dass ich heute nicht zur Arbeit kommen werde. Doch falls ich gedacht hatte, dass sie mir deshalb böse sein würde, habe ich mich geirrt. Ehrlich, die unverhohlene Erleichterung im Tonfall dieser Frau, als sie erfuhr, dass sie mich nicht noch einen weiteren Tag bezahlen muss, war herzzerreißend. Kein Problem, Annie, meinte sie. Warum nehmen Sie nicht gleich ein paar Tage frei?

Jedenfalls bleibt mir gerade noch Zeit, blitzschnell zu duschen, bevor ich ins Auto springen und den zweieinhalbstündigen Marathon in die Stadt antreten muss.

Sobald ich die Schnellstraße erreicht habe, fälle ich eine Entscheidung. Ich werde diese unglaublich kostbare Zeit des Alleinseins nützen, um einen klaren Kopf zu bekommen und an nichts anderes als an das Vorsprechen zu denken. Also schalte ich in den vierten Gang und beginne mit den Entspannungsübungen gegen das Lampenfieber, an die ich mich noch aus grauer Vorzeit erinnere. Erst einmal einige tiefe Yogaatemzüge, zwei Sekunden ein- und vier Sekunden ausatmen, zwei ein, vier aus ... immer mit der Ruhe ... dann fange ich an, ein positives Ergebnis zu visualisieren ... ich stelle mir vor, wie ich beschwingten Schrittes in die Probe komme ... ich bin wieder eine richtige Schauspielerin, die damit Geld verdient ... zurück in der Stadt und weit weg von The Mooring ... ich werde für eine Tätigkeit bezahlt, die mir großen Spaß macht ... ich konzentriere mich darauf, nur ein positives Ergebnis zu erzielen und nicht darüber nachzugrübeln, dass ich meinen Text vergessen oder vor Nervosität einen Aussetzer haben könnte ...

Gerade lasse ich mich an einen idyllischen, beruhigenden, entrückten und glücklichen Ort treiben, als mein Telefon läutet und mich jäh aus meiner Konzentration reißt.

Es ist Audrey. Welch eine Überraschung.

»Wo bist du, Annie?«, säuselt sie mit ihrer Kleinmädchenstimme. »Ich bin in The Moorings, und Mrs Brophy hat mir erzählt, dass du schon wieder nach Dublin gefahren bist. Stimmt das? Würdest du wirklich etwas so Egoistisches tun, ohne es mir zu sagen? Ich habe mir gestern solche Sorgen um dich gemacht, und du weißt ja, dass mir dann immer unwohl wird. Und kein Anruf den ganzen Tag, kein Wort, nichts.«

Lass dir keine Schuldgefühle einreden, halte ich mir streng vor Augen. Sie darf dir unter gar keinen Umständen ein schlechtes Gewissen machen.

»Denn ich fühle mich heute nach den Sorgen von gestern gar nicht gut. Deshalb müsstest du ein paar Kleinigkeiten für mich erledigen ...«

Ich höre ihr so geduldig wie möglich zu und erkläre ihr dann, dass alles in Ordnung sei und dass ich nur wegen eines überraschenden Vorsprechens nach Dublin müsse. Eine Pause entsteht, und ich frage mich schon fast, ob sie sich erkundigen wird, worum es dabei geht. Sie wissen schon, das, was jeden normalen Menschen interessieren würde. Was es für ein Stück ist, zum Beispiel. Oder für welche Rolle ich vorgesehen bin. Aber nein, das tut sie nicht. Natürlich nicht. Sie filtert die Informationen, die ich ihr gebe, und überlegt sofort, ob sie negative Folgen für sie haben werden. Und kommt zu dem Schluss, dass sich das so verhält.

»Aber das nützt mir nichts, Annie. Ich schreibe heute meine Weihnachtskarten und brauche dich hier. Du hättest gestern schon da sein sollen, um mir zu helfen. Schließlich ist es nicht meine Schuld, dass du weg warst.«

Ich senke meine Stimme, so weit ich kann. Unter gar keinen Umständen werde ich mich von ihr wieder unterbuttern lassen. Also erwidere ich ruhig, ich würde zwar den Großteil des Tages unterwegs sein, aber abends wiederkommen und mich dann gerne um ihr Anliegen kümmern.

»Du hörst mir nicht richtig zu, Annie. Ich muss meine Weihnachtskarten heute abschicken. Deshalb musst du zur Post fahren, bevor sie schließt. Du weißt genau, dass ich das nicht allein kann. Wenn ich Schlange stehen muss, bekomme ich einen Schwächeanfall, und ich fühle mich schon den ganzen Vormittag nicht wohl. Und außerdem hast du den Weihnachtsbaum noch immer nicht aufgestellt, Annie. Ich verstehe nicht, was du mit deiner vielen Zeit machst.«

Ich lasse ihr diesen Seitenhieb durchgehen und schlage vor, sie könne ja vielleicht Jules zur Post schicken, wenn es so dringend sei.

»Tja, wenn ich gewusst hätte, dass du heute nach Dublin verschwindest, hätte ich das getan. Doch Jules schlief noch, als ich ging, und ich wollte sie nicht wecken.«

Ich kann mir ein Schmunzeln nicht verkneifen. Typisch Jules. Sie besteht hartnäckig auf ihren zwölf Stunden Schlaf. Außerdem sagt sie, dass sie lieber hellwach im Bett liege, als aufzustehen und Audrey-Land zu betreten. Es wäre unfair, ihr das zum Vorwurf zu machen.

»Ach, und noch etwas, Annie. Als ich gerade oben auf der Toilette war, habe ich mich ein wenig umgesehen und musste feststellen, dass du dein Bett nicht gemacht hast und dass die schmutzigen Kleider des armen Dan auf dem Boden herumlagen. Ich sage es zwar nur ungern, aber ich finde wirklich, dass du die Hausarbeit ein bisschen besser organisieren könntest. Es tut mir wirklich weh zu sehen, wie das Haus verkommt. Kein Mann lebt gerne in einem unordentlichen Haus –«

In diesem Moment verliert das Telefon den Empfang, und das Gespräch bricht zum Glück ab, bevor das Bild, wie Audrey während meiner Abwesenheit im Schlafzimmer herumschnüffelt, sich in meiner Psyche festsetzen kann.

Jedenfalls komme ich eine gute Dreiviertelstunde vor Beginn des Vorsprechens in Dublin an, parke das Auto und mache mich auf den Weg zum National Theatre. Es ist ein lausiger Wintertag – eiskalt mit einem kräftigen Wind und einer schwachen, dunstigen Sonne, die sich vergeblich müht, die dichte Wolkendecke zu durchdringen –, aber für mich, die ich beschwingten Schrittes zu meinem Termin eile, ist er einfach nur wunderschön.

Seltsam, in Stickens bin ich von idyllischer Natur und vermutlich der malerischsten Landschaft umgeben, die es nur gibt, und dennoch nehme ich sie kaum zur Kenntnis. Doch hier, in der Stadt, marschiere ich zielstrebig eine belebte Straße entlang, wo es von gestressten Menschen nur so wimmelt, die Weihnachtseinkäufe machen und sich auf der Jagd nach Schnäppchen beinahe gegenseitig zertreten ... und ich kann nicht anders, als diesen Anblick für den schönsten zu halten, der mir seit langer, langer Zeit untergekommen ist. Wahrscheinlich liegt es daran, dass einem schon von einem winzigen Lichtstrahl schwindelig wird, wenn man so lange im Dunkeln gelebt hat.

Eines sage ich Ihnen: Selbst wenn ich die Rolle nicht kriege, ist zumindest etwas Gutes dabei herausgekommen – einfach wieder in der Stadt zu sein und einen Termin zum Vorsprechen zu haben hat mir neuen Schwung und Auftrieb gegeben. Unzählige schöne und aufmunternde Erinnerungen stürmen auf mich ein. Nach unserem Schulabschluss sind Dan und ich nach Dublin gegangen, um am Trinity College zu studieren, er Tiermedizin und ich Theaterwissenschaft.

Wir bezogen eine gemeinsame Wohnung nach der anderen und arbeiteten uns langsam aus einer heruntergekommenen Mietswohnung, wo die Waschmaschine gleichzeitig als Esstisch herhalten musste, zu einer schicken Eigentumswohnung kurz nach unserer Hochzeit hoch. Es waren glückliche Tage, bei Weitem die glücklichsten meines Lebens. Und nun stoße ich an jeder Straßenecke auf eine Erinnerung an eine Zeit, in der alles so anders war als heute.

Aufgepeitscht vom Adrenalin, haste ich in ein kleines Café gegenüber dem Theater, um mir eine Flasche Wasser zu kaufen. Niemand kennt mich und weiß, was ich hier will, und das ist einfach phantastisch. Kein Mensch erkundigt sich nach Dan und Audrey oder ob Jules sich vielleicht mit der Absicht trägt, in absehbarer Zeit Arbeit zu suchen. Hier bin ich absolut und vollkommen anonym, und das ist traumhaft. Endlich kann ich wieder frei durchatmen, nachdem ich jahrelang langsam und lautlos erstickt bin.

Ich eile zum Bühneneingang des National Theatre, wo mich die Pförtnerin so freundlich empfängt wie eine Stewardess. Ja, sie erwarteten mich schon. Ich solle in der Garderobe Platz nehmen. Höflich bietet sie mir Tee oder Kaffee an, was ich dankend ablehne. Dann mache ich mich auf den Weg zur Garderobe, die sich direkt hinter der Bühne befindet. Vermutlich steht dort gerade eine bedauernswerte Schauspielerin und liefert eine Probe ihres Könnens ab. Ich lasse mich in einen verschossenen Ledersessel fallen und blättere noch einmal das Skript durch.

Hilary hat mich ausführlich darauf hingewiesen, dass man in diesem Stadium noch nicht von mir verlange, den Text auswendig zu lernen. Schließlich sei ich ja so kurzfristig benachrichtigt worden. Allerdings weiß ich genau, dass das Gegenteil der Fall ist.

Deshalb lese ich gerade noch einmal die Schlüsselszene meiner Rolle, als sich die Tür öffnet und der Inspizient mich holen kommt. Keine Zeit zu reagieren, keine Zeit für Lampenfieber. Ich erhebe mich und folge ihm gehorsam.

Zwei Minuten später stehe ich auf der Bühne. Es ist ausgesprochen seltsam, sich auf der anderen Seite zu befinden, nachdem man erst tags zuvor im Zuschauerraum gesessen hat. Übrigens ist die Kulisse der Wellnessbereich einer Ferienanlage mit fünf Sternen. Auf der Bühne sind Liegestühle verteilt, und Türen führen zu Sauna, Pool und Dampfbad. Alles liegt im Dämmerlicht, sodass man kaum etwas sieht. Eine Sekunde später ist alles so grell erleuchtet wie am Broadway. Im ersten Moment bin ich benommen, doch sofort fordert mich eine körperlose Stimme aus dem dunklen Zuschauerraum auf, an den Bühnenrand zu treten. Ich gehorche und umklammere dabei das Skript wie einen Talisman.

Dann rauscht ein toll aussehender, großer, schlanker Typ den Mittelgang entlang und direkt auf die Mitte der Bühne zu, wo ich, durchgeschwitzt und voller Anspannung, verharre.

»Hallo«, ruft er gelassen. »Ich bin Jack Gordon.«

Es geschieht nicht alle Tage, dass man so einer Berühmtheit persönlich gegenübersteht. Also spähe ich trotz der blendenden Scheinwerfer hinunter in die Dunkelheit, um ihn in Augenschein zu nehmen. Er ist viel größer und schlanker, als ich gedacht hatte, und trägt einen maßgeschneiderten anthrazitfarbenen Anzug und darunter ein gebügeltes weißes Hemd ohne Krawatte, wodurch er älter wirkt, als er ist. Allerdings kann er höchstens Anfang dreißig sein. Ich kann mich nicht erinnern, wann mir zuletzt ein gut gekleideter metrosexueller Mann in einem richtigen Anzug begegnet ist. Er hat hellbraunes Haar und blaue Augen, aber geschwungene Brauen, dazu ein Selbstbewusstsein, das praktisch von den Wänden des Zuschauerraums widerhallt.

Jedenfalls marschiert er bis zum Bühnenrand. Er geht, als folgte ihm der Lichtkegel eines Scheinwerfers, und hält mir seine glatte, eingecremte Hand hin.

»Sie müssen Annie Cole sein.« Als er lächelt, sehe ich seine blitzweißen Zähne. »Wirklich nett von Ihnen, dass Sie so kurzfristig kommen konnten. Es ist mir ein großes Vergnügen, Sie kennenzulernen.«

Ich murmele irgendeinen Unsinn und schüttle seine eiskalte Hand. Inzwischen nimmt er mich gründlich unter die Lupe und mustert mich von Kopf bis Fuß, was mich ziemlich nervös macht. Zum Glück fängt er keinen Small Talk an, sondern nennt mir nur die Szene, die ich vorlesen soll, und fügt lässig hinzu, ich könne anfangen, wenn ich so weit sei.

Und dann kommt der Sprung ins kalte Wasser.

Gutes Zeichen: Ich soll eine bestimmte Szene fünfmal auf fünf verschiedene Weisen spielen. Mein gesunder Menschenverstand sagt mir, dass Jack sicher nicht so viel Zeit mit mir vergeuden würde, wenn er mich für grottenschlecht hielte.

Schlechtes Zeichen: Als ich die Bühne verlasse, treffe ich die Schauspielerin, die vor mir dran war und jetzt in dem winzigen Hof vor der Garderobe eine raucht. Wir erkennen einander sofort an dem vor die Brust gedrückten Skript und machen uns daran, unseren jeweiligen Auftritt in allen Einzelheiten zu sezieren. Von ihr hat er genau das Gleiche verlangt. So viel dazu.

Gutes Zeichen: Eine der Schlüsselszenen fühlt sich absolut toll an. Ich kann den gewaltigen Adrenalinstoß gar nicht beschreiben, den es in mir auslöst, sie zu spielen. Wahrscheinlich kann man es mit dem vergleichen, was in einem Kampfpiloten beim Start vorgeht. Oder einem Fassadenkletterer. Ich stelle fest, dass die Schauspielerei an sich mir eine unbändige Freude bereitet. Ich genieße jede Sekunde und denke mir, was soll's? Auch wenn ich die Rolle nicht kriege, habe ich es wenigstens so weit gebracht, also kann ich auch meinen Spaß haben.

Außerdem lacht Jack bei einer meiner Pointen kehlig auf, was ich als sehr aufmunternd empfinde.

Schlechtes Zeichen: Im nächsten Moment entschuldigt er sich, um ein Telefonat anzunehmen.

Gutes Zeichen: Nachdem ich fertig bin, erkundigt er sich höflich nach meinem Privatleben und ob der hohe Grad an Engagement, der hier von mir erwartet würde, für mich ein Problem darstelle.

Schlechtes Zeichen: Als ich ihm mitteile, dass ich verheiratet bin, aber noch keine Zeit hatte, mit meinem Mann darüber zu sprechen, nickt er nur knapp, lässt sich jedoch rein gar nichts anmerken. Mein Bauchgefühl rät mir, »Aber das klappt schon, schließlich haben wir ja keine Kinder!« hinzuzufügen, doch ich schaffe es, mir das zu verkneifen. Ja, natürlich hätte ich die Rolle liebend gern, möchte allerdings nicht als absolut verzweifelt rüberkommen.

Trotzdem Mist. Hätte ihm einfach die Wahrheit sagen sollen.

Nämlich, dass ich einen Mann habe, der mein Verschwinden aller Wahrscheinlichkeit nach gar nicht bemerken würde.

Allerschlechtestes Zeichen: Als ich die Bühne verlasse, schüttelt er mir ziemlich förmlich die Hand und sagt: »Viel Glück. Wir hören voneinander.« Unter Schauspielern auch als Todeskuss à la »Rufen Sie uns nicht an, wir melden uns bei Ihnen« bekannt.

Jetzt kann ich nichts anderes tun, als zu warten.

Es ist zwar erst früher Abend, aber bereits stockfinster, als ich wieder in Stickens bin. Dass Dan durch Abwesenheit glänzt, ist nicht weiter ungewöhnlich. Es könnte noch einige Stunden dauern, bis er zurück ist. Also beschließe ich, auf ihn zu warten, und wenn es zwei Uhr wird, bis er endlich hereingeschneit kommt.

Mein Plan sieht folgendermaßen aus: Ich baue mich, die Hände in die Hüften gestemmt, vor ihm auf wie in einem Western und versperre ihm den Weg, damit er sich nicht an mir vorbeischieben, Müdigkeit vorschützen und ins Bett gehen kann. Ich werde klipp und klar mein Sprüchlein aufsagen und mich weder von einem läutenden Mobiltelefon noch von einem »Wir reden später darüber« abwimmeln lassen. Meine Entscheidung steht fest, und es ist nicht mehr daran zu rütteln. Keine Wiederholung der Szene von heute Morgen mehr. Schluss mit den Ausflüchten.

Genug ist genug. Es gibt Gespräche, die man nicht auf die lange Bank schieben darf.

Ich betrete das Haus durch die Seitentür, von der aus ein langer, schmaler Flur mit Steinboden in die Küche führt. Zu meiner Freude steht Jules in Pyjama und mit meinen Pantoffeln an den Füßen da und plündert wie üblich den Kühlschrank.

»Wo zum Teufel hast du den ganzen Tag gesteckt?«, lautet ihre Begrüßung. Sie blickt nicht einmal von dem Krautsalat auf, den sie direkt aus dem Behälter isst.

»Jules, sag jetzt bitte nicht, dass du in diesem Aufzug auf der Straße warst. Du siehst aus wie die Frauen, die vom Sicherheitsdienst aus dem Supermarkt geführt werden. Am Schluss wird noch der psychosoziale Dienst auf dich aufmerksam.«

»Ach, lass mich in Ruhe. Ich konnte mich einfach nicht entscheiden, was ich anziehen sollte, also habe ich mir die Mühe gespart. Aber ich hatte darüber einen Dufflecoat und Gummistiefel an, als ich ging. Außerdem ist Nachtwäsche als Oberbekleidung zurzeit voll angesagt. Ach, du hast übrigens voll Ärger mit deiner Schwiegermutter, das kann ich dir verraten. Wir waren heute Nachmittag gefährlich nah an einem Code drei.«

Das ist die Skala, die Jules und ich entwickelt haben, um Audrey und ihre verschiedenen Anfälle von Unwohlsein unter Kontrolle zu halten. Die niedrigste Stufe, Code eins, bedeutet, dass sie jammernd auf dem Sofa liegt und einen Tee mit viel Zucker braucht. Doch wenn sie sich in Code vier hineinsteigert, bleibt einem nichts anderes übrig, als umgehend einen Rettungswagen und den Hausarzt zu alarmieren und das Ergebnis abzuwarten.

»Also, wo warst du, Annie? In letzter Zeit verschwindest du ständig und tauchst dann irgendwann erst wieder auf.«

»Ich habe in Dublin für eine Rolle vorgesprochen.« Mit einem stolzen Lächeln ziehe ich Handschuhe und Mantel aus. »Ich gebe dir die Erlaubnis, beeindruckt zu sein.«

»Und du hast mich nicht mitgenommen, du blöde Kuh! Verdammt, ich hätte ein paar Weihnachtseinkäufe erledigen können! Natürlich mit Geld, das du mir hättest leihen müssen. Ich hätte mich heute nämlich zu gern verdrückt. Lisa Ledbetter saß den ganzen Nachmittag nörgelnd am Küchentisch. Was bringt es dann überhaupt herzukommen, um meiner Mutter zu entfliehen?«

Mit einem Aufstöhnen schalte ich den Teekessel an.

»Herzliches Beileid. Erzähl mal, wie ging es unserer Freundin denn heute?«

»Du hättest sie hören sollen«, fährt Jules fort und wischt sich mit dem Handrücken den Krautsalat aus dem Gesicht. »Sie hat sogar Dan auf dem Mobiltelefon angerufen und ihn wieder mal um ein Darlehen gebeten, damit sie die Weihnachtsfeiertage übersteht. Oh, und offenbar möchte eines ihrer Kinder Reitunterricht nehmen. Und sie hat es geschafft, dass der weichherzige Idiot die auch noch bezahlt. Ich habe getan, als würde ich fernsehen, aber das ganze Gespräch belauscht. Die Frau hat nicht die Spur von Schamgefühl. Ist ihr nicht klar, dass ich die Einzige bin, die Dan anschnorren darf?«

Ich verdrehe die Augen und spiele die Empörte, obwohl ich froh bin, dass Jules hier ist. Und sogar noch froher, weil es mir durch ein vorweihnachtliches Wunder gelungen ist,

Audrey und Lisa zu verpassen. Denn Jules ist das optimale Mittel gegen die beiden.

Ich sollte hinzufügen, dass Jules erst neunzehn ist, aber um einiges jünger aussieht. Sie wirkt tatsächlich wie jemand, der in der Kneipe den Ausweis vorzeigen muss.

Ich weiß, dass sie mein Haus nutzt wie eine Untermieterin, die keine Miete zahlt. Aber Jules gehört eben zu den von Natur aus liebenswerten Menschen, denen man einfach nicht lange böse sein kann. Sie ist zwar Dans kleine Schwester, doch es war schon immer so, als wäre sie auch meine. Schließlich kenne ich sie, seit sie eine verwöhnte und überbehütete Sechsjährige war. Was soll ich sagen? Wir mochten uns einfach auf Anhieb. Ich wollte schon immer eine kleine Schwester haben … und ich hätte mir keine wünschen können, die mehr Schwung in mein Leben gebracht hätte.

Ja, natürlich ist es ein wenig seltsam, dass eine neunzehnjährige Collegeabbrecherin ihre Tage damit verbringt, nachmittags vor dem Fernseher abzuhängen, und nicht das geringste Interesse daran zeigt, sich Arbeit zu suchen und ihr eigenes Geld zu verdienen. Aber so ist Jules nun einmal. Sie gehört zu der seltenen und aussterbenden Spezies »Generation Anspruch«. Sie wissen schon, die jungen Leute, denen in ihrer Kindheit von ihren fürsorglichen Eltern alles auf dem Silbertablett serviert worden ist und die deshalb annehmen, dass das Leben nur aus Fünfsternehotels, drei Urlaubsreisen im Jahr und teuren Designerklamotten besteht. Diese Altersgruppe hat die unsanfteste Landung von allen hingelegt, als die Rezession zuschlug und ihnen sämtliche Privilegien, die zu Boomzeiten selbstverständlich gewesen waren, unsanft entriss.

Damals hatte Jules bereits mit dem College angefangen.

Doch als sie letzten Herbst durch die Prüfungen fiel, erkannte sie rasch, dass sie tatsächlich nicht mehr fünf Nächte pro Woche ausgehen konnte und sich außerdem auf den Hosenboden setzen musste, wenn sie es schaffen wollte. Es erübrigt sich hinzuzufügen, dass das Thema Studium hiermit erledigt war. Also ist sie vor fünf Monaten wieder bei ihrer Mutter eingezogen, und obwohl es sie angeblich in den Wahnsinn treibt, Tag und Nacht ihr Genörgel zu ertragen, hat sie nicht die leiseste Absicht zu gehen.

Verstehen Sie mich nicht falsch, ich habe das Mädchen sehr lieb. Aber wenn man das Wort »Trägheit« im Wörterbuch nachschlägt, stößt man vermutlich auf den Querverweis »siehe: Jules Ferguson«. Sie hat die Ruhe weg, und es stört sie nicht im Geringsten, sich bei ihrer Mutter einzunisten und von Finanzspritzen ihres großen Bruders zu leben. Oh, und ihre Nachmittage hier zu verbringen, sobald Audrey weg und die Luft rein ist, wodurch sie ihr so gut wie möglich aus dem Weg geht.

Ich schenke mir einen großen Becher Tee ein und folge ihr ins Fernsehzimmer, wo sie sich ein kleines Picknick, bestehend aus den Resten von gestern Abend und einer Tüte Tortillachips, angerichtet hat. Außerdem hat sie das Kaminfeuer angezündet, die einzige Haushaltspflicht, die sie zuverlässig erfüllt. Allerdings bin ich ihr sehr dankbar dafür, denn in The Moorings ist es wegen der hohen Decken und der alten Rohre selten wärmer als ein oder zwei Grad über dem Gefrierpunkt, selbst wenn die Heizung auf Hochtouren bollert. Im Hintergrund läuft der Fernseher. Jules lässt sich in ihren Lieblingssessel fallen und stiert in die Glotze.

»Also«, sagt sie, nimmt eine Handvoll Chips und stopft sie sich in den Mund, »erzähl mir, wie das Vorsprechen war. Ist die Rolle einigermaßen in Ordnung? Das heißt … ist sie es wert, dass ich den Blick vom Fernseher abwende?«

Ich berichte ihr von den jüngsten Entwicklungen in meinem Leben, wobei ich überlege, ob ich ihr die ganze und ungeschönte Wahrheit beichten soll. Einerseits denke ich, warum nicht? Sie wird es so oder so erfahren. Doch dann meldet sich die Vernunft. Nein, das wäre unfair. Nicht, bevor ich mit Dan gesprochen habe. Deshalb rede ich um den heißen Brei herum und verrate ihr nur das Allernotwendigste.

Aber wenn ich geglaubt habe, dass sie beeindruckt sein würde, habe ich mich geirrt. Sie lehnt sich im Sessel zurück und knabbert gedankenverloren noch ein paar Chips.

»Ach, Mist«, meint sie nach einer Weile. »Mir ist gerade etwas ziemlich Unangenehmes eingefallen.«

»Und das wäre?«

»Wenn du die Rolle kriegst, wärst du den ganzen Tag weg, um zu proben, und dann jeden Abend, wenn das Stück läuft. Richtig? Raus mit der Sprache, Annie. Was sagt dir dein Bauchgefühl? Meinst du, es klappt?«

»Nein, wahrscheinlich nicht.«

»Sag nicht wahrscheinlich. Das macht mir Sorgen. Warum nicht einfach nur Nein?«

Ich kann mir ein Schmunzeln nicht verkneifen. Ihr Entsetzen, die arglose Miene und die weit aufgerissenen Augen sind ein Bild für die Götter. Ich schwöre, einen Moment lang sieht sie wirklich aus wie damals mit zwölf.

»Denn wenn du dich nach Dublin verdrückst«, fährt sie fort, »sitze ich ganz alleine und ohne dich hier fest, richtig? So ein elender Mist. Weißt du, was los ist, wenn du nicht da bist, Annie? Mit meiner Mutter und ihren kleinen Unpässlichkeiten und der Nörgeltante Lisa Ledbetter geht es in diesem Haus zu wie bei den Akteuren von *Einer flog über das Kuckucksnest*. Ich glaube, ohne dich halte ich das nicht aus. Nicht auszudenken. In diesem Fall müsste ich vielleicht das Unaussprechliche tun und« – theatralische Pause – »mir einen Job suchen.«

Typisch Jules. Wenn man sie mit veränderten Bedingungen konfrontiert, lautet ihre erste Reaktion ... Moment mal, lass mich nachdenken. Also, inwieweit bin ich direkt betroffen?

»Tja, vermutlich wird ja nichts draus«, erwidere ich und trinke einen Schluck Tee

»Nun, zu deinem Glück, Annie, hast du keinen Grund, ein schlechtes Gewissen zu haben. Du weißt ja, Dan liegt mir seit einiger Zeit ständig damit in den Ohren, dass er mir das Taschengeld kürzt, wenn ich nicht wenigstens versuche, mich irgendwo zu bewerben. Und da hatte ich gestern Abend eine Eingebung, als ich mir eine Wiederholung von *Britain's Got Talent* angeschaut habe. Das inspiriert mich immer.«

»Äh ... lass mich raten. Du hast beschlossen, Popstar zu werden? Ist die Voraussetzung dafür nicht, dass man eine Singstimme hat?«

»Nein, ich werde mein eigenes Talent einsetzen, du Dummerchen. Ich werde Schriftstellerin. Ich habe sogar schon einen Titel für mein erstes Buch. Es ist ein Roman mit leicht autobiografischen Zügen und basiert auf dem Leben einer traumhaft schönen und begabten Neunzehnjährigen, die gerade das College abgebrochen hat und aufgrund der grauenhaften Wirtschaftslage gezwungen ist, bei ihrer durchgeknallten Mutter in einem winzigen Nest mitten in der Pampa zu wohnen. Der Roman heißt: *Ich liebe dich, aber bitte mach dich vom Acker*. Was hältst du davon?«

»Ich weiß nicht, wer von uns beiden schlimmer ist. Du, weil du dir so einen Mist ausdenkst, oder ich, weil ich dir zuhöre. Obwohl ich dir eines lassen muss: Wenn du zu schreiben anfängst, würde wenigstens deine blühende Phantasie zum Einsatz kommen.«

Das ist auch so eine Eigenschaft von Jules – sie ist in der Familie dafür berüchtigt, dass sie immer furchtbar übertreibt. Als Kind brachte sie sich mit ihren erfundenen Geschichten ständig in Schwierigkeiten. Die berühmteste davon erzählte sie ihren Mitschülern am ersten Schultag: Ihre Eltern seien Zirkusartisten. Ihre Mum sei Akrobatin und ihr Dad Löwenbändiger. Als die Wahrheit ans Licht kam, nämlich dass ihr Vater der Tierarzt am Ort und ihre Mutter Hausfrau war, zuckte sie nicht mit der Wimper, sondern meinte nur, ihr Dad sei früher einmal Löwenbändiger gewesen und kümmere sich nun um kranke Tiere, während ihre Mum wegen einer Verletzung gezwungen gewesen sei, das Leben als Artistin an den Nagel zu hängen. Wenn man den Psychologen glauben kann, wächst sich das Problem bei den meisten Kindern mit sechs Jahren aus. Allerdings ist Jules inzwischen neunzehn und tut es noch immer.

»Also, Fräulein«, sagt sie und sieht mich finster an, »wenn du für ... wie lange? ... ein paar Monate verschwindest, richtig? ... werden mich alle unter Druck setzen, damit ich mir einen Job suche. Deshalb ist es im Grunde genommen deine Schuld, Schätzchen. So ein Mist, dass du ein Rollenangebot gekriegt hast. Jetzt muss ich so schnell wie möglich meinen Debütroman an den Mann bringen. Sonst halten mich alle für eine komplette Versagerin. Wie lange läuft dein Stück denn eigentlich?«

Ich antworte nicht, sondern fange an, das kleine Picknick

wegzuräumen, das Jules auf dem Fußboden des Fernsehzimmers verteilt hat. Dabei bemühe ich mich, ihre Frage auszublenden. Wie ich schon sagte, wäre es nicht fair, mich Dans Familie anzuvertrauen, bevor ich nicht mit ihm selbst gesprochen habe.

»Ist dir bewusst, dass du feuerrot im Gesicht bist?«, hakt sie nach. »Verschweigst du mir etwas? Hat es mit dem Stück zu tun?«

Sie senkt sogar die Lautstärke des Fernsehers, sodass ich ihrer Frage nicht mehr ausweichen kann. Im nächsten Moment schlägt sie die Hand vor den Mund und schnappt erschrocken nach Luft.

»Ach herrje, sag bloß nicht, dass du in dem Stück splitternackt auftreten musst und es dir peinlich ist, es zuzugeben!«

»Nein, das ist definitiv nicht das Problem. Würdest du jetzt einfach das tun, was du am besten kannst, nämlich in den Fernseher glotzen, während ich mich ums Abendessen kümmere?«

»Annie ...«, meint sie drohend.

»Falls du keine Lust auf Rindfleisch hast, habe ich auch noch die Zutaten für einen leckeren Kartoffelauflauf da. Was hältst du davon? Ich weiß, ein Tag ist erst dann vorbei, wenn man das ganze Alphabet an chemischen Zusatzstoffen durchhat, aber du könntest dir auch einmal etwas zu Gemüte führen, das tatsächlich Vitamine beinhaltet. Das heißt anstelle einer zweiten Tüte Tortillachips.«

»Hau ab. Ich esse nur, weil ich Stress habe.«

»Du? Stress? Du hast dich doch im ganzen Leben noch nie in etwas reingehängt.«

»Wechsle nicht dauernd das Thema. Ich merke es, wenn mich jemand abwimmeln will.«

»Vielleicht möchtest du ja einen gesunden, frischen Salat zum Essen. Nur vielleicht?«

»Blöde Kuh! Wenn du mir nicht gleich die Wahrheit sagst, bekommst du meine Faust zu riechen.«

»Reizende Ausdrucksweise. Wo hast du die her? Von deiner Mutter?«

»Annie! Du weißt, dass ich es früher oder später sowieso rauskriege. Also kannst du es mir genauso gut jetzt erzählen, wenn du noch meine ungeteilte Aufmerksamkeit hast. Schnell, gleich fängt nämlich *Home and Away* an.«

Ich seufze tief auf. Das Spiel ist offenbar aus.

»Du lässt wohl nicht locker, was?«

»Keine Chance.«

Also gut. Ich falle neben ihr aufs Sofa. Eigentlich wollte ich, dass Dan es als Erster erfährt, doch andererseits könnte es, wie ich ihn kenne, noch vierundzwanzig Stunden dauern, bis ich ihn endlich zu fassen kriege. Sicher wird es eine Erleichterung sein, es loszuwerden. Und nicht zu vergessen eine gute Generalprobe für das, was mir bevorsteht.

Deshalb sage ich Jules die Wahrheit, die ganze Wahrheit und nichts als die Wahrheit.

Schweigen. Mit Schweigen habe ich nicht gerechnet.

Plötzlich fühlt es sich an, als seien sämtliches Leben und alle Energie aus dem Raum gesaugt worden. Ich sehe sie erwartungsvoll an, während sie mich mustert.

Schließlich ergreift sie das Wort. »Gut. Das wäre geklärt. Ich hole den Wein.«

Sie erhebt sich mit einer fließenden Bewegung, läuft zur Hausbar und schenkt uns beiden zwei große Gläser Merlot ein. Ich widerspreche nicht, denn ich habe jetzt ein Glas genauso nötig wie sie. Wenn nicht noch mehr.

»Okay«, sagt sie, reicht mir den Wein und nimmt mir gleichzeitig den Teebecher weg, als wäre er auf einmal vergiftet. »Auch wenn mir vielleicht nicht gefällt, was ich gerade gehört habe, bist du verdammt noch mal der einzig normale Mensch in meinem täglichen Umfeld, weshalb ich dir helfen werde, und wenn es das Letzte ist, was ich tue. Also lass mich auf mein erstaunliches Einfühlungsvermögen zurückgreifen.«

»Äh … Verzeihung, sagtest du erstaunliches Einfühlungsvermögen?«

»Ja, genau. Ich würde es ja auch auf mich selbst anwenden, nur dass ich zufällig gerade keine Probleme habe.«

Als ich ein Kissen nach ihr werfe, fängt sie es geschickt auf und benutzt es als Unterlage für ihre Chipstüte.

»Also gut«, fährt sie selbstbewusst fort und klingt so erwachsen, wie ich sie noch nie erlebt habe. »Dann fangen wir mal mit den Vor- und Nachteilen an, oder? Okay, mir ist gerade was eingefallen. Vorteil: In etwa fünfzig Jahren bist du ohnehin tot, weshalb es wahrscheinlich keine Rolle spielt.«

»Das ist für dich ein Vorteil? Ach herrje, dann bin ich ja gespannt auf die Nachteile.«

»Nachteil: Du musst es Dan sagen. Viel Spaß dabei, Schätzchen.«

»Das habe ich heute Morgen schon probiert, aber du weißt ja, wie schwierig es ist, ihn unter vier Augen zu sprechen.«

»Komisch, ich dachte, er ist nur bei mir so, wenn ich ihn wieder mal anschnorre.«

Inzwischen hängt sie seitlich im Sessel, lässt die langen Beine über die Armlehne baumeln, runzelt heftig die Stirn und spielt an ihren Zöpfen herum. Sie verhält sich wie ein kleines Mädchen, was so gar nicht zu dem Weinglas in ihrer Hand passt.

»Vorteil«, fährt sie fort und trinkt noch einen Schluck, »du kriegst die Rolle vielleicht gar nicht, weshalb du dir die Mühe sparen kannst, es ihm gegenüber zu erwähnen. Möglicherweise zerbrichst du dir ja völlig umsonst den Kopf.«

»Nein«, protestiere ich kopfschüttelnd. »Es wäre unfair, es ihm zu verschweigen. Auf der Heimfahrt von Dublin heute Nachmittag konnte ich nur daran denken, dass ... wenn es klappt und ich zur Abwechslung einmal Glück habe ... er es womöglich gar nicht bemerken könnte, dass ich weg bin.«

»Ich verstehe.« Jules nickt weise. »Die Chancen sind gut, dass du die Rolle bekommst, verschwindest und er es kaum wahrnimmt.«

Ich lächle ihr dankbar zu. Mein Gott, es ist so schön, mit jemandem zu reden, der genau versteht, was ich meine. Und zwar wirklich, anstatt zu beteuern, ich hätte doch so einen reizenden Mann und solches Glück, dass er so fleißig und engagiert sei und dass der Beruf bei ihm immer an erster Stelle komme. Bla, bla, bla.

»Oh, ich habe eine Idee. Du könntest ihm einen Zettel hinterlassen, auf dem steht, du würdest ihm alles auf dem Totenbett erklären.«

»Bitte nur ernsthafte Vorschläge.«

»Das war mein voller Ernst. Du bist eine Heilige, weil du das alles aushältst, was du hier ertragen musst, Annie. Das finde ich wirklich. Erinnerst du dich an den Jahrestag? Du hattest ja so viel Geduld mit ihm. Ich glaube, ich hätte nach dieser Sache meinen Kram in einen Koffer gestopft, wäre ins Auto gesprungen und schnurstracks zur nächsten Schnellstraße gefahren.«

Die Erinnerung allein lässt mich erschaudern. Der Jahrestag, auf den sie anspielt, war übrigens nicht unser Hochzeitstag, sondern das Jubiläum unserer Verlobung, bei der wir beide erst dreiundzwanzig waren. Es war Anfang Dezember, und wir machten Urlaub in New York, damals in grauer Vorzeit, als wir noch romantische Dinge als Paar unternahmen. Dan hatte gerade das College abgeschlossen, und ich hatte mein erstes richtiges Engagement am National Theatre hinter mir, das ein großer Durchbruch für mich gewesen war. Also hatten wir auf dieser Reise beide Grund zu feiern. Wir waren jung, bis über beide Ohren verliebt und dachten wirklich, die ganze Welt stünde uns offen.

Jedenfalls gingen wir zum Schlittschuhlaufen ins Rockefeller Center ... das heißt, Dan lief Schlittschuh, während ich mich in meiner Angst, ich könnte hinfallen, mit einer Hand an ihm und mit der anderen an der Bande festhielt. Es fing an, ganz leicht zu schneien, als er sich zu mir umdrehte und mich küsste und ... dann machte er mir einen Heiratsantrag. Völlig spontan und aus heiterem Himmel. Und dennoch hätte der Augenblick nicht besser gewählt sein können, wenn er das Ganze geplant gehabt hätte. Selbst die zarten Schneeflocken fielen wie auf ein Stichwort. Es war so unbeschreiblich romantisch, dass wir anstelle unseres Hochzeitstages immer dieses Datum feiern. Den 1. Dezember.

Also habe ich mich in diesem Jahr angesichts seiner wahnwitzigen Arbeitszeiten und der Tatsache, dass wir seit einer Ewigkeit nicht mehr miteinander gesprochen hatten, wirklich selbst übertroffen und es so richtig krachen lassen. Ich hatte einen Tisch für uns beide im Marlfield House reserviert, einem bezaubernden Fünfsternehotel auf dem Land, etwa fünfundsiebzig Kilometer entfernt von hier. Es ist eines der absoluten Luxushotels, wo das Personal einen mit Madam anspricht und die Ausstattung vom Feinsten ist. Und nicht nur das – ich hatte als Überraschung auch ein Zimmer für uns gebucht. So würde keiner von uns Auto fahren müssen, und wir würden die zweiten Flitterwochen erleben, die wir beide so dringend nötig hatten. All das hatte ich voller Stolz mit meinem jämmerlichen Gehalt finanziert, damit er nicht unter dem Vorwand, das sei doch viel zu teuer, einen Rückzieher machen konnte.

Und dann kam der große Tag. Dan war unterwegs, um Tuberkulosetests durchzuführen, eine mühselige und zeitraubende Angelegenheit, die in der Praxis immer wieder anfällt. Daher fuhr ich mit meinem Auto voraus zum Marlfield House, um den Tag zu nutzen, und verabredete mich rechtzeitig zum Abendessen dort mit ihm. Und dann ... die Katastrophe: Er bekam in letzter Minute einen Anruf. Ein Notfall, da auf einer Farm, etwa sechzig Kilometer entfernt, ein Fohlen auf die Welt geholt werden musste. Er konnte nicht kommen, sodass ich ganz allein im Hotel festsaß. Vom eigenen Ehemann versetzt. Natürlich war es nicht seine Schuld, aber das ist es ja nie, oder? Außerdem ist es unmöglich, sich mit Dan zu streiten. Dazu ist er viel zu vernünftig. Um eine Auseinandersetzung zu vermeiden, nimmt er einem den Wind aus den Segeln, indem er sich vorbeugend einfach schuldig bekennt.

Mich darüber aufzuregen wäre absolut sinnlos gewesen. Schließlich gehört das zum Leben eines Landtierarztes und deshalb auch zu dem seiner Frau. Mitgehangen, mitgefangen. Natürlich hatte ich Verständnis und machte ihm keine Szene. Wie auch? Und was hätte ich schon groß tun sollen? Schmollen, weil Dan hart in einem Beruf arbeitet, der mehr oder weniger Einsatz rund um die Uhr einfordert?

Aber es hat trotzdem verdammt wehgetan.

Plötzlich springe ich auf und fange an, hin und her zu laufen. Keine Ahnung, warum ich nicht mehr still sitzen kann.

»Heute Abend«, verkünde ich mit Nachdruck. »Koste es, was es wolle. Ich muss es Dan heute Abend sagen. Und wenn ich sein Mobiltelefon ins Aquarium werfen und ihm die Ohren lang ziehen muss, damit er mir endlich zuhört.«

»Hm, ich weiß, was du meinst«, sagt Jules, die inzwischen eine Tüte Nachos hinunterschlingt. »Ein Jammer, dass du kein krankes Tier bist.«

Ich nicke, denn ich begreife nur zu gut, worauf sie hinauswill.

»Ich verrate dir mal was, Annie.«

»Und was?«

»Vielleicht ist dieser Schreck ja nötig, damit er sich endlich benimmt. Dann würde ihm nämlich klar werden, dass du auch ein Leben und einen Beruf hast, und zwar nicht hier. Der Himmel weiß, wie viel du in den letzten Jahren für ihn aufgegeben hast. Und was hast du davon? Wenn du mich fragst, findet er das einfach selbstverständlich. Und ich habe nie gehört, dass du dich beklagt hättest.«

Da kann ich ihr nicht widersprechen.

»Also«, fährt Jules fort und streckt die langen Beine in Richtung Feuer, »ist das möglicherweise der Arschtritt, den er braucht, wenn du ihm mitteilst, dass du keine Lust mehr hast, das brave Frauchen zu spielen. Hey, besteht vielleicht die Chance, dass ich bleiben und zuschauen kann?«

Natürlich lasse ich sie nicht bleiben und zuschauen. Um acht fehlt von Dan noch immer jede Spur, *quelle surprise*. Wie sich außerdem herausstellt, ist Jules mit einer Freundin aus dem College verabredet, die in Liston, einem Dorf ganz in der

Nähe, wohnt. Also winke ich ihr zum Abschied nach und verspreche ihr, ihr meine große Aussprache mit Dan später in allen Einzelheiten zu schildern.

Es war wirklich meine Absicht, auf ihn zu warten, damit er keine Möglichkeit hat, so wie immer direkt ins Bett zu gehen, ohne ein Wort mit mir zu wechseln. Doch um halb elf liege ich völlig erschlagen vor dem Kamin und dem laufenden Fernseher auf dem Sofa. Die Fahrt nach Dublin und zurück fordert ihren Tribut.

Es sind die Hunde, die mich wecken. Dan nimmt sie oft mit zu den Farmen, und wenn sie wieder nach Hause kommen, drehen sie immer fast durch. Sobald ich Gebell und das Scharren von Pfoten im Wohnzimmer höre, rapple ich mich schlaftrunken auf und bereite mich auf den großen Showdown vor.

»Dan?«, rufe ich und erhebe mich taumelnd. »Ich bin hier drin.«

Unsere drei Labradore stürmen als Erste herein und springen mich sabbernd an, während ich sie nacheinander streichle. Dann blicke ich auf … und da ist er und füllt mit seiner hünenhaften, breitschultrigen Gestalt den Türrahmen aus. Er sieht so erschöpft aus wie schon seit Monaten nicht mehr. Ich schwöre, die dunklen Augenringe haben inzwischen dieselbe Farbe wie seine Augen.

»Hey, du bist ja noch auf?«, stellt er, die Stimme tonlos vor Müdigkeit, fest. »Ich dachte, du wärst schon seit Stunden im Bett.«

»Äh … ja, ich … tja … ich wollte mit dir reden«, erwidere ich mit einem mulmigen Gefühl im Bauch. »Wie war es heute bei dir?«

»Oh, wie immer«, antwortet er. Als er sich dem Kamin

nähert, um sich zu wärmen, wirkt das Zimmer durch seine bloße Gegenwart viel kleiner. Er hat seine Gummistiefel in der Vorhalle gelassen, überragt mich aber sogar in Socken noch um etwa dreißig Zentimeter. »Ich war den Großteil des Abends bei Fogarty. Paul hat darauf bestanden, dass ich nach meinen übrigen Hausbesuchen noch einmal vorbeischaue. Ich habe bei der Stute noch eine Endoskopie durchgeführt, nichts Bösartiges. Er ist nur in Panik, weil sie in dieser Rennsaison ausfällt, mehr nicht.«

Ich lächle ihn an und wechsle das Thema. »Hunger?« Eine gute Taktik, denn mit vollem Magen wird er das, was ich ihm zu sagen habe, vielleicht wohlwollender zur Kenntnis nehmen.

»Nein danke«, gähnt er. »Ich bin einfach nur todmüde. Aber James hat die Telefone übernommen, damit ich wenigstens ein paar Stunden schlafen kann. Ich füttere rasch die Hunde und gehe dann ins Bett. Morgen wird wieder ein langer Tag, du kennst das ja.«

Mir schießt durch den Kopf, wie höflich und leidenschaftslos unser Gespräch ist. Eher wie bei zwei WG-Bewohnern, die einander nur selten über den Weg laufen, als bei einem Ehepaar.

»Ich kümmere mich um die Hunde, keine Sorge. Aber bevor du ins Bett gehst, muss ich wirklich dringend mit dir reden.«

»Können wir das nicht auf später verschieben? Ich glaube, ich bin jetzt nicht mehr aufnahmefähig.«

Er ist schon halb zur Tür hinaus, und da ich weiß, dass das hier meine letzte Chance ist, nutze ich sie.

»Erinnerst du dich, dass ich heute zu einem Vorsprechen in Dublin war, Dan?«

»Einem Vorsprechen? Wirklich? Das hast du gar nicht erwähnt.«

Ich verbessere ihn nicht, weil er vor Erschöpfung beinahe schlafwandelt und das Gespräch von heute Morgen vermutlich vergessen hat. Wahrscheinlich nimmt er mich nur noch als kleine, verschwommene Gestalt wahr.

»Ja, war ich. Ich weiß noch nicht, ob es geklappt hat, aber du kennst das ja. Nun muss ich eben abwarten. Oh … und Tee trinken«, füge ich fröhlich und mit einem nervösen Lächeln hinzu.

»Nun … dann viel Glück. Hoffentlich klappt es.«

Wieder ein breites Gähnen, als er sich anschickt, die Unterhaltung zu beenden und nach oben zu gehen.

»Dan, die Geschichte ist noch nicht zu Ende.«

»Ja, das glaube ich dir gern … aber kannst du mir das alles nicht morgen erzählen?«

Einen Moment lang bekomme ich Mitleid mit ihm. Der Mann kann vor Erschöpfung kaum noch gerade stehen.

»Dan, es tut mir leid, aber es kann nicht warten.«

Gut, endlich habe ich seine Aufmerksamkeit.

»Also, was ist los? Eine große Filmrolle oder so?«

Inzwischen klingt er ein wenig gereizt, so als raubte ich ihm den kostbaren Schlaf.

»Es ist ein neues Stück, das im National Theatre in Dublin läuft. Eine der Schauspielerinnen ist schwanger und muss aussteigen. Und ich würde ihre Rolle übernehmen, das heißt, wenn ich sie kriege.«

»Hey, das ist ja spitze. Gib mir Bescheid, sobald du Genaueres weißt.«

»Und … hör zu … da wäre noch etwas. Etwas Wichtiges.«

Okay, das Leben erteilt mir gerade eine wichtige Lektion.

Wenn man ein möglicherweise konfliktträchtiges Gespräch mit seiner besseren Hälfte führt, darf man niemals im Hintergrund den Fernseher laufen lassen. Der besitzt nämlich die Macht, einem die seltsamsten Querschläger vor die Füße zu werfen. Und im Moment wird gerade irgendeine spätnächtliche amerikanische Seifenoper gesendet, in der eine Frau ihrem Mann die Ehe aufkündigt und ihm mitteilt, dass sie ihn verlässt.

»Diese Ehe kotzt mich an, und es kotzt mich außerdem an, dass du mich wie ein Möbelstück behandelst!«, schreit die Frau aus voller Kehle.

»Also, was ist denn noch?«, fragt Dan höflich. Allerdings steht ihm der Nachsatz »Und darf ich dann bitte endlich ins Bett gehen?« förmlich ins Gesicht geschrieben.

»Ich habe es satt, dass du mich ignorierst!«, kreischt es aus dem Fernseher, während ich nach den richtigen Worten suche. Mist, das würde mich ja nicht stören, wenn ich meine Ansprache heute Abend nicht mindestens ein Dutzend Mal eingeübt hätte.

»Nun, weißt du, wenn sie mich nehmen ...«, beginne ich und überlege, wie ich mich am besten ausdrücken soll.

»Kapierst du? Du lässt mich emotional einfach nicht an dich ran, und ich halte das nicht mehr aus. Ein Mensch kann es nur bis zu einem gewissen Punkt ertragen, dass man ihn ignoriert!«, ruft die verärgerte Fernsehgattin noch immer im Hintergrund. Ich suche auf dem Sofa nach der Fernbedienung, um das verdammte Ding abzuschalten, aber natürlich finde ich sie nicht.

»... das Stück wird nicht am National Theatre laufen«, spreche ich weiter und komme ein wenig in Fahrt.

»Und nachdem ich es jahrelang mitgemacht und ertragen habe, wie du mich anschweigst, wird es allmählich Zeit, dass dir mal

jemand den Kopf wäscht«, schimpft die Fernsehgattin mit schriller Stimme weiter, während ich, noch immer auf der Jagd nach der Fernbedienung, unter den Polstern des Lehnsessels krame, in dem Jules vorhin gesessen hat. Kein Glück. Also sprinte ich zum Fernseher, um ihn direkt abzuschalten, doch bis ich es schaffe, gelingt es der Fernsehgattin noch, ihren Schlusssatz loszuwerden: *»Weil ich mein Leben und meine Karriere für dich geopfert habe, ohne etwas dafür zu bekommen. Seit Monaten, nein, Jahren, hast du kaum einen Satz mit mir gewechselt. Wir sind nicht mehr Mann und Frau – wir reden ja nicht einmal mehr miteinander. Also lässt du mir keine andere Wahl, als zu dieser Tür hinauszugehen und nie zurückzukommen. Verstehst du? Genug ist genug. Ich trenne mich von dir, und daran bist du einzig und allein selbst schuld!«*

»Annie, ich habe gerade einen Fünfzehnstundentag in einem weiteren Monat voller Fünfzehnstundentage hinter mir. Ich kippe gleich vor Erschöpfung um. Ist es vielleicht möglich, dass du zwei Sekunden stehen bleibst und mir verrätst, was du mir sagen willst?«

Tief Luft holen. Ganz ruhig. Und vergiss nicht, dass du die Rolle noch gar nicht hast.

»Ich versuche dir nur zu erklären, Dan, und zwar schon seit heute Morgen, dass ich, wenn ich die Rolle kriege, an den Broadway muss. Nach New York.«

Mein Mund formt jedes einzelne Wort. Und plötzlich sieht der Kamin so eigenartig schief aus.

»Aber, hey, das wäre doch spitze für dich. Du liebst New York.«

»Ich bin noch immer nicht fertig.«

»Was noch?«

»Ich würde ein ganzes Jahr fort sein.«

Erste Funken

Ich war noch keine vierundzwanzig Stunden in Allenwood Abbey, als mir eines klar wurde: Meine Zimmergenossin und neue beste Freundin Yolanda war total in Dan verknallt. Offenbar wussten es alle, sogar, wie anzunehmen war, der Glückliche selbst.

Zufällig saßen er und ich in meiner ersten Unterrichtsstunde am folgenden Tag nebeneinander. Wir hatten ausgerechnet Mathe, das Fach, in dem ich mit Abstand am schlechtesten war. Yolanda hatte mich gewarnt, dass Miss Hugenot, die Lehrerin, die grauenhaft schlechte Angewohnheit hatte, sich die armen Irren vorzuknöpfen, die sie im Verdacht hatte, träumend aus dem Fenster zu schauen. Die wurden dann ans Whiteboard zitiert, um trigonometrische Gleichungen zu lösen. Miss Hugenot kam also mit klappernden Absätzen herein und warf einen Stapel unkorrigierter Hausaufgaben auf ihr Pult, bevor sie sich majestätisch vor der Klasse aufbaute und uns musterte. Später erkannte ich, dass sie eine absolut menschliche Frau war, doch für eine eingeschüchterte Fünfzehnjährige wie mich an ihrem ersten richtigen Schultag wirkte sie wie eine böse Hexe.

»Bitte, lieber Gott, mach, dass sie nicht mich drannimmt«, flüsterte ich Dan schüchtern zu, der mich selbstbewusst und mit der Ruhe eines Menschen angrinste, der nicht nur die Feinheiten der Differenzialrechnung verstanden hatte, sondern auch wusste, wozu man den Mist überhaupt brauchte.

»Lass mich raten«, raunte er zurück, als er meine Panik spürte, und lächelte mich freundlich an. »Entweder kennst du die Lösung nicht oder … ist es möglich, dass du deine Hausaufgaben nicht gemacht hast?«

»Äh … beides«, zischte ich. »Ich wollte ja, aber gestern Abend –«

»Deine Mitbewohnerin hat dich die halbe Nacht wach gehalten?«, mutmaßte er wissend. Seine dunklen Augen funkelten.

»So ähnlich, ja.«

»Klingt nach Yolanda«, erwiderte er.

Meine Freundin, die zwei ganze Reihen vor uns saß, hörte, wie er das Zauberwort – ihren Namen – aussprach, und drehte sich mit einem verführerischen Lächeln um. Allein ihr leicht fragender Gesichtsausdruck verriet mir, dass ich ihr beim Mittagessen unser Gespräch in allen Einzelheiten würde schildern müssen, ohne auch nur die kleinste Kleinigkeit auszulassen.

Und dann … begleitet von einem dramatischen Trommelwirbel in meinem Kopf … fiel der gefürchtete Satz.

»Also«, sagte Miss Hugenot, die offenbar Lunte gerochen hatte, und fixierte mich mit ihrem Blick, »dann wollen wir mal hören, was unser Neuzugang zu sagen hat. Miss Annie Cole? Lass uns schauen, was du in Karatschi gelernt hast. Könntest du bitte nach vorne kommen und aus den Faktoren x, x im Quadrat und x hoch drei Sinus x, Cosinus x und Tangens ableiten. Den gesamten Rechenweg, wenn du so gut wärst? Bring ruhig deine Aufzeichnungen mit.«

Mike Sherry, der auf der anderen Seite des Klassenzimmers saß, machte, begleitet von lautem Gekicher, ärgerliche Kussgeräusche. Währenddessen stolperte ich über meine eigenen Füße und zitterte wie Espenlaub.

Allerdings genügte das, um Miss Hugenot abzulenken. Sofort richtete sich ihre Aufmerksamkeit auf Mike, um ihn für diese Zurschaustellung von Unreife zurechtzuweisen. Und dieser Bruchteil einer Sekunde genügte. Mit einer Geschicklichkeit, um die ihn jeder Zauberkünstler beneidet hätte, vertauschte Dan rasch mein Matheheft mit seinem. Alle Lösungen standen da ordentlich schwarz auf weiß, sodass ich sie nur noch abzuschreiben brauchte. Meine Ehre war gerettet, und zum ersten Mal im Leben konnte ich erhobenen Hauptes eine Mathematikstunde verlassen.

Als ich meine Sachen zusammenpackte und mich anschickte, den nächsten Unterrichtsraum zu finden, hielt Dan mich am Arm fest.

»Moment, wo musst du denn hin?«, fragte er, während ich versuchte, den unverständlichen Grundriss der Schule zu entziffern.

»Äh … in Zimmer 201?«

»Falsche Richtung. Komm, ich zeige dir, wo es ist.«

Er nahm meine Bücher und schlenderte neben mir her. Bis zum heutigen Tage erinnere ich mich an die Schmetterlinge, die plötzlich in meinem Bauch herumflatterten. Vergessen Sie nicht, dass ich bisher nur an reinen Mädchenschulen gewesen und männliche Aufmerksamkeit deshalb nicht gewöhnt war, ganz zu schweigen von der erotisch aufgeladenen, verschwitzten Atmosphäre, die die Wände in Allenwood Abbey ausdünsteten. Gegen die Pheromone Jugendlicher halfen weder Fensteraufreißen noch Deos. Und hier war Dan, hochgewachsen, geerdet, selbstbewusst und sich seiner Beliebtheit so sicher, wie es nur der Kapitän der Rugbymannschaft sein könnte. Er war unglaublich breit gebaut und so muskulös, als führe er überall mit dem Ruderboot hin. Als ich ihm für seine Rettung im Matheunterricht danken wollte, tat er das mit einem Grinsen ab. Dann wechselte er unvermittelt das Thema und fragte mich, wie ich mich eingewöhnte.

»Prima«, erwiderte ich und tat mein Bestes, um so lässig und selbstbewusst zu wirken wie er. »Alle sind wirklich nett.«

Das war eine höfliche Notlüge. Damals war ich vor Schüchternheit wie gelähmt, und die Wahrheit lautete, dass ich außer mit ihm und Yolanda kaum mit jemandem ein Wort gewechselt hatte.

»Sicher vermisst du deine Familie«, meinte er freundlich, blieb plötzlich auf dem belebten Flur stehen und blickte forschend auf mich hinunter. Das meine ich wörtlich, denn selbst mit fünfzehn war er schon fast eins achtzig.

»Sehr.« Ich nickte. »Aber in den Ferien sehe ich meine Mutter. Und natürlich an Weihnachten.«

»Sie ist in ... Südamerika, richtig?«

»Georgetown«, antwortete ich und fügte überflüssigerweise hinzu: »In Guyana.« Inzwischen stießen die Leute in ihrer Hast, pünktlich zur nächsten Stunde zu kommen, mit uns zusammen. Doch Dan rührte sich nicht.

»Und dein Dad?«

»Hat wieder geheiratet. Er wohnt inzwischen in Moskau. Seine zweite Frau ist Russin. Ich ... das heißt, ich treffe ihn nicht sehr oft. Eigentlich ... eher gar nicht.«

Offenbar spürte er, dass das kein Thema war, über das ich

mich ausführlich äußern wollte, weshalb er taktvoll wieder auf Mum zu sprechen kam.

»Trotzdem ist Südamerika eine ziemlich weite Reise, um deine Mutter zu besuchen«, meinte er besorgt. »Außerdem ist es sicher nicht einfach, in Verbindung zu bleiben. All die Ferngespräche, die E-Mails ...«

»Ach, das geht schon, ich bin es gewöhnt.«

Wahrscheinlich klang ich ziemlich gleichmütig und blasiert, aber sein scharfer Verstand durchschaute mich sofort, und er erahnte mühelos die Unsicherheit, die sich dahinter verbarg.

»Hast du sonst noch Angehörige hier in Irland?«, erkundigte er sich Anteil nehmend.

»Meine Großmutter ... aber wirklich, es macht mir überhaupt nichts aus, dass Mum so weit weg ist. Wie Yolanda mir erklärt hat, muss ich auch die positive Seite sehen.«

»Und die wäre?«

»Sie meinte, ich sei vermutlich die Einzige an der ganzen Schule, die in den Weihnachtsferien nach Hause fahren und dort braun werden kann.«

Er lächelte amüsiert und sagte dann, am Samstag finde auf dem Schulgelände ein wichtiges Rugbyspiel gegen Clongowes Wood, ein anderes Internat, statt. Ob ich mitkommen wolle?

»Ich spiele mit«, fügte er grinsend hinzu, und in dieser Sekunde erlag ich seinem entspannten, lockeren Charme. »Und glaube mir, wenn das Training von gestern Abend etwas zu bedeuten hat, brauchen wir unbedingt Leute, die uns die Daumen drücken.«

Natürlich fing mich Yolanda in der Mittagspause ab. Sie fragte nicht, sondern forderte vielmehr zu erfahren, worüber wir genau gesprochen hatten. Also erzählte ich es ihr, obwohl ich ganz richtig voraussah, dass es ihr nicht gefallen würde.

»Er hat dich zum Spiel eingeladen?«, zischte sie, und in ihren blauen Augen malte sich verletzter Stolz. Die Arme war wirklich nett zu mir gewesen und hatte mich mit offenen Armen aufgenommen. Es war gar keine gute Idee, sie jetzt zu verärgern. Und angesichts der Tatsache, dass ich nur eine einzige Freundin hatte, war es nicht sehr ratsam, mir Feinde zu schaffen.

»Komm schon, Yolanda, das hat er rein freundschaftlich gemeint«, beteuerte ich. »Er wollte wissen, ob es mir etwas ausmache, dass meine Mutter so weit weg ist. Wahrscheinlich hat er einfach bloß Mitleid mit mir. Herrgott, es ist doch nur ein Rugbyspiel. Sicher wird die halbe Schule da sein, um der Mannschaft zuzujubeln.«

Das beschwichtigte sie ein wenig, und als ich sie darauf hinwies, dass Dan nur freundlich zu der Neuen sein wollte, regte sie sich allmählich wieder ab. Allerdings musste sie mir zuerst unter die Nase reiben, dass Mike Sherry Interesse an mir gezeigt habe. Er sei ja so ein Schätzchen, und ich müsste wirklich doof sein, wenn ich mir nicht ernsthaft überlegen würde, ihn näher in Betracht zu ziehen.

»Ich finde, du solltest Mike unbedingt eine Chance geben«, sagte Yolanda zum mindestens hundertsten Mal während der abendlichen Studierzeit. Dabei schaute sie aus dem Fenster in den peitschenden Regen hinaus und beobachtete Dan, der angestrengt auf dem Rugbyfeld trainierte und sich mit der übrigen Mannschaft im Schlamm wälzte.

»Du könntest es viel schlechter treffen als mit Mike. Oh, und überleg mal, in den Weihnachtsferien könnten du und er und ich und Dan uns treffen und zu viert ausgehen. Wäre das nicht einfach genial?«

Wie ich schon sagte: Alle wussten, dass Yolanda und Dan ein Paar waren, das sich noch nicht gefunden hatte.

In Allenwood Abbey galt das als unbestrittene Tatsache.

Kapitel vier

Es ist Heiligabend, und es gibt noch immer keine Neuigkeiten wegen der Rolle. Und dazu noch Dans verhaltene Reaktion. »Schau, du hast die Rolle ja noch nicht. Warum befassen wir uns nicht damit, wenn es so weit ist?« Daraufhin fiel er erschöpft ins Bett, schlief die nächsten sieben Stunden wie ein Stein und hat seitdem das Thema mit keinem einzigen Wort mehr erwähnt.

Tief im Inneren weiß ich natürlich, dass er recht hat. Einige Tage nach dem Vorsprechen rief mich Hilary an und teilte mir mit, man wolle mich noch einmal sehen. Also machte ich mich wieder auf den Weg zum National Theatre in Dublin. Jack Gordon entschuldigte sich dafür, dass er mich den ganzen Weg von Waterford hierher gehetzt habe, und sagte mir tatsächlich ins Gesicht, er sei einer endgültigen Entscheidung, mit wem er die Rolle besetzen wolle, nicht näher gekommen. Er müsse noch eine Weile überlegen und »sich eingehend Gedanken über die Chemie zwischen den einzelnen Darstellerinnen machen«. Also lieferte ich ein zweites Mal meine Vorstellung ab, und dann ging die Warterei weiter.

Seitdem wünsche ich mir zwei Sachen zu Weihnachten: erstens, dass ich Neues in Sachen Rolle erfahre, seien es nun gute oder schlechte Nachrichten, und zwar bis Weihnachten. Denn nichts auf dieser Welt ist so schlimm wie Ungewissheit und Handlungsunfähigkeit.

Gestern rief Liz an. Nach der Weihnachtsfeier des National Theatre, bei der auch auf das Ende der Spielzeit »vor dem Umzug an den Broadway« angestoßen worden war, hatte sie einen grauenhaften Kater.

Seltsam, aber als ich hörte, dass sie sich ordentlich die Kante gegeben haben und dann noch zu Lillie's Bordello getorkelt sind, wo die Party bis fünf Uhr morgens weiterging, musste ich schlucken. Plötzlich hatte ich das Bild des anderen Lebens vor mir, das ich hätte führen können, wenn ich nicht geheiratet hätte. Denn das hätte genauso gut ich sein können … auf der Tanzfläche, meine aufstrebende Karriere feiernd … und dann für ein ganzes Jahr auf zum Broadway.

Mein Gott, das könnte wirklich ich sein, schießt es mir im nächsten Moment durch den Kopf. Nämlich wenn ich die Rolle kriege. Für den Bruchteil einer Sekunde erlaube ich mir, mich Tagträumen hinzugeben. Die spannende Frage, welche weiteren Chancen mir ein Auftritt am Broadway eröffnen würde … die amerikanischen Agenten, die sich die Vorstellung ansehen und mir vielleicht eine Chance geben … und mir noch größere Rollen vermitteln … schließlich ist alles möglich. Womöglich würde ja sogar mein ultimativer Traum auf wundersame Weise wahr werden … Vorsprechen für ein paar Filmrollen vielleicht?

Doch dann kehre ich wieder auf den Boden der Tatsachen zurück. Das ist Liz' Zukunft, die ich da schildere, nicht meine. Im nächsten Jahr wird ihr die ganze Welt offenstehen. Und wenn ich ehrlich bin, beneide ich sie mehr, als ich sagen kann.

Und hier sitze ich, gefangen im Haus meiner Schwiegermutter. Aber ich habe ja keine andere Wahl. Schließlich bin ich verheiratet, richtig? Mit einem Mann, der ständig durch Abwesenheit glänzt und mich allein lässt. Die gute Liz bedauerte mich nach Kräften und sagte alles, was ein Mensch hören will, der auf eine Rückmeldung wegen einer möglicherweise lebensverändernden beruflichen Chance wartet. Keine Nachrichten seien schon einmal gute Nachrichten. Oh, und außerdem sei Jack für einige Tage nach London geflogen, um irgendeinen Preis entgegenzunehmen, weshalb ich vermutlich vor Neujahr nichts von ihm hören würde. Also sei es das Beste, bis dahin nicht daran zu denken.

»Aber warum er sich um Himmels willen die Mühe macht zu verreisen, nur um einen Preis abzuholen, kann ich dir auch nicht sagen«, krächzte sie mit einer Stimme ins Telefon, der deutlich anzuhören war, dass sie gerade aus dem Bett kam. Und dabei war es bereits drei Uhr nachmittags. »Der Typ hat schon so viele, dass es mich wundert, warum er sie nicht bei eBay verkauft.«

Und mein zweiter Weihnachtswunsch? Ein wenig Zeit, um mit Dan allein zu sein. Wir veranstalten am Heiligabend, bevor sich die anderen nach Praxisschluss in alle Winde zerstreuen, traditionell einen kleinen Umtrunk mit Glühwein und Pastetchen mit Hackfleisch und Trockenfrüchten. Wir haben nur bis zum 27. geschlossen, und natürlich muss ich morgen für Dan und seine Familie das Weihnachtsessen kochen. Doch ich hoffe noch immer, dass Dan und ich wenigstens den restlichen Heiligabend und den zweiten Weihnachtsfeiertag in trauter Zweisamkeit verbringen können.

Heute habe ich es ihm klargemacht. Ich habe ihm eröffnet, dass diese kurze Zeit nur uns allein gehört und niemand anderem. Und dass es mir sehr viel bedeutet, weshalb wir sie so gut wie möglich nutzen werden. Keine Arbeit, keine

Hausbesuche, keine läutenden Telefone und auch keine Gäste, die sich die Klinke in die Hand geben. Nur er und ich. A.L.L.E.I.N. Schließlich hätten wir, da wir ja möglicherweise ein Jahr lang getrennt sein würden, eine Menge zu besprechen. Natürlich läutete mitten in meiner zündenden Rede sein Telefon, sodass er den Großteil meiner Worte vermutlich gar nicht mitbekam. Aber trotzdem.

Eine klare Ansage. Die Karten liegen auf dem Tisch.

Es ist Heiligabend. Ich bin in The Moorings und bereite hektisch alles für den Umtrunk mit den Mitarbeitern vor. Das Haus habe ich bereits geschmückt und sogar daran gedacht, den Weihnachtsbaum an genau der Stelle aufzubauen, wo Audrey ihn jedes Jahr haben will. Jedenfalls sieht das Haus, um mich selbst zu loben, einfach toll aus. Im Wohnzimmerkamin lodert ein Feuer. Im Hintergrund spielt kitschige, fröhliche Weihnachtsmusik, und der Glühwein brodelt vor sich hin. Auf wundersame Weise ist es mir sogar gelungen, sämtliche Einkäufe für die Weihnachtsfeiertage zu erledigen, ohne etwas zu vergessen, ganz zu schweigen davon, dass ich das Haus vom Speicher bis zum Keller geschrubbt habe. Und dennoch habe ich noch die Zeit gefunden, einen Friseurtermin dazwischenzuschieben, um mir meine Löwenmähne für die Feiertage glatt föhnen zu lassen.

Inzwischen ist es sechs Uhr abends. Gerade verlässt der letzte Patient die Praxis, und plötzlich ist das Wohnzimmer voller Menschen: Dan, Andrew, James, der Praktikant, Mrs Brophy, die alle anschreit, und natürlich Jules, die schon den ganzen Tag hier ist und mir eigentlich hätte helfen sollen. Allerdings hat sie den Großteil des Nachmittags auf dem Sofa herumgehangen und ferngesehen.

Es herrscht Stimmengewirr. Alle lachen und haben Spaß,

während ich in meinem guten kleinen Schwarzen von Karen Millen herumflitze, Gläser nachfülle und dafür sorge, dass alle sich mit Pastetchen vollstopfen, bis … Überraschung … im Flur das Telefon läutet.

Schweigen entsteht, als wir uns alle ansehen. Im Hintergrund ist zu hören, wie Shane MacGowan mit rauer Stimme *Fairytale of New York* singt.

»WAS WAR DAS?«, ruft die arme schwerhörige Mrs Brophy.

»Telefon«, erwidert Andrew, allerdings ohne sich von der Stelle zu rühren. »Sicher ein Patient.«

»Ich gehe ran«, erbietet sich Dan.

»Nein, bleib und amüsier dich. Der Anrufer wird bestimmt Verständnis dafür haben, dass es Weihnachten und die Praxis über die Feiertage zu ist.« Andrew lächelt gütig. Aber es ist zu spät. Dan ist bereits zur Tür hinaus. Ich konzentriere mich auf das Verteilen von Pastetchen und versuche mir verzweifelt einzureden, dass das absolut kein Hinweis auf den Verlauf der restlichen Feiertage ist, wenn die Praxis geschlossen hat und Dan endlich mal Pause machen soll.

Zwei Minuten später ist er zurück und reibt sich mit den Handrücken die Augen, wie er es immer tut, wenn er wirklich erschöpft ist.

»Alles in Ordnung?«, erkundigt Andrew sich höflich, das Glas in der Hand.

»Das war Beatrice Kelly«, antwortet Dan, und ich weiß ganz genau, was als Nächstes kommt. Beatrice ist eine Witwe im fortgeschrittenen Alter, die allein lebt, ihre Pferde vergöttert und sie beinahe wie Ersatzkinder behandelt.

»Das Jagdpferd, mit dem sie letzte Woche schon Schwierigkeiten hatte«, teilt Dan Andrew mit.

»Ach ja, ich erinnere mich.«

»Jetzt glaubt sie, dass es eine ausgewachsene Kolik ist, und ist ganz panisch. Es tut mir zwar leid, die Feier stören zu müssen, aber ich sollte besser mal hinfahren.«

Ich werde wütend, als ich feststelle, dass weder Andrew noch James anbieten, Dan zu begleiten. Sie sitzen einfach da, trinken ihren Glühwein, knabbern ihre Pastetchen und sehen ihn gleichmütig an. Also setze ich mein Tablett mit leeren Gläsern ab und folge Dan den eiskalten Küchenflur entlang und zur Seitentür hinaus.

»Tut mir leid«, sagt er, während er seine Gummistiefel anzieht. »Aber daran bin ich selbst schuld. Ich habe Beatrice gebeten, mich sofort anzurufen, wenn sie sich Sorgen um dieses Pferd macht.«

Ich zwinge mich zu einem eisigen Lächeln und spreche den einen Satz aus, der mein bisheriges Leben in The Moorings ziemlich gut zusammenfasst.

»Schon gut, da kann man nichts tun.«

»Nein, natürlich nicht.«

»Nur schade, dass du die Feier verpasst.«

»Ich bin rechtzeitig zur Christmette zurück, keine Sorge.«

Diesmal ist mein Lächeln ehrlich gemeint. Obwohl weder Dan noch ich auch nur ansatzweise gläubig sind, kann man sich darauf verlassen, dass wir Heiden einmal im Jahr, zur Christmette, die Kirchenschwelle überschreiten. Ich weiß, dass das nichts als Heuchelei ist, doch es ist einfach ein wunderschöner Gottesdienst. Die Kinder singen Weihnachtslieder, ein großer Christbaum steht da, und fast das halbe Dorf ist anwesend, und zwar ziemlich angesäuselt.

»Um die Party mache ich mir eigentlich keine Sorgen«, fahre ich ruhig fort, und es gelingt mir beinahe, es selbst zu glauben. »Wir haben ja noch den ganzen morgigen Tag und übermorgen. Oder?«

Sanft streiche ich ihm eine dicke Haarsträhne zurück, die ihm an der Stirn zu Berge steht, und liebkose dann seine Wange. Aber er ist geistesabwesend und reagiert nicht.

Und zwei Sekunden später ist er schon aus dem Haus.

Halb zwölf, und er ist noch immer nicht zurück. Also gehen Jules und ich allein zur Christmette, nachdem ich das Haus aufgeräumt habe. Nun, das heißt, ich gehe, und sie torkelt, weil sie im Laufe des Abends schätzungsweise einen halben Eimer Glühwein hinuntergekippt hat. Ich hoffe nach wie vor, dass Dan uns in der Kirche erwartet oder wenigstens später zu uns stößt. Doch als wir ankommen, fehlt von seinem schlammbespritzten Jeep jede Spur.

Plötzlich werde ich von Sorge ergriffen. So lange darf das doch nicht dauern, oder? Ob er einen Unfall gehabt hat? Also rufe ich ihn an, aber er meldet sich nicht. Langsam mache ich mir wirklich Sorgen.

Als der Chor bei *Stille Nacht* angelangt ist, schläft Jules bereits und schnarcht tatsächlich für den Rest des Gottesdiensts.

Den Start in die Feiertage habe ich mir anders vorgestellt.

Es ist Weihnachtsmorgen. Ich werde davon geweckt, dass eine Tasse geräuschvoll neben mir auf dem Nachttisch abgestellt wird. Dan hat noch immer die Sachen von gestern an und sieht so erledigt aus wie nie zuvor. Außerdem älter. Im hellen Morgenlicht bemerke ich zum ersten Mal graue Haare an seinen Schläfen. Seine mörderischen Arbeitszeiten fordern offenbar endlich ihren Tribut.

»Hey, mein Weihnachtsdornröschen«, sagt er leise, setzt

sich neben mich auf die Bettkante und reibt sich erschöpft mit den Handrücken die Augen. »Hier, ich habe dir Tee gekocht.«

»Dan! Wo warst du? Was ist letzte Nacht passiert? Ich habe mir solche Sorgen gemacht.«

»Ich weiß, und es tut mir leid, Liebling. Als ich zurückkam, war es so spät, dass ich mich einfach unten aufs Sofa gelegt habe, um dich nicht zu stören. Glaube mir, ich konnte nicht früher weg.«

Ich schiebe mir ein Kissen in den Rücken und warte darauf, dass sich die morgendliche Benommenheit legt und die zwei Sekunden vergehen, die ich brauche, bis ich wieder klar denken kann. Ja, jetzt habe ich es: Er war gestern Abend bei Beatrice Kelly. Irgendwas wegen eines Jagdpferds mit Koliken.

»Gab es Probleme mit dem Pferd?«

»Tja, nicht direkt«, erwidert er. Seine schwarzen Augen blicken plötzlich ins Leere und sind voller Sorge. »Ich glaube, Beatrice hat mich hauptsächlich deshalb angerufen, weil sie sich ein wenig einsam gefühlt hat. Du weißt ja, wie schwierig diese Jahreszeit für Menschen sein kann, die allein leben. Wahrscheinlich brauchte sie in Wahrheit Gesellschaft. Ich habe natürlich versucht, dich anzurufen, aber mein Telefon hatte keinen Empfang.«

Ich nicke wortlos. Es wäre sowieso sinnlos. Was soll ich da auch sonst tun? Dasselbe wie immer: nichts. Bedürftige Menschen kommen bei Dan stets an erster Stelle.

Wir tauschen Geschenke aus. Ich gebe ihm meines zuerst, ein Navi, von dem ich weiß, dass er es sich gewünscht hat. Ich habe es gekauft, als ich zum zweiten Vorsprechen in Dublin war. Es war zwar nicht billig und nicht leicht zu kriegen, aber ich habe es bekommen, und Dan freut sich sehr darüber … dann reicht er mir mit verlegener Miene einen dünnen weißen Umschlag.

»Frohe Weihnachten, Annie. Das ist … sagen wir mal, ein kleiner Versuch, alles wiedergutzumachen. Wegen des Jahrestages und so.«

Ich öffne den Umschlag und falle vor Schreck fast aus dem Bett. Es ist ein Gutschein für ein gemeinsames Wochenende in Marlfield House, dem schicken Landhotel, wo wir unseren letzten so desaströs gescheiterten Jahrestag hatten feiern wollen.

»Dan!«, stammle ich, völlig überwältigt von dieser Geste. Nicht nur, weil er daran gedacht hat, sondern auch, weil er sich tatsächlich ein ganzes Wochenende freinehmen will, damit wir beide zusammen sein können. Es ist das beste Weihnachtsgeschenk, das ich mir hätte wünschen können.

»Das ist absolut toll … vielen, vielen Dank.«

Als ich ihn anlächle, nimmt er sanft meine Hand und fängt an, sie zu streicheln.

»Annie, ich weiß, dass es nicht leicht für dich war, und ich bewundere dich dafür, wie du das alles mitgetragen hast. Aber du weißt ja, warum ich das mache, oder? Warum ich so viel und rund um die Uhr arbeite?«

»Natürlich.«

»Ich versuche doch nur, die Praxis zu vergrößern …«

»Ich weiß.«

»… und so viele Menschen verlassen sich auf mich. Ihr Lebensunterhalt hängt von mir ab. Mum, Jules, Andrew, James, Mrs Brophy … ich könnte nicht mehr in den Spiegel schauen, wenn ich das Gefühl hätte, jemanden enttäuscht zu haben. Dir ist ja bekannt, in welchem Zustand Dad die

Praxis bei seinem Tod hinterlassen hat. Ich kann den Karren nur aus dem Dreck ziehen, wenn ich in diesem Tempo weiterarbeite ... zumindest jetzt.«

»Pst, Dan, es ist in Ordnung. Ich verstehe dich ja.«

Inzwischen gilt seine ganze Aufmerksamkeit meiner Handfläche. Wir sitzen nur wenige Zentimeter voneinander entfernt, so nah und vertraut wie schon seit Menschengedenken nicht mehr. Seit Jahren habe ich ihn nicht mehr so zugänglich erlebt.

»Hab nur noch ein wenig Geduld mit mir, Annie, mehr verlange ich nicht. Irgendwann kommt der Tag, an dem die Praxis reibungslos läuft. Dann haben wir mehr Zeit füreinander, das verspreche ich dir.«

»Hey, wir haben heute doch den ganzen Tag, oder? Keine Arbeit, keine Hausbesuche, keine Störungen.«

»Ehrenwort, heute wird nicht gearbeitet.« Er lächelt ... das schiefe Lächeln, das ich so an ihm liebe. Dann betrachtet er mich so zärtlich wie schon seit langer Zeit nicht mehr. Langsam lasse ich die Hand seinen Arm hinaufgleiten und wünsche mir nichts sehnlicher, als ihn zu küssen, seine starken, warmen Arme um mich zu spüren und ihn zu mir ins Bett zu ziehen.

»Also haben wir heute den ganzen Tag? Gibst du mir dein Wort?«

»Den ganzen Tag«, flüstert er und rückt noch näher an mich heran, während ich die Arme um seine breiten Schultern schlinge.

Im nächsten Moment fangen die Hunde unten wie wild zu bellen an, und ein unverkennbares Geräusch weist darauf hin, dass jemand die Haustür aufschließt.

»Dan? Annie? Wo seid ihr? Ich dachte, ihr wärt schon in

der Küche und würdet euch um den Truthahn kümmern. Liegt ihr etwa noch im Bett?«

Himmelherrgott noch einmal! Ich fasse es nicht. Es ist Audrey, die zu früh kommt und wie immer einfach ins Haus spaziert.

Die Stimmung ist verdorben, der romantische Augenblick jäh zerstört.

Eine halbe Stunde später bin ich gewaschen und angezogen und fuhrwerke in der Küche herum, fest entschlossen, dafür zu sorgen, dass alle das schönste Weihnachtsfest aller Zeiten erleben. Wir werden sein wie die Familie in der Werbung für Fertiggerichte, denke ich, während ich schwungvoll den Truthahn einpinsle, mich vergewissere, dass die Füllung nicht rausgefallen ist, und den Backofen vorheize.

Irgendwann vormittags kommt Jules gähnend hereingetrottet und will wissen, ob ich Kopfschmerztabletten dahätte, weil sie so schrecklich verkatert sei. Also kremple ich die Ärmel hoch und kümmere mich auch noch darum. Währenddessen setze ich Audrey mit einem süßen Sherry an den Kamin, laufe immer wieder in die Küche und spiele die perfekte Gastgeberin und hingebungsvolle Schwiegertochter.

Noch nie im Leben habe ich mir solche Mühe gemacht. Für dieses Weihnachtsessen habe ich mich wirklich krumm geschuftet, und das Einzige, was mich am Leben erhält, ist der Gedanke, dass ich heute Nacht, wenn alle weg sind, endlich, endlich mit Dan A.L.L.E.I.N. sein werde.

Im nächsten Moment schlurft Jules in die Küche und fragt mich, wo die Quality-Street-Karamellen seien. Gerade will ich ihr wie eine typische irische Mama verbieten, jetzt welche zu essen, weil sie sich sonst den Appetit aufs Essen verdirbt, als ein Auto in die Auffahrt einbiegt.

Es ist ein verbeulter grüner Nissan, der mir bekannt vorkommt. An der Rückbank sind zwei Kindersitze befestigt.

»Ach, verdammt!«, ruft Jules aus und ist auf einmal so hellwach wie den ganzen Tag nicht. »In Deckung! Schnell! Es ist Lisa Ledbetter, die alte Schreckschraube höchstpersönlich samt ihrem Gefolge!«

Fast lasse ich den kochenden Topf voller Karotten fallen. »Scheiße, ich glaub's einfach nicht!«

»Ich kann selbst von hier aus hören, dass du Kraftausdrücke verwendest, Annie«, schimpft Audrey aus dem Wohnzimmer. »Und könnte mir jemand netterweise noch einen Sherry bringen? Diesmal bitte in einem der schönen Kristallgläser?«

»Leg dich flach auf den Boden, schnell«, sagt Jules, »vielleicht hat sie uns ja nicht gesehen und glaubt, dass wir nicht da sind.«

Aber es ist zu spät. Ich höre schon, wie Dan Lisa die Tür öffnet. Ihr Sohn schreit bereits das Haus zusammen, er habe vom Weihnachtsmann einen Fußball bekommen. Ob Dan rauskommen und mit ihm kicken könnte? Übrigens hat Lisa zwei Kinder. Harry ist sieben, und Sue ist vier. Ich mag Harry, er ist niedlich und leicht zu beaufsichtigen – das sollte ich wissen, weil ich schon oft genug als Babysitter einspringen musste. Aber mit Sue ist das so eine Sache. Sie quengelt, greint und nörgelt pausenlos, ein Kind, das einfach nie gute Laune hat, ganz gleich, wie sehr man es auch mit Süßigkeiten vollstopft. Doch wie Jules nicht müde wird zu betonen, fällt der Apfel eben nicht weit vom Stamm.

Außerdem hat Lisa noch etwas an sich, das mich rasend macht, obwohl ich mir all die Jahre große Mühe gegeben habe, es für mich zu behalten. Nennen Sie es, wie Sie es wollen, weibliche Intuition vielleicht, ich werde allerdings das Gefühl nicht los, dass Lisa ein Auge auf Dan geworfen hat, und zwar schon seit einer Weile. Die Art, wie ihre Stimme die Tonlage ändert, sobald sie mit ihm spricht, erregt stets meinen Argwohn. Ich bin zwar alles andere als eifersüchtig – Dan nimmt meistens ja nicht einmal mich zur Kenntnis, geschweige denn andere Frauen, die mit ihm flirten –, aber es zerrt irgendwann an den Nerven.

Lisa kommt in die Küche und entschuldigt sich wortreich dafür, dass sie mich beim Essenkochen stört – und tut es trotzdem. Typisch Lisa. Sie platzt einfach herein, ohne sich darum zu kümmern, ob sie jemandem zur Last fällt.

Widerwillig muss ich zugeben, dass sie attraktiv ist. Die blöde Kuh ist wirklich groß und schlank. Meistens jedoch schleicht sie abgemagert, erschöpft, bleich und mit finsterer Miene herum. Sie hat rotes Haar, doch man sieht die dunklen Ansätze, ein weiteres Thema, über das sie sich dauernd beschwert. Sie kann sich nämlich nicht mehr leisten, zum Friseur zu gehen, und muss sich zu Hause die Haare färben, während Charlie, ihr Mann, weiterhin das Geld hat, sich jeden Abend im Pub herumzutreiben.

Während wir Luftküsse austauschen und einander frohe Weihnachten wünschen, flüchtet Jules sich vor den sicheren Fernseher.

»Weißt du, Charlie, der Mistkerl, hat sich heute Vormittag nach Lismore verdrückt, um mit irgendeinem Kneipenkumpel was trinken zu gehen«, klagt Lisa. Bei ihr klingt das, als hätte er das einzig und allein deshalb getan, um ihr eins auszuwischen. »Und mich lässt er mit den Kindern sitzen. Und natürlich hat meine Schwester in Dublin dieses Jahr meine Eltern zu Besuch und ist nicht einmal auf den Gedanken gekommen, uns einzuladen. Ist das zu fassen? Das heißt, dass ich ganz allein kochen muss. Und ich habe noch nicht einmal angefangen, weshalb mein Truthahn wahrscheinlich erst morgen fertig ist. Also dachte ich mir, ich schaue mal vorbei und wünsche euch allen frohe Weihnachten. Das sieht ja lecker aus, Annie«, seufzt sie neidisch. »Ich wünschte, ich hätte das Geld, um alles so nett herzurichten wie du.«

Ich scheuche sie ins Wohnzimmer zu Audrey und biete ihr etwas zu trinken an. Als sie bemerkt, dass Jules Champagner trinkt, möchte sie dasselbe.

Sofort steigt ein Gefühl wie Sodbrennen in mir hoch. Sie trinkt Alkohol. Das heißt, dass sie nicht nur ihr Auto hierlassen und während meiner kostbaren Zeit mit Dan wieder abholen wird, nein, schlimmer, noch viel schlimmer ... nur der Himmel weiß, wann sie überhaupt wieder geht. Ich bin ja wirklich keine schlechte Gastgeberin, doch ein guter Gast sollte wissen, wann man sich besser verdrückt, und Lisa gehört eindeutig nicht zu dieser Sorte von Gästen. Nicht selten kommt sie nachmittags auf einen Kaffee vorbei und sitzt lange nach Mitternacht noch immer da, während die Kinder oben in einem Gästezimmer schlafen. Und selbst um diese Zeit macht sie längst nicht die geringsten Anstalten, nach Hause zu fahren.

»Und was hat der Weihnachtsmann dir heute gebracht?«, fragt Dan die kleine Sue, die sich neben Audrey aufs Sofa gesetzt hat. Ihre Puppe zieht sie an den Haaren hinter sich her. Übrigens hat Dan normalerweise einen guten Draht zu Kindern, und sie lieben ihn ... mit Ausnahme von Madam.

»Das da«, antwortet sie abfällig. »Ich wollte keine blöde Puppe. Puppen sind doof. Ich wollte ein Fahrrad.«

»Das konnte ich mir nicht leisten«, erwidert Lisa, den

Blick auf Dan und Dan allein gerichtet, ohne darauf zu achten, dass das Kind nicht taub ist und jedes Wort mithört. »Und das, obwohl ihr Vater noch genug Geld hat, um sechzig Zigaretten am Tag zu qualmen.«

Niemand sagt etwas dazu. Dann fängt Harry an, seinen Fußball lautstark im Wohnzimmer herumzukicken, worauf Audrey die Hände an ihre Schläfen presst, eine Geste, die ich nur zu gut kenne. Unterdessen lässt sich Lisa aufs Sofa fallen und verkündet, sie sei absolut erschöpft und niemand wisse die viele Arbeit zu schätzen, die sie um diese Jahreszeit habe. Jules verdreht hinter ihrem Rücken die Augen. Ich entschuldige mich und flüchte mich in die Küche, um das Gemüse aufzusetzen.

Eine schreckliche Sorge ergreift Besitz von mir: Was soll ich tun, wenn Lisa sich und ihre Kinder zum Abendessen einlädt? Aber ich schiebe den Gedanken beiseite. Ihr Mann Charles ist doch nur tagsüber verabredet und wird bald nach Hause kommen, weshalb ihr nichts anderes übrig bleiben wird, als zu gehen. Nicht einmal Lisa würde sich uns an Weihnachten aufdrängen. Oder?

Im Flur läutet das Telefon, aber ich lasse Dan rangehen. Die Küchenuhr verrät mir, dass es noch nicht Mittag ist. Also erst sieben Uhr in Washington und viel zu früh, um meine Mutter anzurufen. Als ich gerade bis zu den Ellbogen im Rosenkohl stecke, kommt Dan in die Küche, zieht die Schuhe aus und schlüpft in die Gummistiefel, die er gestern Nacht neben die Seitentür gestellt hat.

Ein sehr schlechtes Zeichen.

Das sodbrennenähnliche Gefühl kehrt voller Wucht zurück.

»Willst du mit Harry Fußball spielen?«, frage ich ihn aufblickend und in vielsagendem Ton und fürchte mich schon vor der Antwort.

Denn er wird es doch hoffentlich nicht wirklich tun, oder? Einen Hausbesuch machen? Nicht ausgerechnet heute, nachdem er mir ausdrücklich versprochen hat, es zu lassen.

»Äh, nein, eigentlich nicht.«

Es werden keine weiteren Informationen geliefert. Das macht Dan immer, wenn er mit einer aufgebrachten Reaktion meinerseits rechnet. Er gibt freiwillig nichts preis und überlässt es mir, die Fragen zu stellen.

Das Brennen steigert sich schlagartig ums Hundertfache.

»Das Essen ist nämlich gleich fertig, weißt du«, sage ich und schaffe es sogar, diesen harmlosen Satz dank meines Tonfalls wie eine versteckte Drohung klingen zu lassen.

»Annie, hör zu, ich weiß, dass es ungünstig ist, aber gerade war Mike Nolan am Telefon ...«

Ich schwöre bei Gott, dass mir die Knie weich werden, als könnten sie jeden Moment unter mir nachgeben. Mike Nolan ist ein guter Kunde und besitzt eine große Farm, etwa zwei Autostunden von hier. Außerdem ist er dafür berüchtigt, aus einer Mücke einen Elefanten zu machen, und ruft ständig aus nichtigen Gründen in der Praxis an.

»... und er ist in großer Sorgen wegen einiger seiner Rinder.«

»Dan, Herrgott noch mal, sag jetzt nicht, dass du einen Hausbesuch machst. Nicht jetzt, nicht ausgerechnet heute.«

»Weißt du, er befürchtet, es könnte Ringelflechte sein. Der Arme ist völlig aufgelöst.«

Dan kann mir nicht einmal in die Augen schauen, so als sei ihm bewusst, dass ich gleich ausrasten werde, weshalb er sich so schnell wie möglich verdrücken will, bevor die Hölle los ist.

»Er glaubt, es könnte Ringelflechte sein?« Ich erhebe die Stimme, etwas, das ich, wie ich glaube, in diesem Haus noch nie getan habe. Es ist mir egal, dass mich im Wohnzimmer alle hören können.

»Aber Ringelflechte ist doch nicht im Entferntesten lebensbedrohlich!«, stammle ich. Ich fasse es nicht, dass er wirklich ernsthaft in Erwägung zieht, den ganzen Weg bis zu Mike Nolans Farm zu fahren. »Das erfüllt doch auf gar keinen Fall die Voraussetzungen für einen Notfall! Herrgott, es ist Weihnachten, und es gibt gleich Essen. Kann das nicht bis morgen warten? Oder, wenn du schon unbedingt hinmusst, bis nach dem Essen?«

»Mike ist ein guter Kunde und hat mich praktisch angefleht, zu kommen und mir die Sache rasch anzusehen. Mehr nicht.«

»Mehr nicht? Die Fahrt dauert einfach zwei Stunden. Als du das letzte Mal dort warst, bist du erst am nächsten Tag zurückgekommen!«

»Schau, ich habe es ihm versprochen. Ich habe ihm mein Wort gegeben und darf es nicht brechen. Er braucht meine Hilfe, und es wäre nicht richtig von mir, ihn zu enttäuschen.«

»Heute Morgen hast du mir dein Wort gegeben, dass du heute keine Hausbesuche machst!«

Aber er hat inzwischen auf stur geschaltet, und ich weiß aus Erfahrung, dass ich in diesem Fall keine Chance habe.

»Darf ich dir eine einfache Frage stellen, Dan? Bedeutet dir die viele Mühe, die ich mir gemacht habe, überhaupt nichts? Erst heute Morgen hast du mir gesagt, wir würden den ganzen Tag für uns haben. Du hast es mir versprochen.«

Das war ein Schlag unter die Gürtellinie, ich weiß, aber egal. Offenbar sind seine Versprechungen so viel wert wie der Simbabwe-Dollar, und das soll er ruhig wissen.

»Annie, kannst du bitte aufhören, mir noch ein schlechteres Gewissen zu machen, als ich es ohnehin schon habe? Ich versuche, so schnell wie möglich zurück zu sein. Aber … es könnte auch länger dauern. Das kann ich erst sagen, wenn ich dort bin.«

Das war's. Schluss und vorbei. Das war der Tropfen, der das Fass endlich zum Überlaufen gebracht hat.

»Dan«, sage ich, bebend vor Zorn, der sich in mir monatelang aufgestaut hat und nun Bahn bricht. »Ich. Habe. Genug. Ich kann so nicht leben und werde es auch nicht mehr tun. Ist dir klar, wie viel Arbeit in diesem Essen steckt? Wenn du diesen Hausbesuch machst, wirst du erst irgendwann spät zurückkommen, und das weißt du ganz genau.«

Er starrt mich aufrichtig verdattert und ein wenig ärgerlich an, weil er jetzt zusätzlich zu allen anderen Problemen auch noch einen Ehestreit hat.

»Warum regst du dich so auf, Annie? Ich weiß, dass du dich ärgerst, aber wie ich schon gesagt habe, ist es ein Notfall.«

»Es ist kein gottverdammter Notfall. Denn dann würde es mich nicht stören. Wenn ein Kalb oder ein Fohlen geboren würde oder ein Tier im Sterben läge, fände ich den Zeitpunkt zwar ungünstig, würde aber nichts dagegen haben, dass du fährst. Doch das hier ist nur Mike Nolan, der so egoistisch ist, dich auszunutzen, weil er sich ausrechnen kann, dass du der einzige Tierarzt im Umkreis von hundertfünfzig Kilometern bist, der auch nur im Traum daran denken würde, seine Familie an Weihnachten allein zu lassen … du bist der Einzige, der nachgiebig genug ist … und der Einzige, dem seine Frau offenbar nichts bedeutet …«

Oh Gott, ausgerechnet jetzt muss ich mich präzise ausdrücken. Ich möchte ihn daran erinnern … wieder einmal … wie viel mir diese jämmerliche kurze Zeit bedeutet, wenn uns vielleicht eine einjährige Trennung bevorsteht.

Und schon fange ich hemmungslos zu weinen an.

»Annie, Liebling, du übertreibst völlig. Du weißt, dass ich den Hausbesuch machen muss«, sagt er. Da er meinen Zustand erkennt, tritt er unwillkürlich vor, um mich zu umarmen. Doch ich habe keine Lust mehr auf seine ständigen Ausflüchte und schubse ihn unsanft weg.

»Also gut«, meint er und tritt mit gekränkter Miene zurück. »In diesem Fall, bis später irgendwann.«

Und das war's dann. Im nächsten Moment ist er zur Tür hinaus.

Ich brauche ziemlich lang, um mich wieder zu fassen und mich zusammenzunehmen. Aber irgendwie gelingt es mir, mich zu beruhigen und ins Wohnzimmer zurückzukehren, wo ich den anderen so gelassen wie möglich mitteile, dass Dan heute doch nicht mit uns essen wird. Ihre Mienen verraten alles.

Selbst Audrey, die sonst immer zu Dan hält und sein größter Fan ist, sieht mich mitfühlend an. Sie tarnt ihr Entsetzen mit einem höflichen Lächeln, als ihr klar wird, dass es ganz und gar kein Notfall ist und dass er vermutlich stundenlang fortbleiben wird.

Wenn nicht gar den ganzen Abend.

Jules fragt mich als Einzige, wie ich mich fühle. Da ich nicht antworten kann, zucke ich nur mit den Achseln. Aber man kann immer darauf vertrauen, dass Lisa ihren Senf dazugibt.

»Na, weißt du, wenn du jetzt zu viel gekocht hast, Annie, würden wir gerne bleiben und einen Happen mitessen. Die Kinder haben einen Mordshunger, und die Gerüche aus der Küche machen sie ganz wild. Ums Tischdecken brauchst du dich nicht zu kümmern, ich erledige das.«

In meiner Benommenheit habe ich noch nicht ganz verstanden, was sie will, als sie sich schon, so wie immer, an mir vorbeischiebt. Eine Sekunde später reißt sie die Wohnzimmertür auf und ruft die Kinder, die lautstark im Treppenhaus herumtoben. »So, hat jemand Hunger? Wer will zum Essen bei Tante Annie bleiben?«

Ich schwöre bei Gott, dass die Mahlzeit länger dauert als ein durchschnittliches Endspiel der Herren in Wimbledon. Lisa jammert, dass Charlie sicher sturzbetrunken nach Hause kommen und sein Abendessen verlangen wird, während Audrey bei jedem Aufschrei der Kinder, ein ständiges Hintergrundgeräusch, leise zu wimmern beginnt. Ich weiß nicht, wie lange ich das noch ertrage.

Audrey, die normalerweise den Appetit eines Buckelwals hat, stochert nur in ihrem Essen herum, und zwar hauptsächlich deshalb, weil die Kinder einen entsetzlichen Radau veranstalten und einander mit einer Gabel und Händen voller Karotten und Rosenkohl bekämpfen. Schließlich schiebt sie den halb vollen Teller weg, schützt Kopfschmerzen vor und warnt uns alle, sie stehe kurz vor einer »kleinen Unpässlichkeit«.

Selbst Jules, meine zuverlässige Verbündete, enttäuscht mich. Normalerweise ist sie die Gelassenheit in Person, allerdings nicht heute. Sie sitzt einfach nur da, das Kinn in die Hand gestützt. »Ich bin ein Star, holt mich hier raus«, flüstert sie, als unsere Blicke sich treffen.

Und so wird die Anspannung am Tisch nur von Lisas Gequengel durchbrochen. Eine geschlagene Stunde jammert sie darüber, dass ihre wohlhabende Schwester über Silvester mit ihrer Familie zum Skilaufen fährt, während sie zu Hause festsitzt, ohne irgendetwas, worauf sie sich freuen kann.

Währenddessen starre ich ins Leere, stochere in meinem Essen herum und antworte nur wie auf Autopilot, wenn man mich etwas fragt, während sie immer weiterredet. Dann, eine Ewigkeit später, bemerke ich, dass Jules endlich ein wenig aufgewacht ist und nun den Eindruck macht, als trenne sie nur noch ein Wodka davon, dass sie Lisa anpampt. »Na, was hältst du von der offensichtlichen Lösung? Wenn dir Geld so wichtig ist, dann such dir doch einen Job wie Annie, und hör mit deinem verdammten Gewinsel auf!«

Und natürlich geht Lisa einfach nicht. Nicht einmal als Audrey sich verabschiedet, um zu Hause fernzusehen, und Jules sich zur Fete ihrer Freundin verdrückt. Auch nicht, als ich sie darauf hinweise, dass ich einen Anruf von meiner Mutter aus den Staaten erwarte und vermutlich stundenlang am Telefon hängen werde. Kein Problem, antwortet sie nur. Dann setze ich mich mit den Kindern an den Kamin und schaue mir *Toy Story* an.

Und es kommt noch schlimmer. Als Charlie anruft, um herauszufinden, wo sie ist, lädt sie ihn einfach ein, ohne mich zu fragen, ob ich einverstanden bin. Um das Maß vollzumachen, fügt sie noch hinzu: »Es stört dich sicher nicht, dass er etwas vom Weihnachtsessen mitisst, Annie. Es wäre doch ein Jammer, wenn die Reste schlecht werden würden. Und so spare ich mir die Mühe, etwas zu kochen, wenn ich nach Hause komme.«

Ich nicke nur benommen. Ich bin so absolut ausgelaugt wie

immer, wenn ich mehr als ein paar Stunden in Lisas Gegenwart zubringen muss. Ach, zum Teufel, mein Weihnachtsfest ist sowieso ruiniert. Also kann es nicht mehr schlimmer werden, wenn Charlie auch noch hier hereinschneit.

Ein Lichtblick: Mom meldet sich per Skype – wie immer pünktlich um fünf Uhr nachmittags, wenn sie aus der zehntausend Kilometer weit entfernten Kirche kommt. Verdammtes Skype, natürlich sieht sie meine verschwollenen Augen und hört, wie meine Stimme zittert. Außerdem verrate ich mich dadurch, dass ich ständig auf den unteren linken Bildschirmrand schaue, um festzustellen, wie schrecklich ich aussehe. Selbstverständlich riecht sie sofort Lunte.

»Mir geht es gut, sehr gut, wirklich.«

»Ich glaube dir kein Wort.«

Sie muss noch ein paarmal nachhaken, bis ich ihr erzähle, was los ist. Doch dann sprudelt alles aus mir heraus. Die ganze unbeschönigte Schilderung dieses entsetzlichen Tages. Und dass mich nur noch ein Pudding vor einem weihnachtlichen Zusammenbruch retten kann.

Selbst das miserabel aufgelöste Bild auf dem Computer verrät mir ihre Reaktion, als ich ihr sage, dass Dan an Weihnachten einfach verschwunden und nicht mehr zurückgekommen ist.

Sie verzieht zwar keine Miene, aber ihre Lippen verfärben sich weiß.

Allerdings ist Mum mit Leib und Seele Diplomatin, weshalb sie weder schimpft noch Kritik übt. Ich glaube, ich habe noch nie in meinem ganzen Leben gehört, wie sie die sanfte, leise Stimme erhob. Auch jetzt tut sie es nicht, sondern zwirbelt nur an der Perlenkette um ihren eleganten, schlanken Hals herum und wiederholt ein ums andere Mal, wie sehr sie sich über Dan wundere. Und dabei hat Mum ihn gern. So wie alle anderen. Doch Dan nicht gernzuhaben ist ein wenig, wie die Beatles nicht zu mögen. Also absolut unvorstellbar.

Ich schildere ihr alles schonungslos. Dass ich nicht wisse, wie lange ich das noch aushalten würde. Meine Geduld sei nun wirklich am Ende, und ich spielte inzwischen mit Gedanken, die ich nicht beim Namen zu nennen wagte.

Ob sogar die wundervollste Liebe irgendwann ein Verfallsdatum habe?

Komm nach Washington, schlägt Mum energisch und entschlossen vor. Buch einen Flug, und verbring Silvester hier. Geld ist kein Problem, ich zahle. Du brauchst Abstand, und hier können wir ausführlicher darüber reden, was du tun willst.

Diese Vorstellung muntert mich sofort auf, weil ich mir im Moment nichts sehnlicher wünsche, als von hier zu verschwinden, sie zu sehen, bei ihr zu sein und mir ihren weisen und tröstenden Rat anzuhören. Ich stimme zu und sage ihr, ich würde mich wegen der Einzelheiten in ein oder zwei Tagen melden.

Doch bis dahin hat sich einiges in meinem Leben unwiederbringlich geändert.

Denn am frühen Morgen des 27. bekomme ich einen hysterischen Anruf von keiner anderen als Hilary.

»Am besten setzt du dich hin!«, ruft sie mit überschnappender Stimme. Sie hustet und prustet förmlich vor Aufregung. »Dreimal darfst du raten.«

Mein Herz schwillt bei diesen Worten an, bis es sich anfühlt, als sei es zu groß für meine Brust. Außerdem fängt es an, unregelmäßig zu schlagen.

Und dann fallen die Worte, die alles auf den Kopf stellen.

»Du hast die Rolle!«

Unzählige Gefühle stürmen auf mich ein … doch das erste ist: Endlich, endlich bin ich frei.

Die Reaktionen meines sozialen Umfelds darauf, dass ich die Rolle habe

Jules (so bleich, als würde sie an inneren Blutungen leiden): »Und wie, dachtest du, dass ich auf diese Nachricht reagieren würde, Annie? Hast du geglaubt, ich schalte den Gasherd ein und stecke den Kopf ins Backrohr? Tja, da hast du dich geirrt, denn jetzt sage ich dir, was ich davon halte, dass du so egoistisch bist, mich hier sitzen zu lassen. Ich verliere keine Schwägerin, sondern habe nun eine kostenlose Unterkunft in New York. Für ein ganzes Jahr. Und bild dir bloß nicht ein, dass ich nicht bei dir auf der Matte stehen werde, denn du kennst mich, Schätzchen. Ich werde da sein. Das heißt, wenn ich Dan dazu bringen kann, die Kohle für den Flug rauszurücken. Und das geschieht dir ganz recht, weil du einfach abhaust, während ich mich weiter ganz allein hier mit allem rumschlagen muss.«

Mit diesen Worten marschierte sie nach oben in mein Arbeitszimmer und Versteck, um, wie sie mir mitteilte, ihren »Frust in Facebook abzureagieren«.

Puh, ein Gespräch ist bereits abgehakt.

Audrey (mit einem höflichen Lächeln, um die Schreckstarre in ihrem Gesicht zu tarnen):
»Ich traue meinen Ohren nicht, Annie. New York? Für ein ganzes Jahr? Ist das wirklich dein Ernst? Muss ich dich daran erinnern, dass du eine verheiratete Frau mit Pflichten bist? Und abgesehen davon, wer kümmert sich dann um meine Erledigungen? Wenn ich es mir genau überlege, hat mir der Schock so zugesetzt, dass ich mich besser ein wenig hinlege …«

Typisch Audrey. Ins Gesicht hat sie mir nicht mehr gesagt, aber dafür hinter meinem Rücken geredet. Nachbarn in Stickens, mit denen sie seit dem Tod ihres Mannes kaum ein Wort gewechselt hat, werden plötzlich auf der Straße angesprochen und gefragt, ob sie es schon gehört hätten. Dass ich den armen, schwer arbeitenden Dan allein lasse, und das für ein ganzes Jahr? Dass ich mich einfach verdrücke, um in einem Theaterstück aufzutreten? Obwohl ich in meinem Alter einzig und allein daran denken sollte, Enkelkinder zur Welt zu bringen! Einfach eine Schande, schniefte sie mit ihrer zittrigen Kleinmädchenstimme und erzählte es jedem, der es hören und die Empörung und den Schock einer Kleinstadt mit ihr teilen wollte.

Als sei die Ehe etwas, wo man einfach ein Sabbatjahr einlegen könne, wenn es einem passe … etc., etc., und so weiter und so fort, bis zum Erbrechen.

Liz (nachdem die Begeisterungsschreie endlich verstummt waren, was übrigens mehr als zwanzig Minuten dauerte):
»Oh mein Gott, Annie, das ist die allertollste Nachricht auf der ganzen Welt. Ist dir klar, wie viel Spaß wir haben und wie wir Party machen können? Denn Tante Liz wird ihrer spie-

ßigen kleinen Provinzhausfrauenfreundin zeigen, wie man im Big Apple ein tolles Leben führt! Das heißt, du und ich ziehen jeden Abend durch die Kneipen, und ich lasse ein Nein nicht gelten. Ich habe sogar schon recherchiert. Offenbar gibt es da eine echt angesagte Bar namens Don't Tell Mama, wo alle Broadwayschauspieler nach der Vorstellung hingehen. Dort treten jeden Abend Sänger aus den wichtigen Musicals auf, und man kriegt bis zum Morgengrauen was zu trinken ... es soll große Klasse sein! Ach, bald sind wir da ... und das Beste ist, du brauchst dich nicht mehr darum zu kümmern, ob du rechtzeitig wieder in Stickens und am Arsch der Welt bist.«

Und so redete sie immer weiter über das verschärfte Nachtleben, das sie für uns plante. Und ich lachte mit, noch immer aufgedreht wegen der einfach unglaublichen Neuigkeit.

»Und hast du es Dan schon erzählt?«, fragte sie, bevor sie auflegte.

»Nein, der ist arbeiten. Heute Abend, wenn er nach Hause kommt. Obwohl nur der Himmel weiß, wann das sein wird. Außerdem weiß ebenfalls nur der Himmel, was er davon hält.«

»Oh, der kriegt das schon klar. Herrje, der Typ betet dich an, Annie. Er will doch, dass du glücklich wirst, oder?«

Ich antwortete nicht darauf.

»Sag ihm einfach, dass ein Jahr doch gar nichts ist und dass es schneller vorbeigehen wird, als man denkt.«

Meine Mutter:

»Oh, Schätzchen, das wäre wundervoll, dich nach all den Jahren ganz in der Nähe zu haben! Du weißt doch, dass man mit dem Zug von New York nach Washington nur drei Stunden braucht. Allerdings mache ich mir auch ein wenig Sorgen. Was hält Dan denn davon? Du könntest schließlich ein ganzes Jahr wegbleiben. Wäre es nicht besser zu warten, bis sich in Irland etwas ergibt, wenn du wirklich wieder in die Schauspielerei einsteigen willst?«

Das ist einzig und allein mein Fehler, und es geschieht mir völlig recht, weil ich ihr am Weihnachtstag mein Herz ausgeschüttet habe. Da ich jetzt eine »Sie kommen aus der Ehe frei«-Karte erhalten habe, glaubt die arme Mum wahrscheinlich, dass ich die Scheidung einreichen werde. Und wie ich bereits sagte, hat sie Dan schon immer gern gehabt.

Obwohl sie sich freut, dass ich auf demselben Kontinent wie sie leben werde, darf ich mich keinen Illusionen hingeben. Sie ist weit davon entfernt, Luftsprünge zu machen. Fernbeziehungen sind ein Albtraum, hält sie mir vor Augen und erzählt mir zur Warnung eine viele Jahre alte Geschichte. Damals war sie noch mit Dad verheiratet, wurde plötzlich nach Botswana versetzt und nahm mich als Fünfjährige mit. Dad blieb in Irland zurück, weil er gerade eine neue Stelle bei einer IT-Firma angetreten hatte und entweder nicht die Möglichkeit oder keine Lust hatte, sie zu begleiten.

Es war die schlimmste Zeit ihres Lebens, sagte Mum. Der Trennungsstress und die ständige Sorge um ihn forderten schließlich ihren Tribut und führten irgendwann zum Scheitern der Ehe. Nun, das und die Tatsache, dass Dad eine andere Frau kennenlernte, während Mum im Ausland war. Heute ist er mit ihr verheiratet. »Bist du dir wirklich sicher, dass das für euch beide momentan das Richtige ist?«, hakte Mum sanft nach. Und zum ersten Mal seit Menschengedenken war ich gezwungen, meiner Mutter zu widersprechen. »Ja«, entgegnete ich mit Nachdruck. »Es ist absolut das Richtige. Da habe ich nicht den geringsten Zweifel.«

Denn nachdem es mir drei unendliche Jahre lang lautlos die Luft abgeschnürt hat, werde ich endlich vom Universum belohnt. Geschafft. Und keine Macht der Welt wird mir meinen Gewinn wieder wegnehmen. Nicht nach allem, was ich durchgemacht habe. Natürlich teilt eine Moralistin wie Mum meine Ansicht nicht und glaubt, dass man für alles im Leben, selbst ein Jahr am Broadway, einen hohen Preis bezahlen muss. Doch ich habe genügend heidnische Anteile in mir, um ihr nicht zuzustimmen.

Inzwischen glaube ich nur noch daran, dass die Sterne es ausgesprochen gut mit mir meinen.

Wie sollte es nach diesem Glücksfall auch anders sein?

Dan:

Ich habe es ihm gesagt, als er in jener Nacht spät nach Hause kam. Ängstlich saß ich im Nachthemd auf dem Bett. Er hatte gerade heiß geduscht, weil er die halbe Nacht bei Temperaturen unter dem Gefrierpunkt im Freien verbracht hatte. Den ganzen Tag hatte ich meine Ansprache geübt, und als ich ihm endlich persönlich gegenüberstand, waren meine Nerven zum Zerreißen gespannt.

Doch wenn ich gedacht hatte, dass er einen Anfall kriegen würde, hatte ich mich geirrt. Er wirkte nicht einmal überrascht, als ich es ihm eröffnete, sondern eher schicksalsergeben. So als hätte er es die ganze Zeit gewusst, damit gerechnet und nur noch auf die Bestätigung gewartet. Er setzte sich neben mich aufs Bett und frottierte sein nasses Haar. Er roch nach dem Moschus und Zedernholz seines Duschgels. Sein straffer, muskulöser Körper war selbst mitten im Winter gebräunt.

»Also bleibst du ein ganzes Jahr in New York?«, fragte er

sanft. Seine dunkelbraunen Augen blickten plötzlich seelenvoll drein.

»Dan«, erwiderte ich flehend, »ich weiß, dass sich ein Jahr sehr lang anhört, aber du musst verstehen ... wenn ich das Angebot nicht annehme, werde ich es mein Leben lang bereuen. Eine solche Gelegenheit ergibt sich nicht alle Tage, und da du ja sowieso immer beschäftigt bist ... das heißt, du bist inzwischen ohnehin kaum da. Das Stück soll zwar ein Jahr laufen, aber vielleicht wird es ja von den Kritikern in der Luft zerrissen und vorzeitig abgesetzt. So etwas passiert manchmal, und in diesem Fall wäre ich viel früher zurück, doch die Kritiken waren ausgezeichnet, und alle amerikanischen Produzenten lieben es, weshalb man ziemlich sicher ist, dass es die gesamte Laufzeit durchsteht.«

Das war wieder mal typisch Annie. Immer wenn ich etwas Wichtiges zu sagen habe, drücke ich es so ausufernd wie möglich aus.

»Das weiß ich alles.« Er nickte und starrte ins Leere.

Schweigen entstand, allerdings kein gemütliches und angenehmes, und ich spürte, wie sich mir der Magen zusammenkrampfte. Das sodbrennenähnliche Gefühl meldete sich mit aller Macht zurück, und der Schweiß rann mir von den Achselhöhlen die Rippen hinunter. Wir hatten uns seit dem Streit an Weihnachten kaum gesehen, geschweige denn miteinander gesprochen. Und nun tat ich ihm so etwas an.

Endlich ergriff er das Wort. »Schau, mir ist klar, dass es nicht leicht für dich ist ...«

Ich widersprach nicht. Mittlerweile war es zwecklos, höflich sein und die Risse übertünchen zu wollen.

»... und manchmal glaube ich, dass du hier unglücklich bist.«

Dann sah er mich forschend an, als wolle er meine Gedanken lesen.

»Annie, sag mir die Wahrheit. Bist du unglücklich?«

Wenn es je einen geeigneten Zeitpunkt gegeben hatte, um offen zu sein, wie weh es auch tun mochte, war er jetzt gekommen.

»Ich habe mein Bestes getan, wirklich … aber manchmal ist es sehr schwer.«

»Das verstehe ich … und du weißt, wie sehr ich es bedauere, dass ich dich an Weihnachten sitzen gelassen habe.«

»Es liegt nicht nur daran, Dan. Ich habe aus heiterem Himmel eine riesige Chance gekriegt, und ich kann diese Rolle unmöglich ablehnen. Ich kann einfach nicht. Mir ist klar, dass es egoistisch von mir ist, eine Rolle wichtiger zu nehmen als unsere Beziehung, und dass in einer Ehe Regeln gelten, aber wenn ich es nicht tue, werde ich mich den Rest meines Lebens fragen, was wohl passiert wäre, wenn ich angenommen hätte. Du weißt, wenn wir Kinder hätten, würde ich diesen Schritt nicht einmal in Erwägung ziehen können. Bei näherer Überlegung ist das wahrscheinlich also meine letzte Chance, so eine Gelegenheit beim Schopf zu packen.«

Plötzlich wurden meine Gedanken ganz klar und distanziert. Ich musste nun schonungslos ehrlich sein. Schließlich hat Dan seinen Beruf ja auch immer wichtiger genommen als mich, oder?

Ich wusste, dass es, langfristig gesehen, das Beste so war.

»Es geht auch darum, dass ich nicht den Verstand verliere.«

Eine lange Pause entstand.

»Ich verstehe«, meinte er nur, bevor er sich ein sauberes

T-Shirt aus der Kommode holte, es über den Kopf streifte und sich ins Bett fallen ließ. Er rieb sich mit den Handballen die Augen, das übliche Zeichen dafür, dass er völlig erschöpft war.

»Und ehrlich gesagt«, fuhr er gähnend fort, »kann ich es nachvollziehen. Natürlich musst du das Angebot annehmen.«

Ich saß neben ihm auf der Decke und konnte kaum fassen, wie unbeschreiblich einfach es gewesen war. Wie gelassen er es aufgenommen hatte.

Beängstigend gelassen.

»Wir telefonieren jeden Tag miteinander«, fuhr ich fort. Allmählich gestattete ich mir Vorfreude, denn schließlich hatte ich ja sein Einverständnis. »Oder wir skypen. Du könntest mich ja auch im Urlaub besuchen, wenn du Zeit hast.«

»Äh ... ja. Klar. Das wäre klasse.«

Gut, wir wussten beide, dass das eine höfliche Lüge war. Dan hat sich seit drei Jahren keinen Urlaub, ja nicht einmal einen freien Abend gegönnt. Doch ich war ihm dankbar, dass er mitspielte. Außerdem hatte sich die Stimmung zwischen uns ein wenig verändert und war nun nicht mehr angespannt, sondern zärtlich und ruhiger.

»Um ehrlich zu sein«, riss er mich sanft aus meinen Gedanken, »glaube ich, dass dir ein Jahr Abstand nur guttun kann.«

Und natürlich hat er recht. Ich will nicht nur unbedingt diese Rolle haben, sondern muss hier weg. Von Stickens, von The Moorings, von Audrey, von Lisa, von allem und jedem.

Nicht für immer. Ich brauche nur ein Sabbatjahr, mehr nicht.

»Ich habe dich schon lange nicht mehr lächeln sehen, Annie Cole«, fügte er leise hinzu. »Geh und hol dir dein Lächeln zurück.«

Und in diesem Moment war ich mir absolut sicher, dass alles gut werden würde. Ich legte mich neben ihn ins Bett. Als ich mich über ihn beugte, um das Licht auszumachen, streifte meine Hand leicht seine Brust, und ich fragte mich, ob er mich heute Nacht wohl in den Arm nehmen würde. Vielleicht würden wir uns sogar lieben. Aber nein.

Zwei Minuten später schlief er tief und fest und schnarchte.

Doch das störte mich nicht, denn ich hatte mein Lächeln wiedergefunden.

Ausgerechnet im National Theatre.

Wer hätte das gedacht.

Kapitel fünf

Ich kann mich nicht erinnern, wann je ein Jahr so wundervoll angefangen hat! Zum ersten Mal seit Ewigkeiten habe ich Schwung, bin beschäftigt und vibriere vor Aufregung, weil ich bald in einem Probenraum stehen werde. Es ist, als könne ich die Welt wieder in Farbe sehen, nachdem ich so lange in Schwarz-Weiß gelebt habe. Verstehen Sie mich nicht falsch, es ist kein Urlaub, sondern eher gewaltiger Stress, weil wir nur zwei Wochen Probenzeit in Dublin haben, bevor es zur »Eingewöhnungswoche« nach New York geht, um im Shubert Theatre am Broadway Kulisse und Beleuchtung einzurichten. Darauf folgt dann ein guter Monat mit anstrengenden Voraufführungen, bis wir ausgerechnet am St. Patrick's Day, also am 17. März, Premiere haben.

Da die Probe um Punkt zehn beginnt, sitze ich schon seit sieben im Auto, fühle mich aber so energiegeladen wie schon jahrelang nicht mehr und brenne darauf, endlich loszulegen. Und das trotz der passiv-aggressiven Anrufe von Audrey, die mir seit gestern Abend die Ohren volljammert und klagt, heute sei ihr Einkaufstag. Wer solle ihre Besorgungen erledigen und die Tüten schleppen, wenn ich die ganze Woche in Dublin sei? Darauf folgte natürlich ein Streit mit Jules, der nun nichts anderes übrig bleibt, als sich ein bisschen nützlich zu machen. Das Ganze hat zur Folge, dass ich zu Hause etwa so beliebt bin wie ein scharfes Lammcurry von gestern.

Aber stört mich das? Zum ersten Mal im Leben ganz und gar nicht.

Ich habe mich entschuldigt, allen erklärt, dass ich nicht mehr so oft daheim sein würde, und mit den Achseln gezuckt, als sie »Oh, Annie!« riefen. Tut mir leid, doch ich muss hart bleiben, und außerdem ist es eine gute Vorübung für die Zeit nach meiner Abreise in zwei Wochen.

Den Großteil der Weihnachtsferien habe ich damit verbracht, das Skript vorwärts und rückwärts zu lesen, sodass es inzwischen völlig zerfleddert ist. Jetzt ist es Zeit für den Ernstfall. Als ich an diesem Tag Anfang Januar in Dublin eintreffe, ist die Stadt genauso überfüllt wie vor den Feiertagen, diesmal mit Schnäppchenjägern, die beim Anblick der roten Sonderangebot-Aufkleber in den Schaufenstern ganz aus dem Häuschen geraten. In mich hinein lächelnd, genieße ich die Atmosphäre, das Menschengewühl und das Gewimmel, das meine Seele beruhigt. Wenn es hier schon so aufregend ist, denke ich, dann warte nur, bis du nach New York kommst!

Ich ergattere einen Platz in einem Parkhaus unweit des National Theatre und habe noch Zeit für einen Abstecher in das kleine Café gegenüber, um mir einen Kräutertee zum Mitnehmen zu holen. Alles ist mir recht, um meine angespannten Nerven ein wenig zu beruhigen. Und dann geht es weiter ins Theater und … es ist einfach ein Traum. So, als gehörte ich bereits dazu. Die nette Pförtnerin begrüßt mich mit einem strahlenden Lächeln und einem lauten »Hallo, Annie. Frohes neues Jahr! Ich gratuliere zu der Rolle!«. Wir proben nicht auf der Bühne, erklärt sie mir geduldig, nachdem ich mich bei ihr überschwänglich bedankt habe, weil dort schon für die nächste Inszenierung aufgebaut wird, sondern im Probenraum in der obersten Etage.

Also schleppe ich mich die fünf Stockwerke hinauf. Als ich keuchend und schwitzend oben ankomme, wartet dort schon kein Geringerer als Jack Gordon. Er und ich sind allein im Probenraum, die anderen sind noch nicht da. Errötend erinnere ich mich wieder daran, wie elegant, stilvoll und absolut lässig er ist.

Heute trägt er einen marineblauen Anzug mit einem Hemd ohne Krawatte und verbreitet einen derart makellosen Chic, dass ich schwören könnte, er sei schwul oder wenigstens metrosexuell. Sobald ich ins Zimmer schnaufe, steht er auf und schlendert gelassen auf mich zu, um mir Luftküsse auf beide Wangen zu hauchen. Er riecht nach teurem Cologne, und beim Anblick seiner glatten, gepflegten Haut schießt mir durch den Kopf, dass er sich vermutlich mehr teure Kosmetika ins Gesicht schmiert als ich.

»Annie«, verkündet er mit seiner dunklen Stimme, die auf zwanzig Zigaretten am Tag hinweist, und mustert mich von Kopf bis Fuß, »willkommen an Bord. Schön, dass Sie dabei sind. Broadway, wir kommen, was?«

Wieder sprudeln die Worte nur so aus mir heraus, wie ich mich freue, hier zu sein, und wie viel die Rolle mir bedeutet, bla, bla, bla. Doch er bringt mich mit einer Handbewegung zum Schweigen.

»Die Freude ist ganz auf meiner Seite, das kann ich Ihnen versichern«, erwidert er grinsend.

»Sobald Sie zum ersten Vorsprechen zur Tür hereinkamen«, fährt er fort, setzt sich wieder und schlägt lässig die Beine übereinander, »wusste ich, dass ich Sie wollte. Sie sind die Beste für diese Rolle. Ich muss mich für den zweiten Termin und dafür entschuldigen, dass ich mich so lange nicht bei Ihnen gemeldet habe. Aber ich brauchte Gewissheit. Ich bin nämlich Anhänger der Auffassung, dass eine Inszenierung allein mit der Besetzung steht oder fällt.«

Im nächsten Moment kommt das älteste Mitglied des Ensembles herein. Blythe Arnold ist über sechzig, eine silberhaarige Legende und aus Theater und Fernsehen landesweit berühmt. Kurz gesagt, Irlands Antwort auf Judi Dench. Ich habe sie zwar im Laufe der Jahre in Dutzenden von Inszenierungen gesehen, bin ihr aber nie persönlich begegnet. Als wir einander die Hand schütteln, muss ich daran denken, wie seltsam es ist, dass einem jemand gleichzeitig fremd und vertraut erscheint. Blythe ist eine der meistbeschäftigten Schauspielerinnen in der Branche und tritt auch in einer Seifenoper auf, die in Dublin spielt. Sie begrüßt mich freundlich und warmherzig und sagt, sie freue sich schon darauf, mit mir zusammenzuarbeiten.

Als Nächstes erscheint Alex O'Hara, die eine Physiotherapeutin spielt. Im wirklichen Leben ist sie etwa zweiundzwanzig, wirkt aber wegen ihres voluminösen Trainingsanzugs, in dem ihr zierlicher, drahtiger Körper fast versinkt, noch jünger und beinahe wie ein Kind. Sie trägt eine rote Igelfrisur, die nicht sehr pflegeintensiv ist, und kein bisschen Make-up, so als wäre ihre DNA zu zehn Prozent männlich. Außerdem sieht sie aus, als hielte sie ihre sehnige Figur im Fitnessstudio in Form. Da wir dieselbe Agentin haben und uns auch schon privat begegnet sind, ist das Zusammentreffen mit ihr nicht so einschüchternd wie das mit Blythe. Sie umarmt mich scheu, heißt mich an Bord willkommen und macht mir Komplimente zu einem Stück, in dem sie mich einmal gesehen hat.

Sie ist mir jetzt schon sympathisch.

Zu guter Letzt trifft Chris Gardiner ein, die meine ältere Schwester spielt. Im wirklichen Leben ist sie schätzungsweise

Ende dreißig und hat eine alabasterweiße Haut und langes, glattes schwarzes Haar wie eine Inderin. Später finde ich heraus, dass sie die einzige andere verheiratete Frau im Ensemble ist. Blythe hat sich schon vor langer Zeit von ihrem Mann getrennt, und auch Alex und Liz sind beide solo.

Chris und ich freunden uns ein wenig an und erzählen einander, wie schwierig es war, unseren Männern zu eröffnen, dass wir ein ganzes Jahr fort sein würden. Wie sich herausstellt, hat sie die weitaus bessere Ausgangsposition von uns beiden. Ihr Mann ist ebenfalls Schauspieler und derzeit ohne Engagement. Also begleitet er sie nach New York und bleibt, solange das Besuchervisum es ihm gestattet. Sie hat auch einen kleinen Sohn, der gerade vier geworden ist und von seinem Dad versorgt wird, während sie arbeitet.

»Und kommt Ihr Mann in die Staaten, um Sie in Aktion zu sehen?«, erkundigt sie sich höflich. Natürlich lüge ich und antworte, dass er zwar beruflich stark eingespannt sei, aber selbstverständlich versuchen werde, sich freizunehmen.

Gott, wenn das nur wahr wäre. Aber wenn ich ehrlich bin, beneide ich Chris. Und wenn es nicht so gemein klingen würde, würde ich mir beinahe wünschen, ich wäre auch mit einem Arbeitslosen verheiratet.

Endlich kommt Liz hereingehastet. Ihr Haar ist zerzaust, als sei sie gerade erst aufgestanden, und sie ist trotz der eisigen Kälte draußen nur leicht bekleidet. Sie entschuldigt sich für die Verspätung. »Verschlafen!«, ruft sie, voller Selbstbewusstsein und mit Laufmaschen in der Strumpfhose, in den Raum hinein. Ich beobachte, dass Jack fast unmerklich die Augen verdreht, was in mir den Verdacht weckt, dass das ziemlich regelmäßig vorkommt. Später, als wir uns um ein Modell der leicht erweiterten Kulisse scharen, die wir im Shubert Theatre benutzen werden, flüstert Liz mir zu, sie habe eigentlich gestern früh ins Bett gehen wollen, aber in letzter Minute einen Anruf erhalten, weshalb sie dann doch noch um die Häuser gezogen sei.

»Ich hätte nie gedacht, dass man von Bier und Wodka so gut schläft«, zischt sie mir ins Ohr, »aber es war lustig. Bitte sag, dass du Kopfschmerztabletten dabeihast, Annie.«

Dann bittet Jack uns alle, am Tisch Platz zu nehmen, und wir lesen das ganze Stück noch einmal durch. Das geschieht hauptsächlich mir zuliebe und ist für die anderen sicher schrecklich langweilig, denn die letzte Vorstellung fand schließlich erst in der Weihnachtswoche statt. Doch Jack besteht darauf. Anschließend erörtert er einige Aspekte der Handlung und Szenen, an denen noch gearbeitet werden kann, und alle geben ihren Senf dazu. Da ich die Neue bin, sitze ich nur still und mit großen Augen da und halte den Mund.

Allerdings ist es interessant, als relativ Außenstehende die Gruppendynamik zu beobachten. Blythe wird von allen mit Hochachtung behandelt. Alex wird gnadenlos gehänselt, was sie mit Humor nimmt. Chris gehört zu den Frauen, die Respekt einfordern und ihn normalerweise auch von ihrer Umgebung bekommen, während über Liz nur gelacht wird. Der Einzige, der keine Unterschiede macht, ist Jack. Und ich? Meine Rolle ist offenbar die der ernsten Figur inmitten dieser faszinierenden, schillernden Gestalten, die um mich herumwirbeln.

Nach dem Lesen geht es weiter auf die Probebühne, wo wie in der richtigen Kulisse Stühle und Sonnenliegen herumstehen. Und dann fangen wir mit dem Positionieren an, was im Grunde genommen heißt, dass ich gesagt bekomme, wann ich auftrete, wo ich stehe und wann ich mich hinsetzen soll.

Vermutlich ist das grauenhaft öde für die anderen, die das Stück in- und auswendig kennen. Ich muss ihnen allerdings zugutehalten, dass mir keine das Gefühl vermittelt, ich sei wieder auf der Schauspielschule. Eifrig schreibe ich jede Bewegung auf und versuche, alles richtigzumachen und nicht gegen die Möbel zu stoßen, was leichter gesagt als getan ist, wenn man die Nase in einem Skript stecken hat.

Aber falls die anderen geglaubt haben, sich einen faulen Vormittag gönnen zu können, während die Neue angelernt wird, haben sie die Rechnung ohne Jack gemacht. Er geht die erste Szene akribisch durch, feilt daran und nimmt Änderungen vor. Immer wieder spielen wir nur diese eine Eröffnungsszene, bis ich mir zur Mittagszeit nicht nur jeden Schritt eingeprägt habe, sondern auch mehr oder weniger unabhängig vom Skript bin.

Es ist auch sehr aufschlussreich, den großen Jack Gordon bei der Arbeit zu beobachten. Oberflächlich betrachtet, mag er entspannt und lässig wirken, doch in Wahrheit ist er ein verbissener Perfektionist, probiert dieses und jenes aus und kippt gnadenlos alles, was nicht klappt, auch wenn das Ensemble protestiert, sie hätten es schon immer so gemacht und es sei bis jetzt nie ein Problem gewesen.

Er hat durchaus dominante Tendenzen, aber anders als die meisten herrschsüchtigen Menschen schikaniert er einen weder, noch ist er rechthaberisch, sondern hat einfach nur sein Herzblut in die Inszenierung gesteckt und will unbedingt, dass sie so gut wie möglich wird. Besonders Chris widerspricht ihm ständig, protestiert, kritisiert ihn und fragt mit schneidender Stimme, warum er Dinge ändere, die bisher doch wunderbar funktioniert hätten.

»Ich verstehe das nicht, Jack«, verkündet sie laut mit verschränkten Armen. »Warum etwas reparieren, das nicht kaputt ist?«

Schweigen senkt sich über den Probenraum. Jack verliert zwar nicht die Beherrschung, doch er zieht die Augenbrauen zusammen, wodurch er ein wenig gefährlich wirkt. »Nur dass es nicht ganz funktioniert hat, Schätzchen«, schleudert er ihr entgegen. Er blickt spöttisch drein. Mein Gott, er kann sich sogar das Wort *Schätzchen* so auf der Zunge zergehen lassen, dass es wie eine verdeckte Beleidigung klingt.

Nein, mit Jack Gordon legt man sich besser nicht an. Ich bin die Einzige im Raum, die er in Ruhe lässt. Noch.

Zur Mittagszeit zerstreuen sich alle, um eine Stunde Pause zu machen. Eigentlich hatte ich mir nur schnell ein Sandwich holen und dann zurückkommen wollen, um im ruhigen Probenraum weiter meinen Text zu lernen, doch Liz weicht mir nicht von der Seite. Also gehen wir zum Imbiss gegenüber, um uns etwas zum Mitnehmen zu kaufen, und dann wieder in den Probenraum.

»Und was hältst du von unserem Jack?«, erkundigt sie sich, während sie ihr Sandwich isst.

»Jack? Nun … ich habe den Eindruck, dass er mich noch ein wenig schont.« Ich grinse sie an. »Aber ich bin mir sicher, dass ich auch bald vor das Erschießungskommando muss.«

»Nein, du hast mich falsch verstanden«, erwidert sie und kippt ihren Cappuccino hinunter. »Ich meinte, ob du ihn attraktiv findest.«

Darauf fällt mir keine richtige Antwort ein, weshalb ich mit Unschuldsmiene in mein Schinkenbrot beiße. Da sie mich jedoch erwartungsvoll ansieht, brummle ich etwas mit vollem Mund, während ich überlege, was ich sagen soll. »Er scheint recht charmant zu sein«, murmele ich schließlich.

»Muss in der Familie liegen. Sein Großvater war ein Herzensbrecher.«

»Hör auf zu lästern.«

»Ich frage deshalb, weil er für mich zu diesen absolut miesen Typen gehört, auf die Frauen immer hereinfallen«, fährt sie fort. »Es ist auch schwierig, ihm zu widerstehen, weil er so absolut sexy ist. Das merke sogar ich, obwohl er mich nicht die Bohne interessiert.«

Wortlos wische ich mir einen Klecks Senf vom Kinn.

»Aber ich persönlich glaube«, spricht sie weiter, »dass er Frauen in Wirklichkeit verachtet. Er ist Spezialist für leere Versprechungen. *Ich rufe dich an!*, zum Beispiel. Ich verrate dir was. Wenn ich mal ein Wörtchen mit der kleinen Kassiererin reden könnte, mit der er angeblich etwas hat, würde ich ihr erklären, dass man die Jack Gordons dieser Welt behandeln muss wie den letzten Dreck, damit sie einem aus der Hand fressen. Das ist die einzige Methode, um garantiert zu erreichen, dass sie einem nachlaufen. Und aus diesem Grund geraten Männer wie Jack immer an Turbozicken.«

»Hört, hört, das Beziehungsorakel.«

»Jack steht in meiner Liste von Typen, von denen ich absolut nichts will und die auch nichts von mir wollen, unter den Top Ten«, verkündet sie. »Und trotzdem ist mir sonnenklar, warum andere Frauen so auf ihn stehen.«

Die Nachmittagssitzung ist noch anstrengender, weil wir die zweite Szene des Stücks positionieren und sie wiederholt und gründlich durchgehen. Als wir um halb fünf fertig sind, bin ich hundemüde, aber auch begeistert darüber, wie toll mein erster richtiger Arbeitstag gelaufen ist. Auf der langen Heimfahrt nach Stickens kann ich nur daran denken, dass ich ein Glückspilz bin und den schönsten Beruf der Welt habe.

Irgendwann bricht dann der Freitagabend an, und das Ensemble macht sich auf den Weg in den nächsten Pub, um das Ende der langen Arbeitswoche zu feiern. Wir stehen vor dem National Theatre auf der eiskalten, dunklen Straße, und ich verabschiede mich von den anderen, die »Ach, fahr doch noch nicht nach Hause, Annie! Komm mit, nur auf einen Drink!« rufen.

Ich bin gerade dabei zu protestieren, dass ich noch die Weltreise nach Waterford vor mir habe und besser aufbrechen sollte, wenn ich vor Morgengrauen zu Hause sein will, als Jack mich plötzlich am Ellbogen packt und mich über die Straße in den Pub schiebt. Er duldet keinen Widerspruch.

»Komm schon. Ein Glas wird dich nicht umbringen«, meint er und schenkt mir sein strahlendes Lächeln. »Außerdem muss ich mit dir reden.«

Also zucke ich lachend mit den Achseln und folge der Truppe in den Pub. Anordnung des Regisseurs. Jack erkundigt sich höflich nach den Getränkewünschen, während Liz, Blythe, Alex und Chris ausgelassen an einem ruhigen kleinen Tisch Platz nehmen und sich aus Schichten von Mänteln, Mützen und Jacken schälen.

»Annie, hilfst du mir mit den Getränken?«, ruft Jack, worauf ich gehorsam zum Tresen trotte, um dort mit ihm zu warten. Im Lokal drängt sich das Freitagabendpublikum, hauptsächlich Studenten, alle in Jeans, Strickmützen und verfilzten Pullovern. Mir fällt auf, wie sehr Jack sich in seinem eleganten Anzug und dem hellblauen Hemd von den anderen unterscheidet. Außerdem schafft er es, noch genauso frisch und ausgeruht auszusehen wie heute Morgen um zehn.

»Ich wollte es vor den anderen nicht sagen«, beginnt er, ohne mich anzuschauen, und versucht dabei, den viel beschäftigten Barmann auf sich aufmerksam zu machen. »Aber du hast diese Woche wirklich großartige Arbeit geleistet. Du verleihst der Figur völlig neue Dimensionen, die sicher wunderbar wirken werden. Gut gemacht, nur weiter so.«

»Oh ... äh ... vielen Dank«, stammle ich, weil ich Lob und Bestätigung gar nicht mehr gewöhnt bin. Und dann noch ausgerechnet vom anspruchsvollen Jack Gordon.

»Ich meine damit«, fährt er fort und winkt dem Barmann inzwischen ungeduldig zu, »und glaube mir, ich bin kein Mensch, der mit Komplimenten um sich wirft, dass du frischen Wind ins Stück bringst. Ich bin wirklich froh, dass ich dir die Rolle gegeben habe.«

Mir verschlägt es vor Schreck die Sprache. Ich schaue zu Liz hinüber, die mir einen Alles-okay-oder-soll-ich-dich-retten-Blick zuwirft. Ich lächle ihr beruhigend zu.

»Lass mich dazusagen, meine Liebe«, fügt er mit einem frechen Grinsen hinzu, »dass das vermutlich die letzten freundlichen Worte sind, die du bis zur Premiere von mir zu hören kriegen wirst.«

Ich erwidere das Lächeln und denke, dass das mehr nach dem Jack Gordon klingt, den ich kenne. Allerdings soll es fast einen ganzen Monat dauern, bis mir klar wird, dass er tatsächlich die Wahrheit und nichts als die Wahrheit gesagt hat. Als der Barmann erscheint, bestellt er, und während wir warten, dreht er sich zu mir um, lehnt sich mit einem Ellbogen an den Tresen und wechselt das Thema.

»Also wohnst du wirklich in Waterford?«, fragt er ungläubig.

Als ich bejahe, fällt er mir sofort ins Wort.

»Soll das heißen, dass du die ganze Woche gependelt bist?«

»Nun ... ja, doch das ist nicht weiter schlimm. Inzwischen

bin ich daran gewöhnt. Außerdem kann ich für den Großteil des Wegs die Schnellstraße nehmen.«

»Und wenn es die Grand-Prix-Strecke wäre. Ich lasse es nicht zu, dass du dich so übernimmst. Das heißt ja, dass du jeden Tag fünf Stunden am Steuer sitzt. Und das zusätzlich dazu, dass du dich für mich am Theater krummlegst. Das geht nicht.«

»Jack, es ist wirklich in Ordnung.«

»Es ist ganz eindeutig nicht in Ordnung. Und nächste Woche geht es noch mehr rund, weil ich anfangen will, jeden Akt in seiner Gesamtheit zu proben. Kannst du nicht bei einer Freundin in Dublin übernachten? Was ist mit Liz? Ihr seid doch befreundet, oder?«

Anstelle einer Antwort lächle ich nur schief. Denn wenn ich die Woche über bei Liz wohnen müsste, würde ich die Nächte vermutlich auf dem Beifahrersitz meines Autos verbringen, weil es dort um einiges ruhiger ist.

Inzwischen mustern seine scharfen blauen Augen mich eindringlich und abwartend.

»Weißt du, ich fürchte, ich kann nicht einfach so in Dublin bleiben, Jack«, entgegne ich schließlich. »Es ist ... nun, es ist eben kompliziert.«

»Ich bin mir ziemlich sicher, dass ich dir geistig werde folgen können. Also erklär mir, warum.«

»Nun, verstehst du, Dan, mein Mann ... es ist unsere letzte gemeinsame Woche, bevor ich so lange weg sein werde, und ... äh ... ich möchte gern so häufig wie möglich bei ihm sein.«

»Oh, dein Mann. Ja. Ich vergesse ständig, dass du verheiratet bist. Du verhältst dich gar nicht wie eine verheiratete Frau.«

Ich bin versucht, ihn zu fragen, wie verheiratete Frauen sich denn so verhalten. Aber ich verkneife es mir und beginne unwillkürlich an meinem Ehering herumzuspielen.

»Okay, jetzt verstehe ich wenigstens den Grund. Und wahrscheinlich möchte dein Mann auch, dass du nächste Woche so viel wie möglich zu Hause bist.«

»Ja, selbstverständlich. Natürlich will er das.« Ich lächle fröhlich.

Seltsam, wie leicht mir die Lüge über die Lippen kommt.

Ich muss an die Post-its denken, die mich in den letzten Tagen am Kühlschrank erwartet haben, und frage mich, ob es nächste Woche wohl anders sein wird.

»Wie lange bist du denn schon verheiratet?«

»Fast fünf Jahre.«

»Da warst du ja noch ziemlich jung.«

»Wir waren beide vierundzwanzig. Aber wir sind schon zusammen, seit wir fünfzehn sind. Ich war seine erste Freundin, und er war mein erster Freund. Und bis ich diese Rolle bekommen habe, waren wir in all den Jahren nie getrennt.«

ZVI, pflegt Jules über Leute zu sagen, die zu viel reden. Zu viele Infos. Ich habe keine Ahnung, warum ich Jack all das erzähle. Er scheint sowieso nicht zuzuhören, sondern starrt in die Ferne. Ich weiß nur, dass er mich aus unerklärlichen Gründen nervös macht. Wenn ich mit ihm allein bin, benehme ich mich ganz anders als sonst.

»Eine Jugendliebe«, meint er schließlich.

»Ja, das waren wir, das heißt, sind wir.«

»Sehr romantisch.«

»Ja, war es … äh, ist es.«

»Ich hatte nie das Bedürfnis, mich zu binden und zu heiraten. Ich habe darin irgendwie keinen Sinn gesehen. Dieser ganze Mumpitz, bis dass der Tod uns scheidet … Heutzutage? Wenn zwei Leute mit Anfang zwanzig heiraten, kann ich ihnen garantieren, dass sie sich mit Mitte dreißig völlig verändert haben werden. Das ist bei uns allen so.«

»Nicht, wenn man seinem wahren Seelenverwandten begegnet«, erwidere ich errötend in dem Versuch, mich zu rechtfertigen.

»Ehepaare sind immer schnell mit Begründungen für die Fesseln bei der Hand, die sie sich angelegt haben.«

»Das stimmt nicht. Dan und ich sind nicht … aneinandergekettet.«

»Und ich soll dir ernsthaft glauben, dass Dan und du noch dieselben Menschen seid wie mit fünfzehn? Dass sich keiner von euch in dieser Zeit auch nur ein bisschen verändert hat?«

»Was du glaubst oder nicht glaubst, spielt eigentlich keine Rolle. Tatsache ist, dass es stimmt.« Ich lächle ihn an. »Nur weil du nichts von der Ehe hältst, musst du mich nicht provozieren.«

»Oh, bitte. Also glaubst du wirklich an die Ehe?«

»Wir sprechen hier von der Liebe, natürlich glaube ich daran.«

»Ich meine ja nur, dass eine feste Beziehung nicht für jeden geeignet ist. Insbesondere eine Fernbeziehung. Damit fordert man das Schicksal heraus.«

»Wenn man jemanden wirklich liebt, setzt man Himmel und Erde in Bewegung, damit es klappt«, antworte ich spitz.

»Schön, dass du die Dinge so siehst, meine Liebe«, entgegnet er lässig. »Ich werde deine Fortschritte im kommenden Jahr mit großem Interesse beobachten.«

Kapitel sechs

Und jetzt ist plötzlich der Vorabend der Abreise da, und es kommt mir ziemlich unwirklich vor. Mein allerletzter Abend. Zwei Koffer stehen gepackt ordentlich nebeneinander in der Vorhalle, und ich frage mich, ob ihr Anblick Dan ebenso wehtut wie mir. Sie flößen mir Schuldgefühle ein und machen mich so verrückt, dass ich die verdammten Dinger schließlich in den Kofferraum des Autos stopfe, damit ich sie nicht mehr sehen muss.

Auf gepackte Koffer reagiere ich nämlich wie der pawlowsche Hund. Es gelingt ihnen stets, mich an den Tag zu erinnern, an dem ich fünf Jahre alt und mit Mum gerade von einem Auslandseinsatz zurückgekehrt war und mein Dad uns aus heiterem Himmel und ohne mit der Wimper zu zucken mitteilte, er werde nun ausziehen.

Natürlich war ich noch zu jung, um es wirklich zu begreifen. Die Tragweite der Ereignisse wurde mir erst beim Anblick seiner gepackten Koffer an der Eingangstür klar. Ich ging wieder nach oben und weinte mich in den Schlaf, wohl wissend, dass mein Dad wirklich und wahrhaftig für immer fortgehen würde.

Obwohl ich weiß, wie albern es ist, fühle ich mich wieder genauso. So als würde ich Dan verlassen, obwohl uns beiden klar ist, dass das nicht stimmt. Es ist nur eine vorübergehende Trennung, mehr nicht, sage ich mir immer wieder. Es ist bloß für eine kurze Zeit, und ich werde vermutlich zurück sein, bevor er meine Abwesenheit überhaupt bemerkt.

Ich muss Dan zugutehalten, dass er mich ausgesprochen positiv überrascht hat. Er hat mir versprochen, dass er sich freinehmen wird, damit wir den letzten kostbaren Abend zusammen verbringen können. Außerdem wird er mich morgen nach Dublin zum Flughafen fahren. Das ist mir sehr wichtig, denn ich habe den anderen Ensemblemitgliedern so viel von ihm erzählt, dass sie ihn unbedingt kennenlernen müssen, bevor es losgeht. Natürlich kennt er Liz, aber die anderen nicht, und es bedeutet mir viel, dass sie zumindest ein Gesicht mit seinem Namen verbinden können.

Jedenfalls haben wir Sonntagabend. Die Praxis ist geschlossen, weshalb uns nur noch ein Notruf in letzter Minute einen Strich durch die Rechnung machen kann. Allerdings hat James, der Praktikant, sich netterweise erboten, heute Abend ausnahmsweise den Telefondienst zu übernehmen, und so sieht es ... kaum zu glauben ... wirklich danach aus, dass Dan und ich ... dramatische Pause ... an diesem letzten kostbaren Abend miteinander allein sein können.

Unvorstellbar, welche Mühe ich mir gegeben habe. Ich habe beschlossen, ausnahmsweise einmal nicht zu kochen, sondern etwas beim Chinesen im Dorf zu bestellen, wo Dan so gerne isst. (Das ist kein Scherz, das Essen dort ist so lecker, dass einem das Wasser im Munde zusammenläuft.) Ich habe sogar in eine Flasche sündhaft teuren Château Margaux investiert, weil es den bei unserer Hochzeit gab und er uns sehr geschmeckt hat. Ich möchte, dass uns dieser Abend in glücklicher Erinnerung bleibt, so wie jener Tag.

Da ich den Abend mit militärischer Präzision geplant habe – es soll eine erotische und verführerische Nacht werden, wie wir sie schon lange nicht mehr hatten –, habe ich überall im Wohnzimmer flackernde Kerzen verteilt. Nicht nur, weil es so romantischer aussieht, sondern auch, weil Kerzenschein den grauenhaften Eindruck von Audreys abscheulicher Tapete und ihrem karierten Teppich abschwächt. Und Dan soll mich als Sexbombe in Erinnerung behalten, nicht als erschöpftes menschliches Wrack. Gut, ich wirke vielleicht trotzdem ein wenig erledigt, aber was soll's? Wir brauchen diese letzte Nacht, und ich werde alles dafür tun, dass wir beide etwas davon haben. Ungestört.

Seit ich die Rolle habe, habe ich etwas Neues über meine verehrte Schwiegermutter gelernt: Um ihre Missbilligung über meine Abreise richtig zum Ausdruck zu bringen, bestraft sie mich mit Liebesentzug. Mein Telefon hat aufgehört zu läuten und verbreitet ein dröhnendes Schweigen. Und wenn ich sie pflichtbewusst aus der Probe anrufe, um sie zu fragen, ob ich ihr auf dem Heimweg etwas vorbeibringen soll, entgegnet sie nur spitz, sie brauche nichts, und legt auf, damit ich auch sicher ein schlechtes Gewissen kriege.

Also war ich auf alles gefasst, als ich ihr einen höflichen Abschiedsbesuch abstattete, nur um ihr zu zeigen, dass ich ihr nicht böse bin, obwohl ich mir die Mühe eigentlich hätte sparen können. Sie machte nicht einmal den Fernseher leiser, und als ich ihr einen Kuss auf die faltige Wange geben wollte, drehte sie sich absichtlich weg und hielt die Nase parallel zur Decke.

Doch als ich nach Hause kam, war zum Glück Jules da. Sie saß am Küchentisch, verspeiste die Reste des gestrigen Hühnercurrys und munterte mich sofort auf. Außerdem war sie so lieb, mich zu trösten. Da ich – wie ihr bald klar wurde – eine leidenschaftliche und romantische Nacht plante, erbot sie sich, taktvoll zu verschwinden, worauf ich ihr ausnahmsweise nicht widersprach.

Wir umarmten uns im Flur, und Jules versprach, am nächsten Morgen vor der Abfahrt nach Dublin noch einmal vorbeizukommen. Allerdings wussten wir beide, dass das nur eine Notlüge war, um das Gesicht zu wahren. Wir müssen nämlich spätestens um eins am Flughafen einchecken, was einen Aufbruch gegen zehn bedeutet. Sie wird es nie schaffen, sich um diese unchristliche Uhrzeit aus dem Bett zu hieven, wenn nicht zufällig das Haus in Flammen steht.

Ich drückte sie fest und sagte mit Tränen in den Augen, dass wir uns in New York sehen würden.

»Darauf kannst du Gift nehmen!«, erwiderte sie lachend. Aber ich bemerkte, dass sie auch ein wenig rührselig wurde. Jules empfindet nicht oft wie eine Erwachsene, doch heute Nachmittag tat sie es vermutlich, denn ihr war klar geworden, dass ich wirklich fortgehen und dass sie ganz allein mit Audrey zurückbleiben würde.

Mir tat die Arme entsetzlich leid, und ich beschloss spontan, ihren Flug nach New York zu bezahlen, sobald ich genug zusammengespart hätte, und es mit ihr so richtig krachen zu lassen.

Das ist doch das wenigste, was ich für meine alte Verbündete tun kann.

Inzwischen ist es kurz nach sieben, und Dan ist auf Paddy Jacksons Farm. Aber das ist nicht weit, nur gute sieben Kilometer. Außerdem ist es kein Notfall, weshalb ich sicher bin, dass er jeden Moment nach Hause kommen wird. Bis es so weit ist, laufe ich durchs Haus wie von der Tarantel gestochen und gehe im Kopf hektisch eine Checkliste durch.

Brennt im Kamin ein gemütliches Feuer? Ja. Sind die Duftkerzen geschmackvoll im Wohnzimmer arrangiert? Ja. Bin ich geschrubbt, gepeelt, gewachst und von Kopf bis Fuß gepflegt? Ja. Habe ich mein einziges garantiert wirkungsvolles sexy Nachthemd aus schwarzer Spitze und dazu den passenden Morgenmantel an? Ja. Und eine halbe Tonne Festiger in meiner Haarmähne, damit sie mir nicht zu Berge steht? Ja. Die Nummer vom China-Heimservice eingespeichert? Ja.

Gerade hülle ich mich im Schlafzimmer in einen Nebel aus French Lime Blossom von Jo Malone, als ich draußen in der Einfahrt das Knirschen von Autoreifen höre.

Showtime.

Ich rase die Treppe hinunter. »Liebling, ich komme!«, rufe ich und haste zur Eingangstür. Als ich den uralten Riegel zurückschieben will, schießt mir plötzlich ein beängstigender Gedanke durch den Kopf: Wo ist das Hundegebell? Dan hat die Hunde heute Nachmittag mitgenommen, und beim Nachhausekommen drehen sie immer fast durch. Sehr seltsam.

So schnell ich kann, schiebe ich die schwere Eichentür auf … und vor mir steht, so bleich und eingefallen wie immer, keine andere als Lisa Ledbetter. »Wie siehst du denn aus, Annie?«, lautet ihr Seitenhieb bei meinem Anblick. »Hast du denn nicht mitgekriegt, dass wir draußen unter null Grad haben? Zieh dir etwas Wärmeres an, sonst holst du dir noch eine Lungenentzündung.«

Sie will sich an mir vorbeidrängen, aber diesmal lasse ich es nicht zu, sondern versperre ihr mit verschränkten Armen den Weg. Mein Gesichtsausdruck ist wegen dieser Störung ausgesprochen finster. Unhöflich, ich weiß. Und auch nicht sehr gastfreundlich. Doch diesmal ist es mir schlicht und ergreifend egal. Heute ist mein letzter gemeinsamer Abend mit Dan für weiß Gott wie lange, und den wird sie mir nicht wegnehmen. Nur über meine Leiche. Also rühre ich mich nicht von der Stelle und bitte sie auch nicht herein.

»Lisa«, sage ich so ruhig wie möglich, »ich habe nicht mit dir gerechnet.«

»Sei nicht albern, Annie, heute ist dein letzter Abend! Hast du wirklich gedacht, ich würde zulassen, dass du dich einfach ohne Abschiedsfeier in die Staaten verdrückst?«

Mist, sie will bleiben. Aber wem mache ich etwas vor? Natürlich bleibt sie. Doch ich gebe nicht nach. Ausnahmsweise werde ich ihr keine Chance geben, mich zu überrumpeln.

Sie bedenkt mich mit einem vorwurfsvollen Blick.

»Willst du mich denn nicht hereinlassen? Es ist lausig kalt hier draußen, falls dir das noch nicht aufgefallen sein sollte.«

»Ich fürchte, nein, Lisa. Es ist gerade wirklich sehr ungünstig und passt mir überhaupt nicht. Ich erwarte Dan jede Minute und habe ein Abendessen für zwei geplant. Nur für uns beide, tut mir leid. Es ist wirklich nett von dir, dass du vorbeikommst. Ich sag dir was. Ich rufe dich an, bevor ich morgen losfahre.«

»Du meine Güte, lässt du mich nun netterweise rein und hörst mit diesem Getue auf? Keine Sorge, ich verschwinde, sobald Dan kommt.«

Ich messe dieser Äußerung den Wahrheitsgehalt bei, den sie verdient. Lisa hat noch nie bemerkt, dass sie stört. Dass ich Dan so lange nicht sehen werde, hat zumindest den Vorteil, von Lisa verschont zu bleiben. Also spielt es keine Rolle, wenn ich die Unhöflichkeit in Person bin.

»Lisa«, erwidere ich, »normalerweise wärst du hier mehr

als willkommen, aber nicht heute Abend. Tut mir leid, es ist mein letzter Abend, und ich habe wirklich vor, ihn mit meinem Mann zu verbringen. Allein. Und jetzt habe ich noch einiges zu tun.«

Sie starrt mich entgeistert an, denn sie ist von mir keinen Widerstand gewöhnt. Einen kurzen, wundervollen Moment glaube ich tatsächlich, den Sieg davongetragen zu haben, als das Telefon in der Vorhalle läutet.

»Wahrscheinlich ist er das«, sage ich knapp und sehe sie, wie ich hoffe, eiskalt an. »Wenn es dir also nichts ausmacht, gehe ich besser mal ran. Vielen Dank, dass du an mich gedacht hast.«

»Ach, mach dich nicht lächerlich. Weißt du, was ich alles veranstalten musste, um heute Abend freinehmen zu können? Ich musste Charlie buchstäblich erpressen, damit er auf die Kinder aufpasst, und wenn du glaubst, dass ich meinen Ausgang nicht nutze, hast du dich geschnitten. Zum letzten Mal: Lässt du mich jetzt gnädigerweise rein, bevor ich mir hier draußen den Tod hole? Ein Gläschen Wein, dann bin ich wieder weg.«

Inzwischen starre ich sie zornig an. Wut steigt in mir auf, und ich muss mich beherrschen, um ihr nicht einige Wahrheiten an den Kopf zu werfen. Am liebsten möchte ich sie anschreien, dass sie mich unbeschreiblich nervt.

Ich möchte ihr mitteilen, dass ich dieses Freundschaftsgetue hiermit beende. Sie ist nicht meine Freundin und ist es auch nie gewesen, sondern eine Landplage der allerschlimmsten Sorte. Und am meisten …

Mist und noch mal Mist. Während ich sie in Gedanken in Stücke reiße, springt in der Vorhalle der Anrufbeantworter an.

Es ist Dan.

Doch obwohl ich sofort zum Telefon renne, erreiche ich das verdammte Ding nicht mehr rechtzeitig, sodass seine Stimme durch die riesige Vorhalle mit dem Steinboden dröhnt. Und zwar so laut, dass Lisa ihn deutlich versteht.

»Hallo, Annie? Ich bin's. Bist du da? Schau, ich war gerade auf dem Heimweg, als James anrief, weil er einen Notruf von Paul Fogarty hatte. Er glaubt, eine seiner Stuten habe eine Fehlgeburt.«

Ich werde von Verzweiflung ergriffen. Eine Fehlgeburt. Und das bedeutet, dass Dan noch einige Stunden unterwegs sein wird.

»James kommt damit nicht allein klar. Also dauert es noch eine Weile, bis ich zu Hause bin.«

Ich schaffe es, den Hörer an mich zu reißen, bevor er weiterreden kann, und wir sprechen unbelauscht miteinander. Nun, so unbelauscht, wie es möglich ist, denn Lisa ist inzwischen siegessicher ins Haus marschiert, hat die Eingangstür zugeknallt, steht jetzt dicht neben mir und schält sich aus mehreren Schichten von Pullovern und Schals.

»Es tut mir so leid«, sagt Dan zu mir. »Ich wollte heute Abend wirklich für dich da sein, das weißt du doch.«

»Ja«, erwidere ich und versuche, mir meine Enttäuschung nicht anmerken zu lassen. »Keine Sorge, da kann man eben nichts tun. Ich verstehe das schon.«

»James ist einfach noch zu unerfahren, und Paul hat eine Heidenangst, die Stute zu verlieren.«

»Schon gut. Mach nur. Ich warte auf dich, okay?«

Da er während der Fahrt telefoniert, verlieren wir den Empfang. Ja, heute Nacht werde ich ein letztes Mal auf dich warten, denke ich. Aber dann ... dann war's das, Leute.

»Siehst du?«, verkündet Lisa triumphierend. »Er muss arbeiten. Bist du jetzt nicht froh, dass ich vorbeigekommen bin? Ich kann dich an deinem letzten Abend doch nicht guten Gewissens hier allein rumsitzen lassen.«

Mit diesen Worten reißt sie die Wohnzimmertür auf und betrachtet den Raum.

»Oh, schau! Das wunderschön flackernde Kaminfeuer. Und was ist das? Eine Flasche Château Margaux? Oh, mein absoluter Lieblingswein! Woher wusstest du das? Hol uns doch rasch zwei Gläser, Annie. Ich sterbe für ein Gläschen *vino*.«

Klar, Lisa, kein Problem, Lisa. Sonst noch einen Wunsch, meine Liebe?

Am nächsten Morgen reißt mich der schrille Weckton meines Handys aus dem Schlaf. Ich springe auf, und mir bleibt fast das Herz stehen. Dan liegt neben mir und ist völlig weggetreten. Er schläft in der Körperhaltung eines Gekreuzigten. Ich schwöre bei Gott, ich war gestern so erledigt, als ich ins Bett ging, dass ich ihn gar nicht habe hereinkommen hören.

Natürlich ist die Lisa bis lange nach Mitternacht geblieben. Ohne auf mein Gähnen zu achten, hat sie den Großteil des teuren Weins in sich hineingekippt und dabei über jeden Menschen gelästert, der ihr im Leben je begegnet ist. Als sie endlich weg war, bin ich ins Bett gekrochen. Ich fühlte mich wie von einer Dampfwalze überrollt, so platt und fix und fertig wie immer, wenn ich längere Zeit ihrer Gegenwart ausgesetzt bin.

Nein, so habe ich mir meinen letzten Abend nicht vorgestellt. Ich spiele mit dem Gedanken, Dan für eine letzte Verführungsszene zu wecken. Doch da er vermutlich erst in den frühen Morgenstunden nach Hause gekommen ist, wäre es ausgesprochen gemein von mir, ihn so schamlos zu missbrauchen. Er ist schließlich nicht mein Sexspielzeug. Außerdem ist er wahrscheinlich so kaputt, dass es ein bisschen so wäre, als triebe man es mit einer Leiche.

Also gehe ich, durchgefroren und noch immer in meinem sexy Nachthemd, das mir nicht vom Leibe gerissen worden ist, ins Bad und dusche. Während ich mich säubere und mir die Haare wasche, steht er auf und zieht sich an. Als ich ins Zimmer komme, betrachtet er mich mit einer seltsamen Mischung aus tiefer Erschöpfung und ... noch einem anderen Ausdruck, den ich schon so lange nicht mehr bei ihm gesehen habe, dass ich ihn kaum erkenne. Ich brauche ein oder zwei Minuten, um ihn zu deuten.

Er fühlt sich schuldig. So einfach ist das.

»Annie ... ich weiß nicht, wie ich dich wegen gestern Abend um Verzeihung bitten soll«, sagt er leise und kommt näher. »Mir ist klar, dass du etwas für uns geplant hattest, aber ... verstehst du ... ich konnte James einfach nicht mit der Stute allein lassen.«

»Schon gut. Alles in Ordnung. Wirklich.«

»Sicher hasst du mich jetzt, und wenn nicht, dann stimmt etwas nicht mit dir.«

Ich schmunzle und kann mich nicht daran erinnern, wann er zum letzten Mal einen Witz gemacht hat.

»Und was ist aus Pauls Stute geworden?«

»Sie hat es nicht geschafft. Aber es war ein Glück, dass ich da war. Der arme James hat noch nie ein Tier eingeschläfert, und beim ersten Mal ist es immer ziemlich hart. Also habe ich es für ihn erledigt. Anschließend habe ich Paul noch lange

Gesellschaft geleistet und ihn getröstet. Er war vollkommen fertig. Du kennst ihn ja. Die Pferde sind für ihn wie Kinder.«

Ich nicke wortlos, weil ich genau verstehe, was er meint. Mir scheint es noch gar nicht so lange her zu sein, dass Dan zum ersten Mal ein Tier einschläfern musste. Wirklich, er hat tagelang getrauert und sich mit der Frage zermürbt, der sich alle Tierärzte früher oder später stellen müssen – »Hätte ich doch noch mehr tun können?«

Inzwischen steht er dicht neben mir und überragt mich wie immer. Im nächsten Moment legt er mir die Arme um die Taille. Unwillkürlich kuschle ich mich an seinen warmen Körper. So verharren wir friedlich und schweigend. Es ist zwar nur eine Kleinigkeit, aber so vertraut und zärtlich sind wir schon wochenlang nicht mehr miteinander umgegangen. Nicht seit dem Weihnachtsmorgen.

Gut, denke ich, wenn wir nicht als Liebespaar Abschied nehmen können, dann wenigstens als Freunde. Es gibt so vieles, was ich ihm noch sagen möchte, doch ich will diesen ersten liebevollen Moment seit Ewigkeiten nicht zerstören. Auf der langen Fahrt nach Dublin ist zum Reden noch genug Zeit und auch, um uns richtig voneinander zu verabschieden.

Er streicht mir mit den Fingern durchs Haar, und ich hebe den Kopf, um ihn zu küssen.

»Oh Annie, meine kleine Annie. Was zum Teufel soll ich bloß ohne dich tun?«

Etwa drei Sekunden lang spiele ich mit dem Gedanken, nicht abzureisen.

Ich überlege, ob ich stattdessen hier bei Dan bleiben soll. Meinem Fels in der Brandung. Wenn ich mir mehr Mühe gebe, mich mehr ins Zeug lege, mich mehr anstrenge …

»DAN? ANNIE? SIND SIE BEIDE NOCH OBEN?

ICH HABE MICH NUR GEFRAGT, OB SIE NOCH EINEN TEE WOLLEN, BEVOR SIE ZUM FLUGHAFEN FAHREN?«

Mrs Brophy, und schon ist die Stimmung jäh dahin. Im nächsten Moment hören wir Andrew und James zur Tür hereinpoltern. Das normale Montagmorgenchaos also.

»Unser Stichwort«, seufzt Dan, und ich spüre, wie er mir einen Kuss aufs Haar haucht. Dann lösen wir uns voneinander. Während er nach unten geht, mache ich noch einmal eine Runde durch das Schlafzimmer und das Bad, um mich zu vergewissern, dass ich nichts vergessen habe.

Der Abschied unten fällt kurz aus, so als verreiste ich nur über ein verlängertes Wochenende und würde zurück sein, ehe es jemandem auffällt. Das ist keine absichtliche Unhöflichkeit, sondern nur dem üblichen Wahnsinn geschuldet, denn die Telefone laufen bereits heiß, und alle stürzen sich in den Trubel, der das Leben in The Moorings prägt.

Nahezu unbemerkt gehen Dan und ich nebeneinander zum Auto. Er trägt mein schweres Bordgepäck und verstaut es mühelos und schwungvoll im Kofferraum. Die Autotüren fallen ins Schloss, und dann fahren wir los. Unsere letzten beiden gemeinsamen Stunden für ein ganzes Jahr. Ich habe alles genau geplant. Er wird mich zum Gate begleiten … ich kann ihn endlich Blythe, Chris und Alex vorstellen, um ihnen zu beweisen, dass ich wirklich einen Ehemann habe, ja, er existiert tatsächlich. Wir werden zusammen Kaffee trinken und uns leidenschaftlich und wild küssen, bis mein Flug aufgerufen wird.

Aber – Überraschung! – es soll anders kommen. Kaum haben wir die Schnellstraße erreicht, als sein Telefon läutet. Es ist Paul Fogarty von gestern Nacht, der Dan fragt, ob

James und er die Stute beerdigen könnten, die gestern eingeschläfert werden musste. Zu dritt müssten sie es eigentlich schaffen. Natürlich, erwidert Dan, wie nicht anders zu erwarten. Nur dass ich gerade unterwegs nach Dublin zum Flughafen bin und frühestens zur Mittagszeit wieder in Stickens sein kann. Bla, bla, bla. Ich verfolge das ganze Gespräch auf Dans Freisprechanlage wie ein Hörspiel im Radio. Doch es werde Stunden dauern, die Stute zu begraben, und man müsse vor Einbruch der Dunkelheit fertig werden, beharrt Paul, womit er meint, dass Dan mich vor dem Terminal absetzen und so schnell wie möglich umkehren soll.

Oooo-kaaay, denke ich benommen. Also kommt er nicht mit ins Terminal und lernt auch nicht die anderen kennen. Es wird keinen romantischen Abschied am Gate geben. Herrgott, es ist ein kleines Wunder, dass ich ihn überhaupt dazu gebracht habe, mich nach Dublin zu fahren.

Dann rufen die übrigen Klienten an, einer nach dem anderen, und jeder hat natürlich einen Notfall. Immer mehr Menschen wollen etwas von ihm. Inzwischen haben wir fast die Hälfte der Strecke hinter uns und noch keine zwei Worte miteinander gewechselt.

»Tut mir leid«, sagt er immer wieder. Ich nicke, zwinge mich zu einem Lächeln und starre stumpf aus dem Fenster.

»Annie, ist es okay, wenn ich dich einfach vor dem Terminal absetze? Paul braucht mich sofort, und die Rückfahrt dauert ja noch einmal zwei Stunden.«

»Schon gut. Wie du meinst.«

Ich zucke sogar mit den Achseln, um ihm zu zeigen, wie gleichgültig mir das alles ist. Wenn ihm der Abschied von mir so wenig bedeutet, brauche ich ihn ja auch nicht wichtig zu nehmen. Was habe ich denn erwartet?, denke ich, plötzlich wütend. Dass Dan vielleicht, unvorstellbar, das Telefon abschaltet, damit wir die letzten kostbaren gemeinsamen Momente nutzen können? Und es ist wieder das alte Lied ... nicht seine Schuld ... da kann man nichts machen ... darauf hat er keinen Einfluss ... bla, bla, bla. Ich erforsche meine Gefühle und stelle fest, dass ich nichts empfinde. Nur die stumpfe Schicksalsergebenheit, mit der ich mich nun schon seit Jahren in die Umstände füge. Verglichen mit all den Enttäuschungen und nicht erfüllten Versprechen, die er mir in letzter Zeit zugemutet hat, ist das hier doch ziemlich banal. Warum also rege ich mich überhaupt auf?

Und das Schlimmste ist, dass wir einander in den kurzen Pausen, in denen er nicht telefoniert, nichts zu sagen haben. Bei mir liegt es daran, dass es mir im Moment nicht gelingt, die Dinge, die mir durch den Kopf gehen, richtig in Worte zu fassen. Währenddessen schaut er geradeaus und füllt das verlegene Schweigen hin und wieder mit Anmerkungen über den Verkehr. Dass ich so lange fort sein werde, erwähnt er mit keinem Wort. Auch nicht, dass er mich gleich nach meiner Ankunft anrufen wird. Oder dass er mich in New York besucht. Nichts.

Und dann passiert die Katastrophe. Als wir endlich die Ausfahrt zum Flughafen erreichen, hat es im Kreisverkehr einen Unfall gegeben. Der Verkehr staut sich auf schätzungsweise einem Kilometer. Nichts rührt sich, und die Abflugzeit rückt immer näher.

Im nächsten Moment hält ein Taxi neben uns. Dan bemerkt es sofort.

»Annie, das hier könnte noch mindestens eine Stunde dauern, und dann kommst du zu spät ... warum fährst du den Rest des Wegs nicht mit dem Taxi? Der Fahrer darf die Busspur benutzen, und du schaffst es noch rechtzeitig zum Flughafen. Ich könnte hier wenden und wäre ein bisschen schneller bei Paul.«

Offenbar bleibt mir nichts anderes übrig, wenn ich den Flug noch kriegen will. Also stimme ich zu.

Und so verabschiede ich mich von Dan. Auf einer verstopften Schnellstraße, mitten in einem Stau und umgeben von lautstarkem Gehupe.

Auf dem Flughafen ist es noch schlimmer. Ich fand schon immer, dass Flughäfen riesige von Gefühlen strotzende Amphitheater sind, wo Sicherheitsschleusen und Check-in-Schalter nur den Zweck erfüllen, einen vom herzzerreißenden Abschied von den Menschen abzulenken, die man liebt. Sie sollen den Trennungsschmerz dämpfen.

Sobald ich ins Terminal komme, sehe ich Chris, die ihren Mann und ihren kleinen Sohn umarmt. Alle drei haben Tränen in den Augen, und ich werde von Eifersucht ergriffen. Sie werden nämlich wieder vereint sein, wenn wir in ein paar Wochen Premiere haben. Wann ich hingegen meine bessere Hälfte wiedersehe, steht in den Sternen.

Blythe trägt einen Mantel, der aus dem Polster eines Bussitzes angefertigt sein könnte. Schniefend verabschiedet sie sich von ihrem über dreißigjährigen Sohn, der ihr ganzer Stolz ist. Als ihr jedoch klar wird, dass sie noch im Duty-free-Shop auf Schnäppchenjagd gehen kann, erhellt sich ihre Stimmung ein wenig.

Von Liz fehlt jede Spur. Vermutlich ist sie schon durch die Sicherheitskontrolle gegangen oder hat sich, wie ich sie kenne, in der Flughafenbar verschanzt, zweifellos mit einem Gläschen zur Stärkung auf der einen und einem männlichen Single auf der anderen Seite. Im nächsten Moment erkenne ich in der Ferne Alex, die auf eine Buchhandlung zusteuert. Sie hat einen gewaltigen Rucksack umgeschnallt und sieht aus wie ein Backpacker, der ein Sabbatjahr einlegt.

»Ist deine bessere Hälfte nicht mitgekommen?«, sagt da eine Stimme dicht an meinem Ohr, sodass ich fast zusammenschrecke.

Jack.

Er wirkt in seinem Maßanzug genauso lässig und entspannt wie immer und hat ein iPad in der einen und einen Milchkaffee in der anderen Hand.

»Schon ... das heißt ... äh ... wir sind draußen vor dem Flughafen im Stau stecken geblieben, und da bin ich den Rest des Weges mit dem Taxi gefahren«, erwidere ich möglichst ruhig und ohne mich durch ein Zittern in der Stimme zu verraten.

»War wenigstens das letzte gemeinsame Wochenende nett?«, erkundigt er sich höflich und folgt mir durch die Menschenmenge zum Check-in-Schalter von Aer Lingus.

»Wundervoll«, lüge ich entschlossen, frage mich allerdings, warum ich mir diese Mühe überhaupt mache. Was spielt das jetzt noch für eine Rolle? Wen interessiert es?

»Lerne ich ihn am Premierenabend endlich kennen?«

»Aber natürlich.«

Das klingt sogar für mich unglaubwürdig.

»Nun, dann bis nachher im Flieger. Herrje, fliegst du auch so ungern? Danach sieht man immer aus wie auf seinem eigenen Passfoto.«

Ich zwinge mich zu einem spöttischen Grinsen. Doch zum Glück muss ich nicht weiter verlegen Small Talk betreiben, weil Jack erste Klasse fliegt. Also reißt er noch ein paar Witze darüber, dass man sich bei der Sicherheitskontrolle ja halb ausziehen müsse, nickt mir zu und macht sich auf den Weg zum Check-in-Schalter der Businessclass. Dort gibt es keine Schlange, und er kann einfach durchmarschieren.

Ich stelle mich vor der Holzklasse an, hole meine Bordkarte und gehe zur Sicherheitskontrolle.

Und dann durchschreite ich das Tor ohne Wiederkehr. Mutterseelenallein.

Kapitel sieben
Frühling

Es ist unglaublich. Es ist ein Traum. Ich bin verliebt. Bis über beide Ohren verliebt. Aber nicht in einen Typen, sondern in New York City. Ich bin absolut hingerissen und kann mich nicht erinnern, wann im Leben ich mich zuletzt so unbeschreiblich überglücklich gefühlt habe. Etwas sagt mir, dass New York und ich eine lebenslange Affäre haben werden. Ich liebe nicht nur die unbändige Energie dieser Stadt, den Überschwang und dass alle rund um die Uhr so rasend in Hetze sind. Nein, es ist so viel mehr.

Sie müssen sich vor Augen halten, dass ich die letzten drei Jahre in einem abgelegenen Dorf verbracht habe. Was für ein himmelweiter Unterschied! Es raubt mir den Atem und löst in mir ein Glücksgefühl aus, und obwohl ich vor lauter Erschöpfung und Jetlag, ganz zu schweigen von den vielen technischen Proben, praktisch schlafwandle, gibt es Nächte, in denen ich kein Auge zukriege, so aufgedreht bin ich von dem Adrenalinstoß, tatsächlich hier zu sein.

Seltsam, obwohl ich vor vielen, vielen Jahren, als Dan und ich uns in einem anderen Leben verlobt haben, kurz mit ihm hier war, habe ich das Gefühl, dass es mein erster richtiger Besuch ist. Wahrscheinlich liegt das daran, dass wir in diesem Urlaub kaum das Hotelzimmer verlassen haben. Wir waren so ineinander verliebt, dass wir in unserem eigenen kleinen Kokon lebten und die Umgebung gar nicht zur Kenntnis nahmen.

Doch da ich mich hier nun länger aufhalten und New York ohne rosarote Brille betrachten kann … oh mein Gott, so wundervoll habe ich es mir nicht vorgestellt. Die Stadt ist mir fremd und dennoch aus den Tausenden von Filmen – nicht zu vergessen die DVD-Box von *Sex in the City* –, die im Big Apple spielen, so vertraut. Jedes Mal, wenn ich um eine Ecke biege, rechne ich fast damit, über ein Kamerateam zu stolpern, das gerade eine neue Folge von *Gossip Girl* dreht.

Wenn jede Stadt einen eigenen Geruch hat, dann riecht New York nach starkem Kaffee, Brezeln und dem süßen, frischen Challahbrot aus den unzähligen Delis, die es hier an jeder Ecke gibt. Darunter mischt sich der Mief von verschwitzten, abgehetzten Fußgängern, die im Stechschritt die Straßen hinuntermarschieren und die Stadt rund um die Uhr bevölkern. Es ist phantastisch, ich bin begeistert, und alle Probleme zu Hause erscheinen mir plötzlich unendlich weit weg.

Und als ob das nicht schon traumhaft genug wäre, müssten Sie die Wohnungen sehen, in denen wir während der Laufzeit des Stücks untergebracht sind. Sie befinden sich in einem hinreißenden Haus im Art-déco-Stil in der Madison Avenue, Ecke 45. Straße, nur einen Katzensprung von der Fifth Avenue und dem Theater entfernt.

Und noch toller ist, dass es sich, anders als bei den meisten Mietwohnungen in der Stadt, nicht um winzige Einzimmerapartments handelt. Nein, sie haben alle zwei Zimmer und sind unglaublich geräumig, sodass wir das Luxusleben von russischen Oligarchen führen.

Außerdem muss ich ein Geständnis ablegen. Ich habe im hohen Alter von achtundzwanzig Jahren noch nie allein gewohnt und koste es jetzt schamlos aus. Ich liebe und vergöttere meine phantastische Wohnung, die übrigens auch noch hell ist. Die riesigen Fenster im Wohnzimmer gehen auf die 45. Straße hinaus, die sich schwindelerregende fünfundzwanzig Stockwerke unter mir befindet. Auch die Einrichtung ist sehr schön. Alles ist in zarten Weiß-, Creme- und Magnolientönen gehalten, und Sofa, Sessel und Bodendielen bestehen aus hellem Holz. Man fühlt sich wie in der Abflughalle des Himmels.

Das liegt nicht nur daran, dass ich nun so viel Platz habe. Ich freue mich so, weil alles nur mir und mir ganz allein gehört. Es ist die einfache Tatsache, dass ich zum ersten Mal im Leben auf mich selbst gestellt und wirklich unabhängig bin. Schließlich bin ich von meiner Mutter ins Internat übergesiedelt und danach sofort mit Dan zusammengezogen. Also war ich noch nie in der Situation, nur an mich denken zu können, und ich muss Ihnen sagen, dass es süchtig macht.

Endlich brauche ich niemandem mitzuteilen, wo ich hingehe und wann ich zurück sein werde. Ich muss mich nicht darum kümmern, dass der Kühlschrank voll ist, für den Fall, dass Dan oder Jules spätabends halb verhungert auftauchen und kalte Pizza fordern. Wenn ich Lust habe, kann ich im Wohnzimmer das absolute Chaos veranstalten, denn hier ist keine Audrey, die mir am nächsten Tag Vorträge hält. Wenn ich keine Lust habe, brauche ich auch nicht zu kochen. Meistens spare ich mir die Mühe, so wie die anderen auch. Auswärts zu essen ist hier viel zu einfach. Ich kann die Wohnung so hinterlassen, wie es mir passt, mit auf dem Fußboden herumliegenden Höschen, weil ich zu faul bin, sie einzusammeln. Sollte mich das Bedürfnis überkommen, kann ich splitterfasernackt herumlaufen. Und sobald das Stück läuft und tagsüber keine Proben mehr stattfinden, kann ich, wenn ich will, den ganzen Tag im Bett bleiben. Anfangs war es zwar ein seltsames Gefühl, das ganze Bett für mich zu haben, ohne vom Stoß eines abtrünnigen Arms, Ellbogens oder Knies geweckt zu werden (wenn Dan übermüdet ist, strampelt er im Bett, als würde er rennen), doch zu meiner eigenen Überraschung habe ich mich sehr schnell daran gewöhnt.

Ein unglaublicher Luxus, der seinesgleichen sucht. Alles hier ist ein Traum. Ein unbeschreiblich wunderschöner Traum. Ich bin wirklich und wahrhaftig frei, und ich genieße jede Sekunde.

»Ich habe mich in New York gefunden!«, sprudle ich heraus, als ich eines Morgens mit Liz die Madison Avenue entlangschlendere. Wir lassen alles auf uns wirken und schauen zu den Wolkenkratzern hinauf, bis wir mit Laternenpfählen und Parkuhren zusammenstoßen. Wir sehen wirklich aus wie zwei dämliche Touristinnen.

»Du hast dich selbst gefunden? Ich wusste gar nicht, dass du verloren gegangen warst.«

Wir müssen erst am Nachmittag im Theater sein, weshalb wir den Luxus eines freien Vormittags auskosten, um einzukaufen, die Stadt zu besichtigen oder ziellos herumzulaufen. Noch immer sind wir berauscht davon, einfach hier zu sein. Also gehen Liz und ich zum Brunch in das tolle kleine Café namens Dishes in der 45. Straße, das wir nur wenige Häuserblocks von unseren Wohnungen entfernt entdeckt haben. Noch eine kleine Anmerkung ... Brunch! Ist das nicht einfach genial? Wenn ich mir *Sex and the City* ansah, beneidete ich die vier Hauptdarstellerinnen nie um ihre Freiheit, ihre Unabhängigkeit, ihr Geld, ihre Schuhe oder die Tatsache, dass sie in jeder zweiten Szene einen anderen tollen Typen an der Angel hatten. Nein. Ich war total eifersüchtig darauf, dass vier Freundinnen sich regelmäßig zum ausgedehnten und gemütlichen Brunchen treffen und über Gott und die Welt reden konnten. Dass sie die Zeit dafür hatten, ganz zu schweigen von ihrer Freundschaft.

Was für ein himmelweiter Unterschied zu Stickens, wo Jules meine einzige Gesprächspartnerin war, vorausgesetzt, es gelang mir, sie lange genug vom Fernseher loszueisen. Und selbst dann redeten wir eigentlich nur darüber, wen von uns beiden Lisa mehr nervt.

Also zurück zum Dishes. Das Essen dort ist eine Wucht. So etwas kannte ich bis jetzt noch nicht. Wir suchen uns einen Tisch und holen uns einen Imbiss von der Theke. Ich mache mich sofort über den absolut göttlichen Bagel mit Räucherlachs her, der förmlich in frischem Kräuterstreichkäse verschwindet. Er ist so lecker, dass ich es gar nicht in Worte fassen kann. Liz hingegen gehört, wie ich herausgefunden habe, zu den Menschen, die wohl von Luft und Liebe leben und eigentlich nichts zu essen brauchen. Wenn sie es doch einmal tut, was selten vorkommt, dann nur Speisen, welche die folgenden Voraussetzungen erfüllen: a) Sie müssen in unter zehn Sekunden in der Mikrowelle zu erhitzen sein, b) so viel Glutamat enthalten wie möglich und c) direkt aus der Verpackung verzehrt werden können, die hinterher als Aschenbecher zum Einsatz kommt.

Kurz gesagt, hat sie eine sehr lässige Herangehensweise an ungesättigte Fettsäuren und hält ärgerlicherweise trotzdem Größe 34.

»Hör zu, Schätzchen, ich habe eine Entscheidung getroffen«, verkündet sie, nippt an ihrem Americano und spielt mit einem Päckchen Camel Lights. »Nach der Probe heute Abend ziehen wir beide um die Häuser, und ich lasse ein

Nein nicht gelten. Ich weiß, wir müssen morgen arbeiten, aber was soll's? Nur dieses einzige Mal.«

»Das sagst du immer.«

»Ach, komm schon, was bringt es, in der Stadt zu leben, die niemals schläft, wenn man nur schlafen will?«

»Aber, Liz, wir müssen morgen Nachmittag ins Theater, und wenn wir bis spät in die Nacht –«

Darauf folgt der Satz, den Liz mir immer an den Kopf wirft, wenn sie mich provozieren und dazu bewegen will, mal lockerer zu werden.

»Du solltest dich mal reden hören«, höhnt sie kopfschüttelnd. »Ich weiß nicht, was die Ehe und das Leben auf dem Land aus dir gemacht haben, denn früher warst du nie so langweilig und spießig.«

»Das stimmt nicht!«, nehme ich die Herausforderung an. »Und heute Abend werde ich dir zeigen, dass ich alles andere als langweilig und spießig bin.«

»Dir ist doch wohl klar, dass dieser ganze New-York-Aufenthalt die Belohnung für die Schattenexistenz ist, die du so lange geführt hast? Das Problem mit Annie Cole ist, dass sie nie im Leben wirklich einen draufgemacht hat, und ich versichere dir hier und jetzt, dass sich das drastisch ändern wird. Komm, gib es schon zu, wird es nicht allmählich langweilig, immer das brave Mädchen zu sein? Das ist ja zum Verzweifeln.«

Also bleiben Liz und ich später, als die Probe endlich vorbei ist, allein in der Garderobe zurück, plündern unsere Klamottenvorräte und Schminksachen, lachen und kichern und ziehen uns absolut ungehörig an (zu Hause würde ich mit dieser Kostümierung vermutlich verhaftet werden). Liz hat ein aufreizendes Lederkleid an und ich einen ihrer superengen Minis.

Schon seit Menschengedenken habe ich nicht mehr so gelacht. Denn ich fühle mich wie die Singlefrau, die ich nie gewesen bin. Einfach die Freiheit zu haben, nachts durch die Kneipen zu ziehen, irgendwann nach Hause zu torkeln und dann bis mittags im Bett zu bleiben, wenn mir der Sinn danach ist. Die ganze Nacht albere ich mit Liz herum und genieße jede Sekunde. Wenn man Psychologen glauben kann, findet man immer einen Weg, sich das Leben zurückzuerobern, das man verpasst hat, und genauso fühle ich mich jetzt. Ich hole die Singlejahre nach, die ich nie hatte, die Partyjahre, die hypothekenfreien, ehemannfreien Spaßjahre.

Und ich erfreue mich an jedem kostbaren Moment.

Jedenfalls schlüpfen wir beide, aufgetakelt und zu allem bereit, zum Bühneneingang hinaus und ergattern auf wundersame Weise sogar ein Taxi. Liz geht mit mir in einen neuen Laden namens Vander Bar in der 45. Straße, also ganz in der Nähe unserer Wohnungen, den sie entdeckt hat. Als wir ankommen, drängen sich die Leute, die sich nach der Arbeit einen genehmigen, im Lokal wie die Ölsardinen. Und als ich einen Wodka für Liz und einen Pinot grigio für mich bestelle, steuern zwei Typen auf uns zu und fangen ein Gespräch mit uns an.

Sie dürfen nicht vergessen, dass ich zuletzt Mitte der Neunziger von einem Mann angesprochen worden bin, der nicht mein Ehemann ist, weshalb ich in diesen Dingen verständlicherweise naiv bin. Einer der beiden, der einen rasierten Schädel hat und mich an eine Statue auf den Osterinseln erinnert, belegt Liz mit Beschlag, fängt sofort an, mit ihr zu flirten, und fordert sie auf, sich selbst in drei Worten zu beschreiben.

»Modebewusst, durchgeknallt, wartungsintensiv.« Sie zuckt

lässig mit den Achseln und bedenkt ihn mit einem Junge-verpiss-dich-Blick. Dennoch scheint sie ihn zu faszinieren, denn er lädt sie auf ein Glas nach dem anderen ein und erzählt ihr alles von seinem letzten Afghanistaneinsatz. Es ist kein Scherz, er prahlt sogar damit, dass er tatsächlich einen Tränengasangriff hinter sich hat. Als ob man damit Eindruck schinden könnte.

Einige Wodkas später fängt Liz an, ein bisschen zurückzuflirten. Inzwischen ist sie mit Nikotin vollgepumpt und hat nichts gegen ein wenig Spaß einzuwenden. Und glauben Sie mir, sie ist wirklich ein Anblick, wenn sie auf Sex aus ist. »Afghanistan?«, schnurrt sie, schleudert ihre Haarverlängerungen zurück und gibt sich interessiert. »Und wie war es da so?«

»Also eines habe ich dort gelernt. Niemals in Russland einmarschieren.«

Währenddessen hat sich sein Kumpel, der etwa so sonnengebräunt und lackiert aussieht wie ein lebensgroßer Ken, auf mich eingeschossen. In meiner dämlichen Naivität glaube ich tatsächlich, dass wir dastehen und eine ganz normale und todlangweilige Unterhaltung darüber führen, dass er mütterlicherseits ein Viertel Ire ist, das Land jedoch nie besucht hat, es allerdings plant, bla, bla, bla. Alles ist völlig harmlos, bis ich aufs Klo gehe. Als ich zurückkomme, ist Liz mit dem Osterinseltypen verschwunden. Sie hat sich in Luft aufgelöst und mit keinem Wort erwähnt, dass sie geht. Einfach so.

Sofort meldet sich mein sodbrennenähnliches Gefühl. Mein Magengeschwürwarnsystem läuft auf Hochtouren.

Dass ich nun mit dem Ken allein dastehe, ist mir ziemlich unangenehm. Also erfinde ich eine Ausflucht, warum ich gleich abhauen muss. Ich sage, ich müsse nach Hause, um meinen Mann in Irland anzurufen. Der Zeitunterschied und so, stammle ich und werde immer verlegener. Jetzt erwische ich ihn bestimmt, bla, bla, bla.

Dein Mann?, fragt er gleichgültig. Ja, erwidere ich gedehnt und spiele an meinem Ehering herum. Kein Problem, antwortet er wie aus der Pistole geschossen. In diesem Fall musst du mir erlauben, dich nach Hause zu begleiten. Absolut überflüssig, entgegne ich, während ich leicht in Panik gerate. Ich wohne nur einen Katzensprung entfernt. Als er darauf besteht, wird mir auf dem zwei Häuserblocks weiten Weg immer mulmiger zumute, und dass er mir immer wieder seinen verschwitzten Arm um die Taille legt, macht die Sache auch nicht besser. Ich befreie mich, indem ich so tue, als bewunderte ich die Auslage in den Schaufenstern. Schaufenster, vor denen Metallrollos heruntergelassen sind.

Sobald wir vor meiner Haustür stehen, krame ich in meiner Handtasche nach dem Schlüssel. Doch ehe ich mich's versehe, hat der Typ mit den lackierten Haaren mich grob an die Wand gedrückt und zwängt mir seine Zunge in den Mund. Der Geruch seines Rasierwassers raubt mir den Atem, und ich versuche, mich loszureißen. Aber er ist so viel stärker als ich.

»Beeil dich mit der Tür«, sagt er mit belegter Stimme. »Ich komme mit rauf.«

»Hör auf!«, rufe ich inzwischen panisch und bemühe mich verzweifelt, ihn wegzuschieben. »Ich bin verheiratet!«

»Ja klar, Baby, mit einem Mann, der über siebentausend Kilometer weit weg ist. Was er nicht weiß, macht ihn nicht heiß, oder?«

Irgendwie gelingt es mir, ihm einen kräftigen Schlag in die Magengrube zu versetzen. Und wie durch ein Wunder kommt gerade in diesem Moment ein Nachbar aus dem Haus, sodass ich hineinschlüpfen kann, ohne weiter den Schlüssel zu suchen. Zitternd und bebend stolpere ich nach oben und versuche, Liz zu erreichen. Aber sie geht weder an die Tür noch ans Telefon. Und Dan kann ich ja schlecht anrufen. Was zum Teufel soll ich ihm denn erzählen?

Am nächsten Tag schickt Liz mir am späten Nachmittag eine SMS, um sich mit mir zum Brunch im Dishes zu verabreden. Mit einer guten halben Stunde Verspätung kommt sie hereingerauscht, und zwar in den Klamotten von gestern, nur dass sie jetzt Laufmaschen in den Strümpfen und sehr erotisch zerzaustes blondes Haar hat. Den unverkennbaren Knutschfleck an ihrem Hals trägt sie wie eine Auszeichnung.

»Gütiger Himmel, Liz, wo, verdammt noch mal, warst du gestern Abend? Ich habe mir solche Sorgen um dich gemacht!

»Ach, reg dich ab. Hol mir lieber einen Kaffee.«

»Um eines klarzustellen, du hast mich mit einem total Sexsüchtigen allein gelassen ...«

»Ganz ruhig.«

»... und mir nicht mal gesagt, wo du hingehst ...«

»Schätzchen, es ist noch viel zu früh, um mir so was anzuhören.«

»... und ich hatte die ganze Nacht Angst um dich ...«

»Ich brauche einen Americano und eine Kippe, und zwar in dieser Reihenfolge, bevor ich überhaupt anfangen kann zu verstehen, was du sagst.«

»... und ich habe schon befürchtet, wir könnten auf Seite drei des *Daily Star* enden. Als Mordfall. Und alle würden sagen: ›Hätte die Freundin nicht Alarm schlagen können, als das arme Mordopfer einfach verschwand?‹«

Doch ich hatte eines in Sachen Liz vergessen. Sie kennt keine Reue. Stattdessen lacht sie nur heiser und verkatert, zieht mich wegen meiner Bürgerlichkeit auf und teilt mir mit, ich müsse noch viel über das Singleleben lernen.

»Als du verschwunden bist, war ich kurz davor, die Polizei zu rufen!«

»Gott sei Dank hast du das nicht getan. Mein Foto in den Sechsuhrnachrichten hätte mir gerade noch gefehlt. Auf den letzten Bildern von mir habe ich ein Mondgesicht.«

»Liz, du warst hackedicht und bist mit einem wildfremden Typen mitgegangen! Herrje, bei dir hilft offenbar nur noch die elektronische Fußfessel.«

»Ach, verdammt, kannst du nicht endlich still sein? Ich habe Kopfweh und brauche Koffein. Jetzt.«

»Nein, du stehst noch immer im Zeugenstand. Was, wenn ich den Typen mit den lackierten Haaren nicht losgeworden wäre?«, beharre ich. Ich erinnere mich noch immer mit Grauen an sein stinkendes Rasierwasser und das eklige Gefühl seiner rauen, fordernden Zunge in meinem Mund. Herrgott, ich dachte schon, er würde einen epileptischen Anfall kriegen.

Ich hätte kotzen können.

»Aber du hast es doch geschafft, ihn abzuwimmeln, oder? Du bist ein großes Mädchen und kannst auf dich selbst aufpassen. Und nun mach dich locker, und tu nicht wie eine vorzeitig gealterte Oma. Gut, ein Typ hat dich nach Hause begleitet und sein Glück versucht. Keine große Sache, das passiert ständig. Willkommen in meiner Welt. Vergiss nicht, dass Stickens ganz weit weg ist, Schätzchen. Wie ich schon sagte, hast du noch nie richtig einen draufgemacht, und jetzt hast du Gelegenheit dazu.«

Ich will schon spitz entgegnen, dass es nicht meiner Vorstellung von »einen draufmachen« entspricht, einen lüsternen Idioten abzuwehren, doch ich verkneife mir die Bemerkung und lasse es auf sich beruhen. Es war reine Dummheit von mir, mich überhaupt auf diese Situation einzulassen. Tief im Inneren weiß ich, dass Liz recht hat. Ich habe im Leben eine Menge verpasst.

Das Leben zum Beispiel. Und all das sind doch Beispiele für seine Fülle, oder?

Jedenfalls ist der Streit rasch vorbei. Natürlich verzeihe ich Liz. Es ist unmöglich, ihr lange böse zu sein. Allerdings habe ich mir geschworen, von nun an nicht mehr so dumm und naiv zu sein. Und auch nie wieder einen Fuß in die Vander Bar zu setzen, was ein Jammer ist, weil mir der Laden recht gut gefallen hat.

Eine Woche später stecken wir mitten in unserer zweiten vollen Arbeitswoche. Jeden Abend Kostümprobe, bis zu der ersten Voraufführung nächste Woche. Für mich, die ich das Stück als Einzige noch nie vor Publikum gespielt habe, fühlt es sich an wie meine ganz persönliche und ziemlich beängstigende Premiere.

Übrigens ist das Shubert Theatre, wo wir auftreten, ein beeindruckendes Gebäude, ein altes viktorianisches Theater an der Ecke 44. Straße West und Seventh Avenue, praktische zehn Gehminuten entfernt von meiner Wohnung. Da es vor Kurzem aufwendig renoviert worden ist, geht es hinter den Kulissen erstaunlich komfortabel zu. Jede Garderobe hat ihr eigenes Bad ... wirklich ein erstaunlicher Luxus. Wenn ich an die Bruchbuden denke, in denen Liz und ich aufgetreten sind, damals als aufstrebende Jungschauspielerinnen, die noch verzweifelt auf ihren Gewerkschaftsausweis hofften ...

Denn glauben Sie mir, verglichen mit diesen Etablissements ist das hier einfach nur der Himmel.

Es ist nicht nur das schickste Theater, in dem ich je auf der Bühne gestanden habe, sondern auch bei Weitem das größte. Mein Magen flattert noch immer, wenn ich auf die Bühne vor den leeren Zuschauerraum trete und mich wie Alice im Wunderland fühle – geschrumpft, während meine Umgebung gewachsen ist. Herrje, ich kann mir kaum vorstellen, wie es ist, wenn sich zweitausend Augenpaare auf mich richten, mich beurteilen, mich abschätzen und überlegen, ob ich überhaupt gut genug bin, um hier zu sein.

Jack haben wir in der letzten Woche kaum zu Gesicht bekommen, weil er zu sehr damit beschäftigt war, an den technischen Details der Inszenierung zu feilen, bis alles perfekt war. Außerdem wohnt er nicht im selben Haus wie wir, sondern – halten Sie sich fest – allein in der Wohnung eines Freundes im Plaza Hotel.

»Ich möchte zu gerne wissen, wer dieser Freund ist«, spöttelte Chris. »Donald Trump vielleicht?«

Doch ab jetzt gehören wir bis zur Premiere wieder ihm, und er lässt uns an unsere Grenzen gehen. Bei einem Hochleistungsperfektionisten wie Jack stehen die Zeichen immer auf »Genie«, und nichts darf sich zwischen ihn und eine Lobeshymne in der *New York Times,* Standing Ovations bei der Premiere und eine Nominierung für den Tony als bester Regisseur stellen. Und wenn es ihn und alle in seiner Umgebung umbringt.

In letzter Zeit wird viel über den Tony geredet. Meistens redet zwar Jack, aber trotzdem.

Der Mann ist ein Besessener. Seine Augen sind fest auf die goldene Trophäe gerichtet, und er hat den Tunnelblick, wie nur wirklich große Menschen ihn entwickeln. Jeden frühen Nachmittag zitiert er uns in dieser Woche ins Theater und probt das Stück wieder und wieder bis ins kleinste Detail. Er treibt uns an bis spät in die Nacht, bis sich alle meine Nervenenden anfühlen wie bis zum Zerreißen angespannte Gummibänder.

In letzter Zeit kann Jack einem richtig Angst machen, und ich erkenne eine gnadenlose Seite an ihm, von der ich zwar gehört, die ich aber noch nie miterlebt habe. Zum Beispiel hat die Maskenbildnerin letztens vor einer Kostümprobe etwas an Blythes Frisur verändert, und als er danach zu einer Besprechung hinter die Bühne kam, zog er die Augenbrauen hoch und fragte sie höhnend, wer sie denn frisiert habe. Das Sozialamt? Zum Glück hat es Blythe erwischt, die durchaus in der Lage ist, sich gegen ihn zu behaupten, und die ihn regelmäßig in die Schranken weist wie eine Mutter, die ihren Lieblingssohn tadelt. Hätte es die schüchterne kleine Alex getroffen, wäre die Arme sicherlich in Tränen ausgebrochen.

Sein nächstes Opfer war Chris, und zwar wegen einer bestimmten Szene, über die er sich schon immer beklagt hat und mit der er noch nie wirklich zufrieden war.

»Ich tue mein Bestes, nur damit du es weißt«, fauchte sie zurück, richtete sich kerzengerade auf, schleuderte in einer herrischen Geste ihr Haar zurück und erwiderte seinen diabolischen Blick mit einem mindestens ebenso finsteren. Sie hätten die beiden in ihrer Drohpose sehen sollen.

»Ich bin mir dessen bewusst, dass du dein Bestes tust«, lautete Jacks kühle Antwort, »weshalb mir auch klar ist, dass es nicht mehr besser werden wird. Verdammt, Chris, da haben die Mautkassiererinnen ja mehr Feuer unterm Hintern.«

»Und woher nimmst du das Recht, so mit mir zu sprechen?«, entgegnete sie zornentbrannt.

»Aus der Macht der Gewohnheit.«

»Was macht bösartige und mächtige Männer nur so seltsam attraktiv?«, fragte Liz mich später in unserer gemeinsamen Garderobe. »Und das Abartige daran ist, dass ich Jack nicht einmal sonderlich mag. Meistens ist er unausstehlich. Wenn er nur mich nerven würde, ginge es ja noch, aber er hat so etwas an sich, dass Männer ihn beneiden und Frauen ihn verändern wollen.«

»Das wäre der größte Fehler, den eine Frau machen kann«, verkündete ich mit Nachdruck, an den Spiegel gewandt, während ich mein Gesicht mit Reinigungsmilch bearbeitete, um die dicke Theaterschminke loszuwerden. »Einen Mann kann man nicht verändern. Ein bösartiger Mann bleibt so, und eine Frau, die sich an ihn bindet, hat ein beschissenes Leben.«

»Das sagst ausgerechnet du«, schnaubte sie. »Du bist mit dem nettesten Mann der Welt verheiratet. Was weißt du schon von Männern, die ihre Frau schlecht behandeln?«

Ich antwortete nicht.

Jedenfalls wohnen wir inzwischen mehr oder weniger im Theater, fallen zu Hause müde ins Bett, quälen uns durch die allabendlichen Kostümproben und zählen die Tage bis zur ersten Voraufführung. Für alles andere fehlt uns die Zeit. Der kurze Fußweg zur Arbeit und zurück ist mittlerweile die einzige Gelegenheit, um frische Luft zu schnappen. Nur Liz macht keinen Gebrauch davon. Nicht in ihren Schuhen. Und wenn es um ihr Leben ginge.

Hinzu kommt, dass wir alle – wieder mit Ausnahme von Liz – unser Privatleben vorübergehend eingestellt haben.

Erst nach der Premiere können wir uns wieder amüsieren. Doch trotz der Schinderei tänzle ich nach wie vor herum wie Annie im Wunderland. Ich freue mich so, hier zu sein, und kann es noch immer nicht fassen, dass ich tatsächlich bald am Broadway auftreten werde.

Den Produzenten, einen gewissen Harvey Shapiro, habe ich bereits kennengelernt. Er trägt meistens einen weißen Anzug, hat dazupassendes weißes Haar und einen weißen Kinnbart. Zum Glück war er so nett, uns zu loben, nachdem er die erste Kostümprobe gesehen hatte.

»Was produziert Harvey denn sonst noch?«, erkundigte ich mich eines Abends ahnungslos bei Liz.

»Alles, was das Herz begehrt. Filme, Vorträge, Zaubervorstellungen. Alles eben. Die Medien werden sich um uns reißen, allein weil sein Name draufsteht.«

Unglaublicherweise fasst Jack mich vergleichsweise mit Samthandschuhen an. Bei unseren ausführlichen und langwierigen Besprechungen wiederholt er nur ständig: »Mach so weiter wie bisher. Und versuch, verdammt noch mal, ein bisschen selbstbewusster zu sein.«

Alles läuft wirklich so unfassbar gut, dass es nur ein einziges Haar in der Suppe gibt.

Und das heißt zufällig Dan Ferguson.

Kaum vorstellbar, aber jetzt bin ich seit knapp drei Wochen hier und habe genau zwei Gespräche mit ihm geführt. Zwei. Und das eine zählt kaum, weil es hier vier Uhr morgens und bei ihm neun war. Deshalb hatte ich kaum Gelegenheit, Hallo zu sagen, als Mrs Brophy schon zu schreien anfing, ein Klient warte in der Praxis und dessen Katze habe bereits ins Wartezimmer gekotzt.

Ich rufe dich zurück, versprach er. Aber als er es schließlich tat, war ich längst wieder eingeschlafen, da es inzwischen kurz nach fünf war.

Das zweite Mal gelang es mir tatsächlich, ihn in einer Probenpause zu erreichen. In Irland war es etwa sieben Uhr abends. Er ging zwar ans Telefon, musste aber gleich wieder auflegen, weil er gerade versuchte, im glitschigen, kniehohen Matsch nicht das Gleichgewicht zu verlieren, während er sich einen wild gewordenen, Dung versprühenden Stier von unten ansah.

Nicht, dass Sie mich falsch verstehen. Ich habe ihm unzählige Nachrichten zu Hause und auf dem Mobiltelefon hinterlassen, doch die meisten werden nicht beantwortet. Außerdem fällt es mir immer schwerer, denn allmählich bekomme ich das Gefühl, dass ich ihn mit meinen Nachrichten belästige. Seine Distanziertheit war ja schon schlimm genug, als wir noch unter ein und demselben Dach wohnten. Und jetzt liegt auch noch der Atlantik zwischen uns.

Chris ist mir da auch keine große Hilfe. Sie kann ja nichts dafür, aber jedes Mal, wenn wir uns im Theater unterhalten, erzählt sie mir das Neueste von ihrem Mann Josh und zählt die Tage, bis er und ihr kleiner Sohn zur Premiere hier sind.

»Wir haben einen Plan gemacht, um den Zeitunterschied zu überbrücken«, verkündet sie eines Tages, als wir zusammen zur Arbeit gehen. Da wir gerade an der belebten Ecke Fifth Avenue und 44. Straße Ost stehen und darauf warten, die Straße überqueren zu können, muss sie den ohrenbetäubenden Verkehrslärm überschreien.

»Ich melde mich jeden Morgen um neun Uhr New Yorker Zeit per Skype bei Josh, damit er mir erzählen kann, wie sein Tag war. Für die Nacht stellt er sich den Wecker, um mich um zehn Uhr abends anzuskypen und sich anzuhören, wie es bei mir gewesen ist. Auf diese Weise wissen wir immer, was beim anderen gerade läuft. Denn ich finde es lebenswichtig, dass zwei Menschen auch alltägliche Kleinigkeiten miteinander teilen, wenn eine Fernbeziehung halten soll. Meinst du nicht auch?«

Übrigens ist das kein Scherz, sie redet wirklich so. Wie ein wandelndes Selbsthilfebuch.

»Und wie ist das bei dir, Annie? Wie oft sprichst du mit deinem Dan? Was tut ihr für eure Beziehung?«

Ich nuschle, dass er immer so beschäftigt ist, dass mir der Zeitunterschied Schwierigkeiten macht und dass seine langen Arbeitszeiten die Sache auch nicht erleichtern.

Natürlich starrt Chris mich entgeistert an und übernimmt dann in ihrer gut gemeinten, aber ein wenig dominanten Art das Kommando. Zufällig kommen wir gerade an einer großen Filiale der Buchhandlung Barnes and Noble in der Fifth Avenue vorbei. Also schiebt sie mich hinein, marschiert schnurstracks in die Sachbuchabteilung und stöbert in den Regalen, bis sie einen Ratgeber mit dem Titel – und das ist auch kein Scherz – *Die Fernbeziehungsbibel. Wie Sie Ihre Beziehung aus der Ferne am Leben erhalten* entdeckt.

»Wunderbar. Genau das habe ich gesucht. Hier drin stehen sämtliche Antworten«, verkündet sie forsch. »Lies das, dann klappt es garantiert.«

Also blättere ich das Buch abends im Bett durch. Viele praktische Tipps wechseln sich mit etwa derselben Menge Psychogequatsche ab, was zu erwarten war. Zum Beispiel: *Bestimmen Sie Regeln und Grenzen für die Kommunikation: Wie viel Kontakt brauchen Sie, wenn Sie von Ihrem Partner getrennt sind, um sich wohl- und ihm nah zu fühlen?*

Ach herrje, ich konnte mich schon glücklich schätzen,

wenn ich ein fünfminütiges Gespräch mit Dan führte, und das war übrigens, als wir noch unter einem Dach lebten. Eine andere Stelle handelt davon *zu versprechen, stets ein offenes Ohr zu haben.*

Damit Ihr Partner nicht glaubt, dass Sie ihn für selbstverständlich nehmen, geben Sie sich Mühe, und fragen Sie ihn häufiger nach wichtigen Ereignissen in seinem Leben. Falls bei Ihrem Partner ein bedeutendes Ereignis ansteht, rufen Sie ihn öfter an als gewöhnlich. Unterstützen Sie ihn, und lassen Sie ihn wissen, dass es Sie interessiert, auch wenn Sie nicht persönlich dabei sein können.

Bei diesen Zeilen fange ich zu lachen an und bin beinahe versucht, das Buch quer durchs Zimmer zu werfen, um es nicht mehr in meiner Nähe haben zu müssen. Hier bin ich und werde bald am Broadway auftreten. Das ist das bedeutendste Ereignis in meiner gesamten beruflichen Laufbahn. Und meine bessere Hälfte hat sich kein einziges Mal danach erkundigt, wie es mir dabei ergeht.

Und dann, bevor ich einschlafe, fällt mein Blick auf einen Absatz, in dem steht: *Erkennen Sie Ihr Mindesthaltbarkeitsdatum. Viele gute Fernbeziehungen halten trotz der besten Absichten und der Bemühungen der Beteiligten nicht. Überlegen Sie sich, sich auf ein Verfallsdatum zu einigen, einen Punkt, an dem Sie beide akzeptieren, dass die Beziehung zu Ende ist. Haben Sie keine Angst davor, Ihrem Partner das mitzuteilen. Wenn es einer von Ihnen nicht mehr erträgt, hat er die Pflicht, es dem anderen so schnell wie möglich zu sagen. Viele Fernbeziehungen scheitern, und vergessen Sie nicht, dass das kein Grund ist, sich zu schämen.*

Eine reizende Bettlektüre, finden Sie nicht?

Die erste Voraufführung. Vor lauter Nervosität dreht es mir fast den Magen um. Die anderen haben zwar auch Lampenfieber, allerdings nicht so schlimm wie ich, denn schließlich werde ich zum ersten Mal mit diesem Stück vor leibhaftigen Zuschauern auftreten. Wir haben einen anstrengenden Tag im Theater hinter uns. Jetzt haben wir eine kurze Essenspause, bevor es ernst wird.

Ich zittere tatsächlich am ganzen Körper, als sollte ich gleich vor ein Erschießungskommando gestellt werden. Also nimmt Chris sich meiner an und schleppt mich aus dem Theater über die Straße ins Edison Hotel in der 47. Straße West, eine der kleinen Entdeckungen, die wir seit unserer Ankunft gemacht haben. Das Erdgeschoss beherbergt einen echten New Yorker Diner, wo es eine unbeschreiblich leckere Suppe mit Matzeklößchen gibt, in Chris' Augen das Allheilmittel gegen sämtliche Gebrechen: Einsamkeit, Lampenfieber, Nervosität, Heimweh, eben einfach alles. Wir sind nur zu zweit. Liz hat beschlossen, vor der Vorstellung in der Garderobe ein Nickerchen zu machen. Sie ist die Einzige, die tatsächlich die Nerven hat, um in einer Situation wie dieser zu schlafen. Die sportgestählte kleine Alex hat sich ihren iPod umgeschnallt und verkündet, da es so ein schöner Tag sei, werde sie einen Spaziergang im Central Park machen, um einen klaren Kopf zu bekommen. Die sparsame Blythe hält Essengehen für eine ebensolche Extravaganz wie das Einkaufen in Läden, die keine Discounter sind, und hat sich etwas im Deli geholt. Wie immer bei Chris dreht sich das Gespräch bald um ihren Mann und ihren Sohn und darum, wie sie die Tage bis zur Premiere zählt, von der uns nur noch drei Wochen trennen. Sie erkundigt sich höflich, ob Dan seinen Flug schon gebucht habe. Und das ist der Auslöser, den ich gebraucht habe.

Ich weiß nicht, ob es am Lampenfieber liegt, aber jedenfalls schütte ich ihr aus unerklärlichen Gründen mein Herz aus. Das heißt, ich bin absolut ehrlich, anstatt zu lächeln, auszuweichen und das Thema zu wechseln, wenn Dans Name fällt, wie ich es sonst tue. Stattdessen sprudelt es aus mir heraus: die zunehmende Distanz zwischen uns, wie erstickt ich mich in Stickens fühle, während er ständig durch Abwesenheit glänzt, das desaströse Weihnachtsfest, die noch größere Katastrophe am letzten Wochenende vor unserer Abreise – das ganze Programm eben.

Ich stelle fest, wie Chris' Gesichtsausdruck von interessiert zu besorgt und schließlich – ihre liebste Gefühlsregung – stinksauer wechselt.

»Aber das ist ja das Allerletzte!«, verkündet sie viel zu laut und schlägt mit der Faust auf den Tisch. »Wie kannst du so etwas mitmachen? Du musst etwas unternehmen, Annie!«

»Äh, ich glaube, auf der 53. Straße steht ein Typ, der dich noch nicht gehört hat. Könntest du vielleicht ein bisschen leiser sprechen?«

Nein, natürlich nicht. Sie ist jetzt nicht mehr zu bremsen. »Hat er angerufen, um dir viel Glück für deine erste Aufführung zu wünschen?«

»Nun, nicht so direkt.«

»Hat er oder hat er nicht? Antworte mir.«

»Nein, aber du verstehst das nicht. Er arbeitet wirklich rund um die Uhr. Immer wenn ich ihn anrufe, ist er entweder mit einem schwer durchfallkranken Stier, einer kotzenden Katze oder einem Rennpferd mit Knieverletzung beschäftigt. Ich könnte noch weitere Beispiele aufzählen, aber dann verpassen wir die Vorstellung.«

»So etwas kannst du nicht einfach so hinnehmen«, stößt sie empört hervor. »Und weißt du, was das Schlimmste daran ist? Er hat dir weisgemacht, dass das normal so ist. Dass du es verdient hast, ignoriert und abgewimmelt zu werden.«

»Moment mal.«

»Hör auf, ihn in Schutz zu nehmen. Du klingst wie eine geschlagene Ehefrau, die mit zwei blauen Augen dasteht und noch immer beteuert, ihn zu lieben!«

Mist. Nun ist sie richtig in Fahrt, und nichts kann sie aufhalten. Ich tue mein Bestes, um ihr zu erklären, dass Dan in Wahrheit der netteste Mann der Welt ist. Schließlich sagen das alle. Haben sie zumindest früher getan. Ja, natürlich nervt und frustriert es mich, wie er mich behandelt, doch im Grunde genommen kann man ihm nur zum Vorwurf machen, dass er gedankenlos und arbeitssüchtig ist. Oder? Es ist ja nicht so, dass er mich betrügen oder verprügeln würde.

»Jetzt hör mir mal gut zu, Annie Cole«, fährt Chris fort, greift nach ihrem Löffel und richtet ihn auf mich wie eine Waffe. »Als Erstes musst du ihn morgen anrufen und ihm sagen, dass er zur Premiere kommen muss, und damit basta. Buch meinetwegen den Flug für ihn, dann kann er sich nicht mehr drücken. An einer Ehe muss man arbeiten, und nun liegt es an ihm, sich ein bisschen anzustrengen. Herrgott, Annie, kapiert er denn nicht, dass er in ernsthafter Gefahr schwebt, dich zu verlieren?«

Zwei Stunden später trete ich unter Aufbringung all meines Muts, mit bloß liegenden Nerven und erfüllt von einer nie gekannten Todesangst ins grelle Scheinwerferlicht hinaus und gebe mein Debüt am Broadway.

Als ich nach Hause komme, ist es schon nach drei. Ich bin absolut aufgekratzt und vollkommen begeistert davon, wie der Abend gelaufen ist. Noch nie im Leben habe ich einen solchen Adrenalinstoß erlebt. Die Vorstellung lief wunderbar und übertraf unsere kühnsten Erwartungen. Die Produzenten sagen, dass wir sicher das ganze Jahr, wenn nicht noch länger, vor einem ausverkauften Haus spielen werden.

Selbst Jack, der immer etwas auszusetzen hat, schien zu guter Letzt einigermaßen zufrieden. Und obwohl er uns vor der morgigen Vorstellung wieder zu einer seiner langen und ausführlichen Besprechungen zitiert hat, war er wenigstens so freundlich, uns alle mit einem *Gut gemacht!* zu bedenken.

Danach hat Harvey Shapiro, der Produzent, netterweise darauf bestanden, das gesamte Ensemble in ein phantastisches Fischrestaurant am Broadway einzuladen, dessen Wände und Decke aus Glas bestehen. Es heißt Blue Fin, und wir feierten wie zum Tode Verurteilte, die in letzter Minute begnadigt worden sind.

»Ein paar Kleinigkeiten kann man noch verbessern, aber im Großen und Ganzen war es nicht schlecht. Wirklich nicht schlecht«, sagte Jack zu mir. Er lehnte am Tresen, sah in seinem Anzug von Hugo Boss einfach lässig aus und nippte an einem aufgemotzten rosafarbenen Cocktail, mit dem nur ein Mann durchkommt, der sich seiner sexuellen Identität absolut sicher ist.

»Und wie fühlt man sich, wenn man am Broadway aufgetreten ist? Das können nämlich nicht sehr viele Schauspielerinnen von sich behaupten.«

»Oh mein Gott, oh mein Gott«, sprudelte ich, noch immer auf Wolke sieben schwebend, hervor, »es war ein unbeschreibliches Erlebnis! Es wurde an Stellen gelacht, wo ich nie damit gerechnet hätte, und es gab Applaus, den ich nicht erwartet hatte. Und dann die Standing Ovations.«

»Daran solltest du dich gewöhnen. Denn ich versichere dir, Annie Cole, dass dieses Stück deine ganze Karriere verändern könnte. Vielleicht sogar dein ganzes Leben.«

Dann bedachte er mich mit einem seiner typischen eindringlichen Blicke. Ich hatte keine Gelegenheit, ihn zu fragen, was er damit meinte, weil Chris das Gespräch an sich riss, wie sie es bei allen Gesprächen tut, und wissen wollte, wie er sie gefunden hatte. Und zwar in allen Einzelheiten.

Inzwischen war es schon ziemlich spät, und die meisten hatten sich bereits verdrückt. Also verabschiedete ich mich und ging meine Tasche und meinen Mantel holen.

Gerade wollte ich draußen ein Taxi anhalten, als Jack herauskam, um eine Zigarette zu rauchen.

»Fährst du nach Hause, um deinen Mann anzurufen?«, fragte er mich, zündete sich eine Marlboro an und musterte mich forschend.

»Genau.«

»Richte ihm aus, dass ich mich darauf freue, ihn kennenzulernen. Den geheimnisvollen Mr Annie Cole.«

»Keine Sorge, das wirst du.«

Jedenfalls ist es bereits nach drei Uhr morgens, und ich bin inzwischen wieder zu Hause und viel zu aufgedreht, um zu schlafen. Also rufe ich Dan an. Bei ihm ist es jetzt acht Uhr morgens, also optimal. Als ich unsere Privatnummer wähle, meldet sich Mrs Brophy. Sie schreit sogar noch lauter als sonst, damit ihre Stimme auch sicher über den Atlantik getragen wird.

Nein, sie kreischt so laut, dass ich das Telefon weg vom

Ohr halten muss. Dan sei früh zu einem Hausbesuch in Lismore gefahren, aber sie werde es ihm ausrichten. Sagen Sie ihm bitte, dass ich ihn dringend sprechen muss, erwidere ich, ohne darauf zu achten, wie theatralisch es klingt. Ich lege mich ein paar Stunden schlafen und versuche es später am Vormittag auf dem Mobiltelefon. Wieder meldet er sich nicht, doch ich bin fest dazu entschlossen, mit ihm zu reden. Wie immer sind fünf Anläufe nötig, bis ich ihn endlich erreiche. Als ich es schließlich um zwei Uhr nachmittags schaffe, muss ich gleich zu einer weiteren Besprechung ins Theater.

»Dan, bist du es wirklich?«

Herrgott, ich fühle mich, als wäre ich gerade mit dem Weißen Haus verbunden worden.

»Annie, tut mir leid, dass ich mich nicht bei dir gemeldet habe, aber es war ... Tja, du weißt ja, wie es hier zugeht. Es hat sich nichts geändert.«

Nach ein paar förmlichen Fragen von mir und seinen gemurmelten Antworten erzähle ich ihm, wie toll es gestern Abend gelaufen sei. Er entschuldigt sich, weil er nicht angerufen hat, um mir viel Glück zu wünschen, doch er habe den ganzen Tag keinen Empfang gehabt. Da gerade ein anderer Anruf hereinkommt, beendet er im nächsten Moment das Gespräch. Es könnte ein Klient sein, dessen Ziege Verstopfung habe. Oder so ähnlich.

Ich verstehe es nicht richtig, weil er so schnell auflegt.

Und es ist wieder das alte Lied. Ich hinterlasse ihm unzählige Nachrichten, deren Tonfall zwischen entnervt, verzweifelt, zornig und quengelig schwankt. Gut drei Tage später ruft er zurück, allerdings um sieben Uhr abends, als ich mich gerade auf die Vorstellung vorbereite und natürlich keine Zeit zum Reden habe. Also fauche ich ihn an, weil er anruft, obwohl er doch wissen muss, wie schlecht es passt, worauf er sich rechtfertigt, er erwidere ja nur meine fünfzehnte Nachricht. Ich werde sauer, und das Ganze endet in einem heftigen Streit.

Unfair, ich weiß, ich habe etwas überreagiert. In Wahrheit ärgere ich mich darüber, dass wieder drei Tage mit verpassten und nicht beantworteten Anrufen vergehen werden, bis wir Gelegenheit haben, miteinander zu sprechen. Und selbst dann ist der Ablauf vorhersehbar: Ich werde angespannt und nervös sein und er wie immer beschäftigt.

Komisch, früher einmal habe ich stolz damit angegeben, dass es unmöglich sei, sich mit Dan zu streiten. Inzwischen kommt es ständig vor. Wir brauchen nur miteinander zu reden. Es erstaunt mich, wie verbittert ich klinge. Wie sehr mich die Aussichtslosigkeit zermürbt. Unsere kläglichen Kurztelefonate sorgen nur dafür, dass ich mich noch frustrierter und verwirrter fühle. Und da sind auch noch andere Empfindungen, die ich bisher gar nicht kannte.

Ebenfalls besorgniserregend ist, dass ich bei meinen Anrufen zu Hause immer öfter Lisa Ledbetter am Telefon habe. In mir weckt das den Verdacht, dass sie Ernst gemacht und sich mit den Kindern bei Dan eingenistet hat, um ihn noch besser anschnorren zu können. Zumindest hoffe ich, dass das der einzige Grund ist, warum sie ständig im Haus herumlungert.

Inzwischen ist Jules die Einzige, mit der ich per Facebook regelmäßig Kontakt halte. Sie schildert mir, wie Audrey hinter meinem Rücken über mich lästert, seit ich desertiert bin. »Sie nimmt in New York eine Auszeit von der Ehe«, ist offenbar ihr Lieblingssatz, mit dem sie jeden beglückt, der ihr zuhört.

Und wissen Sie was? Offen gestanden, gefällt mir die Idee

immer besser. Ich habe den starken Verdacht, dass Chris ordentlich über mein Privatleben getratscht hat, seit ich mich ihr im Edison Hotel anvertraut habe. Denn die anderen Ensemblemitglieder und sogar einige andere Mitarbeiter haben sich freundlich danach erkundigt, wie es mir gehe und ob zu Hause alles in Ordnung sei.

Inzwischen bin ich über das Stadium hinaus, in dem man gute Miene zum bösen Spiel macht. Wenn man mich nun ins Verhör nimmt, verdrehe ich nur die Augen und lasse eine schlagfertige Bemerkung zu dem Thema los, dass Fernbeziehungen ein Albtraum sind. Das funktioniert fast immer, es sei denn, Chris ist dabei, dann fange ich mir nämlich einen Vortrag darüber ein, dass sie schließlich auch in einer lebt und dass es bei ihr klappt.

Ich beiße mir auf die Zunge und sage mir, dass sie nicht selbstgerecht sein, sondern mir nur auf ihre brachiale Art und Weise helfen will. Auch Blythe muss ihren Senf dazugeben. Ich solle mir keine Sorgen machen, meint sie. »In jeder Ehe gibt es Höhen und Tiefen, Liebes«, versichert sie mir. »Hast du wirklich geglaubt, dass dir das erspart bleibt?«

Selbst Liz, die einen mörderischen Kater hatte, hat letztens am Abend in der Garderobe versucht, mich zu trösten. »Du brauchst dir keine Sorgen zu machen, weil Dan so distanziert ist, Schätzchen. Das wird schon wieder. Ihr beide gehört zusammen.«

»Ist jetzt wirklich jeder hier über mein Privatleben im Bilde?«, habe ich sie verärgert gefragt. »Steht es auch schon in der Zeitung?«

»Ach, beruhig dich. Wir sind Schauspieler und lieben Seifenopern, die das Leben schreibt. Vergiss nicht, dass wir hier von Dan sprechen, Mr Bilderbuchehemann.«

Ein trauriger Gedanke, dass sie damit früher einmal recht gehabt hätte. Aber inzwischen eindeutig nicht mehr. Es ist, als hätte sich der Bilderbuchehemann längst davongemacht und seinen Platz einem distanzierten und unnahbaren Fremden überlassen.

Eine knappe Woche vor der Premiere habe ich endlich Gelegenheit, Dan mitzuteilen, was mich bewegt. Wie üblich sind mehrere Anläufe nötig, um ihn zu erreichen, doch als ich ihn endlich an der Strippe habe, sage ich ihm klipp und klar, dass ich mich freuen würde, wenn er zur Premiere käme.

Aber ich muss arbeiten, ich kann auf gar keinen Fall freinehmen, ich habe niemanden, der mich vertritt, protestiert er, wie ich vorausgesehen habe. Doch ich habe die Antennen ausgefahren, bin auf alle Ausflüchte vorbereitet und habe deshalb die Antworten parat. Es ist am St. Patrick's Day, entgegne ich. Das ist zu Hause ein Feiertag. Da kannst du doch um Himmels willen zwei Tage freinehmen. Mehr verlange ich ja nicht. Zwei jämmerliche Tage, sage ich. Es ist am St. Patrick's Day, beharre ich. Sogar der rund um die Uhr geöffnete Asialaden in Stickens macht, verdammt noch mal, am St. Patrick's Day zu.

Er windet sich weiter, und ziemlich bald kochen die Emotionen hoch. Mir wird klar, dass ich ihn praktisch anflehe zu kommen, was einfach nicht richtig sein kann. Genau genommen ist es unfassbar. Wäre es nicht normal, wenn er kommen wollte, um seine Frau zu sehen, ohne dass ich es nötig hätte zu betteln?

Mit dem Gespräch geht es rasch bergab, wie es in letzter Zeit beinahe immer geschieht. Aber am Ende habe ich ein wenig Hoffnung, dass ich ihn überzeugt haben könnte. Andrew und James werden es doch wohl schaffen, dich zu vertreten, teile ich ihm mit Nachdruck mit. Du brauchst eine Pause, und wir müssen unbedingt ein wenig Zeit miteinander verbringen. Außerdem würde es mir sehr viel bedeuten, wenn du bei dem größten beruflichen Erfolg meines Lebens dabei wärst.

Irgendwann lässt er sich breitschlagen, sie zu fragen, worauf ich nicht weiter nachbohre. Stattdessen verspreche ich ihm, gleich morgen früh einen Flug für ihn herauszusuchen. Am nächsten Tag schicke ich ihm eine SMS und erkundige mich, ob ich den Flug buchen soll, und als ich nichts von ihm höre, rufe ich ihn spätabends noch einmal an.

Wie durch ein Wunder erreiche ich ihn tatsächlich beim ersten Versuch. Glaubst du, du schaffst es?, frage ich klipp und klar. Inzwischen bin ich hundemüde und von den Geschehnissen aufgewühlt. Allerdings gibt es da eine Bedingung, die ich zu erwähnen vergessen habe. Und die wäre?, erwidert er und klingt dabei, als hätte er seit einer Woche nicht geschlafen. Wenn du mir versprichst zu kommen, erwarte ich von dir den feierlichen Eid, dass du mich nicht versetzt.

Es ist nämlich so, dass ich es nicht ertragen würde, auch nur ein einziges weiteres Mal versetzt zu werden, verkünde ich und wundere mich gleichzeitig, wie energisch und resolut ich geworden bin, seit ich allein in New York lebe. Wenn deine Antwort Nein ist, sprich es aus. Aber wenn sie Ja lautet, musst du mir zusichern, dass keine Macht der Welt dich daran hindern kann zu kommen. Ich brauche dein Ehrenwort. Und zwar jetzt.

Verdammt, ist das zu viel verlangt?

Also gut, meint er irgendwann. Buch den Flug. Ich komme. Irgendwie werde ich die Zeit finden, da zu sein.

Es geschehen noch Zeichen und Wunder, denke ich erschöpft und lasse mich auf einen Stuhl fallen. Von dem vielen Betteln und Verhandeln bin ich völlig ausgelaugt.

Endlich, endlich, endlich.

Kapitel acht

Inzwischen ist es März, und eine Voraufführung jagt die andere. Jede ist ein kleines bisschen besser als die vorangegangene, und mittlerweile bin ich ziemlich zuversichtlich, hauptsächlich deshalb, weil die Besprechungen mit Jack immer kürzer werden, was ein gutes Zeichen ist. Doch das Lampenfieber wegen der Premiere stellt alles in den Schatten und wird noch dadurch gesteigert, dass anlässlich des großen Ereignisses die Landung eines Flugzeugs aus Irland erwartet wird, an Bord unsere Angehörigen und Freunde. Mich besucht aus Irland nur Dan, aber das genügt mir. Offen gestanden, weiß ich nicht, was mich mehr überrascht: dass er tatsächlich einverstanden war, sich freizunehmen, um für mich da zu sein, oder dass ich ihn sehr bald wiedersehen werde.

Und noch eine gute Nachricht: Meine Mutter kommt aus Washington – unser erstes Treffen seit über einem Jahr! Ganz die Diplomatin hat sie sich, sobald sie hörte, dass Dan mich besucht, ein Zimmer im nahe gelegenen New York Palace Hotel genommen, damit wir ungestört sind. Wunderbar.

Nun ist der große Tag da, und ich lasse das letzte Mal den Blick durch meine blitzblanke Wohnung mit den hellen Holzmöbeln schweifen. Die ganze Woche lang habe ich wie eine Wilde geputzt und aufgeräumt, überall Kerzen aufgestellt und den Kühlschrank mit Champagner und teuren Delikatessen bestückt. Ich war sogar in Filene's Basement (einem Discounter und bei Blythe sehr beliebt) und habe mir nagelneue Bettwäsche aus dicht gewebter ägyptischer Baumwolle gekauft. Und nicht nur das. Ich dachte, was soll's, schließlich hast du nicht jeden Abend Premiere am Broadway. Also habe mir etwas gegönnt und mir für heute Abend ein Kleid von Donna Karan zugelegt. In Kirschrot, der Farbe, die mir laut Dan am absolut besten steht. Alles ist für eine Ankunft vorbereitet – in wenigen Stunden wird es tatsächlich so weit sein!

Dan kommt mit der Nachmittagsmaschine um vier, wenn ich schon im Theater sein muss. Also habe ich ihn gebeten, direkt in die Wohnung zu fahren, damit er sich vor dem großen Abend noch frisch machen kann. Den Schlüssel habe ich bei Stan, unserem hinreißenden Portier, hinterlegt.

Ich fühle mich seltsam, fast so, als wäre ich mitten entzweigerissen worden, sodass zwei Annies entstanden sind. Die eine ist starr vor Angst, weil heute Abend sämtliche Kritiker anrücken werden. Die andere tanzt aufgeregt herum, weil in ein paar Stunden Dans und meine zweiten Flitterwochen anfangen. Und endlich werden ihn auch die anderen kennenlernen, und zwar bei der Premierenfeier im – na, wo wohl? Im Sardi's, dem berühmten Restaurant, das inzwischen fast so etwas wie unsere Kantine ist.

Außerdem haben wir morgen den ganzen Tag für uns! Da er so unglaublich wenig Zeit hat, habe ich seinen Aufenthalt hier minutiös geplant. Denn, sehen wir den Tatsachen ins Auge, alles klappt besser, wenn man einen Plan hat. Hochzeiten, Morde, einfach alles.

Frühstücken werden wir im Carnegie Deli, wo es ihm ganz sicher gefallen wird. Anschließend ein Spaziergang im Central Park und Mittagessen im Tao, einem tollen asiatischen Restaurant, und dann zurück in die Wohnung, damit ich mich auf meinen Auftritt vorbereiten kann. Außerdem habe ich ihm eine Karte besorgt, und so kann er sich das Stück noch einmal ansehen, und danach – mein Meisterstück – habe ich für uns beide einen Tisch im Rockefeller Café reserviert, mit Blick auf die Schlittschuhbahn, wo wir uns vor all den Jahren verlobt haben. Achtundvierzig glückliche Stunden werden wir in frohen Erinnerungen schwelgen.

Die Zeit kriecht in einem derartigen Schneckentempo dahin, dass ich mir vor Nervosität die Haare ausreißen könnte. Weil ich es nicht mehr aushalte, verlasse ich um die Mittagszeit meine blitzblanke Wohnung. Es ist zwar ein grauer, regnerischer Tag, aber ich beschließe trotzdem, einen beruhigenden Spaziergang zum Theater zu machen. Die Fifth Avenue ist wegen der Parade zum St. Patrick's Day gesperrt. Ich bedaure es zwar, dass Dan nicht da sein wird, um sie zu sehen, doch zu wissen, dass er bald hier ist, tröstet mich.

Als ich ins Theater komme, sieht es dort aus wie vor dem Kensington Palace in der Woche nach Dianas Tod. Ein Blumenmeer erwartet uns, die Sträuße füllen jede verfügbare Nische.

»Hallo, Annie!«, begrüßt mich Hayley, die reizende Kassenchefin. »Es ist so schön, dich zu sehen. Und was machen die Nerven?« Hayley gehört übrigens zu den wunderbar positiven Menschen, die in einem den Wunsch auslösen, sich den ganzen Tag in ihrer guten Laune zu sonnen. Sie ist immer vergnügt, lacht und macht Scherze. Als ich sie zittrig anlächle, fügt sie hinzu, sie habe meine Blumen bereits in meine und Liz' Garderobe gebracht.

»Wehe, wenn du mir Lampenfieber kriegst, Schätzchen«, meint sie grinsend, als sie meinen angsterfüllten Blick bemerkt, der an den eines Kaninchens im Scheinwerferlicht erinnert. »Du schaffst das! Geh einfach raus auf die Bühne, und zeig, was du kannst, Schätzchen!«

»Ich tue mein Bestes.« Ich erwidere ihr Lächeln und rase mit klopfendem Herzen die Treppe hinauf. Dabei frage ich mich, wer mir wohl Blumen geschickt hat. Dan? Hatte er vor dem Abflug noch Zeit dazu?

Drei prachtvolle Sträuße, die der Blumenausstellung in Chelsea würdig wären, erwarten mich auf dem Frisiertisch. Einer ist von Jack, der mir viel Glück wünscht. Einer von meiner Mutter, die schreibt, sie freue sich schon darauf, mich nach der Vorstellung zu treffen. Und der dritte und größte ... neugierig reiße ich die Karte auf. Er muss von Dan sein, denke ich, er muss einfach. Sicher hat er an einem wichtigen Tag wie diesem die Blumen nicht vergessen.

Aber sie sind von Harvey Shapiro.

Sie machen das ganz prima. Nur weiter so. Ich bin wirklich stolz auf Sie!

Halb acht. Wahrscheinlich treibe ich die arme Liz damit in den Wahnsinn, dass ich unaufhörlich in der Garderobe auf und ab tigere. Wenn ich erst mal auf der Bühne stehe, geht es mir blendend. Es ist die dämliche Warterei, die mich umbringt. Wir tragen beide schon unsere Kostüme und sind frisiert und geschminkt. Jetzt muss es nur noch acht Uhr werden.

Jack kommt herein. Als er Liz und mich nacheinander umarmt, ist seine Berührung eiskalt. Er ist der Einzige im ganzen Gebäude, der nicht die Spur von Nervosität zeigt. Wie macht er das nur?, frage ich mich. Wie kann er in dieser Situation so gelassen sein? Vielleicht nimmt er ja ein Beruhigungsmittel, das stark genug ist, um ein Nashorn umzuhauen.

»Spiel einfach so wie immer, Annie Cole«, sagt er und blickt mir in die Augen. »Dann fressen sie dir aus der Hand.«

Viertel vor acht. Gerade will ich hinter die Kulisse gehen, um auf den Anfang des ersten Akts zu warten, als mein Telefon läutet. Das tut es schon seit einer Stunde, aber ich habe nicht darauf geachtet, weil ich weiß, dass es nichts Dringendes sein kann. Nur Glückwünsche, die ich später auch noch entgegennehmen kann. Aber da Liz noch ihre Augen nachschminken muss, gehe ich ran.

Ein Knistern wie bei einem Ferngespräch.

Dann höre ich Dans Stimme.

Sofort werde ich von einer unheilvollen Vorahnung ergriffen, und meine Eingeweide krampfen sich zusammen. Ich muss mich daran erinnern weiterzuatmen.

»Annie? Ich bin ja so froh, dass ich dich erwischt habe.«

»Wo bist du?«, frage ich benommen, obwohl ich in einem seltenen Anflug von Hellseherei die Antwort schon kenne.

»Noch in Stickens.«

Schweigen.

Ein Knistern im Telefon.

Und plötzlich weiß ich nicht mehr, was ich fühlen soll. Es hat einen Notfall gegeben, sagt er, Maul- und Klauenseuche auf einer Farm in Waterford. Er konnte einfach nicht weg. Es tue ihm so leid, dass er mich enttäuschen müsse, aber ich müsse das verstehen. Er habe keinen Einfluss darauf ... er habe mir bereits eine SMS geschickt, doch ich hätte nicht geantwortet ... ich müsse begreifen, dass eine Reise nicht infrage gekommen sei ... Es sind dieselben Ausreden, die ich mir schon seit Jahren anhöre.

Ich stehe da wie erstarrt.

Wahrscheinlich blinzle ich.

Es hat mir die Sprache verschlagen. Der Schmerz erreicht mein Gehirn nur mit Zeitverzögerung, und endlich empfinde ich etwas. Ungefähr das, was man empfindet, wenn einem jemand ein Messer ins Herz stößt. Denn natürlich hätte er kommen können. Er hätte es geschafft, wenn er gewollt hätte.

Er hätte die Möglichkeit gehabt, zwei Tage freizunehmen. Andrew und James hätten zwei jämmerliche Tage lang auch ohne ihn die Stellung gehalten. Selbstverständlich hätten sie das. Mehr habe ich doch gar nicht von ihm verlangt. Nur achtundvierzig Stunden seiner dämlichen Zeit. Und das, nachdem ich alles bis ins kleinste Detail geplant, nachdem ich mich so auf ihn gefreut und nachdem ich ihm unmissverständlich klargemacht habe, dass ich eine weitere Enttäuschung nicht ertragen würde.

Und jetzt das.

»Miss Cole, Miss Shields, noch fünf Minuten«, dringt eine Stimme knisternd aus dem Lautsprecher über uns.

»Ich muss gehen«, bringe ich noch heraus. Im nächsten Moment fängt mein Gesicht an zu glühen, und Brechreiz steigt in mir auf. Ich haste in unser winziges Bad und schaffe es gerade noch rechtzeitig, bevor ich mich heftig übergeben muss.

Liz trägt es mit erstaunlicher Fassung, aber wie sie selbst sagt, hat sie eine Menge Erfahrung mit Übelkeit.

»Ach, komm schon, Schätzchen, du bist nur nervös«, sagt sie mit Nachdruck und benetzt mir die Schläfen mit kaltem Wasser. »Wenn du erst mal auf der Bühne stehst, wirst du große Klasse sein. Du hast nur Lampenfieber wegen der Premiere. Ich habe eine kleine Notfallflasche Brandy in der Tasche. Möchtest du ein Schlückchen? Aus rein medizinischen Gründen?«

»Nein, Liz. Und ich habe kein Lampenfieber.«

»Natürlich hast du welches. Es ist das Adrenalin, das Kokain der armen Leute. Sonst fehlt dir nichts.«

»Du verstehst nicht ganz. Er kommt nicht. Dan kommt nicht.«

Im ersten Moment sieht sie so schockiert aus, wie ich mich fühle. Doch dann springt wieder der Lautsprecher an. Inzwischen klingt der Inspizient ein wenig panisch.

»Miss Cole, Miss Shields, bitte hinter die Bühne.«

»Los, Schätzchen«, fordert sie mich sanft auf und zieht mich auf die Füße. »Ich weiß, dass es schwierig ist, aber die Sache muss bis später warten. Wir müssen auf die Bühne.«

Wenigstens hat es auch sein Gutes. Die Todesangst, die mich den ganzen Tag im Griff gehabt hat, hat sich in Luft aufgelöst. Stattdessen empfinde ich eine eisige Ruhe, sodass ich mich ernsthaft frage, ob ich je wieder etwas fühlen werde. Wie auf Autopilot gehe ich die Treppe hinunter und warte geduldig hinter der Bühne. Ein Außenstehender würde mich für ganz ruhig halten. Als ich auftrete, höre ich, dass meine eigene Stimme erstaunlich kühl und distanziert und völlig gefühllos klingt.

Dan liebt mich nicht mehr. Das ist der Gedanke, der mir wie in einer Endlosschleife durch den Kopf geht.

Was?, wendet mein logischer Verstand ein. Was hast du da gerade Verräterisches gedacht? Es ist wahr, sagt mein Unbewusstes. Und als der Gedanke sich erst einmal eingenistet hat, rührt er sich nicht mehr vom Fleck. Er liebt mich nicht mehr. Und außerdem glaube ich, dass der letzte Rest Zuneigung, die ich noch für ihn empfunden habe, nun endgültig zertrampelt worden ist.

Aber wir reden doch hier von Dan, beharrt die Logik. Er ist es, der mein Leben zusammenhält.

Allerdings ist mir tief im Inneren klar, dass mein Unbewusstes recht hat.

Meine schon seit einiger Zeit vor sich hinsiechende Ehe ist gerade gestorben.

Rest in Peace.

Die Premierenfeier findet im Sardi's genau gegenüber dem Theater statt. Normalerweise haben bequem dreihundert und unbequem vierhundert Personen hier Platz, aber heute müssen es mindestens fünfhundert sein. Der Laden ist proppenvoll, die reine PR-Hölle. Die Gästeliste ist so lang wie das Melderegister einer Kleinstadt.

Die Vorstellung war ein absoluter Erfolg. Wir mussten insgesamt siebenmal vor den Vorhang treten, und die Standing Ovations nach der Vorstellung dauerten über fünf Minuten. Alle scheinen zu schweben.

Mit Ausnahme von mir.

Liz ist einfach wundervoll. Sie hakt sich nicht nur unter, sondern hält auf dem Weg vom Theater zum Restaurant meinen Arm mit eisernem Griff, damit ich nicht stolpere oder gar die Flucht ergreife. Doch sobald sie sich zur Tür hereingedrängt hat, steuert sie mit dem Jubelruf, sie rieche Gratiswein, auf die Bar zu. Im Gewühl verliere ich nicht nur sie, sondern auch die anderen aus den Augen.

Das einzige Lächeln entwischt mir, als ich meine Mutter entdecke. Als gute Diplomatin trägt Mum am St. Patrick's Day natürlich Grün. Einen wunderschönen olivgrünen Hosenanzug von Louise Kennedy. Aber so ist meine Mutter nun einmal: patriotisch und eine Kämpferin für Irland, bis zum bitteren Ende.

Bei meinem Anblick malt sich sofort ein besorgter Ausdruck auf ihrem makellos geschminkten Gesicht, denn natürlich bemerkt sie auf Anhieb, dass etwas nicht stimmt. Ich platze heraus, dass Dan nicht gekommen ist, doch sie lässt sich wie üblich nichts anmerken.

»Immer lächeln, Kind. Wir reden morgen darüber«, sagt sie schmallippig. Aus dem Augenwinkel sehe ich, dass Chris ihren Mann Josh umarmt. Und dann küsst er sie am Tresen, vor den Augen aller Anwesenden.

Das ist also die wahre Liebe, denke ich benommen. Gut, dass ich einmal im Leben so etwas sehen durfte.

Im nächsten Moment bemerke ich Blythe, die am Kopf der Tafel thront, sich in den Komplimenten sonnt und mir majestätisch zuwinkt. Ihr Sohn sitzt neben ihr, bedient sie nach Strich und Faden und flitzt zur Bar, sobald ihr Glas leer ist. Sie wirft ihm immer wieder Blicke zu, als würde sie gleich vor Mutterglück platzen.

Er heißt Sean und ist heute Nachmittag mit der Maschine gekommen, mit der auch Dan hätte fliegen sollen, weshalb ich ihn nicht mag, so unlogisch das auch sein mag. Obwohl ich noch nie ein Wort mit dem Typen gewechselt habe, würde ich ihn am liebsten ohrfeigen.

Jemand drückt mir einen seltsamen grünen Drink zu Ehren des St. Patrick's Day in die Hand, und im nächsten Moment nähert sich Jack beschwingten Schrittes. »Ach, da ist ja unser Star«, verkündet er und haucht mir einen Kuss auf jede Wange. Seine Berührung ist noch immer eiskalt, obwohl es im Raum heiß ist wie in einem Backofen. Wie macht er das nur? Dann mustert er mich wie immer von Kopf bis Fuß, und ihm entgeht nichts.

»Übrigens bin ich mächtig stolz auf dich. Das war ein toller Auftritt. Du gehörst wirklich auf den Olymp. Hübsches Kleid übrigens, Rot ist deine Farbe.«

So gelassen wie möglich stelle ich ihn Mum vor, bei der man sich darauf verlassen kann, dass sie immer die richtigen Worte findet. Sie gratuliert ihm herzlich, macht einige kluge und einfühlsame Bemerkungen zu dem Stück und beklagt sich darüber, dass es in Washington kaum gute Theater gebe und man folglich dafür bis nach New York fahren müsse.

Jack plaudert mit ihr über Washington und beglückt sie mit seinem strahlenden Lächeln. Nachdem er eine Weile höflich Konversation betrieben hat, wendet er sich an mich und wechselt das Thema.

»Lerne ich jetzt endlich den geheimnisvollen Mr Annie Cole kennen? Wo ist er eigentlich? An der Bar?«

Ich bringe keinen Ton heraus, sondern stehe nur da und fühle mich, als hätte jemand auf mich geschossen.

Mum springt für mich in die Bresche.

»Erzählen Sie, Jack. Wie lange wollen Sie noch in der Stadt bleiben, da die Premiere ja jetzt vorbei ist? Haben Sie schon das nächste Projekt ins Auge gefasst? Oder wollen Sie wieder in Europa arbeiten?«

Ich bin ihr für diesen geschickten Schwenk sehr dankbar. Doch im nächsten Moment werde ich wieder von einer Welle der Übelkeit ergriffen. Ich weiß, dass ich das nicht schaffe. Ich kann nicht hier herumstehen und wie Mum Small Talk betreiben. Wie soll ich mich benehmen, als wäre nichts, wenn mein ganzes Leben gerade in sich zusammengebrochen ist?

»Würdet ihr mich bitte entschuldigen?«, stammle ich. »Es ist so heiß und eng hier drin. Ich brauche frische Luft.«

»Annie, fühlst du dich nicht wohl? Warte, ich komme mit«, sagt Jack, plötzlich besorgt. Aber Mum gelingt es, ihn mit einer weiteren Frage zum Stück aufzuhalten, während ich mich durch die Menschenmenge flüchte.

Im nächsten Moment stehe ich auf der eiskalten 44. Straße. Frei.

Aus dem leichten Nieseln von vorhin ist ein ausgewachsenes Unwetter geworden. Der Regen prasselt vom Himmel, und es donnert und blitzt beängstigend. Doch das ist mir egal. Die Erde hat sich für mich heute mehrmals um die eigene Achse gedreht, und ich muss sie dringend zum Stehen bringen. Die Straße neigt sich und wird wieder gerade. Ich gehe einfach weiter, ohne mich darum zu kümmern, dass mein neues Kleid, meine Schuhe, meine Frisur und mein Make-up ruiniert werden.

Ich brauche Bewegung.

Also marschiere ich bis zum Times Square. Als der Regen immer sintflutartiger wird, stelle ich mich unter das Vordach eines Bistros.

Versuch zu atmen, versuch zu atmen, atme einfach weiter …

Einige Raucher, die draußen stehen, sind so höflich, mich zu ignorieren und in die andere Richtung zu schauen, wofür ich ihnen sehr dankbar bin.

Wie viel Verzweiflung haben diese Straßen wohl schon erlebt?, frage ich mich und betrachte den regennassen Gehweg. Wie viel Schmerz und Hoffnungslosigkeit? Wie viele gebrochene Herzen wie jenes, das ich mit mir herumschleppe, sind hier bereits entlanggegangen?

In meiner stumpfen Benommenheit kann ich mich noch immer nicht ganz damit abfinden, dass es so weit gekommen ist. Denn jetzt gibt es kein Zurück mehr. Dass Dan zu meiner Premiere erscheinen würde, war die weiße Fahne, die ich in den Sand gesteckt habe, und er ist einfach verschwunden – nein, falsches Wort, regelrecht geflohen ist er.

Als Mensch bin ich eher verträglich und friedfertig veranlagt und will von allen gemocht werden. Aber heute Abend ist das Maß voll. Ich habe endgültig genug. Ich kann nicht mehr so leben, und ich will es nicht mehr. Ich bin nicht mehr bereit, immer Nachsicht mit ihm zu haben und es klaglos hinzunehmen, dass ich auf seiner Prioritätenliste ganz unten stehe.

Die Vorstellung, ein ganzes Jahr lang eine Fernbeziehung zu führen, ist mir ursprünglich als Herausforderung erschienen, die wir beide meistern können. Nun frage ich mich eher, warum zum Teufel ich mir die Mühe überhaupt mache. Wenn er mir nicht auf halbem Wege entgegenkommen will, muss ich den Tatsachen ins Auge sehen, nämlich dass ich von Anfang an auf der Verliererseite gestanden habe.

Im nächsten Moment höre ich ein Schluchzen, ein lautes, hässliches, verzweifeltes Schluchzen, und mir wird klar, dass ich es bin, die da weint. Die beiden Raucher schauen zu mir in meinem klatschnassen Abendkleid hinüber und wenden sich ratlos und verlegen ab. Ich weine immer bitterlicher und verzweifelter, für sie eindeutig ein Zeichen, auf Abstand zu gehen und sich um Himmels willen nicht einzumischen. Endlich drücken sie ihre Zigaretten aus und ziehen sich ins warme Restaurant zurück, sodass ich ungestört weiterweinen kann.

Keine Ahnung, wie viel Zeit vergangen ist, doch nach einer Weile höre ich, wie sich von hinten das Klappern teurer Absätze nähert. Ich brauche mich nicht umzudrehen, um zu wissen, dass es meine Mutter ist, die gekommen ist, um mich zu holen und zurückzubringen.

»Annie, da bist du ja«, sagt sie ruhig, als ob es das Alltäglichste von der Welt wäre, dass ich heulend an einer Straßenecke im Regen stehe. »Ich habe die ganze 44. Straße nach dir abgesucht.« Sie hält ihren Schirm über mich, fördert aus dem Nichts ein Päckchen Taschentücher zutage und reicht es mir.

»Mir ist klar, dass dir nicht gut ist, Kind, aber denk daran, dass deine Kollegen im Sardi's auf dich warten. Es ist deine Pflicht, bei ihnen zu sein. Alles andere besprechen wir morgen zu einem günstigeren Zeitpunkt.«

Mein Gott, das ist eine Eigenschaft meiner Mutter, die ich immer wieder vergesse. Ihr Pflichtgefühl.

»Mum, du verstehst das nicht«, schniefe ich ins Taschentuch.

»Doch, ich verstehe sehr wohl. Aber nun komm, Kind. Das ist jetzt nicht der richtige Zeitpunkt und nicht der richtige Ort. Also wisch dir die Augen ab, und hak dich bitte unter. Wir gehen jetzt wieder zur Feier. Du wirst tapfer sein, lächeln und dir nicht anmerken lassen, dass etwas nicht in Ordnung ist. Und dann holen wir dich so schnell wie möglich da raus.« Sie hat das Kommando übernommen, aber ich weiß, dass das nun nötig ist. In meinem momentanen Zustand ist es eine Erleichterung, die Verantwortung abgeben zu können. Und so gehorche ich. Taxis rasen spritzend an uns vorbei, als wir im strömenden Regen ins Sardi's zurückkehren. Ich drücke ihren Arm und bin so froh, dass sie hier ist. Für einen Menschen wie meine Mutter ist ein Weinkrampf auf offener Straße nichts weiter als ein kleines Malheur.

»Ich kann nicht mehr, Mum«, sage ich und passe mich ihrem Schritt an, während die kalte Luft die klebrigen Tränen auf meiner Haut trocknet.

»Ich weiß, Kind. Und ich habe dich gewarnt, dass es nicht leicht werden würde.«

Noch eine gute Eigenschaft meiner Mutter – ihr Verstand

funktioniert so wie meiner. Sie scheint immer zu wissen, was ich denke, ohne dass ich es ihr erklären muss.

»Ich würde ihm ja eine Trennung vorschlagen, aber was soll das bringen? Wir sind ja schon getrennt.«

»Morgen, Kind. Wir reden morgen darüber, was man da tun kann.«

»Was soll man da tun? Herrgott, Mum, wenn meine Ehe ein Tier wäre, hättest du es schon längst einschläfern lassen.«

»Ich habe gesagt, wir warten bis morgen.«

»Wenn wir ein Computerprogramm wären, würdest du uns wieder hochfahren.«

»Annie, wie viele Vergleiche hast du denn noch auf Lager?«

»So viele, wie nötig sind, damit ich kapiere, dass es vorbei ist.«

Das Sardi's ist noch immer so proppenvoll, dass zum Glück niemand außer Jack unsere kurze Abwesenheit bemerkt hat. Harvey Shapiro steht, mit geschwellter Brust und einigen Brandys intus, an der Bar und sonnt sich in seinem Erfolg. In seinem typischen weißen Anzug sieht er aus wie ein Mann, dem die zivilisierte Welt gehört. Neben ihm liegt ein Stapel Zeitungen, aus denen er die Kritiken vorliest. Kaum zu fassen, aber es sind alles Lobeshymnen. Die Feuilletons überschlagen sich vor Begeisterung.

Ich halte mich diskret im Hintergrund und habe mir Mums Mantel über die Schultern gelegt, damit niemand mitkriegt, dass ich klatschnass bin. Jede Kritik wird mit lauten Jubelrufen aufgenommen. Eigentlich ist Kritik ja das falsche Wort, die Artikel lesen sich eher wie Liebesbriefe. Jack wird mit dem jungen Sam Mendes verglichen und als das größte Nachwuchstalent in New Yorks Theaterszene gefeiert. Aus dem Augenwinkel beobachte ich, dass er wenigstens den Anstand hat, auf den Rummel mit Verlegenheit zu reagieren. Auch das Ensemble, sogar ich, wird mit Lob überhäuft. Doch am meisten Begeisterung erntet Liz, deren Auftritt immer wieder hervorgehoben wird. Das bestätigt, was wir alle schon lange vermuten, nämlich dass sie der wahre Star der Inszenierung ist. »Sie hat die Präsenz, die aus einer einfachen Sportveranstaltung Olympische Spiele macht«, schreibt die *New York Times*. Ach herrje.

Ich sehe mich nach ihr um und will sie umarmen, aber sie ist spurlos verschwunden. Da der Pflichtteil des Abends nun vorbei ist, flüstere ich Mum zu, dass ich mich unauffällig verdrücken werde.

»Gute Idee, Kind. Ich hole deinen Mantel. Wir treffen uns draußen.«

Allerdings ist es leichter gesagt als getan, sich aus dem Staub zu machen, weil ich ständig von Leuten aufgehalten werde, die mir gratulieren wollen. Ich stelle fest, dass Chris mich mit einer herrischen Geste an die Bar winkt. Ich weiß genau, dass sie mich nach Dan ausfragen wird. Irgendwann werden mir hoffentlich die richtigen Antworten einfallen, aber nicht jetzt, bitte nicht jetzt.

Hol mich hier raus, schicke ich ein Stoßgebet zum Himmel. Mach, dass ich die verdammte Tür erreiche und wohlbehalten nach Hause komme. Um den Rest kümmere ich mich morgen.

»Du willst doch nicht schon gehen?«

Mist.

Es ist Jack, der wie immer fragend die Augenbrauen hochzieht und mich von Kopf bis Fuß mustert. Ihm entgeht nichts.

»Äh, ja. Ich fühle mich nicht wohl … Es war ein anstrengender Abend.«

»Du verpasst eine tolle Party.«

»Ich weiß, aber ich muss wirklich los.«

»Es war übrigens wirklich nett, mit deiner Mutter zu reden. Eine erstaunliche Frau. Sie hat Format. Jetzt weiß ich, woher du es hast.«

»Äh, ja. Sie ist wundervoll.«

»Annie, ich möchte ja nicht neugierig sein, aber du würdest es mir doch erzählen, falls etwas nicht stimmt, oder?«

»Natürlich.«

Noch eine unerwartete Nebenwirkung einer gescheiterten Ehe. Man lernt, schamlos zu lügen. Es klang sogar in meinen eigenen Ohren unglaubwürdig.

»Willst du sicher nicht noch ein bisschen mitfeiern? Du hast es dir wirklich verdient. Jetzt können wir offiziell behaupten, dass dieses Stück ein Riesenerfolg ist, und du hast maßgeblich dazu beigetragen.«

»Ich muss gehen«, stoße ich hervor. Ich möchte keinen einzigen Satz mehr von ihm hören und spüre, wie mir die Knie weich werden.

»Wenn du dich nicht wohlfühlst, lass dich wenigstens von mir nach Hause bringen«, erwidert er und schiebt mich sanft zur Tür hinaus. Im nächsten Moment erscheint Mum mit meinem Mantel und unseren Handtaschen und verkündet höflich, sie werde jetzt übernehmen.

Jack nickt nur wortlos, hält für uns ein Taxi an, hilft uns beim Einsteigen und winkt uns nach.

Dann kehrt er zurück zur Premierenfeier, während ich nach Hause fahre, um mich den Trümmern meiner Ehe zu stellen.

»Ihr habt viel zu jung geheiratet. Ich erinnere mich noch genau daran, dass ich dich gewarnt habe«, meint Mum am nächsten Morgen beim Frühstück in meiner Wohnung zu mir. Sie trägt Hermès und Perlenschmuck und strahlt Ruhe, Kompetenz und Gelassenheit aus.

Ich habe so viel Geld für das leckere Essen für Dan und mich ausgegeben, dass es ein Jammer wäre, es schlecht werden zu lassen. Deshalb habe ich Mum zu Bagels mit Streichkäse und Kaffee eingeladen, und wir lassen es uns schmecken. Nun, ganz stimmt das nicht. Richtiger wäre, dass sie die Bagels isst, während ich meine auf einem Teller anrichte und diesen dann wegschiebe, weil mir der Appetit vergangen ist. Ich kann den Gedanken an all die Pläne nicht ertragen, die ich heute für Dan und mich hatte. Es tut noch immer so entsetzlich weh.

»Und außerdem war Dans Familie meiner Ansicht«, fährt Mum so ruhig wie immer fort.

»Schaut euch zuerst die Welt an, habe ich euch beiden geraten. Warum die Dinge überstürzen? Wenn ihr in ein paar Jahren noch genauso empfindet, könnt ihr ja noch immer heiraten. Das habe ich dir klipp und klar gesagt. Sicher erinnerst du dich, Kind.«

»Ich weiß«, entgegne ich automatisch, werfe zwei Kopfschmerztabletten in ein Glas Wasser und beobachte, wie sie sich auflösen. Seltsam, ich fühle mich, als hätte ich einen mörderischen Kater, obwohl ich gestern Abend kaum etwas getrunken habe. Die Kopfschmerzen vom vielen Weinen sind ziemlich übel.

»Andererseits hattest du schon immer deinen eigenen Kopf und Dan ebenso. Ihr beide wart damals so verliebt, dass es keinen Sinn hatte, es euch ausreden zu wollen.«

Wenn ich die Kraft hätte, vom Glas aufzublicken, würde ich sie nun böse anschauen. Ich muss mir vor Augen halten, dass sie nur helfen will. Sie ist den ganzen Weg aus Washington gekommen, um bei mir zu sein, und nun bin ich unfreundlich zu ihr. Doch so ist es eben mit Depressionen.

Man fühlt sich derart elend, dass es einem scheißegal ist.

»Und dennoch denke ich, dass man eine Ehe nicht leichtfertig hinwirft. Schließlich ist bei euch keine dritte Partei im Spiel.«

Angesichts des Geistes, den sie gerufen hat, zucke ich ein wenig zusammen. Das ist nämlich Mums elegante Art, auf Dad anzuspielen, der sie vor all den Jahren betrogen hat, während sie beruflich im Ausland war, und damit ihrer Ehe den Todesstoß versetzte. Als sie mich erwartungsvoll ansieht, ist mir klar, dass sie mir unwilliges Gebrummel nicht durchgehen lassen wird. Also muss ich irgendwie die Energie aufbringen, einen zusammenhängenden Satz auszusprechen.

»Es ist zwecklos, Mum«, stoße ich mit einem Seufzen hervor. »Dass Dan mich versetzt, ist ja kein einmaliges Ereignis, sondern der Höhepunkt von drei langen Jahren, in denen er mich immer wieder enttäuscht, abgewimmelt oder mit Nichtachtung gestraft hat. Und jetzt habe ich genug. Eine Fernbeziehung zu führen ist schon schwierig genug, wenn beide Beteiligten bereit sind, daran zu arbeiten. Doch er weigert sich einfach. Und ich kann nicht mehr so weitermachen. Ich habe mich lang genug zum Narren halten lassen.«

Wieder kommen mir die unausgesprochenen Gedanken in den Sinn, die mir schon seit letzter Nacht durch den Kopf gehen wie in einer Endlosschleife. Die ganze Nacht haben geisterhafte Stimmen mir unablässig dasselbe ins Ohr geraunt: Ja, Dan war einmal mein Fels in der Brandung, ja, unsere Herzen haben nur füreinander geschlagen … aber das war damals, und heute ist heute … denn er liebt mich nicht mehr. Tatsache ist, dass unsere Ehe vorbei ist und er das mit einem Achselzucken hingenommen hat. Es war ein drastisches Ereignis wie dieses nötig, um mir endlich die Augen zu öffnen, und nun kenne ich die Wahrheit.

»Und was wirst du ihm sagen, Kind?«

Das ist eine gute Frage. Was sagt man in so einer Situation? Dan war mein erster Freund. Ich habe noch nie eine andere Beziehung gehabt, geschweige denn mich von jemandem getrennt. Wie ich gehört habe, ist der Satz *Es liegt nicht an dir, sondern an mir* üblich, aber in diesem Fall trifft das doch wohl kaum zu.

»Keine Ahnung, Mum. Vielleicht die Wahrheit. Vielleicht *Es liegt nicht an mir, sondern an dir*.«

Zum ersten Mal im Leben kann ich nicht genau vorhersehen, was Dan sagen oder tun wird. Vielleicht habe ich diese Fähigkeit ja wegen der geografischen Entfernung verloren. Als wir endlich Gelegenheit zu einem Gespräch haben, das heißt ein richtiges Gespräch, nicht nur fünfzehn hinterlassene Nachrichten oder eines, das dadurch unterbrochen wird, dass er eine Kuh gegen Maul- und Klauenseuche impfen muss, klingt er resigniert und schicksalsergeben. Wie ein Mensch, der genau weiß, was kommen wird, und deshalb so klug war, sich vor dem unausweichlichen Knall einen mit Blei isolierten emotionalen Luftschutzbunker zu bauen.

Er reagiert ruhig, verständnisvoll, ja sogar Anteil nehmend.

»Ich weiß, wie schwer es für dich ist, und ich werde mir die

Mühe sparen, mir Ausflüchte einfallen zu lassen«, erwidert er nur. »Du kennst die Zustände und mein Leben hier besser als jeder andere.«

»Ja, und du musst begreifen, dass ich so nicht weiterleben kann. Wenn du nicht bereit bist, dir Mühe zu geben, warum sollte ich es dann tun?«

Und dann spreche ich den Satz aus, von dem ich nie geglaubt habe, dass ich ihn je verwenden würde.

»Ich habe genug. Ich glaube, ich möchte Schluss machen.«

Eine lange Pause. Ich höre das Rauschen des Windes durchs Telefon, weil er offenbar auf irgendeinem Feld steht, und weiß, dass ich ihn verletzt habe. Ich habe ihm richtig wehgetan.

Und das trotzige Kind in mir freut sich darüber. Jetzt sind wir endlich quitt.

Soll er doch sehen, wie schön das ist.

Im nächsten Moment zitiert Dan ausgerechnet Audrey.

»Meine Mutter sagt immer wieder, dass man von einer Ehe nicht einfach ein Sabbatjahr nehmen kann. Aber, Annie, glaubst du, du und ich könnten es vielleicht versuchen?«

»Ich verstehe nicht ganz.«

Nun blicke ich nicht mehr durch. Was führt er im Schilde?

Schweigen und wieder Rauschen in der Leitung.

»Damit meine ich, dass wir beide unter Druck stehen. Du hast recht, es klappt nicht. Aber da du ohnehin ein Jahr fort sein wirst, mache ich folgenden Vorschlag: Wir wollen es als unser Sabbatjahr bezeichnen.«

»Und wie genau soll das aussehen?«

»Wir machen Pause voneinander, eine Pause von der Ehe. Ein ganzes Jahr unverheiratet sein. Du brauchst dich zu nichts verpflichtet zu fühlen, nicht anzurufen, dich nicht zu melden und nicht an der Beziehung zu arbeiten. Kein Druck, keine Fernbeziehung, kein Stress.«

Eine Pause entsteht, während ich seine Worte verarbeite.

»Das heißt, ich bin bereit, dich gehen zu lassen, Annie. Für ein ganzes Jahr.«

Mir verschlägt es die Sprache. Er hat sich das alles schon überlegt, denke ich, während mir das Blut zu Kopfe steigt. Er hat gewusst, was passiert, und sich mit einem Gegenvorschlag gewappnet.

»Aber, Dan, was passiert, wenn das Jahr um ist?«

»Das kann ich dir leider auch nicht sagen. Wahrscheinlich warten wir am besten, bis es so weit ist.«

In den letzten Wochen habe ich eine schreckliche Entdeckung gemacht: Im Universum wirken ausgesprochen ungerechte Kräfte. Die Wucht und Tiefe des Elends wird nicht durch die entsprechende Menge Glückseligkeit ausgeglichen. Nicht einmal zur Hälfte. Da ich immer an ein gerechtes und ausbalanciertes Universum geglaubt habe, ist mein Weltbild nun krachend in sich zusammengebrochen. Wie sich herausstellt, ist das Leben auch kein Theaterstück mit klaren Regieanweisungen für alle Beteiligten. Es ist ein Durcheinander. Ein Chaos.

Die anderen kümmern sich rührend um mich, selbst an den Tagen, an denen ich nur zur Arbeit gehe und mich ansonsten in meiner Wohnung verschanze. Mum ist wieder in Washington. Doch die Häufigkeit ihrer Anrufe steht in direktem Zusammenhang damit, wie fröhlich oder niedergeschlagen ich beim letzten Telefonat klang. Inzwischen brauche ich sie und muss so oft wie möglich ihre weisen Ratschläge hören.

Wie die Garbo möchte ich die meiste Zeit über einfach nur allein sein oder die Orte aufsuchen, wo ich mit Dan einmal glücklich war. Zum Beispiel das Rockefeller Center. So irre ich verloren herum und frage mich, ob ich je wieder froh und verliebt sein werde. Allerdings verhält es sich mit der Liebe ein wenig wie mit einem Blitz. Er schlägt nur selten zweimal am selben Ort ein, weshalb es nicht sehr rosig für mich aussieht.

Ein kluger Mann hat einmal gesagt, wenn man durch die Hölle gehe, solle man einfach weiterlaufen. Und genau das versuche ich auch. Im Theater halte ich mich bedeckt und bringe meine Auftritte so gut wie möglich hinter mich, während die anderen mich diskret in Ruhe lassen.

Insbesondere Chris, die versucht hat, mir einen wohlmeinenden, aber dennoch wenig hilfreichen Rat zu geben, indem sie forsch sagte, ich solle mich zusammennehmen und mich freuen, dass ich so einen wundervollen Beruf hätte.

Liebe durch Strenge? Für mich hat es sich eher wie eine Ohrfeige angefühlt.

Vermutlich hat Liz sie gebeten, damit aufzuhören, denn seitdem hält sie Distanz, und wir reden hinter der Bühne nur noch über Belanglosigkeiten. Liz ist wunderbar. Offenbar ahnt sie, dass ich nichts als Zeit und Abstand brauche, und bedrängt mich nicht.

Heute nach der Samstagabendvorstellung schafft sie es sogar, mich auf einen Drink abzuschleppen, obwohl ich mich am liebsten zu Hause verkriechen, Eiscreme direkt aus der Packung essen und mir die Letterman-Show ansehen möchte. Aber sie beharrt darauf und entführt mich ins The View, eine tolle Bar mit Cocktails und Büfett im achtzehnten Stock des Marriott Marquis Hotel am Times Square. Das Lokal dreht sich um die eigene Achse, sodass man einen traumhaften Blick über die ganze Stadt bis zum Hudson hat.

Während sie einen Wodka nach dem anderen herunterkippt, nippe ich an einem Weißwein. Sie reißt Witze und erinnert mich daran, dass wir alle die Pflicht haben, nach dem Glück zu streben, ganz gleich, wie unerreichbar uns dieses Ziel auch erscheinen mag.

Im Grunde meines Herzens weiß ich, dass sie natürlich recht hat. Schließlich war ich in New York glücklich, als wir vor all den Wochen hier ankamen, und ich bin mir sicher, dass ich es irgendwann auch wieder sein werde. Ich werde mir das Glück zurückholen. Manche Leute müssen sich dafür eben etwas mehr ins Zeug legen als andere. Im Moment wäre ich schon zufrieden damit, wenn ich mich einfach nur besser fühlen würde. Was heißt, überhaupt nichts zu fühlen.

Bald bin ich müde und umarme Liz, bevor ich mich erschöpft aus der Bar schleppe und sie dem Hilfskellner überlasse, mit dem sie seit einer Weile eine Affäre hat. Da es eine milde, angenehme Nacht ist, gehe ich zu Fuß nach Hause. Der Weg zum Theater und zurück ist mir inzwischen so vertraut, dass ich ihn mit verbundenen Augen finden würde. Liz hat recht. Es ist Zeit, dass ich endlich loslasse und nach vorn schaue. Dan hat es ja offensichtlich getan. Warum also nicht ich?

Inzwischen bin ich am Times Square und gehe nach Osten. Wie immer werde ich von der grellen Neonreklame fast geblendet. Es ist so hell, als wäre es zwölf Uhr mittags und nicht Mitternacht. Im Moment herrscht das für einen Samstagabend typische Gewimmel, das ich so liebe. Taxis hupen, und Horden von Menschen machen sich auf, um bis in die frühen Morgenstunden zu feiern. Mädchen in knappen

Abendkleidern staksen auf absurd hohen Absätzen durch den Verkehr und versuchen verzweifelt, ein freies Taxi zu ergattern. Also das übliche Chaos und Tohuwabohu, das man in der Stadt, die niemals schläft, erwartet.

Ich überquere den Broadway, schlendere die 44. Straße West hinunter, bleibe bei einem Straßenhändler stehen, den ich beim Namen kenne, krame einen Fünfdollarschein heraus und kaufe die Sonntagszeitung, die es, typisch New York, bereits druckfrisch in der Nacht zuvor gibt.

»Hallo, meine irische Freundin«, begrüßt er mich fröhlich. »Wie war die Vorstellung heute Abend?«

»Spitze, danke, Fred.«

Als ich ihm den Schein gebe und auf mein Wechselgeld warte, gelingt mir sogar ein Lächeln.

Allmählich tritt die Vergangenheit in den Hintergrund, und ich zwinge mich, an die Zukunft zu denken.

Ich werde es überleben, ich weiß, dass ich es schaffe.

Schließlich sind wir hier in Amerika, wo das Happy End Religion ist.

Vielleicht ist mein Happy End ja, dass Dan und ich Freunde sein können.

Dazu muss ich nur loslassen.

Kapitel neun

Wir haben schon Ostersonntag. Es ist ein erstaunlich warmer und sonniger Apriltag. Mittlerweile haben ich und das restliche Ensemble uns an den Wochenenden einen festen Rhythmus angewöhnt. Am Sonntagnachmittag geben wir um drei eine Matinee und haben dann bis Dienstagabend frei, da der Broadway montags traditionell dunkel bleibt. Mit anderen Worten: Wir genießen den absoluten Luxus von zwei freien Abenden am Stück. Glauben Sie mir, nach einer langen, anstrengenden Woche mit acht Vorstellungen und zwei Matineen, und das in meinem derzeitigen Zustand, ist das Glückseligkeit pur.

Anlässlich des Feiertages beschließt die ganze Truppe, nach der Ostersonntagsmatinee einen Tisch im Restaurant Cipriani in der 42. Straße zu reservieren. Es ist mein erster gemeinsamer Abend mit allen anderen seit der Premierenfeier.

Ins Cipriani geht man übrigens nur an besonderen Tagen – für den Preis eines Hauptgerichts könnte man ein Kleinkind einkleiden, und wenn man noch den Wein dazurechnet, wird es ein ziemlich teurer Abend. Aber schließlich haben wir Ostersonntag, und wir sind immerhin Broadwaystars. Also bestellt Liz einen Tisch für uns alle, und nach der Vorstellung machen wir uns auf den Weg.

Das Restaurant ist einfach eine Wucht, und als wir ankommen und vom Restaurantchef an unseren Tisch geführt werden, bin ich froh über den Entschluss, mir den heutigen Abend meiner Rückkehr in die Gesellschaft etwas kosten zu lassen. Die Ausstattung des Cipriani ist von der italienischen Renaissance inspiriert. Gewaltige Marmorsäulen, hohe Decken und Kronleuchter von Dale Chihuly, in deren funkelnden Prismen sich dezent das Licht bricht. Alle sind in Hochstimmung, was wie durch Osmose auf mich abzufärben scheint. Insgesamt sind wir zu siebt, und als wir sitzen, lasse ich meinen Blick den Tisch entlangschweifen, betrachte nacheinander die Gesichter der Anwesenden und frage mich, wie weit es jede von uns auf ihre eigene Weise seit unserer Ankunft in New York gebracht hat.

Seltsam, aber wir sind im Laufe der Wochen wirklich zu einer richtigen kleinen Familie zusammengewachsen, auch wenn es hin und wieder knallt. Aber abgesehen davon, ist zwischen uns tatsächlich ein wundervoller Zusammenhalt entstanden, etwas, wofür ich in meinem derzeitigen Schwebezustand sehr dankbar bin.

In unserer kleinen Familie hat Blythe eindeutig die Mutterrolle übernommen. Ständig macht sie sich Sorgen um uns und hält uns ausführliche Vorträge. Allerdings nörgelt sie nie, sondern zeigt uns auf liebevolle Weise, wie sehr wir ihr am Herzen liegen, indem sie sich erkundigt, ob wir auch genug Gemüse essen und ausreichend Vitamin D abbekommen. Wie eine etwas schrullige Lieblingstante, der man absolut alles anvertrauen kann. Zum Beispiel, dass der eigene Mann ein Jahr Ehe-Pause machen will.

In den vergangenen schrecklichen Wochen sind wir einander sehr ans Herz gewachsen, und ich weiß, dass es Blythe zu schaffen gemacht hat, als sie von Dan und mir erfuhr. An den langen, einsamen Nachmittagen vor der Vorstellung ruft sie mich oft an und lädt mich nach oben in ihre Wohnung zu Tee, Kuchen und einem aufmunternden Gespräch ein. Ich nehme das Angebot gerne an, hauptsächlich deshalb, weil mir das viele Alleinsein, ehrlich gesagt, allmählich aufs Gemüt schlägt. Inzwischen ist meine Wohnung nur noch ein Symbol für meine Einsamkeit.

Blythe hörte mir Anteil nehmend zu, und als ich mich für ihr Verständnis bedankte, erklärte sie mir den Grund. Offenbar hat sie das Gleiche durchgemacht, sodass es für sie war, als wiederholte sich die Geschichte.

Das Theater sei eine gnadenlose Dienstherrin und habe auch ihre Ehe zerstört, sagte sie mir ruhig, während sie mir englischen Frühstückstee einschenkte. Damals war sie etwa in meinem Alter und ein ganzes Jahr mit einem Stück in Sydney auf Tournee. Und es passierte genau das, was mir passiert ist. Ihr Mann kam mit der Fernbeziehung nicht zurecht, und bei ihrer Rückkehr war bis auf die Streitereien alles vorbei.

Ich habe ein wenig protestiert und darauf beharrt, meine Ehe sei ja nicht wirklich zu Ende. Wir machten nur eine kleine Pause. Mehr nicht. Blythe schwieg und sah mich nur Anteil nehmend und traurig an. Du kannst es beschönigen, wie du willst, schien sie mir mitteilen zu wollen, doch ich weiß, was eine gescheiterte Ehe ist.

Wenn Blythe das Herz unserer Familie ist, ist Chris eindeutig der Kopf. Sie thront mir im Cipriani gegenüber, verkündet lautstark, alles sei hier total überteuert, und will wissen, warum Liz keinen Tisch im Sardi's reserviert habe, wo wir immer hingehen und wo es viel kinderfreundlicher ist. Sie dominiert die Runde und übertönt wie immer alles, als müsse sie eine Sitzung leiten. Ihr Mann Josh sitzt brav neben ihr, während der niedliche vierjährige Oscar zwischen uns hin und her läuft und uns fragt, ob wir Buntstifte in der Tasche haben, mit denen er spielen kann.

Oscar und ich sind inzwischen die besten Kumpel. Ich habe sogar hin und wieder nachmittags auf ihn aufgepasst, damit Chris und ihr Mann ein wenig Zeit für sich haben. Ich dachte, wenn ich nachmittags schon meistens allein zu Hause sitze, kann ich mich genauso gut nützlich machen.

Chris fasst mich übrigens mit Samthandschuhen an, obwohl sie mir eines Abends in meiner Garderobe ein kleines Geschenk überreicht hat. Ein Buch aus der Ratgeberabteilung von Barnes and Noble mit dem Titel – ich scherze wirklich nicht – *Heile die Scham, die dich unfrei macht*. Ich habe mich zwar höflich bei ihr bedankt, aber Liz und ich haben uns darüber halb totgelacht, sobald sie aus dem Zimmer war. Was hätten wir angesichts eines Buches mit so einem Titel sonst tun sollen?

»Von dem Selbsthilfebuch, das ich dir geschenkt habe, gibt es noch einen zweiten Band«, zischte sie mir ein paar Abende später hinter der Bühne zu. »Es heißt *Die Liebe verlieren: Die nächste wichtige Phase des Wachstums*. Du musst es nur sagen, Annie, dann besorge ich es dir. Es macht mir überhaupt keine Umstände.«

Ich hielt mir vor Augen, dass sie es nur gut meinte, und verkniff mir eine Bemerkung.

Neben ihr sitzt die kleine Alex, das Küken des Ensembles und die Stillste und Zurückhaltendste von uns. Obwohl wir uns in den letzten Monaten sehr einander angenähert haben, weiß ich am wenigsten über sie. Nur, dass sie lesbisch und Single und auf der Suche nach einer Beziehung ist. Außerdem ist sie der verschlossenste Mensch, den ich kenne. Sie bleibt am liebsten für sich und beteiligt sich nur selten an Gesprächen. Doch wenn sie es tut, so wie jetzt, wird klar, dass sie trotz ihrer Jugend viel reifer und aufmerksamer ist, als man annehmen würde. Ihr entgeht absolut nichts, und je besser ich sie kennenlerne, desto mehr wächst meine Überzeugung, dass sie das gelassenste, ruhigste und ausgeglichenste Mitglied des Ensembles ist.

Bei Weitem.

Was mich zu Liz bringt – der jungen Wilden in unserer kleinen Familie, die von Tag zu Tag wilder zu werden scheint. Früher einmal war sie auf der Suche nach einer Liebesbeziehung, aber seit wir hier sind, hat sich das geändert. Inzwischen ist sie offenbar mit einer Aneinanderreihung von kurzen Affären zufrieden. Keiner der Typen besteht den Härtetest, sodass es unmöglich geworden ist, den Überblick über ihre Männer zu behalten. Ich habe es jedenfalls aufgegeben.

Ihre derzeitige Flamme heißt Seth, ein arbeitsloser Schauspieler, den sie eines Abends im Don't Tell Mama, ihrer Lieblingskneipe für die späten Nachtstunden, kennengelernt hat. Nun sitzt sie neben mir am Tisch und schildert mir alles genüsslich.

»Inzwischen treffe ich mich schon seit fast drei Tagen mit ihm«, verkündet sie mit ihrer rauen Raucherstimme. Dabei tut sie, als würde sie essen, stochert allerdings nur in ihrem Ziegenkäsesalat herum, während ich das leckerste Milchlamm vom Grill verschlinge, das ich je auf dem Teller hatte.

»Komm schon, Liz, drei Tage sind keine Beziehung. Immer mit der Ruhe, Liebes, lass dir Zeit. Lernt einander erst einmal richtig kennen.«

»Ach herrje, ich weiß alles über ihn, was mich interessiert. Du kennst mich doch. Ich bin nicht auf der Suche nach etwas Ernstem, sondern möchte nur meinen Spaß haben.«

»Und wovon lebt er?«, frage ich, den Mund voller köstlicher Pommes frites.

»Er hat an der Jacques-Lecoq-Schule in Paris studiert und die letzten anderthalb Jahre an einer Figur namens Zebedee in einem Theaterstück gefeilt, das er irgendwann in den nächsten Jahren schreiben möchte.«

»Wovon ernährt er sich denn, wenn er nicht arbeitet?«, erkundige ich mich, wohl wissend, dass wir uns alle die Mühe sparen können, uns seinen Namen zu merken. In einer Woche oder so ist unweigerlich der Nächste dran.

»Er behauptet, dass jemand ihn mit dem Auto angefahren hat, und verklagt den Betreffenden dann bis auf den letzten Penny. Das scheint sehr lukrativ zu sein. Hör dich doch nur an, du Femme fatale. Wenn du bei klarem Verstand wärst, würdest du es genauso machen wie ich.«

»Liz, falls das heißt, dass ich mir einen neuen Partner –«

Es gelingt mir nicht einmal, den Satz zu beenden. So lange bin ich eine selbstzufriedene Ehefrau gewesen, dass die bloße Vorstellung, auch nur einen Zeh in das Haifischbecken zu stecken, in dem Liz tagtäglich watet, meine Phantasie übersteigt.

Ein seltsamer Gedanke. Ich war schon immer eine Verfechterin der Treue. Und nun sitze ich hier, mit einem Ehemann, der Tausende von Kilometern weit weg ist, den Arm zweifellos gerade in der Gebärmutter einer Kuh hat und sich nach einem Jahr Pause von mir sehnt, denn schließlich war es sein Vorschlag … und dennoch wäre es unmöglich für mich, ihn zu betrügen.

»Nein, du Dummerchen.« Sie lacht kehlig auf. »Nutz dieses freie Jahr, so gut du kannst, und mach das Beste daraus. Verdammt, Annie, jetzt hast du die Chance, hier Beziehungsgeschichte zu schreiben. Warum also nicht zugreifen? Du hast doch immer gesagt, du würdest dich ein wenig wie eine viktorianische Braut fühlen, weil du so früh geheiratet hast, ohne erst einmal allein zu leben. Und nun hast du Gelegenheit, genau das zu tun. Du hast so viel Spaß verpasst. Weshalb holst du dir die Jahre nicht zurück, jetzt, wo du es kannst?«

Warum eigentlich nicht?

Als wir unser österliches Festmahl vertilgt haben und angeregt darüber debattieren, ob wir einen Nachtisch bestellen sollen, erscheint ein Überraschungsgast. Jack, frisch aus dem Flieger aus L. A. und offenbar unschlüssig, was er mit dem angebrochenen Abend anfangen soll. Er trägt einen seiner schicken Anzüge und sieht, offen gestanden, eher aus, als käme er vom Laufsteg der Mailänder Modewoche, nicht aus einem stickigen Airbus nach einem fünfstündigen Flug. Er macht die Runde um den Tisch und haucht uns allen einen Kuss auf die Wange. Wie immer riecht er nach teurem Parfüm und bringt einen Schwall eiskalte Luft mit.

»Sie haben mir im Theater erzählt, dass ihr alle hier seid.« Er lächelt entwaffnend und strahlt uns an. »Was dagegen, wenn ich euch Gesellschaft leiste?«

Ein nicht unbedingt überzeugender Chor von »Natürlich nicht« und »Klar, setz dich« ertönt, ein zusätzlicher Stuhl wird herbeigeschafft und ein Glas Veuve Clicquot vor ihn hingestellt. Doch die Stimmung ist nicht mehr so ausgelassen.

Ehrlich gesagt, habe ich Jack seit der Premiere kaum gesehen. Ja, er schaut immer wieder mal im Theater vorbei, um zu sehen, wie das Stück läuft, oder besucht uns in der Garderobe, um uns mit weiteren Anweisungen zu beglücken und dafür zu sorgen, dass wir auch auf Zack sind. Außerdem habe ich gehört, dass er hin und wieder nach der Vorstellung mit den anderen ins Sardi's geht. Aber da ich mich völlig zurückgezogen habe, habe ich nichts mehr mitgekriegt. Also habe ich nicht die geringste Ahnung, was sich in seinem Leben so tut.

Allerdings habe ich von Liz gehört, dass er viel Zeit an der Westküste verbringt, wo ihn einige Filmproduzenten feiern und hofieren, ihn zweifellos mit Drehbüchern bewerfen und ihn anflehen, einen Film für sie zu drehen. Eigentlich wäre es der nächste logische Karriereschritt für ihn. Zumindest laut Liz. Die Welt des Theaters hat er bereits erobert. Also ist ein Oscar auf dem Sideboard vermutlich der nächste Punkt auf seiner Wunschliste.

Wie vorauszusehen war, zerstreut sich unsere kleine Tischgesellschaft ziemlich bald nach Jacks Ankunft. Chris will Oscar nach Hause und ins Bett bringen, und Blythe fragt, ob sie sich das Taxi mit ihnen teilen kann, um die Fahrtkosten zu sparen. Als wir auf dem Gehweg herumstehen und uns verabschieden, verkündet die kleine Alex, sie werde jetzt in einen Laden unterhalb der 10. Straße namens Celebrity Club gehen, wo sie gerne abhängt.

»Klingt gut. Lasst uns mitkommen«, erwidert Jack, hält aber inne, als Liz ihn mit einem ärgerlichen Blick aus ausdrucksvollen Augen bedenkt.

Während Alex im Stechschritt mit ihrem Rucksack zur U-Bahn marschiert, wendet Jack sich an Liz. »Was sollte das gerade?«, fragt er.

»Die Kleine braucht ein bisschen Ruhe von uns«, antwortet Liz achselzuckend und zündet sich eine Zigarette an.

»Außerdem glaube ich nicht, dass Lesbenkneipen was für dich sind.«

Als ein Taxi mit leuchtendem Schild vorbeikommt, will ich es anhalten und mich verabschieden. Doch ehe ich mich's versehe, packen Liz und Jack mich an beiden Armen und flankieren mich wie zwei Rausschmeißer.

»Was zum Teufel …? Was habt ihr vor? Was soll das?«, schreie ich beinahe und will mich losreißen.

»Ach, verdammt, komm schon«, sagt Liz, die Zigarette im Mundwinkel. »Ich nehme dich jetzt mit ins Don't Tell Mama. Glaubst du etwa, ich lasse dich so früh nach Hause gehen, obwohl es mich wochenlange Mühe gekostet hat, damit du nach elf noch unterwegs bist?«

»Ganz recht«, stimmt Jack zu. Seine eiskalte Hand umfasst meine. »Außerdem habe ich dich seit Ewigkeiten nicht gesehen und will mit dir reden.«

Wenn ich könnte, würde ich mit den Achseln zucken, doch sie umklammern meine Arme mit Schraubstockgriff, als befürchteten sie, dass ich fliehen könnte. Und so werde ich verschleppt wie eine Geisel und sitze im nächsten Moment zwischen den beiden auf dem Rücksitz eines Taxis. Die Türen sind verriegelt, die Fenster sind zu, es gibt kein Entrinnen.

Wie sich herausstellt, ist das Don't Tell Mama ein bis spätnachts geöffnetes Cabaret in einem Kellerlokal in der 46. Straße Ost. Offenbar ist Liz dort Stammgast, denn wir haben überhaupt kein Problem reinzukommen, und das trotz der meterlangen Schlange vor der Tür. Zwei Sekunden später werden wir an einen der besten Tische vor einer winzigen improvisierten Bühne geführt, auf der ein Klavier steht.

»Der Laden ist eine Legende!«, verkündet Liz und studiert aufgeregt die Getränkekarte. »Jeder, der möchte, kann hier ein Stück aus einem alten Musical zum Besten geben. Und glaubt mir, das passiert auch. Das Lokal zieht die Leute, die bei *American Idol* rausgeflogen sind, magisch an.«

»Ich glaube, ich habe schon mal vom Don't Tell Mama gehört.« Jack sieht sich aufmerksam um, und seinen scharfen Augen entgeht wie immer nichts. »Soweit ich weiß, kommen Chorsänger vom Broadway hierher und schmettern irgendeine erfolgreiche Shownummer, in der Hoffnung, einen Produzenten zu beeindrucken, den es zufällig hierherverschlagen hat. Oder einen Regisseur«, fügt er keck hinzu.

»Es ist toll, es wird euch beiden gefallen«, sagt Liz und steht auf, um aufs Klo zu gehen. »Kann mir jemand ein Glas Champagner bestellen? Ich bin gleich zurück.«

Nachdem sie weg ist, herrscht kurz angespanntes Schweigen. Ich spüre Jacks eiskalten, eindringlichen Blick auf mir und habe nicht die geringste Ahnung, worüber ich mit ihm reden soll – wie immer, wenn wir in privatem Rahmen miteinander allein sind. Dass der Laden laut und proppenvoll ist, macht die Sache nicht unbedingt einfacher. Leicht geschürzte Mädchen, die wie Models aussehen, servieren Getränke, während ein unsichtbarer Discjockey *Poker Face* von Lady Gaga auflegt.

Also breche ich das betretene Schweigen, indem ich mich höflich nach seiner L.-A.-Reise erkundige. Das nimmt gute fünf Minuten in Anspruch, während ich ein Stoßgebet zum Himmel schicke, Liz möge sich verdammt noch mal beeilen und zurückkommen.

Was zum Teufel macht sie nur so lange?

»Warst du schon mal in L. A.?«, fragt Jack.

»Nein, noch nie.« Ich lächle, dankbar, weil er das Gespräch am Laufen hält.

»Ein Disneyland für Erwachsene. Zwei Dinge über diese Stadt musst du dir unbedingt merken: Erstens ist jeder, ja, absolut jeder verrückt. Total durchgeknallt. Alle haben eine Todesangst, ihren heiß begehrten Platz am Lagerfeuer zu verlieren, und das, obwohl die meisten keine Ahnung haben, wie sie überhaupt dorthin gekommen sind, was ein guter Grund zum Durchdrehen ist. Und zweitens ist niemand bereit, eine Entscheidung zu fällen, um bloß keinen Fehler zu machen. Ich hatte eine Besprechung nach der anderen in riesigen Büros in Wolkenkratzern, wo es von Filmmoguln mit Titeln wie stellvertretender Vorstand für dieses oder Aufsichtsratsvorsitzender für jenes nur so wimmelt – und es kam nichts als Mist dabei heraus. Denn jedes Studio hat nur einen Angestellten mit Entscheidungsbefugnis, der berechtigt ist, grünes Licht zu geben. Es ist mir rätselhaft, wie die überhaupt je etwas erledigt kriegen.«

Ich muss lachen und werde ein bisschen lockerer. Er plaudert ungezwungen weiter. »Du wirst es nicht glauben«, sagt er, doch er habe sich tatsächlich einen Agenten genommen. Dann fordert er mich auf, mir den Namen irgendeines Filmstars zu nennen, lacht und meint, ja, sein Agent betreue den auch. In den letzten Wochen sei er mit Drehbüchern überhäuft worden, von denen man den Großteil jedoch vergessen könne.

»Das hast du doch sicher nur erfunden«, kichere ich. Ich spüre, wie meine Reserviertheit zum ersten Mal schwindet, und bin freudig überrascht, was für ein interessanter Gesprächspartner er ist.

»Jedes Wort ist wahr. Einen miesen Film lassen die einen sofort drehen. Aber ich bin auf der Suche nach einer unabhängigen Low-Budget-Produktion, bei der mir nicht ständig irgendwelche Studiobosse auf die Pelle rücken und ich die künstlerische Linie selbst bestimmen kann.«

Ich nicke grinsend und kann mir nicht vorstellen, dass sich ein Kontrollfreak wie Jack von einem Studioboss herumkommandieren lässt. Fast habe ich Mitleid mit dem armen Irren, der es wagt, es auch nur zu versuchen.

»Etwas wie *American Beauty,* das wäre ein Projekt für mich«, fährt er fort. »Du weißt schon, ein Film mit wenig Aufwand, aber mit einem tollen Drehbuch und spannenden Rollen für die Schauspieler. Und der Möglichkeit, vor dem Dreh einige Monate lang zu proben.«

»So spricht ein wahrer Nachfolger von Sam Mendes.«

»Du willst mir nur schmeicheln, Miss Cole.«

Ich weiß nicht, was ich darauf antworten soll. Doch im nächsten Moment kommt Liz endlich von der Toilette zurück. Sie schleppt einen toll aussehenden Afroamerikaner hinter sich her.

»Das ist George, George, das sind meine Freunde. Wir haben uns vor dem Klo kennengelernt. Ist er nicht eine Augenweide? Georgie, dreh dich mal um, damit alle deine hübsche Figur sehen.«

George wirkt ein wenig verlegen, was man ihm nicht zum Vorwurf machen kann. Aber Liz besteht darauf, ihn um die eigene Achse zu wirbeln, und kneift ihn dann spielerisch in den Po. Dabei schmachtet sie ihn die ganze Zeit an. Dann jedoch bemerkt sie den leeren Tisch, und ihre Miene verfinstert sich schlagartig.

»Hey, wo ist der Champagner?«, fragt sie und stellt lautstark die Handtasche ab. »Habe ich euch nicht gebeten, mir Champagner zu bestellen? Ich will Champagner, und zwar jetzt! Jack, Schätzchen, kannst du das nicht in die Wege leiten? « Wieder ein plötzlicher Stimmungswandel. Sie sieht ihn kokett an und schnurrt beinahe. » Du bist doch sonst so gut im Organisieren. «

Als ein Kellner vorbeikommt, bestellt Jack in aller Seelenruhe. Er kennt sich eindeutig mit Weinen aus. Eine Sekunde später verschwindet Liz mit George im Schlepptau in Richtung der noch leeren Tanzfläche. Und als *Love the Way You Lie* von Rihanna gerade seit zwei Minuten läuft, fängt sie an, ihn hemmungslos zu küssen. Ihre Hände verschwinden erst hinten, dann vorn in seiner Jeans, und offenbar ist es ihr völlig egal, dass wir sie alle entgeistert anstarren.

So eine Vorstellung kann man auch schlecht ignorieren.

» Äh ... weißt du, so kenne ich sie gar nicht «, sage ich zu Jack, weil ich glaube, dass man die Situation durch Schweigen und Ignorieren nur verschlimmert.

» Ach, wirklich? Denn ich kenne sie nur so. «

Er wendet sich von ihrer Bühneneinlage ab und zu mir um und zieht bedrohlich die Augenbrauen hoch. » Verrat mir nur eines, und bitte sei ehrlich. Wie lange schnupft Liz schon Kokain? «

» Wie bitte? «

» Du hast mich sehr wohl verstanden. «

» Das tut sie nicht. Ich meine, sie ... Ach, komm schon, Liz ist sauber. Sie nimmt keine Drogen. «

» Wirklich? Seit wann? «

» Seit ... nun, ich weiß nicht, noch nie. Ja, sie trinkt, aber das tun wir doch alle. «

» Doch du warst in letzter Zeit nicht sehr viel mit ihr zusammen. Und mit den anderen auch nicht, richtig? Also verrate mir eines: Woher willst du wissen, was sie sich in ihrer Freizeit in die Nase zieht? «

»Nein«, beteuere ich kopfschüttelnd, »sie würde nie Drogen anrühren. Da bin ich mir ganz sicher.«

»Mach die Augen auf, mein kleines Unschuldslamm, und schau sie dir genau an. Die geweiteten Pupillen, das aufgedrehte Verhalten, dass es sie überhaupt nicht stört, wie sie sich zum Narren macht, und sich aufführt wie das letzte Boxenluder. Die ist total zugekokst. Glaube mir, ich habe im Leben schon genug Schnee gesehen.«

Ich starre Liz an, was schwer zu vermeiden ist, weil die Hälfte der Anwesenden es auch tut. Inzwischen hat sie George stehen gelassen, windet sich um einen zierlichen drahtigen Typen wie um eine Tanzstange und lässt ihn ihren Po und ihren Busen befummeln. Dabei wirft sie laut lachend den Kopf zurück, dass ihre blonden Haarverlängerungen aufreizend wippen. Sie weiß, dass sie im Mittelpunkt steht, und genießt es. Im nächsten Moment ist George zurück, packt sie am Tanga, der hinten aus der Jeans hervorlugt, und küsst grob ihren Hals. Mein Gott, ich fühle mich, als würde ich Zeugin eines flotten Dreiers.

Gütiger Himmel, denke ich. Jack hat recht. Das ist nicht nur einfach Liz, die über die Stränge schlägt, wie sie es immer tut, wenn sie ausgeht. Es muss Koks sein. Das ist die einzige Möglichkeit.

»Tut mir leid, wenn ich dich schockiert habe«, meint Jack und beugt sich noch näher zu mir hinüber. »Aber glaube mir. Ich erkenne es, wenn jemand high ist. Die Frage ist nur, was wir jetzt machen. Wie sie ihre Freizeit verbringt, ist schließlich ihre Sache und geht mich nichts an. Aber wenn ihre Angewohnheiten dem Stück schaden, muss ich einschreiten. Sollte ihr Verhalten auch nur eine Minute unsere Arbeit gefährden –«

Er braucht den Satz nicht zu beenden, denn wir beide wissen genau, was in diesem Fall geschehen wird. Sie wird in den nächsten Flieger nach Hause gesteckt, während die Zweitbesetzung ihre Rolle übernimmt – tolle Kritiken hin oder her. Mit Jack ist nicht gut Kirschen essen. Leere Drohungen gibt es bei ihm nicht.

»Ich rede morgen mit ihr«, schlage ich vor, obwohl mir schon jetzt vor diesem Gespräch graut. Ich frage mich, wie ich das Thema nur anschneiden soll. Außerdem kann ich mir ihre Reaktion bereits denken. Zuerst wird sie mich auslachen und mir dann vorwerfen, ich sei eine frühzeitig gealterte Spießerin. Aber ich werde es dennoch versuchen, nehme ich mir vor. Vielleicht ist es ja eine einmalige Sache, und sie hat es nur ausprobiert, weil sie zwei freie Abende hat. Möglicherweise ist ja alles in Ordnung, und wir machen uns grundlos Sorgen.

Jack öffnet geschickt die Champagnerflasche und schenkt uns beiden ein Glas ein.

»Allerdings ist Liz nicht die Einzige im Ensemble, die mich beschäftigt.«

»Was meinst du damit?«

»Annie, mir ist klar, dass es mich überhaupt nichts angeht, doch das Problem ist, dass ich weder blind noch auf den Kopf gefallen bin. Mir kommt so einiges zu Ohren. Und ich möchte, dass du mir ehrlich sagst, ob bei dir alles in Ordnung ist. Das heißt in deinem Privatleben.«

»Wer hat über mich geredet?«

Ich halte inne. Ach, verdammt, denke ich. Ich brauche die Frage gar nicht zu stellen. Es könnte Liz oder Chris gewesen sein. Oder auch eine der anderen im Laufe eines alkoholgeschwängerten Abends im Sardi's, während ich mit einem

Eiscremebehälter zu Hause vor dem Fernseher saß. Im Showgeschäft gibt es keine Geheimnisse. Gar keine. Und wenn ich eines gelernt habe, dann, dass das Shubert Theatre mehr undichte Stellen hat als ein Sieb Löcher.

»Tut mir leid«, erwidert er und mustert mich aufmerksam. »Ich wollte nicht neugierig sein, sondern mich nur vergewissern, ob es dir gut geht.«

»Mir geht es prima. Absolut blendend.«

Das war vermutlich überflüssig, da es mich klingen lässt, als ginge es mir alles andere als blendend.

»Am Premierenabend habe ich mich wirklich für dich geärgert.«

»Weißt du was? Das ist kein gutes Thema.«

Ich setze ein eisiges Lächeln auf und hebe mein Champagnerglas, um ihm mitzuteilen, dass ich mich lieber über etwas anderes unterhalten möchte. Irgendetwas. Denn offen gestanden, fühlt es sich an, als streue er Salz in meine Wunden.

Doch Jack will Antworten und wird erst lockerlassen, wenn er sie hat.

»Ich habe dich gewarnt, erinnerst du dich? In Dublin nach der ersten Probenwoche habe ich dir gesagt, dass Fernbeziehungen eine Katastrophe sind. Ich habe das selbst hinter mir und kann dir aus trauriger Erfahrung bestätigen, dass es nach einer Weile ist, als ob man mit dem Kopf an eine Granitmauer stößt. Stimmst du mir da nicht zu?«

Ich zucke reumütig mit den Achseln. Er hat recht, denke ich. Das Bild von der Granitmauer passt.

»Und genau aus diesem Grund lasse ich die Finger von Beziehungen«, fährt er gelassen fort und füllt unsere Gläser nach. »Aber ich fand diese ganze Erotikkiste schon immer lästig.«

Ich trinke einen Schluck und zermartere mir den Kopf nach einem anderen Thema. Doch Jack hat sich in Rage geredet und ist nicht mehr zu bremsen.

»Weißt du, ich eigne mich nicht für die Ehe«, spricht er weiter, »aber eines kannst du mir glauben. Niemals würde ich es dulden, wenn meine Frau sich für ein ganzes Jahr verdrückt. Entweder würde ich sie begleiten oder alles in meiner Macht Stehende tun, um sie daran zu hindern. Warum soll man sonst überhaupt heiraten? Mich würde interessieren, was dieser Dan sich dabei gedacht hat?«

Dan. Eigentlich habe ich mir inzwischen angewöhnt, ihn blitzschnell aus meinen Gedanken und Gefühlen zu verbannen, falls er sich, was selten vorkommt, hineinschleichen sollte. Aber vielleicht habe ich zu viel getrunken. Oder es liegt an Jacks Fragen und daran, wie sehr er an der Wahrheit interessiert ist, dass ich das Bedürfnis habe, ihm ein wenig mein Herz auszuschütten.

»Wenn ich die Rolle abgelehnt hätte«, erwidere ich langsam, in dem Versuch, so lange unterdrückte Gedanken in Worte zu fassen, »dann hätte ich mich verhalten wie ein Schiffbrüchiger, der das einzige Rettungsboot vorbeifahren lässt, wenn das irgendwie logisch klingt.«

»War es zu Hause denn so schlimm?«, erkundigt er sich, mittlerweile ehrlich besorgt.

Seine Anteilnahme ist zwar rührend, aber ich antworte trotzdem nicht. Nicht aus Unhöflichkeit, sondern weil ich es einfach nicht fertigbringe.

»Tut mir leid«, sagt er nur und drückt mir mit seiner eiskalten Hand den nackten Arm. »Ich entschuldige mich und nehme den letzten Satz zurück. So etwas gehört sich nicht für einen Gentleman. Ich neige eben dazu, zu viel zu reden, und wollte nur sichergehen, dass mit dir alles in Ordnung ist.«

Da er mich um Verzeihung bittet, komme ich ihm auf halbem Weg entgegen. »Als schlimm kann man die Situation nicht direkt bezeichnen«, erkläre ich ihm und kippe einen Schluck Champagner hinunter, um mir Mut anzutrinken. »Überhaupt nicht. Doch damals, als das Rollenangebot kam und mich gerettet hat, habe ich mich wirklich so gefühlt. Jeden Morgen beim Aufwachen wusste ich genau, wie der Tag ablaufen würde, und es war, als würde ich ersticken. Manchmal ... ich meine ... ich habe oft gedacht ...« Ich verstumme.

Ich finde nicht die richtigen Worte dafür und weiß nicht, wie ich es ausdrücken soll. Es ist nicht der richtige Moment.

»Es ist zwecklos, Jack. Ich glaube, du verstehst das nicht.«

»Versuch es, ich bin ein guter Zuhörer.«

»Nun ... sagen wir mal, dass ich oft den Eindruck hatte, ich hätte sehr viel im Leben verpasst, weil ich so jung geheiratet habe. Die besten Jahre, den Spaß, das Leben als Single. Und diese Rolle erschien mir als der beste Weg, mir diese Zeit zurückzuholen. Klingt das einigermaßen logisch?«

Er mustert mich so eindringlich, dass ich ein wenig ins Stocken gerate.

»Ach, schon gut, ich kann das nicht erklären. Vielleicht versuche ich es ein andermal, aber nicht hier und jetzt.«

»Ich werde mich darauf berufen.«

»Ach, und damit keine Missverständnisse aufkommen. Ganz gleich, was du gehört hast, hier ist die Wahrheit aus erster Hand: Dan und ich haben uns nicht getrennt. Wir brauchen nur ein wenig Abstand.«

»Abstand?«

»Richtig. Ein Sabbatjahr von der Ehe sozusagen.«

Er stößt einen Pfiff aus. »Das ist für mich etwas ganz Neues.«

»Ein bisschen Ehe-Urlaub also.«

Eine lange Pause entsteht, und ich mache nicht die geringsten Anstalten, sie zu füllen. Endlich begreift Jack, dass das wirklich kein Thema ist, das ich in einem Kellerlokal in der 46. Straße Ost mit einem verhältnismäßig fremden Menschen erörtern möchte. Er beugt sich vor und nimmt sanft meine Hand.

»Ich muss mich wirklich bei dir entschuldigen, Annie«, beginnt er leise. »Du bist zum ersten Mal seit Langem wieder abends unterwegs, und nichts liegt mir ferner, als dir die Stimmung zu verderben. Ich schwöre, dich nicht mehr auf dein Privatleben anzusprechen, wenn du es mir nicht ausdrücklich erlaubst. Kannst du mir verzeihen?«

Seltsam, ich kenne Jack als streng, sarkastisch, brillant, schonungslos und leidenschaftlich. Doch das ist eine ganz neue Seite an ihm, die er ausgezeichnet verbirgt. Das heißt, ich sehe sie heute Abend zum ersten Mal. Ich komme zu dem Schluss, dass er ein Mann mit unglaublichem Tiefgang ist. Ein Mann, für den man sich Zeit nehmen muss, wenn man ihn wirklich kennenlernen will – falls eine Frau den wahren Jack Gordon überhaupt je richtig kennenlernt.

Als ich bejahe, wechselt er zum Glück das Thema.

»Und wie gefällt es dir in New York?«

Seine Augen weiten sich, und seine Miene wird entspannter, als er mir zuzwinkert. »Ist dieses Thema harmlos genug für dich?«

Ich schmunzle.

»Ja, ist es. Und ich liebe New York, wenigstens das bisschen, das ich bisher gesehen habe.«

»Warst du schon auf dem Empire State Building?«

»Nein.«

»Hast du den Hubschrauberrundflug bei Sonnenuntergang gemacht?«

»Ich wusste gar nicht, dass es so was gibt.«

»Strawberry Fields im Central Park?«

»Äh … ich fürchte nicht, tut mir leid.«

»Den Hudson River bei Mondlicht?«

»Den Fluss? Komm schon, bin ich vielleicht Mark Twain?«

Er lacht darüber, fragt aber weiter.

»Ellis Island und die Freiheitsstatue?«

»Äh, nein. Das fehlt mir auch noch.«

»Annie, was in Gottes Namen hast du bloß in deiner Freizeit hier getrieben?«

Ferngesehen, würde ich am liebsten erwidern. Versucht, nicht an Dan zu denken. Aber es ist mir peinlich, ihm zu gestehen, dass ich wie ein Hamster im Laufrad nur mit einem Umkreis von drei Straßen rund ums Theater vertraut bin.

»Also gut, das wäre also geklärt.«

»Was wäre geklärt?«

»Nun, du weißt nicht, was du mit deiner Zeit anfangen sollst, und ich habe jede Menge davon, bis sich ein gutes Filmprojekt auftut. Warum spielen wir beide bis dahin nicht Touristen?«

Viel später sind Liz und ich auf dem Klo.

»Ich muss mit dir reden«, zische ich in den Spiegel, während sie eine dicke Schicht Lipgloss aufträgt.

»Mist, was ist das für ein Scheißspiegel?«, schimpft sie, ohne auf mich zu achten, und begutachtet ihr Spiegelbild. »Darin sehe ich einfach nur alt aus.«

»Liz, hörst du mir bitte mal zu?«

»Das tue ich doch die ganze Zeit. Und zufällig rede ich auch mit dir, Schätzchen. Also, was läuft zwischen dir und Jack?«

»Gar nichts, wir haben uns nur unterhalten«, rechtfertige ich mich und senke dann die Stimme, damit uns niemand belauscht. »Ich wollte dich nämlich etwas fragen. Hast du zufällig heute Abend Koks geschnupft?«

»Oh, Mist, *sorry*«, erwidert sie wegwerfend. »Hättest du etwas davon gewollt? Ich habe noch welches in der Handtasche.«

»Liz!«

»Wo liegt das Problem? Alle tun es, verdammt.«

»Es tun eben nicht alle, und ich mache mir Sorgen um dich. Außerdem hat Jack es bemerkt, und jetzt macht er sich auch Sorgen.«

»Bleib locker. Ich nehme es schon länger. Glaube mir, es würde dir gefallen. Man fühlt sich, als wäre die ganze Welt in einen verliebt. Einfach toll. Mir geht es super.«

»Liz, du kokst zusätzlich zu dem ganzen Alkohol, den du in dich reinkippst? Gütiger Himmel, bist du wahnsinnig?«

»Oh, bitte, ich habe kaum etwas getrunken. Ein paar Cocktails und ein bisschen Champagner, mehr nicht. Für amerikanische Verhältnisse bin ich vielleicht betrunken, aber für irische bin ich stocknüchtern. Wer hat dir außerdem das Recht gegeben, dich hier als mein Gewissen aufzuspielen? Herrgott, Annie, schau nur, wie du mir über die Schulter blickst und ein Urteil über mich fällst. Nun, du kannst dich verpissen. Ich habe keine Lust auf deine Moralpredigt, sondern will mich einfach nur amüsieren.«

Vergiss es, denke ich. Es ist zwecklos, mit ihr reden zu wollen, wenn sie so zugedröhnt ist. Also beschließe ich, bis morgen zu warten.

»Übrigens hast du meine Frage, was Jack angeht, noch nicht beantwortet«, fügt sie hinzu, dreht sich wieder zum Spiegel um und klatscht sich Bräunungscreme ins Gesicht. »Mein Typ ist er ja nicht, aber ich kann mir vorstellen, dass einige nach Sex ausgehungerte Frauen gern mit ihm in die Kiste steigen würden. Du zum Beispiel. Hast du keine Lust, ihn abzuschleppen und es einmal mit ihm zu machen? Nur um es hinter dich zu bringen? Los, red schon, was läuft zwischen euch beiden?«

»Man nennt es ein Gespräch mit einem Mann, ohne ihm gleich die Zunge in den Hals zu stecken oder sich vor zweihundert Leuten von ihm betatschen zu lassen. Du solltest es mal damit versuchen.«

»Noch immer dieselbe Spießerin«, seufzt sie in den Spiegel. »Ein kleines verheiratetes Landei in der großen Stadt, das mir mit dem Finger droht, weil ich Spaß habe und sie nicht. Ich schlage doch nur vor, dich mit Jack abzulenken, damit du endlich aufhörst, an Dan zu denken. Du brauchst einen Mann, Schätzchen. Dann würdest du anderen Leuten keine Gardinenpredigten mehr halten, und es wäre um einiges angenehmer, mit dir zusammen zu sein. Auch ein Vorteil.«

»Es reicht, ich gehe«, erwidere ich und greife nach meiner Handtasche. »Wir sehen uns draußen.«

»Oh, nun bist du sauer.« Ihre Stimme trieft vor Sarkasmus. »Ach, du meine Güte, wie soll ich da heute Nacht nur schlafen? Oh, gerade fällt es mir ein, dafür habe ich ja auch Tabletten.«

Offenbar habe ich gerade eine neue Lektion in Sachen Liz gelernt: Wenn sie auf Koks ist, verwandelt sie sich in eine ziemlich unsympathische Version ihrer selbst. Genau genommen in die allerschlimmste.

»Ach, ich habe wohl einen wunden Punkt getroffen?«, spöttelt sie weiter. »Kriegst du jetzt einen Schlaganfall, weil ich gewagt habe, dir die Wahrheit zu sagen? Oder bist du einfach nur quengelig, weil es für dich schon Schlafenszeit ist? Wir haben sicher ... oh ... schon fast Mitternacht. Zeit für einen heißen Kakao vor deinem neuen besten Freund, dem Fernseher.«

»Gute Nacht, Liz.«

Meine Hand berührt schon den Türknauf, und mein Fuß steht auf der Schwelle, als sie mich plötzlich zurückruft.

»Weißt du, was Jack mir vor einer Weile erzählt hat?« Inzwischen betrachtet sie mich im Spiegel und rückt dabei ihren Busen zurecht, bis er ihr aufreizend aus dem Ausschnitt quillt.

»Das ist mir vollkommen egal. Bis später.«

»Chris und ich waren vor ein paar Wochen mit ihm im Sardi's«, fährt sie fort, ohne auf mich zu achten, »und eine der Kellnerinnen hat sich ihm praktisch an den Hals geworfen. Also haben wir ihn auf den Arm genommen und ihn ausgehorcht, ob er Single ist oder nicht.«

»Verschon mich.«

»Und weißt du, was er geantwortet hat?«

»Nein, und ich will es auch nicht wissen. Ich gehe jetzt nämlich.«

Ich habe keine Ahnung, warum ich mich überhaupt mit

ihr abgebe, wenn sie so high ist. Das ist nämlich absolut zwecklos.

»Dass es nur eine Frau gibt, die er wirklich will, an die er aber nicht rankommt. Und weißt du, warum?«

»Natürlich nicht.«

»Weil sie schon verheiratet ist.«

Mit diesen Worten dreht sie sich um und blickt mich vielsagend an.

Die Nacht, als die Träume anfingen

Es war an Silvester nach meinem ersten Schuljahr in Allenwood Abbey. Dan hatte mich nach Waterford zu seiner Familie eingeladen. Wie es der Zufall wollte, waren seine Eltern mit der siebenjährigen Jules Cousins besuchen gefahren, die etwa fünfzig Kilometer entfernt wohnten, als die Wettervorhersage recht behielt und der schlimmste Schneesturm seit zwanzig Jahren über den Südosten Irlands hereinbrach. Die Folge war, dass die Straßen unpassierbar wurden und seine Familie eingeschneit war.

Und das hieß, dass Dan und ich in The Moorings zurückblieben. Allein. Die ganze Nacht.

Ich werde es nie vergessen. Im Haus war es so eiskalt, dass wir vor dem Kaminfeuer im Wohnzimmer kampierten, dem einzigen Raum im ganzen Gebäude, wo die Temperaturen den Gefrierpunkt ein wenig überschritten. Draußen schneite es heftig, das Kaminfeuer knisterte, und Dan und ich tranken heiße Schokolade. Wir saßen, ich unter einer wärmenden Plüschdecke, auf dem Sofa, lachten und redeten, sahen uns DVDs an und sangen alle Weihnachtslieder, die wir kannten.

Inzwischen war es fast Mitternacht. Die Stimmung hatte sich geändert und war ruhiger geworden. Ich war erst am

Vortag in Irland angekommen, nachdem ich über Weihnachten bei meiner Mutter in Südamerika gewesen war, und tat mein Bestes, um ein Gähnen zu unterdrücken, weil ich noch immer Jetlag hatte.

Dan hatte sich neben mir ausgestreckt, verschränkte die Arme hinter dem Kopf und blickte gedankenverloren ins Feuer.

»Also«, sagte er, nachdem eine Weile behagliche Stille geherrscht hatte, »du und Mike Sherry.«

»Bitte nicht.« Ich erschauderte. »Der Typ nervt mich.«

»Gut. Das freut mich. Mich nervt er nämlich auch.«

»Dan?« Ich musste die Frage einfach stellen. Eine so gute Gelegenheit wie jetzt würde sich so schnell nicht mehr ergeben.

»Ja?«

»Du und Yolanda?«

Er drehte sich zu mir um, und selbst im Dämmerschein des Feuers bemerkte ich, dass er grinste.

»Welche Yolanda meinst du?«

Einen wunderbaren Moment lang sagte keiner von uns ein Wort. Wir betrachteten einander nur, und unsere Seelen tauschten sich aus. Ich lächelte und wagte nicht, noch etwas zu sagen, um die Stimmung nicht zu stören.

»Hey«, stellte er fest, »du bist ja ganz durchgefroren. Komm her.«

Ich konnte ihm keine Sekunde mehr widerstehen. Sanft zog er mich an sich und schlang seine starken, muskulösen Arme fest um mich, sodass mir sofort warm wurde. Er roch nach Moschus, und als ich den Kopf in seine Armbeuge kuschelte, wünschte ich mir so sehr, er würde sich vorbeugen und mich küssen. Vor einer Minute hatte ich noch vor Kälte gezittert. Jetzt war mir nicht nur warm, sondern ich geriet bei seinem Anblick sogar ins Schwitzen.

Dann hörten wir, wie die Kirchenglocken im anderthalb Kilometer entfernten Dorf Stickens das neue Jahr einläuteten.

»Frohes neues Jahr, Annie«, flüsterte er so nah an meinem Ohr, dass er es mit den Lippen berührte.

»Frohes neues Jahr, Dan.«

Ich bin so glücklich, dachte ich. Es ist ein wundervoller Augenblick. Hier in seinen Armen zu liegen ist ein Traum, und nichts, wirklich nichts, könnte diese magische Nacht noch schöner machen.

»Hast du gute Vorsätze fürs neue Jahr?«, fragte ich leise in die Stille hinein.

»Nur einen.«

»Und der wäre?«

»Dich nie wieder herzugeben.« Und ich schwöre, dass seine Stimme so sanft war wie sein Atem.

Wenn das stimmt, dachte ich, habe ich alles im Leben erreicht, obwohl es gerade erst angefangen hat.

Ich sah ihn an. Langsam, ja fast unmerklich beugte er den Kopf vor, und eine Sekunde später senkten sich seine weichen Lippen auf meine. Wir küssten uns anfangs langsam und zärtlich, dann immer wilder und leidenschaftlicher. All die Monate, die ich auf ihn gewartet und mich nach ihm gesehnt hatte, hatten sich gelohnt.

Ich fuhr ihm mit den Fingern durchs dichte schwarze Haar, während er die Hände über meine Taille und Schenkel gleiten ließ und mich noch fester an sich zog. Inzwischen küsste er mich heftiger und fordernder, und unsere Zungen berührten sich.

Offenbar hatte ich mich geirrt. Es konnte in dieser Nacht doch noch besser kommen.

Ich weiß genau, in welchem Augenblick ich mich in Dan verliebte, nämlich in diesem.

In der Silvesternacht 1999 um Punkt zwölf Uhr.

Jäh schrecke ich in meiner Wohnung in New York hoch. Es ist nach vier, aber das interessiert mich nicht. Ich habe plötzlich das übermächtige Bedürfnis, mit Dan zu sprechen. Obwohl ich nicht die geringste Ahnung habe, was ich zu ihm sagen soll, wenn ich ihn überhaupt erreiche. Was vermutlich nicht geschehen wird.

Ich will einfach nur mit ihm reden, mehr nicht.

Und seine Stimme hören.

Ich wähle sogar die ersten drei Ziffern seiner Mobilfunknummer.

Dann fällt es mir wieder ein, und ich lege auf.

Kapitel zehn

Sommer

Wir haben schon Juni. In New York wird es von Tag zu Tag heißer und schwüler.

Neben den unzähligen Touristen sind die Einheimischen unterwegs, eine leicht beängstigende Armee von Büromenschen, die im Stechschritt aus Gebäuden wie dem MetLife Building oder hinein hasten, den ganzen Winter lang Schwarz tragen, etwa um diese Jahreszeit plötzlich zu Weiß wechseln und diese Farbe bis zum Labor Day, Anfang September, beibehalten wie eine Art Uniform. Ich sehe sie überall, wo ich hingehe. Sie marschieren die Madison und die Fifth Avenue hinunter, immer in Eile, immer gehetzt, sprechen in ihre Mobiltelefone und kippen dabei Kaffee mit Sojamilch von Starbucks in sich hinein. Einige kluge Frauen fördern Fächer aus ihrer Kelly-Bag von Hermès zutage und wedeln damit vor ihren etwas zu starren Gesichtern herum, um wenigstens einen Teil der heißen, reglosen Luft abzuwehren, die sich wie eine erstickende Decke über die Stadt legt.

Ich hätte nie gedacht, dass ich für die Klimaanlagen im Theater und in meiner Wohnung so dankbar sein würde. Ich habe Erfahrung mit feuchtwarmem Wetter, doch nichts lässt sich mit dieser Mischung aus Schwüle und Trockenheit vergleichen, wie sie im New Yorker Sommer herrscht. Kein Wunder, dass die Reichen die Stadt jetzt hordenweise verlassen, um sich in ihren eleganten Ferienhäusern in den Hamptons zu vergnügen und erst zurückzukehren, wenn es im Herbst in der Stadt wieder kühler wird.

Die gute Nachricht ist, dass das Stück noch immer jeden Abend ausverkauft ist. Ich sollte zwar auf Wolke sieben schweben, werde jedoch von einer ständigen Sorge geplagt, die sich einfach nicht legen will, und zwar wegen Liz. Ihr Verhalten, das mir schon vor ein paar Wochen ein wenig bedenklich erschienen ist, hat sich inzwischen zu einer ausgewachsenen Katastrophe entwickelt. Im Moment versuche ich noch verzweifelt, das Problem zu vertuschen, damit die anderen nicht erfahren, dass sie mit jedem Tag stärkere Zeichen von Verwirrtheit zeigt. Ich hoffe, Liz durch meine Heimlichtuerei die Chance zu geben, sich wieder zu fangen, ohne dass alle sie mit Argusaugen beobachten, was nur zu einer Eskalation führen würde. Meine größte Befürchtung ist, dass das ganze Theater es im Nu erfahren wird, wenn Chris Lunte riecht. Und sobald die Sache Jack zugetragen wird, ist das Spiel für Liz ohnehin aus. Sie könnte ihre Arbeit verlieren, und offen gestanden, habe ich die Vermutung, dass sie einzig und allein deshalb einigermaßen bei der Stange bleibt.

Seit der grässlichen Nacht des Ostersonntags im Don't Tell Mama habe ich festgestellt, dass sie gute und schlechte Tage hat, obwohl die schlechten inzwischen weitaus überwiegen. So läutete vor ein paar Wochen, eines Morgens gegen elf, mein Handy. Liz klang völlig außer sich und war so panisch und paranoid, dass ich eine Weile brauchte, um ihr die ganze Geschichte zu entlocken. Offenbar war sie in der Nacht zuvor mit irgendeinem Typen mitgegangen und nun in seiner Wohnung aufgewacht. Mutterseelenallein, ohne zu wissen, wo oder bei wem sie sich befand, und auch ohne Geld, um ein Taxi nach Hause zu nehmen.

Durchsuch die Wohnung, wies ich sie streng an. Schau, ob du Post oder eine Stromrechnung mit dem Namen des Wohnungsinhabers findest. Wenn er einen Schreibtisch hat, probier es dort. Wenn nötig, durchwühle die Schubladen. Schließlich konnte ich sie dazu überreden, und zum Glück hatte der Typ seine Telefonrechnung an die Kühlschranktür geheftet.

Mit einer Adresse in Brooklyn.

»Bleib, wo du bist, ich bin schon unterwegs. Und versuch, dich zu beruhigen.«

Ich brauchte über eine halbe Stunde, um einen Taxifahrer zu finden, der bereit war, mich den ganzen Weg nach Brooklyn zu fahren. Doch schließlich gelang es mir, und als ich klingeln wollte, damit Liz mich hereinließ, stellte ich fest, dass sie bereits unten wartete. Sie zitterte vor Angst, was ein himmelweiter Unterschied zu ihrer sonstigen übertrieben selbstbewussten Art und zur Schau gestellten Erotik war. Bei ihrem Anblick bekam ich den Schreck meines Lebens, denn sie sah völlig fertig aus. Ihre Kleider waren zerrissen und schmutzig, ihre Augen vom Weinen rot und verschwollen. Doch am beängstigendsten war ihre zerbeulte, blutende Nase, so als hätte sie jemand ins Gesicht geschlagen.

»Herrgott, Liz, was ist passiert?«

»Es war keine Absicht von ihm«, schluchzte sie. »Wir haben nur herumgealbert. Wir hatten beide gekokst und ... es war ein Unfall, Ehrenwort.«

Ich bugsierte sie ins Taxi, forderte sie auf, sich hinzulegen, damit das Nasenbluten aufhörte, und bat den Fahrer, uns in die nächste Notaufnahme zu bringen. Aber Liz, die noch vor einer Minute so schwach und hilflos gewesen war, protestierte aus Leibeskräften. Nein, beharrte sie, mir geht es gut. Ein

Krankenhaus ist mir jetzt zu viel, sagte sie. Das hieße Blut- und Urintests und alle möglichen Fragen.

Allerdings wussten wir beide, was in Wirklichkeit ihr Problem war. Angesichts der Substanzen in ihrem Blutkreislauf konnte eine Untersuchung im Krankenhaus unabsehbare Folgen haben. Eine Anzeige wegen Drogenmissbrauchs vielleicht? Oder gar ein Gerichtsverfahren? In diesem Fall wäre sie wieder zu Hause und arbeitslos gewesen, ehe sie sich's versah.

Im nächsten Moment begann sie, mich anzuflehen.

»Bitte, Annie, sei eine Freundin, und verrate mich nicht. Sprich mit niemandem darüber. Bis heute Abend bin ich wieder fit, ich schwöre es. Hilf mir nur, meine Nase in Ordnung zu bringen, dann wird kein Mensch Verdacht schöpfen. Und in Zukunft lasse ich die Finger von dem Zeug, ich versprech's hoch und heilig. Kein Koks, niemals wieder. Das war das letzte Mal, Ehrenwort.«

Nun, was hätte ich tun sollen? Ich hatte das schreckliche Gefühl, mit dem Rücken zur Wand zu stehen und keine andere Möglichkeit zu haben.

»Gut, dieses eine Mal verspreche ich es dir«, seufzte ich nach einer Weile. »Unter der Bedingung, dass es sich nicht wiederholt. Du musst mit dem Koksen aufhören, Liz, sonst gehst du daran kaputt.«

Und da ich ihr so unbedingt glauben wollte, tat ich es natürlich.

Inzwischen jedoch bleibt mir immer fast das Herz stehen, wenn mein Telefon läutet, aus Angst, dass sie wieder irgendwo gestrandet sein könnte, vielleicht zusammengeschlagen wurde und meine Hilfe braucht. Was die Sache nicht besser macht, ist, dass sie nicht mehr so viel Zeit mit uns anderen verbringt wie früher. Stattdessen treibt sie sich mit einer geheimnisvollen neuen Clique herum, mit der sie uns noch nie bekannt gemacht hat. Nach der Vorstellung verschwindet sie einfach und sagt nur, sie sei »verabredet«. Mehr kann man ihr nicht entlocken. Es ist, als wolle sie uns diese Seite ihres Lebens vorenthalten.

Jeden Abend im Theater kann ich erst richtig aufatmen, wenn sie in die Garderobe spaziert kommt. Obwohl sie nicht gerade in Topform ist, bin ich unglaublich erleichtert. Denn dass sie wenigstens zur Arbeit erscheint, ist zumindest etwas, oder?

Eigentlich gibt es an diesen langen heißen Tagen für mich nur einen Lichtblick, nämlich meine kleinen touristischen Ausflüge mit Jack. Nichts Extravagantes oder Ausgefallenes, doch wir haben inzwischen einen guten Teil der Stadt besichtigt. Es wundert mich, wie vertraut mir alles mittlerweile ist. Seltsam, aber unter seiner Anleitung verwandle ich mich allmählich in eine richtige New Yorkerin.

Seit Ostern treffen wir uns manchmal nachmittags, um eine Sehenswürdigkeit zu erkunden. Er versorgt mich mit Fakten und Anekdoten über die Stadt, von denen ich bis jetzt gar nichts wusste. Wir wechseln uns ab, was heißt, dass an einem Tag er den Ausflug plant und am anderen ich. Wenn Jack an der Reihe ist, landen wir unweigerlich in einem Kunstmuseum, und ich schwöre bei Gott, dass uns im Guggenheim oder im Metropolitan Museum nichts ausgekommen ist.

Er kennt sich unbeschreiblich gut mit Kunst aus, hat alle Daten parat und weiß einfach alles, was es zu wissen gibt, wohingegen ich nicht die geringste Ahnung habe. Also bringt er es mir bei. Ich genieße diese langen kühlen Nachmittage, an denen wir durch die Räume des MoMA oder ein anderes Museum schlendern, während er mich in die Feinheiten des Neoklassizismus einweiht und mir erklärt, dass man sich nach dem Ersten Weltkrieg vom Kubismus und Expressionismus abgewandt hat, sodass die Werke der klassischen Moderne von Malern wie Jean Cocteau und Giorgio de Chirico an Bedeutung gewannen.

Eine seltsame Vorstellung, dass ich mich früher vor Jack gefürchtet habe. Seit ich ihn besser kenne, blicke ich auf das verängstigte Mädchen zurück, das auf die Bühne des National Theatre gestolpert ist, um ihm vorzusprechen. Oh, seitdem scheinen hundert Jahre vergangen zu sein, was mich zum Schmunzeln bringt. Denn inzwischen freue ich mich nicht nur auf unsere kleinen Sightseeingtouren, sondern kann auch mit ihm lachen. Ja, manchmal ist er ungnädig und perfektionistisch, doch zumindest verstehe ich jetzt den Grund. Hinter seiner Getriebenheit steckt eine tiefe Leidenschaft, der überwältigende Drang danach, in allem der Beste und absolut fehlerfrei zu sein. Außerdem ist er klug, schlagfertig, ausgesprochen sympathisch, immer aufmerksam und humorvoll … und was das Beste ist: Er ist der Einzige, der mich nie nach meinem Privatleben fragt.

Niemals. Also will ich auch nichts über seines wissen. Das ist so etwas wie ein unausgesprochener Pakt zwischen uns.

Und ich weiß das derzeit sehr zu schätzen.

Jedenfalls bittet er mich an einem brütend heißen, stickigen Nachmittag, ihn bei Barneys an der Ecke Madison Avenue und 60. Straße zu treffen, einem unbeschreiblich eleganten Designerladen. Bisher habe ich einen Bogen um diesen Laden gemacht, aber Jack besteht darauf und weigert sich wie immer, ein Nein zur Kenntnis zu nehmen.

»Ich muss heute Abend zu einem Junggesellenabschied und brauche dazu einen Frack«, erklärt er mir und schenkt mir sein strahlendes Lächeln, während wir durch die Drehtür das ultraschicke Innere des Ladens betreten. »Hast du etwas dagegen, mir beim Aussuchen zu helfen?«

»Natürlich nicht.« Ich lächle und bin eigentlich erleichtert, mich aus der Hitze in einen kühlen, klimatisierten Laden flüchten zu können. »Aber erwarte nicht von mir, dass ich etwas kaufe.«

Jack fühlt sich hier wie zu Hause, denke ich, als ich neben ihm her zu den Aufzügen gehe. Er ist so elegant und gleichzeitig leger in seinen Chinos und dem weiten weißen Leinenhemd, dass man glauben könnte, er sei gerade von der Zeitschrift *GQ* für einen Fototermin hergerichtet worden.

»Ach, komm schon, wer weiß?«, hänselt er mich und wirft mir einen vielsagenden Blick zu, während wir auf den Lift warten. »Vielleicht entdeckst du hier ja etwas, das du unbedingt haben musst. Sicher würde dir ein Wickelkleid von Diane von Fürstenberg ausgezeichnet stehen.«

»Willst du mich auf den Arm nehmen? Bei diesen Preisen?«

»Probiere einfach eins an. Nur so zum Spaß.«

Und als ich es schließlich tue, muss ich zugeben, dass ich lange nicht mehr so viel Spaß hatte. Ich habe in New York niemanden, mit dem ich einkaufen gehen kann. Außer Blythe hat niemand auch nur das geringste Interesse an Klamotten, und die beschränkt sich auf die Outlets in Midtown. Doch Jack ist hier bei Barneys wirklich in seinem Element – inmitten von schönen, teuren Dingen, an denen Designeretiketten baumeln.

Die meisten Typen würden sich in der Abteilung für

Damenmode zu Tode langweilen, gähnend herumstehen und immer wieder auf die Uhr schauen, so auch Dan. Aber nicht Jack. Er schlendert eine Ewigkeit durch die Diane-von-Fürstenberg-Kollektion, hält mir ein Kleid nach dem anderen an und entscheidet sich schließlich für ein scharlachrotes Wickelkleid. Dann besteht er darauf, dass ich es anprobiere, und wartet geduldig vor der Garderobe auf mich. Wie er, die langen Beine ausgestreckt, auf einem mit hellem Nerz bezogenen Sofa sitzt, ist er der Inbegriff der Lässigkeit. Als ich herauskomme, mustert er mich wie immer von Kopf bis Fuß und stößt dann einen Pfiff aus.

»Hinreißend! Du siehst in diesem Kleid absolut bezaubernd aus. Warum trägst du nicht öfter Rot? Es ist wirklich deine Farbe. Und du solltest dein Haar aufstecken. Es steht dir, wenn das Gesicht frei ist.«

»Du solltest Stilberater werden.«

»Ich bekenne mich schuldig.« Er lacht. »Ich gestehe, dass ich nichts mehr genieße, als von Schönheit umgeben zu sein. Und du, meine Liebe, bist zufällig eine sehr schöne Frau. Das Problem ist nur, dass dir das noch niemand gesagt hat. Du bist, was Komplimente betrifft, absolut unterversorgt.«

»Hör auf mit dem Unsinn.«

Inzwischen bin ich rot wie eine Tomate und geniere mich schrecklich.

»Das ist aber die Wahrheit.«

»Muss ich dich darauf hinweisen, dass ich verheiratet bin?«

Anstelle einer Antwort zieht er nur grinsend die Augenbrauen hoch.

Ich flüchte mich in die Garderobe und versuche, den kleinen Flirtversuch beiseitezuschieben. Doch ich muss zugeben, dass ich hin und wieder an das denken muss, was Liz mir an jenem Abend im Don't Tell Mama an den Kopf geworfen hat. Nämlich dass Jack auf eine bestimmte Frau stehe, die verheiratet und deshalb unerreichbar für ihn sei. Rasch tue ich es ab und wickle mich aus dem Kleid. Beim Anblick des Preisschilds werde ich beinahe ohnmächtig. (Siebenhundert Dollar? Das soll wohl ein Scherz sein?) Außerdem beteuert Jack ja unablässig, dass er ganz und gar nichts von festen Beziehungen halte.

Was mir sehr gut in den Kram passt. Ich danke sogar dem lieben Gott dafür, denn ehrlich gesagt, würde ich einen Typen, der mich anbaggern will, zurzeit nur fassungslos anstarren und nicht wissen, was ich tun soll.

Es ist, als hätte ich mit diesem Teil meines Lebens endgültig abgeschlossen.

Wenige Tage später, an einem heißen, sonnigen Morgen – wir haben schon knapp dreißig Grad, obwohl es noch nicht einmal elf ist –, ruft Jack mich aus heiterem Himmel zu Hause an. Wir haben verabredet, heute etwas zu unternehmen. Da beim letzten Mal auf meinen Wunsch das Empire State Building dran war, ist heute er an der Reihe. Er sagt, da gebe es eine Kunstgalerie, die er sich unbedingt anschauen möchte. Sie heißt Ronald Feldman und ist in der Mercer Street in SoHo, und er schlägt vor, dass wir uns in einer halben Stunde dort treffen. Prima, erwidere ich, bis gleich. Also ziehe ich das leichteste Sommerkleid an, das ich besitze – ein langes fließendes weißes Gewand, das ich bei Anthropologie im Rockefeller Center gekauft habe –, und bin schon fast zur Tür hinaus, als mein Telefon läutet. Es ist Liz, die außer sich vor Wut ist.

»Was hast du, Schätzchen?«, frage ich und bekomme bereits heftiges Herzklopfen.

»Ich muss mit dir reden«, stößt sie hervor. »Jetzt. Und bevor du fragst, nein, es kann nicht warten.«

»Liz, atme tief durch, und beruhige dich. Wo bist du?«

»Oben in meiner Wohnung.«

»Bleib dort. Ich bin gleich da.«

Zwei Minuten später stehe ich vor ihrer Tür. Sie erwartet mich bereits und sieht zum Fürchten aus. Da ich sie sonst nie ungeschminkt erlebe, erschrecke ich bis ins Mark. Ihr Gesicht ist eingefallen und geisterhaft bleich.

»Was ist passiert, Liebes?«, frage ich, während sich mir vor Angst der Magen zusammenkrampft.

»Chris, diese unverschämte, neugierige Kuh, lungert gerade in meiner Wohnung rum und erhebt alle möglichen absurden Vorwürfe gegen mich. Und ich schwöre bei Gott, dass ich heute Abend nicht mit ihr auftreten werde, wenn sie sich nicht bei mir entschuldigt. Soll ich es buchstabieren? Ich weigere mich, heute Abend die Bühne zu betreten, wenn sie nicht alles zurücknimmt. Okay? Hast du verstanden? Keine Entschuldigung, keine Vorstellung.«

Sie redet wie ein Wasserfall, spuckt Gift und Galle und wiederholt sich ständig. Erst jetzt bemerke ich ihre stark geweiteten Pupillen, ihre zitternden Hände und ihre übertriebene Aufgebrachtheit. Alle Symptome sind eindeutig vorhanden.

Offenbar hat sie wieder gekokst. Ich weiß es. Ich weiß es einfach.

Also packe ich sie fest an ihrem mageren Ärmchen und schiebe sie in den winzigen Flur ihrer Wohnung, wo sich Chris, noch immer im Morgenmantel, kerzengerade aufgebaut hat und das lange, glatte schwarze Haar zurückwirft. Sie ist vielleicht nicht unbedingt auf Streit aus, würde ihm aber auch nicht aus dem Weg gehen. Außerdem stelle ich fest, dass die Wohnung einer Müllhalde ähnelt: überall leere Flaschen und überquellende Aschenbecher.

»Guten Morgen, Annie«, sagt Chris ruhig, als ich hereinkomme. »Es tut mir leid, dass du in diese unschöne Angelegenheit hineingezogen wirst, aber Liz hat darauf bestanden.«

»Klar habe ich darauf bestanden, verdammt!«, kreischt Liz sie an. »Ich brauche eine Zeugin!«

»Könnte mir mal jemand erzählen, was hier los ist?«, frage ich verdattert.

Man muss Chris zugutehalten, dass sie die Ruhe bewahrt und sich nicht provozieren lässt.

»Um dich aufzuklären, Annie: Während der Vorstellung ist Geld aus unseren Garderoben verschwunden. Blythe, Alex und ich vermissen mittlerweile insgesamt über fünfzehnhundert Dollar.«

Plötzlich spüre ich einen Stich im Bauch, als hätte mir jemand einen elektrischen Schlag versetzt. Nein. Unmöglich. Oder? Würde Liz wirklich …? Mir dreht sich der Kopf, und meine Gedanken wirbeln wild durcheinander.

Sie hat sich Geld von mir geliehen. Besorgniserregend hohe Summen, weit über fünfhundert Dollar. Doch als ich sie nach dem Grund fragte, da unsere Gagen ja ziemlich gut sind, hat sie sich nur gewunden und ausweichend geantwortet. Da ich mir dachte, dass sie damit ihren Dealer bezahlt, habe ich aufgehört, ihr etwas zu leihen. Seit einiger Zeit spare ich mir sogar die dämlichen Ausreden, wenn sie mich anpumpen will, und behaupte nicht mehr, nichts dabeizuhaben, sondern nehme kein Blatt vor den Mund. Wenn es für Koks ist, lautet die Antwort Nein. Du kriegst keinen Penny von mir. Das hat zwar zu noch nie da gewesenen Spannungen zwischen uns geführt, aber ich bin hart geblieben.

Und jetzt so etwas?

»Das Problem ist«, fährt Chris in schneidendem Ton fort, »dass während der Vorstellung bekanntermaßen nur das Ensemble Zugang zu den Garderoben hat. Und von den Ensemblemitgliedern …«

»Du verlogene, blöde Kuh!« Liz spuckt ihr beinahe ins Gesicht, und kurz befürchte ich schon, sie gewaltsam zurückhalten zu müssen, damit sie Chris keine runterhaut. »Das hast du dir schön zurechtgelegt«, tobt sie und läuft im Zimmer auf und ab. »Ich bin die Einzige, die lang genug nicht auf der Bühne ist, um sich herumzudrücken und anderen Leuten Geld aus der Handtasche zu klauen? Das meinst du doch, oder? Warum hast du dann nicht den Mumm, es auszusprechen?«

Ich denke fieberhaft nach. Das stimmt tatsächlich. Von uns allen ist Liz die Einzige, die gute zwanzig Minuten Pause hat, während wir anderen auf der Bühne stehen. Nach dem Ausschlussverfahren hätte nur sie eine Gelegenheit gehabt.

Und obwohl es mich umbringt, es mir einzugestehen, hat sie auch ein Motiv.

Auf unerklärliche Weise gelingt es Chris, angesichts der zornentbrannten Liz Ruhe zu bewahren, was leichter gesagt als getan ist, weil sie sich aufführt wie eine Verrückte.

»Ich werfe nicht leichtfertig mit Anschuldigungen um mich«, entgegnet Chris knapp. Sie hat die Situation vollkommen im Griff. »Es ist bedauerlich, wenn Geld verschwindet, doch aus Schaden wird man klug, und ich achte inzwischen darauf, nichts mehr zur Arbeit mitzunehmen. Von nun an wirst du in unseren Garderoben höchstens noch ein paar Münzen finden. Aber ich bin aus einem viel, viel ernsteren Grund hier.«

»Was ist los, Chris?«, frage ich. Mein Herz krampft sich zusammen, und ich fürchte mich vor der Antwort.

»Als ich gestern von der Bühne kam, war mein Verlobungsring verschwunden. Wie du weißt, kann ich ihn während der Vorstellung nicht tragen, weshalb ich ihn immer in die Schublade meines Frisiertischs lege. Du bist gestern früh nach Hause gegangen, Annie ...« Sie nickt mir zu und dreht sich dann langsam zu Liz um, die inzwischen rot im Gesicht ist und schwitzt. Ja, sie schwitzt.

»... während du mit weiß der Himmel wem verschwunden bist.«

»Ach, jetzt bin ich plötzlich auch noch eine Schmuckdiebin!«, brüllt Liz so laut, dass ich schon befürchte, jeden Moment könnte der Hausmeister erscheinen, weil sich die anderen Mieter über den Radau beschweren.

»Das ist eine Unverschämtheit!«, schreit sie Chris an. »Wie kannst du es wagen, hier hereinzuplatzen und mich mit deinen lächerlichen Vorwürfen zu belästigen? Du verlierst deinen Verlobungsring, zählst eins und eins zusammen, und plötzlich bin ich für dich eine Schwerkriminelle?«

»Ich würde dir empfehlen, dich zu beruhigen und mir zuzuhören«, erwidert Chris barsch und verschränkt die Arme. Ihre Augen sind schmale Schlitze. »Es ist mir ziemlich egal, was du dir in deiner Freizeit in die Nase ziehst. Es geht mich nichts an, und du kannst mir glauben, dass mich das sehr erleichtert. Allerdings wissen wir alle, dass du in letzter

Zeit Geldprobleme hast. Du hast bereits Blythe, Alex, mich und sogar einige Theatermitarbeiter angepumpt. Es spricht sich herum.«

»Sofort raus hier, kapiert? Dafür könnte ich dich verklagen. Ist dir klar, dass ich dich wegen Verleumdung und übler Nachrede anzeigen könnte?«

»Ich war noch nicht fertig«, zischt Chris und lässt sich nicht von ihr einschüchtern. »Jetzt hör mir mal gut zu, Fräulein. Mein Verlobungsring ist das Wichtigste, was ich besitze. Er hat großen ideellen Wert für mich. Wenn du ihn also hast, würde ich dir sehr raten, ihn mir sofort zurückzugeben. Ich biete dir diese letzte Chance. In diesem Fall würde ich der Sache nicht weiter nachgehen.«

»Raus aus meiner Wohnung, und sprich nie wieder ein Wort mit mir, du blöde Kuh!«

Liz ist in ihrem überdrehten, zornigen, aufgebrachten Zustand jemandem wie der kühlen, durchdachten Chris nicht gewachsen.

»Nun, wenn du ihn nicht hast«, ändert Chris ihre Taktik, »hast du ja sicherlich nichts dagegen, wenn ich nun Folgendes mache.«

Mit diesen Worten geht sie zum Flurtisch, wo Liz' riesige überfüllte Handtasche steht, ein gewaltiges Glitzerding, das sie überallhin begleitet.

»Leg sie sofort weg!«, kreischt Liz, doch es ist zu spät. Mit einer blitzartigen Bewegung kippt Chris den Inhalt auf den Boden. Ein lautes Poltern ertönt, und kurz sind Chris und ich wie erstarrt.

Vor uns liegen einige winzige durchsichtige Tütchen, in denen sich auf den ersten Blick Backpulver befinden könnte, was es aber sicherlich nicht ist. Drei Minifläschchen Wodka, alle leer, purzeln hinterher. Es sind solche, wie sie sonst nur Obdachlose in braunen Papiertütchen mit sich herumtragen.

Sofort fällt Liz auf die Knie, um alles einzusammeln, doch es ist zwecklos. Wir haben es gesehen, und das weiß sie auch.

Es herrscht betretenes Schweigen, während sie mit finsterer Miene auf dem Boden herumkramt. Sie blickt auf und sieht Chris an.

»Ich fasse es nicht, was du da gerade getan hast, du elendes Miststück!«, zischt sie.

Chris hat noch immer die Tasche in der Hand und kramt in den Seitenfächern, ohne auf sie zu achten.

»Die Sachen gehören nicht mir«, sagt Liz zu mir, als ob ich ihr das glauben würde.

»Ich bewahre sie nur für einen Freund auf.«

»Ach, wirklich? Gehört das hier etwa auch diesem Freund?«, entgegnet Chris triumphierend und fördert ihren Verlobungsring aus einer kleinen Innentasche mit Reißverschluss zutage.

Es ist eindeutig ihr Ring. Derselbe winzige rote Rubin, den ich schon tausendmal an ihrer Hand gesehen habe. Chris steckt ihn sich wieder an, betrachtet Liz mit gleichzeitig finsterer und triumphierender Miene und wartet auf eine Erklärung.

Ich fühle mich, als müsste ich mich gleich übergeben. Mit pochendem Schädel lehne ich mich an den Flurtisch und verstehe die Welt nicht mehr.

»Ach ja«, murmelt Liz nicht sehr überzeugend. »Diesen Ring meinst du. Ja, ich wollte es dir sagen, hatte es aber vergessen.«

»Was genau wolltest du mir denn sagen?«, hakt Chris nach.

»Ich … äh … habe ihn im Theater auf der Treppe gefunden und wollte ihn dir zurückgeben, hatte allerdings bisher keine Gelegenheit.«

»Lass es einfach, Liz. Du machst die Sache nur noch schlimmer«, flehe ich sie an und wünsche mir verzweifelt, ich würde aus diesem schrecklichen Albtraum aufwachen.

»Nun, in diesem Fall wäre alles geklärt«, verkündet Chris und geht zur Tür. »Ich habe dir versprochen, nichts weiter zu unternehmen, wenn ich meinen Ring zurückbekomme. Diesmal. Und zwar nur, um das Stück nicht zu gefährden. Aber versteh es als Warnung, Liz. Falls du jemals wieder so etwas versuchen solltest, wende ich mich sofort an Jack und erzähle ihm alles. Was dann aus dir wird, ist einzig und allein seine Entscheidung. Keine zweite Chance, hast du verstanden?«

Liz nickt nur, sackt in sich zusammen, lehnt sich an die Wand und starrt ins Leere. Chris nickt mir knapp zu. Sie marschiert hinaus und knallt mit Nachdruck die Tür hinter sich zu.

Ich kauere mich neben Liz und nehme sanft ihre zitternde schweißnasse Hand.

»Alles in Ordnung?«, will ich wissen.

»Was glaubst du denn?« Sie wirft mir einen eisigen Blick zu.

Das war auch eine dämliche Frage.

Im nächsten Moment springt sie auf und rennt, wieder von manischer Energie ergriffen, hin und her.

»Es war dumm von mir, zugegeben. Das weiß ich. Es ist mir klar. Aber du musst verstehen, dass ich in diesem Moment nicht gewusst habe, was ich tat. Ich brauchte schnell Geld und habe nicht richtig nachgedacht. Ich habe Schulden bei einigen Leuten. Du hast ja keine Ahnung, wie die drauf sind.«

»Liz«, unterbreche ich sie freundlich und in dem Versuch, es ihr auf die sanfte Tour beizubringen, »wenn ich dich bitten würde, dir Hilfe zu holen, würdest du das tun? Wir könnten zu einem Arzt gehen, jetzt gleich, und uns vielleicht jemanden empfehlen lassen, der Erfahrung mit Drogenmissbrauch hat. Ich komme mit. Ich begleite dich den ganzen Weg.«

So, jetzt bin ich die Böse.

»Du glaubst also, dass ich Hilfe brauche? Du stehst da, die Selbstzufriedenheit in Person, und hast den Nerv, mir zu sagen, dass ich Hilfe brauche?«

»Herrgott, natürlich brauchst du Hilfe! Du siehst doch sicher selbst ein, dass so ein Verhalten nicht normal ist. Chris hätte dich anzeigen können, ist dir das klar? Und du hast verdammtes Glück, dass sie das nicht getan hat!«

»Spinnst du? Wie kannst du behaupten, dass ich Hilfe brauche? Und das von dir, die es nicht einmal schafft, den eigenen Ehemann zu halten. Los, hau ab! Raus aus meiner Wohnung!«

»Liz, so beruhig dich doch. Okay? Ich bin hergekommen, weil du es wolltest«, bringe ich heraus. Von ihrem plötzlichen und drastischen Stimmungsumschwung schwirrt mir der Kopf.

»Und sicher wirst du nun überall im Theater herumtratschen, dass du mich als Diebin entlarvt hast! Ich sag dir was, Annie Cole. Verschwinde, verdammt, und sprich nie wieder ein Wort mit mir, außer du kommst auf allen vieren angekrochen, um mich um Verzeihung zu bitten!«

Dazu gibt es nichts mehr zu sagen. Im Moment ist sie nicht zu erreichen. Also schweige ich und verdrücke mich, so schnell ich kann. Liz folgt mir und knallt die Tür so heftig zu, dass es in eine Seifenoper passen würde. Ich stehe draußen im Treppenhaus.

Allein und völlig verstört.

Natürlich komme ich viel zu spät zu meiner Verabredung mit Jack. Als ich die Galerie in SoHo erreiche, ist er schon da und erwartet mich draußen. Lang und schlaksig lehnt er an der Mauer von Ronald Feldman, doch bei meinem Anblick drückt er sofort die Zigarette aus und richtet sich auf.

Im nächsten Moment mustert er forsch mein Gesicht, und er ahnt sofort, dass etwas im Argen liegt. Ich lächle ihm zwar zittrig zu und versuche, mir nichts anmerken zu lassen, aber er ist ein zu guter Regisseur, um eine schlechte Darbietung nicht zu entlarven. Nun, ich bin eher von der konfliktscheuen Art und halte mich lieber zurück, als mich mit einem Menschen zu streiten, den ich gern habe. Deshalb haben mich die Ereignisse des heutigen Vormittags schwer erschüttert. Ich bin nervös und mache mir solche Sorgen um Liz, dass mir davon fast übel wird.

»Fehlt dir etwas?«, erkundigt er sich Anteil nehmend und zieht die Augenbrauen zusammen.

»Lange Geschichte«, erwidere ich so wegwerfend wie möglich. »Entschuldige die Verspätung. Es war ... sagen wir mal, ich war machtlos dagegen. Also, wollen wir reingehen?«

In der Galerie wird es still und kühl sein, denke ich. Ich werde nicht reden müssen und Gelegenheit haben, meine Gedanken zu ordnen. Aber Jack gibt mir keine Chance.

»Vergiss die dämliche Galerie. Wir lassen sie sausen und

sprechen stattdessen miteinander. Ich kenne da ein wunderbares Lokal. Komm mit.«

Eine Viertelstunde später sitzen wir draußen vor der Magnolia Bakery in der Bleecker Street im Village.

»Der Laden ist für seine Eclairs berühmt«, teilt er mir mit und reicht mir eine Karte. »Ich bestehe darauf, dass du eines kostest. Sieh selbst, wenn du mir nicht glaubst. Das sind Kunstwerke im Miniaturformat.«

Ich lächle gezwungen, obwohl es mir beim bloßen Gedanken an Essen den Magen umdreht. Doch wir studieren die Speisekarte, die, wie ich zugeben muss, wirklich ein Traum ist. Nahezu jede der Menschheit bekannte Geschmacksrichtung ist hier verzeichnet: Kokosnuss, Zitrone, Karotte, Banane … alles, was das Herz begehrt. Beim Anblick in den Vitrinen bleibt einem der Mund offen stehen. Solche künstlerischen Höhen lassen sich also mit einem einfachen Eclair erklimmen. Wir bestellen gerade, als sein iPhone läutet. Er holt es heraus, überprüft die Nummer und flüstert mir zu, dass es sein Agent aus L.A. sei. Also signalisiere ich ihm, er solle den Anruf annehmen. So habe ich mehr Zeit, wieder einen klaren Kopf zu kriegen, denn im Moment habe ich pochende Kopfschmerzen.

Während Jack locker am Telefon plaudert, gehe ich in Gedanken eine Checkliste durch.

Liz hat sich strafbar gemacht. Außerdem stand sie heute Morgen eindeutig unter Drogeneinfluss. Positiv ist anzumerken, dass Chris versprochen hat, keine weiteren Schritte zu unternehmen, sodass zumindest Liz' Job nicht gefährdet ist. Für den Augenblick.

Viel zu bald werden die Eclairs serviert, und Jack beendet sein Telefonat. Was heißt, dass ich Konversation betreiben und dabei klingen muss, als wäre nichts gewesen.

»Äh … hat dein Agent irgendwelche interessanten Drehbücher für dich aufgetan?«

Stinklangweilig, aber etwas Besseres fällt mir unter Druck nicht sein.

»Annie, lass das. Hör auf zu überspielen, dass dich etwas bedrückt«, sagt er, nimmt die Sonnenbrille ab und bedenkt mich mit einem seiner eindringlichen Blicke. So, als wären wir hier allein und seine Aufmerksamkeit gälte nur mir. Aus irgendeinem Grund, der mir sehr ungelegen kommt, werden mir davon die Knie weich. Ich bin wirklich froh, dass ich bereits sitze.

»Was hältst du davon, es mir zu erzählen, damit ich dir helfen kann?«

»Das geht nicht.«

»Liegt es an deinem Mann? Hast du Ärger zu Hause?«

Inzwischen beugt er sich so weit vor, dass nur noch wenige Zentimeter sein Gesicht von meinem trennen.

»Was? Äh … nein, nein, überhaupt nicht«, stammle ich verwirrt und bin gleichzeitig erleichtert, dass er falsch geraten hat.

»Denn wenn das so ist, sollst du wissen, dass ich für dich da bin.«

»Nun, danke, aber …«

»Wir sprechen nie über Persönliches, das heißt über unser Privatleben. Und ich weiß, dass es sehr gute Gründe dafür gibt. Aber wenn du möchtest, weißt du ja, dass ich ein guter Zuhörer bin.«

»Ja. Vielen Dank.«

»Vielleicht wirst du mir ja eines Tages genug vertrauen, um offen zu mir zu sein. Ich warte auf dich. Bitte vergiss das nicht.«

Am Abend benimmt sich Liz im Theater wie ein schmollendes Kind. Doch offen gestanden, bin ich erleichtert, weil sie a) überhaupt erschienen und b) nicht mehr auf Koks ist, weshalb ihre Launen meine geringste Sorge sind.

Inzwischen haben sich die Ereignisse des heutigen Morgens im Ensemble herumgesprochen. Nun ist es beinahe, als hätte jemand plötzlich eine Berliner Mauer hochgezogen, mit Liz auf der einen Seite und Chris, Alex, Blythe und mir auf der anderen. Insbesondere Chris behandelt Liz mit kalter Verachtung, so als habe sie sie in der Hand. Ich hätte dich heute anzeigen können, verkündet ihre Körpersprache. Aber ich habe es nicht getan. Denke also immer daran, dass du mir etwas schuldig bist. Liz ignoriert uns und nimmt nur Blickkontakt auf, wenn es absolut nicht zu vermeiden ist, das heißt auf der Bühne.

Irgendwie stehen wir die Vorstellung durch, und Liz ist so bezaubernd wie immer. Es erfüllt mich mit Ehrfurcht, was sie alles mobilisieren kann, wenn sie muss.

Verständlicherweise hat heute niemand Lust auszugehen, weshalb ich schon gegen elf wieder in meiner Wohnung bin. Es ist eine elende, scheußliche Nacht. Da vorhin ein Gewitter über die Stadt hereingebrochen ist, war nirgendwo am Broadway ein Taxi zu kriegen, sodass ich zu Fuß nach Hause gehen musste. Jetzt bin ich durchgefroren, habe einen Mordshunger und bin außerdem patschnass bis auf die Unterwäsche.

Als ich zu Hause ankomme, ist es stockfinster. Gerade will ich meine durchweichten Sachen ausziehen, als mich ein Gegenstand auf der Fußmatte innehalten lässt.

Eine Überraschung: ein Brief aus Irland, der in Waterford abgestempelt ist. Sehr seltsam. Jules schreibt mir nie, sondern schickt mir entweder eine E-Mail oder eine Nachricht über

Facebook. Und dass Audrey zum Stift greift, um mir zu schreiben, ist höchst unwahrscheinlich, außer um mir Vorwürfe zu machen.

Ich reiße das Kuvert auf und lasse den Blick hastig über die Seite schweifen.

Meine liebe Annie,
ich weiß, dass Du Abstand, ein freies Jahr und eine Pause von Deinem Leben hier brauchst. Das alles ist mir klar, und ich verstehe es.
Doch das bedeutet nicht, dass du nicht jeden Tag und jede Stunde vermisst wirst.
Das wollte ich Dir nur sagen.
Für immer in Liebe, komme, was da wolle
Dan

Ganz gleich, wie sehr ich es auch versuche, ich tue kein Auge zu. Es ist schon nach eins, und ich wälze mich noch immer herum und kann nicht fassen, dass Dan mir tatsächlich geschrieben hat. Dass er die Zeit gefunden hat, einen Brief, wenn auch nur einen kurzen, zu Papier zu bringen, eine Briefmarke aufzutreiben und dann auch noch einen Briefkasten zu suchen … so etwas ist noch nie da gewesen!

Verdammt. Ich kann zwar nicht schlafen, habe allerdings eine Idee. Ich könnte ihn doch anrufen, oder? Gut, wir machen gerade eine Ehe-Pause, aber das heißt doch nicht, dass ich nicht zum Telefon greifen und mit meinem besten Freund sprechen kann.

Also riskiere ich es. Ich greife zum Telefon und wähle seine Nummer. Bei ihm ist es jetzt kurz nach sechs. Vielleicht, nur vielleicht, geht er ja ran.

Wir haben seit Monaten nicht mehr miteinander geredet. Nicht seit diesem schrecklichen Telefonat, in dem wir uns darauf geeinigt haben, ein Jahr Urlaub voneinander zu machen. Also klopft mein Herz wie wild, als ich mit zitternden Händen die Nummer eintippe.

Und ich habe Glück. Bingo. Er hebt nach dem fünften Läuten ab und klingt müde, als hätte ich ihn gerade aus dem Tiefschlaf gerissen.

»Hallo?«

»Hallo.«

»Verzeihung, wer spricht da?«

»Dan ... ich bin es.«

»Annie? Oh mein Gott, bist du es wirklich?«, sagt er und hört sich an – kann ich es zu hoffen wagen? –, als freue er sich über meinen Anruf.

»Hast du geschlafen?«, frage ich zögernd.

»Ich habe es versucht, aber ... Oh Annie, es ist so schön, deine Stimme zu hören«, erwidert er, und selbst über den Atlantik hinweg spüre ich das Lächeln in seiner Stimme.

»Ich habe deinen Brief bekommen«, antworte ich.

»Oh, nun ... ich wollte nur, dass du weißt, wie sehr ich dich vermisse, auch wenn du das nicht glaubst.«

Mir schnürt es ein wenig die Kehle zu.

»Ach, und übrigens ist eine Überraschung zu dir unterwegs«, fügt er hinzu. Inzwischen klingt er ein wenig wacher.

»Oh mein Gott, was denn?«

»Wenn ich dir das verraten würde, wäre es doch keine Überraschung mehr. Du wirst dich bis nächste Woche gedulden müssen. Aber ich glaube, es wird dir gefallen. Zumindest hoffe ich das.«

Schweigen, allerdings ein angenehmes.

»Erzähl mir, was du gerade tust«, sagt er.

»Ich schau aus dem Fenster. Vorhin hat es geregnet wie aus Kannen, aber jetzt hat es aufgeklart, und wir haben einen traumhaften Vollmond.«

»Moment, ich schaue mal nach«, meint er. Ich höre, wie er zum Fenster geht und die Vorhänge aufzieht. »Ja, den sehe ich auch.«

Unfassbar. Da sind wir fast fünftausend Kilometer voneinander getrennt und sehen trotzdem denselben Mond. Wenn man es so betrachtet, ist der Abstand gar nicht so groß.

»Wir treffen uns auf dem Mond, Annie Cole«, sagt er leise. »Und jetzt erzähl mir, was bei dir so los ist.«

Und ich tue es. Alles. Sogar die Sache mit Liz und wie besorgniserregend sich ihr Verhalten entwickelt hat. Er hört geduldig zu, was bizarr ist, weil er mir seit Menschengedenken nicht mehr richtig zugehört hat. Er rät mir, sofort Hilfe zu holen, wenn sie wieder austickt. Nötigenfalls solle ich sie gewaltsam in die nächste Notaufnahme schleppen und ein Nein nicht gelten lassen. Dann berichtet er mir, was zu Hause läuft und wie beschäftigt er ist. Das Übliche eben. Aber ich lausche ebenfalls aufmerksam, und es ist wundervoll. Ein warmes, angenehmes Gefühl breitet sich in mir aus. Er klingt so anders als der Dan der letzten Jahre – eher wie der Dan von früher. Und plötzlich, aus heiterem Himmel, würde ich ihm am liebsten sagen, dass er sofort in den nächsten Flieger steigen und herkommen soll, ohne darüber nachzudenken. Allerdings weiß ich, dass es zwecklos ist und nur zu weiteren Enttäuschungen führen würde. Also gebe ich mich stattdessen mit einem zivilisierten Gespräch über unseren Alltag zufrieden. Wie Freunde. Wie gute Freunde, die keine Forderungen aneinander stellen. Die das alles längst hinter sich haben.

Die einander einfach sehr viel bedeuten und sich nicht aus den Augen verlieren wollen. Mehr nicht.

Aber ich muss Ihnen verraten, dass mir schon seit langer, langer Zeit nicht mehr so etwas Schönes passiert ist.

Wie mich mit Dan auf dem Mond zu treffen.

Kapitel elf

Später, an einem faulen Tag in der kommenden Woche, erfahre ich, was für eine Überraschung Dan für mich in petto hatte. Es ist brütend heiß, weit über fünfunddreißig Grad. Ich habe gerade einen sehr entspannenden Nachmittag bei Blythe verbracht und auf ihrem kleinen Balkon Eistee getrunken. Nur wir beide, ich in Bikini, Flipflops und einem weiten T-Shirt, sie in einem wallenden Kaftan.

Irgendwann ist es dann kurz vor vier, und ich weiß, dass Blythe vor der Vorstellung gerne ein Nickerchen hält. Also ist es Zeit für mich, mich in meine Wohnung zu verziehen, damit sie ihre Ruhe hat. Gerade schlurfe ich auf Flipflops aus dem Aufzug in den kühlen, mit Marmor verkleideten Flur und stecke den Kopf in die Handtasche, um meinen Schlüssel hervorzukramen, als ich plötzlich eine einsame Gestalt bemerke, die an meiner Tür lehnt. Neben ihr stehen zwei überquellende Koffer, und sie sieht aus wie bestellt und nicht abgeholt.

Meine Augen brauchen den Bruchteil einer Sekunde, um sich an das Dämmerlicht im Flur zu gewöhnen. Doch als ich sie erkenne, falle ich vor Schreck fast um.

»Jules Ferguson! Habe ich Halluzinationen, oder bist du es wirklich?«

»Überraschung!«, ruft sie so laut, dass es vermutlich das ganze Haus hört. Dann fallen wir uns überglücklich um den

Hals. Ich freue mich so, sie zu sehen. Sie ist wie eine frische Brise. Ein Hauch Heimatluft.

»Das gibt's nicht, ich bin wirklich hier!«, jubelt sie, während ich die Tür aufschließe. »Dan hat den Flug bezahlt, aber nur unter der Bedingung, dass ich dir über Facebook kein Sterbenswörtchen verrate. Er wollte dich damit überraschen. Mein Gott, ich bin fast geplatzt, weil ich es dir erzählen wollte, Annie. Du kennst mich ja. Ich bin nicht gut in Sachen Heimlichtuerei.«

Ich umarme sie immer wieder, bin begeistert, dass sie hier ist, und beschließe, dass sie den Urlaub ihres Lebens hier verbringen wird. Beim Anblick meiner Wohnung, die – wie immer – in der späten Nachmittagssonne einfach hinreißend aussieht, fällt Jules beinahe in Ohnmacht.

Stolz zeige ich ihr alles. Aber am meisten beeindruckt sie der Blick aus den hohen Fenstern mit den hellen Holzrahmen auf die Madison Avenue, die sich viele Meter unter uns befindet. Sie stößt einen Pfiff aus und tänzelt dann ausgelassen durch die Wohnung wie eine Figur aus der Fernsehserie *Glee*.

»Ich fasse es nicht!«, ruft sie lachend. »Weißt du, Annie, wie toll es ist, mal in einer hippen Wohnung zu sein?«

Ich lächle ihr liebevoll zu, denn ich erinnere mich nur zu gut daran, wie euphorisch ich bei meiner Ankunft vor sage und schreibe fünf Monaten war. Inzwischen fühlt es sich an, als wäre seitdem ein ganzes Leben vergangen. Ich war so erfüllt von Verheißungen, Freude und Hoffnung und konnte den Kontrast zu meinem Leben in Stickens kaum begreifen.

Da Jules wie immer am Verhungern ist, mache ich ihr einen Salat mit Hühnchen und Pesto, den sie am Wohnzimmertisch hinunterschlingt, während sie mir das Neueste von zu Hause berichtet.

»Mit meiner Mutter wird es immer schlimmer, sofern das überhaupt möglich ist«, verkündet sie mit vollem Mund. »Den Großteil des Tages liegt sie in The Moorings auf dem Sofa herum und jammert der durchgeknallten Mrs Brophy oder Lisa vor, ihre Tage auf Erden seien gezählt. Sie hat eine Todessehnsucht entwickelt, obwohl Doc Martin beteuert, der alten Schachtel fehle nichts, was übrigens ein Jammer ist.«

»Jules!«

»Beruhig dich, Annie. Du weißt genauso gut wie ich, Unkraut vergeht nicht.«

Ich kann mir ein Lachen nicht verkneifen.

»Jedenfalls nimmt sie inzwischen irgendwelche Tabletten, weil sie angeblich nicht mehr richtig schlafen kann, denn das fühle sich zu sehr wie sterben an«, erzählt sie fröhlich weiter und nimmt sich noch etwas von dem Salat. »Den halben Vormittag liest sie die Todesanzeigen in der Zeitung, vermutlich um festzustellen, ob ihr Name darin erwähnt wird. Und wenn das Telefon klingelt, meldet sie sich mit: Wer ist gestorben? Herrgott, Annie, bei solchen Genen ist es ein Wunder, dass ich normal bin.«

Ich lächle und kann mir gut vorstellen, was die Arme seit meiner Abreise durchgemacht hat.

»Und da wäre noch etwas. Mit ihrer Piepsstimme textet sie noch immer jeden, der ihr zuhört, damit zu, dass du den Tag bereuen wirst, an dem du deinen Mann verlassen hast. So etwas wie die Liebe dürfe man nicht verraten. Aus einer Ehe könne man sich nicht einfach davonstehlen. Bla, bla, bla. Wirklich, mit ihr, Lisa und Mrs Brophy, die alles niederschreit, geht es im Haus zu wie in einer Irrenanstalt, in der alle auf den falschen Medikamenten sind.«

»Wie hast du es geschafft, dich zu verdrücken?«

»Dan musste eine Pflegerin für sie einstellen. Sie ist vorgestern angekommen. Es war zum Totlachen. Die Frau ist ein Kleiderschrank namens Noreen, steht auf Physiotherapie und zwingt Audrey, mindestens eine Stunde pro Tag spazieren zu gehen und Gymnastik zu machen. Sie sagt, frische Luft sei besser gegen Schlaflosigkeit als jede Tablette. Also tobt im Moment ein Machtkampf um die Frage, wer zuerst nachgibt. Ich setze mein Geld darauf, dass Audrey siegt.«

Im nächsten Moment piepst das Handy in ihrer Hosentasche, und eine SMS trifft ein.

»Wenn man vom Teufel spricht«, meint Jules und verdreht die Augen, als sie feststellt, wer der Absender ist. Als sie mir lässig das Telefon zuwirft, überfliege ich die Nachricht. Sie ist von Audrey.

Mache mir große Sorgen um Dich, aber Du brauchst Dich nicht um mich zu kümmern. Falls sich mein Zustand verschlechtert, gibt Dan Dir Bescheid. Heute fühle ich mich elend. Noreen glaubt mir nicht, dass ich dringend zum Arzt muss. Genieße trotzdem Deinen Urlaub, wenn Du kannst. Kuss, Mutter

»Ach herrje«, sage ich und gebe ihr das Telefon zurück. »Ich kann dich verstehen.«

»Ist es nicht erstaunlich, wie Audrey mich sogar mit einer simplen SMS emotional erpressen kann? Hut ab vor so viel Talent.«

»Zerbrich dir nicht den Kopf darüber, Schätzchen. Nach ein paar Jahren teurer Therapie bist du ein anderer Mensch.«

Jules prustet vor Lachen und schiebt den leeren Teller weg. Dann reißt sie die Bierdose auf, die ich vor sie hingestellt habe, und lässt sich aufs Sofa fallen. Der Inbegriff der lässigen Entspannung. Man könnte schwören, dass sie schon seit einem ganzen Monat hier ist, nicht erst seit einer knappen Stunde.

Ein günstiger Zeitpunkt, um ihr die Frage zu stellen, die mir auf den Nägeln brennt.

»Und, äh, wie geht es Dan?«

Seltsam: Erst war sie so gesprächig, und plötzlich schweigt sie. Anstelle einer Antwort starrt Jules ins Leere und spielt an ihren dunklen Locken herum. »Tja, wenn du es unbedingt wissen willst«, erwidert sie so unerträglich langsam, dass ich am liebsten losschreien würde. Was? Was ist los? »Ich denke, ohne dich kommt er überhaupt nicht klar, Annie«, verkündet sie schließlich mit Grabesstimme. »Er ist vollkommen fertig, sieht scheiße aus und hat, seit du weg bist, nicht mehr richtig geschlafen. Stattdessen geistert er durchs Haus, bricht grundlos in Tränen aus und vernachlässigt seine Arbeit. Mit der Praxis geht es bergab, weil er es nicht mehr gebacken kriegt. Und manchmal, wenn ich in The Moorings bin, höre ich ihn hinter geschlossener Praxistür weinen, wenn alle gegangen sind und er glaubt, dass er allein ist.«

Als ich ein Sofakissen nach ihr werfe, fängt sie es geschickt auf.

»Ich habe ganz vergessen, was für eine blühende Phantasie Jules Ferguson hat«, entgegne ich. »Was hältst du davon, in Sachen Übertreibung mal den Fuß vom Gas zu nehmen und mir die Wahrheit zu sagen?«

»Aber die Wahrheit ist so langweilig.«

»Jules!«

»Schon gut, reg dich nicht gleich künstlich auf. Nun, du kennst ja Dan. Von früh bis spät ist er unterwegs und kümmert sich um jeden Farmer in Waterford und Umgebung. Ich sehe ihn kaum. Es ist also alles beim Alten. Doch eines muss ich feststellen. Dass du dir ein Jahr freigenommen hast, war die beste Idee, die du jemals hattest. Das war der Tritt in den Hintern, den er gebraucht hat! Du weißt ja, dass man etwas Gutes gar nicht wahrnimmt, bis es plötzlich weg ist. Bei dir und ihm ist es dasselbe, darauf wette ich. Er hat es zwar nicht ausdrücklich zu mir gesagt, aber das braucht er nicht. Ich weiß es einfach. Ich spüre es, und du weißt ja, dass mein Instinkt mich nie trügt. Ich bin mir hundertprozentig sicher, dass er allmählich vernünftig wird und kapiert, dass du so nicht weiterleben konntest und dass er eine Menge davon selbst zu verantworten hatte.«

Ich lächle ihr verkniffen zu und halte mir Folgendes vor Augen: Jules darf man nur die Hälfte glauben und muss darauf Rücksicht nehmen, dass sie nun einmal den Hang hat, die Dinge ein wenig, sagen wir mal, auszuschmücken.

»Hast du denn nichts von ihm gehört?«, fragt sie mich mit gerunzelter Stirn und der Bierdose in der Hand.

Und so schildere ich ihr alles, wobei ich die schlimmsten Streitereien, seit ich hier bin, unter den Tisch fallen lasse. Dennoch sage ich ihr die Wahrheit und nichts als die Wahrheit, nämlich dass wir beide, so traurig es ist, an der Herausforderung Fernbeziehung gescheitert seien. Keinen von uns treffe irgendeine Form von Schuld, die Sache sei nur einfach von Anfang an zum Scheitern verurteilt gewesen. Deshalb hätten wir als vernünftige Erwachsene beschlossen, einander nicht unter Druck zu setzen und uns eine einjährige Pause zu gönnen. Auf seinen Wunsch, wie ich hinzufüge, nicht auf meinen. Doch wenn ich schonungslos ehrlich mit mir sei, wisse ich diese weise Entscheidung nach all der Zeit inzwischen zu schätzen. Das sei für uns beide der einzige Weg gewesen und habe eindeutig verhindert, dass ich irgendwann durchgedreht wäre.

Jules stößt einen Pfiff aus, mit dem man ein Taxi anhalten könnte, und lässt sich wieder aufs Sofa fallen.

»Mann«, sagt sie schließlich. »Ein freies Jahr für schlechtes Betragen. Toll. Er hat es mit keinem Wort erwähnt. Aber du kennst ja diese starken, schweigsamen Männer. Manchmal bräuchte man einen Seelenklempner, um Dan Informationen zu entlocken.«

Jules scheint zu spüren, dass mir das Thema nicht gerade angenehm ist, denn sie springt so plötzlich auf, als hätte sie einen Stromstoß abbekommen, schlägt die Hand vor den Mund und fängt an, im Zimmer hin und her zu laufen.

»Mein Gott, Annie, ich bin ja so eine Idiotin, wenn auch eine hinreißend schöne!«

»Was ist los?«

»Ich habe total vergessen, dir zu erzählen, was eigentlich Punkt eins auf der Skandalliste ist.«

»Und das wäre?« Ich mache mich auf eine ihrer üblichen Übertreibungen gefasst.

»Du wirst es nicht glauben, aber nach all dieser Zeit kristallisiert sich heraus, dass es nicht nur ein Gesetz des Karmas gibt, sondern dass es sogar in einem Drecksnest wie Stickens wirkt.«

»Jules, machst du nun endlich den Mund auf?«

»Lisa Ledbetter ist jetzt offiziell von ihrem Mann Charlie getrennt.«

»Du machst Witze! Seit wann?«

»Sie hat es vor einigen Wochen bekannt gegeben. Offenbar hat er kurz nach Weihnachten eine Stelle in London gekriegt, seine Koffer gepackt und ist gegangen. Natürlich behauptet sie, dass die Beziehung an der ständigen Pendelei zerbrochen sei. Aber ich glaube, er hat einfach festgestellt, wie viel angenehmer das Leben ohne sie ist. Und der Fairness halber kann man dem Mann keinen Vorwurf daraus machen. Nun sitzt sie Tag und Nacht mit ihren Kindern in The Moorings herum, jammert, dass sie jetzt eine verlassene Ehefrau sei, und schnorrt dabei Dan an.«

Jules braucht einige Anläufe, um mich zu überzeugen, dass sie diesmal nicht übertreibt. Aus irgendeinem Grund schrillen in meinem Kopf die Alarmglocken, und im nächsten Moment krampft sich vor Sorge mein Magen zusammen.

Heißt das, dass ihre Kinder Dan bald mit »Dad« ansprechen werden?

Und selbst wenn, könnte ich aus knapp fünftausend Kilometern Entfernung nur wenig dagegen unternehmen. Schließlich machen wir auf seinen Wunsch hin ein Jahr Ehe-Pause.

Ich bin also absolut machtlos, weshalb es das Beste ist, gar nicht daran zu denken. Doch sosehr ich es auch versuche, werde ich das Gefühl nicht los, dass das sehr schlechte Nachrichten sind. Wirklich sehr schlechte Nachrichten.

Jules macht ein Nickerchen, um die Folgen der Zeitverschiebung zu bekämpfen, während ich dusche und mich für den heutigen Auftritt vorbereite. Dann gehe ich mit ihr zu Fuß zum Theater und freue mich über ihre Reaktionen auf den Anblick und die Geräusche der Fifth Avenue ebenso wie sie selbst. Alle zwei Sekunden fällt ihr Blick auf einen neuen glitzernden Gegenstand, und sie stürmt in einen Laden nach dem anderen, bis ich sie lachend aus Sephora schleppen und sie daran erinnern muss, dass ich gleich auf der Bühne erwartet werde und dass meine Zweitbesetzung ziemlich ins Schleudern geraten würde, wenn ich nicht pünktlich zur Arbeit käme.

»Entschuldige, Annie, ich weiß nur nicht, wo ich zuerst hinschauen soll!«, jubelt sie. Im nächsten Moment bemerkt sie das Empire State Building, das sich schimmernd in der Ferne erhebt. Die Aussichtsplattform ganz oben ist an einem wolkenlosen Tag wie diesem, selbst von der Straße aus betrachtet, deutlich zu sehen. Jules fördert ihr Telefon zutage und fängt an zu knipsen.

»Warum lachst du?«, fragt sie mit unschuldig aufgerissenen Augen. »Was ist so komisch?«

»Du. Du erinnerst mich an mich selbst.«

Als ich es endlich schaffe, sie ins Theater zu scheuchen, heißen alle an der Kasse sie herzlich willkommen. Die Vorstellung ist zwar ausverkauft, aber es gelingt mir, eine Freikarte für sie zu ergattern, und sie ist ganz begeistert. Das alles habe ich nur Hayley zu verdanken, die wir inzwischen als Herrscherin über die Tickets bezeichnen. Als ich ihr Jules vorstelle, strahlt sie übers ganze Gesicht, wuchtet ihre beleibte Gestalt hinter der Kasse hervor, um sie zu umarmen, und weist mich an, dafür zu sorgen, dass sie im Big Apple Spaß hat.

Dann reicht sie mir Jules' Karte, senkt die Stimme und fragt: »Hast du die gute Nachricht schon gehört?«

»Nein«, erwidere ich. »Was für eine Nachricht?«

»Ach, Mist.« Sie beißt sich auf die Zunge. »Ich und mein loses Mundwerk. Du wirst es erfahren, wenn du nach oben gehst. Aber du wirst dich wirklich freuen, Liebes.«

Ich habe keine Ahnung, was sie meinen könnte. Also führe ich Jules zum Bühneneingang, wo Chris die Erste ist, die wir treffen. Sie ist erst halb geschminkt, hat Lockenwickler in den Haaren, trägt nichts weiter als ihren Morgenmantel und scheint im siebten Himmel zu schweben. Ich habe nicht einmal Gelegenheit, sie mit Jules bekannt zu machen. Chris fällt mir um den Hals und teilt mir aufgeregt mit, Jack erwarte uns alle in der Garderobe, denn er habe eine wichtige Ankündigung zu machen und wolle, dass wir alle anwesend seien. Also schiebe ich Jules vor mir her. Alle anderen sind schon da. Ensemble, Bühnenmitarbeiter, eben alle.

Die Stimmung im Raum ist elektrisch aufgeladen. Die Luft vibriert, und ich kann mir nicht vorstellen, was der Grund ist. Wir stellen uns hinten in den winzigen, völlig überfüllten Raum und lauschen schweigend, denn Jack hat bereits zu reden angefangen.

»Tut mir leid, dass ich euch alle hierherzitiert habe, obwohl ihr euch eigentlich auf die Vorstellung vorbereiten müsst«, sagt er ruhig. Er trägt einen eleganten schwarzen Anzug und sieht aus wie der Hauptdarsteller in einem Film von Wim Wenders. »Doch ich habe eine wunderbare Nachricht erhalten, die euch sicherlich interessieren wird. Wie ihr zweifellos wisst, findet in drei Wochen die Verleihung des Tony statt.«

»Was ist der Tony?«, zischt Jules mir mit verständnisloser Miene zu.

»Der New Yorker Theaterpreis«, flüstere ich zurück. »Eine wirklich große Sache hier. Wie der Oscar beim Film.«

»Und zwar in der Radio City Music Hall«, fährt Jack fort, während sich ein aufgeregtes Raunen erhebt.

Im nächsten Moment fördert er mit einer ausladenden Bewegung ein Fax aus seiner Hemdtasche zutage, schwenkt es und grinst dabei wie ein Honigkuchenpferd.

»Und jetzt kommt der Moment, auf den ihr alle gewartet habt. Die Presseerklärung geht in diesen Minuten raus.«

»Nun mach schon endlich! Ich muss mir vor der Vorstellung noch die Haare richten!«, ruft Chris ungeduldig.

»Und nominiert ist ... als bestes Stück ... *Hochzeitsglocken!*«

Es wird laut gejohlt und gejubelt, und alle fallen einander um den Hals, sodass Jack erst für Ruhe sorgen muss, bevor er weitersprechen kann.

»Und als beste Nebendarstellerin sind nominiert ...« Er verliest die Namen vier anderer berühmter Broadwaystars, die in konkurrierenden Stücken auftreten. Und wie begleitet von einem Trommelwirbel, verkündet er: »... und keine andere als Miss Blythe Arnold in *Hochzeitsglocken!*«

Die Freudenschreie bringen fast das Dach zum Einsturz. Alle stürzen sich auf Blythe wie bei einem Rugbyspiel, um ihr zu gratulieren, und drücken ihr fast die Luft ab.

»Du lieber Himmel«, übertönt sie erschrocken den Radau. Ihre Stimme klingt ein wenig gedämpft, weil alle sie gleichzeitig umarmen. »Bist du dir wirklich sicher, Jack, mein Schätzchen? Hast du dich nicht vielleicht verlesen? Schau doch noch mal auf das Schreiben.«

»Irrtum ausgeschlossen«, erwidert er grinsend. »Und jetzt beruhigt euch. Ich bin noch längst nicht fertig!«

Inzwischen muss er das laute Stimmengewirr überschreien, um sich Gehör zu verschaffen. Blythe ist vor Freude errötet und muss sich vor Schreck setzen. Noch einige Versuche sind nötig, bis es so leise wird, dass Jack weiterlesen kann. Doch als er es tut, gerät er so in Fahrt, dass er nicht mehr aufzuhalten ist.

Es hagelt förmlich Nominierungen. Beste Beleuchtung ...

Hochzeitsglocken. Beste Soundeffekte … *Hochzeitsglocken*. Beste Ausstattung … *Hochzeitsglocken*. Bestes Bühnenbild … richtig geraten.« Dann macht Jack eine verlegene Pause, und es wird totenstill im Raum, als er weiterliest. »Und beste Regie … äh … Jack Gordon.«

Jubel bricht aus, und es herrscht eine Stimmung wie auf einer Spontanfete ohne Alkohol. Mir dreht sich der Kopf, und ich kann die wundervollen Nachrichten kaum fassen. Wir haben insgesamt sieben Nominierungen bekommen, unerhört für eine Inszenierung mit so geringem Budget und nahezu unbekanntem Ensemble. Einfach unglaublich.

»Und jetzt … wenn ihr euch vielleicht auf ein dumpfes Raunen beschränken könntet, damit ich noch eine letzte Nominierung ankündigen kann«, bittet Jack die Anwesenden, »dann lasse ich euch gehen, allerdings nur unter der Bedingung, dass ihr alle nach der Vorstellung mit ins Sardi's kommt. Dann werden wir den New Yorkern mal zeigen, wie wir Iren stilvoll feiern!«

Tosender Applaus. »Einverstanden, Jack, aber du bezahlst!«, übertönt ein Bühnenarbeiter den Tumult.

Wieder wird Ruhe gefordert, bis er endlich fortfahren kann.

»Für die beste Hauptdarstellerin sind nominiert …« Erneut verliest er vier Namen, allesamt einschüchternd weltbekannt. Die Spannung steigert sich, und Jack, der meisterhafte Schauspieler, nützt seine Chance. »Hört noch einen Moment zu, da kommt noch ein Name!«

Jules' kleine heiße Hand drückt meine, als Jack verkündet: »Miss Liz Shields in *Hochzeitsglocken!*«

Wir alle drehen uns suchend nach ihr um, aber sie ist nicht da.

Wieder habe ich ein ungutes Gefühl. Das Frühwarnsystem in meinem Magen läuft auf Hochtouren.

Als wir uns endlich in alle Winde zerstreuen, treffe ich Liz oben in unserer Garderobe an, wo sie sich schminkt. Offenbar ahnt sie nicht, was gerade geschehen ist. Und was noch schlimmer ist: Es scheint sie auch nicht sonderlich zu interessieren.

»Liz, du hast etwas verpasst. Wo warst du?«, frage ich aufgeregt. »Wir sind für acht Tonys nominiert worden. Und weißt du was? Du wirst als beste Hauptdarstellerin gehandelt!«

Ich begehe den Fehler, ihr spontan um den Hals zu fallen. Sie macht einen Satz rückwärts, wie von einem starken Magnetfeld abgestoßen, und das ist kein Scherz.

Als ich sie im Spiegel fragend ansehe – was zum Teufel war das gerade? –, schweigt sie nur und bedenkt mich mit einem ärgerlichen Blick. Sie tut, als hätte ich ihr gerade mitgeteilt, dass das Stück abgesetzt ist, dass wir alle arbeitslos sind und dass wir obendrein noch unsere Flüge selbst bezahlen müssen.

Einen Moment lang starre ich entgeistert ihr Spiegelbild an, denn ich kann es nicht fassen, dass sie das so kaltlässt.

»Freust du dich denn nicht?«, erkundige ich mich.

»Na und?«, seufzt sie, geht ins Bad und knallt die Tür hinter sich zu.

Sie erscheint auch nicht zur Feier nach der Vorstellung, sondern verschwindet einfach in der Nacht, ohne ein einziges Wort mit jemandem zu wechseln.

Es wird ein wunderschöner, von Jack großzügig gesponserter Abend im Sardi's. Allerdings trübt Liz' Abwesenheit ein wenig die Stimmung. Harvey Shapiro, unser Produzent, fragt, ob ihr etwas fehle. Sei sie etwa krank? Und als Jack bemerkt, dass sie nicht gekommen ist, kann ich förmlich sehen, wie seine Antennen auf höchste Alarmstufe schalten.

Isabella, die Restaurantchefin, hochgewachsen, langbeinig, mit wallendem Haar und Modelfigur, hat offenbar schon von unseren Tony-Nominierungen gehört, denn als sie uns zu unserem Tisch führt, freut sie sich sichtlich für uns.

»Das sind ja tolle Nachrichten, Leute«, sprudelt sie hervor. »Ihr seid ja so super und habt es verdient zu gewinnen. Ich fand das Stück einfach großartig!«

Dann wirft sie Jack einen unverhohlen erotischen Blick aus großen Augen zu und klimpert in eindeutiger Absicht mit ihren Bambiwimpern. »Und falls einer von euch Jungs eine Begleitung zur Verleihungsfeier braucht, wisst ihr ja, wo ich bin!«

Doch Jack lächelt nur höflich und bittet sie um die Getränkekarte, als sei er es gewöhnt, täglich von Teilzeitmodels bestürmt zu werden, die aussehen wie Bond-Girls. Was, wie ich der Fairness halber zugeben muss, vermutlich sogar den Tatsachen entspricht. Er studiert kennerisch die Weinkarte. »So, wohin ist sie verschwunden?«, wendet er sich mit leiser Stimme an mich, ohne eine Miene zu verziehen.

»Keine Ahnung«, antworte ich wahrheitsgemäß. Er braucht sie nicht namentlich zu erwähnen, denn wir wissen beide, wen er meint.

»Sie sollte hier sein. Es macht einen schlechten Eindruck. Einen sehr schlechten. Wenn es den Grund hat, den ich vermute –«

»Hat es nicht«, unterbreche ich ihn und hoffe bei Gott, dass ich recht habe.

Ich bin nämlich zu neunundneunzig Prozent sicher, dass Liz in letzter Zeit die Finger vom Koks gelassen hat. Ja, sie war patzig, launisch und einsilbig, aber auf der Bühne war sie so gut wie immer, was nur ein positives Zeichen sein kann. Wirklich? Natürlich ist es das, denke ich und schiebe meine Sorgen beiseite.

Als ich mit Jules zur Toilette gehe, treffen wir Chris, die in den Spiegel starrt und ihr Make-up auffrischt. Sobald Jules in einer Kabine verschwunden ist, überhäuft sie mich mit Fragen zum Thema Liz. Ob ich wisse, wo und bei wem, und vor allem, warum sie nicht hier bei uns sei, wo sie eigentlich hingehöre.

»Das kann ich dir auch nicht sagen«, erwidere ich.

Chris verdreht entnervt die Augen.

»Allerdings«, fahre ich leise fort, damit niemand in den Kabinen uns belauscht, »ist ihr das Debakel mit dem Verlobungsring sicher schrecklich peinlich, und deine Gegenwart erinnert sie bestimmt ständig daran. Wer kann es ihr also zum Vorwurf machen, dass sie sich lieber mit anderen Leuten umgibt? Sie muss nach dem Zwischenfall doch schreckliche Schuldgefühle haben.«

»Sehr gut«, zischt Chris und verteilt Abdeckcreme auf ihrer Augenpartie. »Hoffentlich frisst sie sich vor lauter Schuldgefühlen zehn Kilo an. Sie könnte ein bisschen mehr auf den Rippen gut vertragen.«

Mit diesen Worten wirft sie ihr langes, glattes schwarzes Haar zurück und sieht mich an, als wolle sie sagen: Thema erledigt, können wir uns jetzt bitte einen netten Abend machen?

Als wir vom Klo zurückkommen, schiebe ich Jules zu dem Stuhl neben meinem, den ich für sie frei gehalten habe, und mache sie mit Jack bekannt. Vor Überraschung zieht er die Augenbrauen so hoch, dass sie fast mit dem Haaransatz verschmelzen, als ihm klar wird, dass er Dans kleine Schwester vor sich hat.

»Ja, ja, der geheimnisvolle Dan«, witzelt er, lehnt sich zurück und mustert sie von Kopf bis Fuß. »Und ich hatte schon angefangen, an seiner Existenz zu zweifeln.«

»Oh, der existiert wirklich.« Jules grinst ihn keck an und spielt an ihren dunklen Locken herum. »Er hat nämlich meinen Flug hierher bezahlt.«

Ich hätte es kommen sehen müssen. Denn Jack ist ganz neugierig, was mein Privatleben betrifft, insbesondere wenn es mit Dan zu tun hat.

Ein bisschen zu neugierig, wenn Sie mich fragen.

»Dann musst du mir alles über deinen Bruder erzählen«, fordert Jack sie auf und fixiert sie mit seinen blauen Augen. »Ich werde nicht ruhen, ehe ich nicht die ganze Geschichte kenne.«

Mir wird plötzlich mulmig.

»Ach, lieber nicht«, protestiere ich und werfe Jack einen vielsagenden Blick zu, den er hoffentlich versteht: Es gibt eine Reihe wichtiger Gründe, warum du und ich nie über unser Privatleben sprechen. Können wir es nicht dabei belassen und über etwas anderes reden? Irgendetwas?

»Was ist denn los mit dir, Annie?«, wundert sich Jules in ihrer Ahnungslosigkeit. »Warum machst du so ein komisches Gesicht?«

So viel zum Thema ich und vielsagende Blicke.

»Okay«, meint Jack und zeigt Jules sein strahlendstes Lächeln, sodass das Weiß seiner Zähne sie beinahe blendet. »In diesem Fall brauchst du mir nur drei Dinge über ihn zu verraten, die ich noch nicht weiß. Dann werde ich ein braver Junge sein und das Thema wechseln.«

Jules pustet Luft aus und bläst die Wangen auf, während sie angestrengt nachdenkt.

»Gut, du hast gefragt. Also erstens würde er nie im Leben in einem Anzug wie deinem herumlaufen«, beginnt sie und redet wie immer los, ohne vorher nachzudenken. »Er findet nämlich, dass er in einem Anzug aussehen würde wie ein Bestattungsunternehmer.«

Sei still, um Himmels willen, sei still.

»Ich verstehe«, erwidert Jack. Ein spöttisches Lächeln spielt um seine Mundwinkel. »Sprich weiter. Ich finde es faszinierend.«

»Und er ist wahnsinnig großzügig. Er würde sein letztes Hemd verschenken. Richtig, Annie? Bei uns zu Hause ist er so eine Art Ein-Mann-Wohlfahrtsstaat.«

»Möchte sonst noch jemand bestellen?«, frage ich die anderen, weil ich unbedingt das Thema wechseln will.

»Und er kann sich überhaupt nichts merken, Jahrestage zum Beispiel. Stimmt's, Annie?«

Es reicht!

»Ich glaube, ich nehme das Hühnergericht für zwei. Teilst du es dir mit mir, Jules?«

»Ja, und außerdem ist er total arbeitssüchtig. Dan gehört zu den Leuten, die um drei Uhr morgens aufstehen und fünfzig Kilometer weit fahren, um einen Bullen mit Durchfall zu behandeln. Habe ich recht, Annie?«

Zum Glück erscheint in diesem Moment der Kellner, der wie alle Kellner in dieser Stadt nicht nur die Tagesgerichte herunterbetet, sondern einen fünfminütigen Monolog mit dem Inhalt hält, dass er Laurent heiße, uns heute Abend bedienen werde und uns den Barsch eher empfehlen würde als die Ente.

Ausnahmsweise freue ich mich über die Störung und atme erleichtert auf.

Als der Abend weitergeht und der Champagner in Strömen fließt, werden am Tisch Gesänge angestimmt, angeführt von Blythe, die einen stark vibrierenden Sopran hat. Ich liebe die Frau zwar von Herzen, aber Barbra Streisand wird ihretwegen keine schlaflosen Nächte haben, um es einmal so auszudrücken. Es klingt, als hörten die Noten ihre Stimme kommen und ergriffen die Flucht. Die Leute wechseln die Plätze oder verschwinden aufs Klo, bis sie mit ihrer Einlage fertig ist. Ein hervorragender Vorwand, sich zu verdrücken, ist, auf eine Zigarette nach draußen zu gehen. Selbst einige Nichtraucher machen davon Gebrauch.

Für Jack ist es ein Unding, eine halbe Stunde ohne eine Zigarette durchzustehen. Doch jedes Mal, wenn er zurückkommt, schafft er es, sich neben mich zu setzen, ganz gleich, wie oft inzwischen die Plätze getauscht worden sind. Ich bilde es mir wirklich nicht ein. Und als das Essen serviert und wieder abgeräumt worden ist, fällt es allmählich auch den anderen auf. Chris bombardiert mich mit bedeutungsschwangeren Blicken – »Wir sind doch Frauen von Welt, also gönn dir doch eine Affäre«. Offen gestanden, geht es mir allmählich auf die Nerven.

Als es zum fünften Mal passiert, ist Jules gerade am anderen Ende des Tisches ins Gespräch vertieft. Jack dreht sich zu mir um und lässt den Brandy im Schwenker kreisen. »Das ist also deine Schwägerin«, stellt er fest.

»Ja, und ich habe sie sehr lieb. Sie ist für mich wie eine kleine Schwester.«

»Ach, die ungetrübten Freuden der launischen Jugend. Ich bin begeistert. Außerdem ist es eine interessante Studie menschlichen Verhaltens zu beobachten, wie du reagierst, sobald der Name deines Mannes fällt. Oder, um genauer zu sein, wenn das in meiner Gegenwart geschieht. Möchtest du dieses spannende Phänomen nicht kommentieren, Mrs Cole?«

»Weißt du, es ist schon sehr spät.« Ich hoffe, dass mein Lächeln geheimnisvoll wirkt, greife nach meiner Tasche und schicke mich zum Gehen an. »Und Jules steckt die Zeitverschiebung noch in den Knochen. Ich denke, ich sollte sie jetzt nach Hause und ins Bett schaffen.«

»Tu, was du nicht lassen kannst, meine Liebe.« Er grinst selbstbewusst. »Aber glaube bloß nicht, dass dieses Gespräch damit beendet ist.«

Auf dem Heimweg im Taxi hört Jules gar nicht mehr auf, davon zu schwärmen, wie elegant, charmant und verwegen Jack sei. Herrje, das kleine Unschuldslamm. Sie könnte sich ohrfeigen, weil sie jedes Mal rot angelaufen war, wenn er sie ansah. Doch zu ihrer Verteidigung führt sie an, sie sei attraktive Männer eben nicht gewöhnt.

Da kann ich ihr nicht widersprechen. Der einzige Junggeselle in Stickens ist der siebenunddreißigjährige Liam Quigley, der noch bei seiner Mama wohnt, einen Gemüselaster fährt und ständig nach Kohl riecht.

»Warum hast du mir nie erzählt, dass dein Regisseur nicht nur scharf, sondern rattenscharf ist?«, gähnt sie, weil der Jetlag endlich seinen Tribut fordert.

Schließlich sind wir zu Hause. Gähnend mache ich für Jules das Schlafsofa im Wohnzimmer zurecht, als mein Telefon piepsend den Eingang einer SMS meldet. Ich krame es aus meiner Handtasche und lese die Nachricht.

Sie ist von Dan. Ein kurzer Satz.

Triff mich auf dem Mond.

Sofort bin ich hellwach und bekomme Schmetterlinge im Bauch. In den letzten Nächten habe ich mich ziemlich regelmäßig mit Dan auf dem Mond getroffen. Inzwischen ist es der Lichtblick meines Abends geworden. Zehn Minuten später habe ich die todmüde Jules, die sich kaum noch auf den Beinen halten kann, ins Bett gebracht, ziehe mich in mein Schlafzimmer zurück und rufe ihn an.

Er hebt sofort ab.

»Und wie hat dir die kleine Überraschung gefallen?«, fragt er. Ich habe das Bild vor Augen, wie er, ein schiefes Lächeln auf den Lippen, am Telefon sitzt.

»Es ist die schönste Überraschung aller Zeiten«, erwidere ich lachend, »und ich bin fest entschlossen, dafür zu sorgen, dass sie sich hier so richtig amüsiert. Wir werden zusammen einkaufen, ins Theater gehen, die Sehenswürdigkeiten abklappern … alles eben.«

»Ausgezeichnet. Ich wusste, dass du dich gut um sie kümmern wirst. Du würdest nicht glauben, was ich heute erfahren habe«, spricht er weiter, und seine Stimme ist wie Balsam für meine Ohren.

»Schieß los, ich platze schon vor Neugier.«

»Man hat mich gebeten, beim Tierärztekongress über Erkrankungen beim Pferd im Dezember in Dublin das Eingangsreferat zu halten.«

»Hey, das ist ja wundervoll. Glückwunsch!«, sage ich, wohl wissend, wie viel ihm das bedeutet.

»Der Haken daran ist, dass ich tatsächlich eine Rede halten muss, und du weißt ja, wie ich es hasse, vor vielen Menschen zu sprechen.«

»Ach, komm schon, das schaffst du mit links. Mach dich deshalb nicht verrückt. Ruf mich an, wenn der Text fertig ist, dann arbeite ich ihn mit dir durch, falls du möchtest.«

»Würdest du das wirklich tun?«

»Aber natürlich.«

»Du bist ein Engel.«

Ich berichte ihm alles über die Tony-Nominierungen und davon, dass Liz die ganze Angelegenheit, der Rest des Ensembles und eigentlich alles absolut gleichgültig ist.

»Dan, es ist eine Katastrophe. Sie kommt zur Arbeit, spielt ihre Rolle und verschwindet dann bis zum folgenden Abend, so schnell es menschenmöglich ist. Es knallt bald, und ich habe keine Ahnung, wie lange das noch gut geht.«

»So schlimm ist es also?«

»Das ist kein Scherz. Sie spricht nicht mehr mit mir und traut mir nicht mehr.«

Dan lauscht aufmerksam und gibt mir wie immer ruhige und geduldige Ratschläge. Typisch der Dan von früher, denke ich schmunzelnd. Seiner Ansicht nach wirken Toleranz und Verständnis in allen Fällen.

»Vielleicht legt sich ihre Launenhaftigkeit ja mit der Zeit«, meint er aufmunternd. »Sie könnte auch wieder die Alte werden. Bis dahin gib ihr einfach Raum, und lass sie wissen, dass du für sie da bist. Sollte sie aber noch einmal durchdrehen, vergiss nicht, dass es deine Pflicht ist, dafür zu sorgen, dass sie Hilfe bekommt.«

»Das habe ich schon versucht, glaube mir. Doch als ich ihr vorgeschlagen habe, mit ihr zu einem Arzt zu gehen, hat sie mich praktisch aus ihrer Wohnung geworfen.«

»Beim nächsten Mal darfst du dich nicht mit einem Nein abspeisen lassen. Falls es ein nächstes Mal gibt.«

Und dann kommen wir zu meiner weiteren, mir Magenschmerzen verursachenden Befürchtung, die mich schon seit heute Nachmittag quält. Lisa und ihre Trennung. Es ist genau so, wie ich vermutet habe. Ja, sagt Dan, sie verbringt inzwischen den Großteil ihrer Zeit in The Moorings, meistens in Begleitung ihrer Kinder.

Verdammter Mist, verdammter!

»Sie hat es momentan sehr schwer«, erklärt er mir leise, »und ich bin ihr ältester Freund und Nachbar. Also habe ich ihr angeboten, sich hier wie zu Hause zu fühlen, solange es nötig ist. Ihr geht es wirklich schlecht, Annie, auch finanziell. Ihre beiden Kinder haben Sommerferien, und sie kann keinen Cent für die armen Kleinen ausgeben. Es ist wirklich mitleiderregend. Ich habe den kleinen Harry ein paarmal zu Hausbesuchen mitgenommen, damit Lisa ein bisschen Pause hat, und es schien ihm Spaß zu machen. Inzwischen sind wir gute Kumpel, und er sagt, dass er Tierarzt werden will, wenn er groß ist.«

»Prima. Das ist ja wundervoll«, antworte ich automatisch, während ich denke … ich hatte recht. Ihre Kinder werden Dan irgendwann wirklich »Dad« nennen.

Gütiger Himmel, was soll ich nur tun?

»Außerdem«, fährt er fort, »spart sich Lisa wenigstens das Geld für Strom und Wasser, wenn sie hier ist, was ein bisschen den Druck von ihr nimmt. Die Arme hat wirklich die Hölle hinter sich. Sie sagt, das Haushaltsgeld, das Charlie ihr gibt, reicht kaum für die Lebensmittel.«

Aber sie jammert und quengelt doch schon seit Jahren, dass sie nicht genug Geld für Lebensmittel hat, denke ich wütend.

Also nichts Neues. Dieselbe alte Leier. Lisa nutzt Dan aus,

wie sie es schon immer getan hat. Und natürlich bemerkt er es nicht, weil er zu den seltenen Menschen gehört, die in ihren Mitmenschen nur das Gute sehen.

Seltsam, während sich Erinnerungen an daheim langsam abgeschliffen haben und weicher geworden sind, ragt nur eine schartige Spitze weiter heraus: die verdammte Lisa, die erst dann zufrieden ist, wenn sie sich alles unter den Nagel gerissen hat. Und jetzt ist er ganz allein in The Moorings ... und sie hatte schon immer ein Auge auf ihn geworfen. Diesen Verdacht habe ich seit Ewigkeiten.

Wie ich Lisa leider kenne, wird die Sache eskalieren. Sie wird erst Ruhe geben, wenn sie ihr eigenes Haus verkauft hat und mit Kind und Kegel bei uns eingezogen ist ... Und wer weiß, was sie nun nach der Trennung von ihrem Mann sonst noch plant?

Ich denke fieberhaft nach. Wenn ich zu Hause wäre, wäre so etwas nie passiert, denke ich zerknirscht. Aber was zum Teufel soll ich von der anderen Seite des Atlantiks aus unternehmen? Und das, noch während wir eigentlich eine Ehe-Pause einlegen?

Mir auf die Zunge beißen und den Mund halten.

Eine Pause entsteht, während ich versuche, meine Gedanken zu ordnen. Im nächsten Moment fragt mich Dan, wie immer geradeheraus, wie mir das Sabbatjahr gefalle.

»Du weißt doch, dass du immer gesagt hast, du hättest deine wilden Jugendjahre verpasst, weil ich dich schon so früh vor den Altar geschleppt habe«, sagt er lächelnd, und mir schießt durch den Kopf, wie seltsam es ist, dass man ein Lächeln am Telefon hören kann, und das noch aus Tausenden von Kilometern Entfernung.

»Nun, ich hoffe, dass du dir jedes einzelne dieser Jahre

zurückeroberst und dich richtig amüsierst. Du hast es dir verdient, Annie, nachdem du so lange mit mir in Stickens festgesessen hast.«

Eine Notlüge wäre sinnlos bei einem Gespräch wie diesem.

»Dan, nicht Stickens hat mich gestört, sondern dass ich dich praktisch nie zu Gesicht bekommen habe. Das war ziemlich schwer für mich.«

»Glaubst du, ich hätte das nicht bemerkt? Ist dir klar, welche Vorwürfe ich mir deswegen mache?«

Lange Zeit herrscht Stille.

»Denn das habe ich, und zwar ziemlich oft in letzter Zeit. Mehr, als du dir je vorstellen kannst. Ohne dich ist es einsam hier. Ich hätte nie gedacht, dass ich hier einsam sein könnte, aber es ist so, und es gefällt mir ganz und gar nicht. Ich eigne mich nicht zum Alleinsein.«

Doch du bist ja nicht allein, richtig? Zumindest nicht, solange Lisa Ledbetter, die dumme Pute, sich Tag und Nacht im Haus herumdrückt.

Ich spreche es allerdings nicht aus und überlege, was ich antworten soll. Aber mein Schweigen fällt ihm sofort auf.

»Annie, bist du noch dran?

»Äh, ja … eigentlich wollte ich … Ach, verdammt, am besten rede ich es mir von der Seele. Nun, du hast doch Lisa, die dir Gesellschaft leistet, oder?«

»Das ist nicht dasselbe, wie wenn du hier wärst«, erwidert er. »Wirklich nicht. Versteh mich nicht falsch. Lisa ist eine gute Freundin, aber sie ist nicht du.«

Oh, vielen Dank, danke, danke, danke, dass du das gesagt hast, auch wenn es nur eine Höflichkeitsfloskel war. Danke, lieber Gott, Hare Krishna, Buddha, Weihnachtsmann … wer auch immer gerade zuhört.

Ich gestatte mir den Anflug eines Lächelns und werde von Erleichterung ergriffen. »Das war aber lieb von dir.«

»Es ist nur die Wahrheit.«

»Aber da wäre noch etwas ... etwas, das mich schon seit einer Weile beschäftigt.«

»Schieß los.«

Mach den Mund auf. Der Himmel weiß, wann sich so eine Gelegenheit wieder bietet.

Ich brauche einen Moment, um die richtigen Worte zu finden.

»Die Sache ist die, Dan. Du sagst, du seist einsam, aber ... aber als ich da war, haben wir kaum miteinander gesprochen. Ich meine ... du erinnerst dich sicher an die vielen Post-its an der Kühlschranktür. Im Grunde haben wir nur anhand von ihnen kommuniziert.«

»Ich weiß, ich weiß.« Er seufzt tief auf. »Glaube mir, ich habe viel Zeit damit verbracht, die letzten Jahre Revue passieren zu lassen und mich zu fragen, was ich anders hätte machen können.«

»Ach, komm schon. Es ist ja nicht so, dass du etwas verändern wolltest. Du konntest es nicht. Das ist eben das Leben eines Tierarztes, und wir wissen beide, dass sich daran nie etwas ändern wird.«

Wieder Schweigen.

»Annie?«

»Ich bin noch dran.«

»Du weißt, dass du dieses Jahr in vollen Zügen genießen sollst.«

»Klar.«

»Gut. Das ist mir nämlich wichtig. Du sollst alle Freiheiten haben, die du hier so vermisst hast.«

Allmählich frage ich mich, worauf er hinauswill. Doch da es ein großzügiger Vorschlag ist, erwidere ich die Geste.

»Du auch«, antworte ich. »Es ist auch dein Sabbatjahr. Zeit für dich, dir auch deine Jugend zurückzuholen.«

Nur dass wir einander bitte, bitte nicht betrügen dürfen. Niemals. Ich glaube, es würde mich umbringen. Freiheit schön und gut, aber mit absoluter Treue von beiden Seiten. Das ist doch nicht zu viel verlangt, oder?

»Weißt du«, sagt er so leise, dass ich ihn kaum verstehe. »Ich glaube, da liegt der große Unterschied zwischen uns.«

»Was meinst du damit?«

»Ich hatte nie das Gefühl, etwas verpasst zu haben. Sobald ich dich an meiner Seite hatte, hat mir nichts mehr gefehlt. Ich hatte alles, was ich brauchte. Weil du da warst. Allerdings habe ich es offenbar nicht so gezeigt, wie ich es hätte tun sollen, und das ist ... tja, damit muss ich jetzt wohl leben.«

Noch eine Frage, die mir unter den Nägeln brennt.

»Dan?«

»Hier bin ich.«

»Ich muss dich noch etwas fragen, worüber wir noch nie geredet haben.«

»Schieß los.«

»Ende des Jahres ... wenn die Spielzeit endet, ich meine ...«

»Ja?«

»Nun, hast du dir nie überlegt, was dann wird? Aus uns?«

Es ist der Gedanke, den ich nicht in Worte zu fassen wage. Aber ich bin mir sicher, dass er versteht, was ich andeuten will. Diese Rolle war das Tollste, was mir je im Leben passiert ist. Doch was geschieht, wenn das Stück abgesetzt ist? Kehre ich dann einfach zurück nach Stickens und mache weiter wie zuvor? Denn da wir ohnehin schon schonungslos offen miteinander sind, können wir genauso gut weiterreden.

Die Sache ist, dass dieses Jahr Abstand uns beide verändert und dass uns das auch klar ist. Vielleicht wünschen wir uns im Dezember ja etwas anderes als zu Anfang dieses Jahres.

»Lass uns eine Abmachung treffen«, antwortet er.

»Und die wäre?«

»Ich könnte im Dezember nach New York kommen. Was hältst du von unserem Jahrestag, dem Ersten?«

Seine nächsten Worte höre ich kaum, so verwundert bin ich, dass er sich überhaupt an das Datum erinnert.

»Wir könnten uns auf der Eisbahn am Rockefeller Center treffen«, fährt er fort, »wo ich dir vor all den Jahren einen Antrag gemacht habe. Weißt du noch?«

»Machst du Witze? Du würdest dir tatsächlich freinehmen?«

»Lach du nur. Aber wegen eines so wichtigen Anlasses würde ich es tun. Wenn du allerdings nicht möchtest, dass ich komme, wäre es etwas anderes.«

Natürlich möchte ich das, denke ich. Was für eine lahme Ausrede ist denn das?

»Doch falls du –«, spricht er weiter.

»Was würdest du dann tun?«

»Dann könnten wir schauen, wie es weitergeht.«

Als wir schließlich auflegen, ist es lange nach drei Uhr morgens. Aber ich bin nicht im Mindesten müde.

Ich spüre eine tiefe Ruhe, und die Sorgen fallen von mir ab.

Genau genommen fühle ich mich leicht, federleicht.

Kapitel zwölf

Eines muss man Jack lassen. Er legt sich wirklich ins Zeug und zieht alle Register, damit Jules hier ihren Spaß hat. Ich bin ihm dafür sehr dankbar. Das heißt nicht, dass sie ein schwieriger Hausgast wäre, weit gefehlt. Nur dass Museen und Kunstgalerien nicht wirklich ihr Ding sind. Das habe ich eines schwülen Nachmittags festgestellt, als ich mit ihr ins MoMA gegangen bin. Ich kam von der Toilette zurück und fand das Mädchen im Halbschlaf und gähnend auf einem Ruhesitz für Behinderte vor. Die Bilder würdigte sie kaum eines Blickes. Als ich sie nach ihrer Meinung zu einem die ganze Wand einnehmenden Jackson Pollock fragte, unterdrückte sie nur ein Gähnen und erwiderte: »Ach herrje, gib mir ein paar Spraydosen und einen Pinsel, dann würde ich das besser hinkriegen.«

Doch Jack hat mich gerettet, und es ist wirklich erstaunlich, wie er sich immer wieder selbst übertrifft. Eines Abends nach der Vorstellung war er mit Jules und mir auf der Aussichtsplattform des Rockefeller Center, Top of the Rock. Bei Dunkelheit, wenn alle Lichter der Stadt unter einem funkeln wie die Sterne am Firmament, ein atemberaubendes Erlebnis.

Und nicht nur das. Er förderte eine Flasche Champagner zutage, die er geschickt entkorkte. Ich fragte mich schon, wie wir ihn trinken sollten … vielleicht indem wir die Flasche herumgehen ließen wie Teenager den stibitzten Wodka? Aber nein. Jack hatte auch daran gedacht und überraschte mich damit, dass er drei langstielige Kristallflöten aus seinem Aktenkoffer zauberte, um uns das Getränk zu kredenzen.

Im Laufe dieses Sommers erfahre ich immer mehr über ihn. Er scheut keine Mühe, und es öffnen sich ihm fast alle Türen. So ist zum Beispiel der Central Park spätabends für die Öffentlichkeit geschlossen, aber man kann sich darauf verlassen, dass Jack jemanden kennt, der jemanden kennt, und so kamen wir drei in den Genuss einer heimlichen Privatführung durch den Zoo, gefolgt von einer Bootsfahrt auf dem See bei Mondschein. Ein Traum.

Und dann, als sei er stets darum bemüht, sich selbst zu übertreffen, verabredete er sich mit Jules und mir am South Street Seaport, wo ein Helikopter, der einem seiner Millionärsfreunde gehörte, auf uns wartete, um uns auf einen Rundflug über die fünf Inseln zu entführen, aus denen sich Manhattan zusammensetzt. Jack fungierte als Fremdenführer. Mein Gott, er kennt sich wirklich aus. Während wir über die Skyline flogen und Jules und ich uns, gelegentlich kreischend wie zwei Schulmädchen auf Klassenreise, aneinanderklammerten, konnte er uns nicht nur jeden Wolkenkratzer benennen, sondern auch seine Geschichte erzählen.

Jules findet, dass sie noch nie so einen wundervollen Urlaub verbracht hat. Und um das Ende ihrer zweiten Woche hier zu feiern, zieht Jack schon wieder ein Kaninchen aus dem Hut. Wie sich herausstellt, hat er einen Freund, der Anteile an einem Sommerhaus in den Hamptons besitzt. Eines Nachmittags ruft er an und fragt, ob Jules und ich Lust hätten, ein Wochenende dort zu verbringen. Er hat schon alles geplant. Gleich nach der Matinee am Sonntag geht es los, und wir können bis Dienstagnachmittag bleiben, sodass ich pünktlich zu meinem Auftritt wieder im Theater bin.

Jules ist außer sich, und auch ich freue mich auf den Ausflug. Zumindest bis zum Sonntagmorgen, dem Tag der Abreise, als wir in meiner Wohnung unsere Badesachen packen.

Plötzlich kommt Jules barfuß in mein Zimmer, lässt sich aufs Bett fallen, zieht die Knie an die Brust und starrt besorgt zur Decke.

»Was hast du, Liebes?«, frage ich. »Warum packst du nicht?«

»Weil mir gerade etwas Ernstes und Schwerwiegendes eingefallen ist. Das passiert mir ja nur selten, wie du mir sicher zustimmen wirst. Also hielt ich es für das Beste, es dir mitzuteilen, bevor ich es wieder vergesse.«

»Schieß los.«

»Nun, es geht um dich. Oder besser, um dich und Jack.«

»Ach herrje, Jules«, erwidere ich und werfe ein Paar Socken nach ihr. »Hast du denn nichts Besseres zu tun, als Garderobentratsch zu glauben?«

»Es ist mein Ernst, Annie. Warum, denkst du, tut er all das für uns? Doch bestimmt nicht meinetwegen, oder? Ich habe bemerkt, wie er dich ansieht, wenn du nicht hinschaust. Wenn du meine Meinung als Profisingle hören willst, steht er voll auf dich.«

»Ich spiele nicht einmal mit dem Gedanken.« Ich ertappe mich dabei, dass ich unwillkürlich mit den Fingern schnippe. »Kann eine Frau nicht mit einem Typen befreundet sein, ohne dass sich sofort alle das Maul darüber zerreißen?«

»Nicht, wenn der eine total scharf auf die andere ist. Denk an meine Worte, Annie Cole. Ich wittere Ärger, und wie wir alle wissen, irre ich mich nie.«

»Du hast letztes Jahr falsch geraten, wer bei *X Factor* gewinnt.«

»Lass die Scherze. Ich habe gründlich darüber nachgedacht«, entgegnet sie spitz, setzt sich auf und lässt die langen, schlanken Beine über die Bettkante baumeln. »Wenn du mich fragst, gehört Jack zu den Typen, die es gewöhnt sind, dass die Frauen bei ihm Schlange stehen, und trotzdem ist er sehr auffällig solo und verabredet sich sehr auffällig mit niemandem.«

Ich bin gerade dabei, Gesichtswasser und Feuchtigkeitscreme in meinen Kulturbeutel zu packen, und halte inne. Denn das stimmt. Ich habe mich schon oft selbst darüber gewundert. Außerdem habe ich den ganzen Sommer über beobachtet, dass die Frauen Jack angesteuert haben wie mit Föhnfrisur und Riemchenpumps aufgemotzte Mittelstreckenraketen. Es passiert ständig. Kellnerinnen, Restaurantchefinnen, die gesamte weibliche Mitarbeiterschaft des Shubert Theatre. Und er zuckt kein einziges Mal mit der Wimper.

»Also stell dir folgende Frage, Annie. Nimmt er jemals ein Angebot an, oder trifft sich mit einer dieser Frauen, wie jeder normale Typ es tun würde? Oder schleppt er wenigstens mal eine von ihnen für eine Nacht ab?«, fährt sie fort und hat meine Gedanken offenbar gelesen. »Nein, kein einziges Mal. Unter gewöhnlichen Umständen würde ich annehmen, dass er schwul ist, denn seien wir ehrlich, der Typ versteht etwas von Klamotten und riecht immer besser als du und ich. Doch das ist ganz offensichtlich nicht der Fall.«

»Du hast etwas vergessen«, unterbreche ich sie. »Jack hält nichts von Beziehungen. Das habe ich ihn nicht nur einmal, sondern hundertmal sagen hören.«

»Verzeihung, habe ich behauptet, dass ich fertig bin? Denn

das führt mich zu der logischen Schlussfolgerung, dass du, ohne es zu wollen, seine ultimative Herausforderung geworden bist. Du ermutigst ihn nämlich nicht und bist ganz offensichtlich nicht auf Partnersuche. Und das ist es, was ihn auf der Welt am meisten anmacht. Dass du unerreichbar für ihn bist, wird bei ihm zur fixen Idee. Und ich weiß, wann es Ärger geben wird. Denke an meine Worte.«

»Jules, ich habe absolut nichts getan, um ihm Flausen in den Kopf zu setzen. Außerdem hat er noch nie einen Annäherungsversuch unternommen. Kein einziges Mal. Und dabei sehe ich ihn täglich.«

»Warte nur ab. Das wird er schon noch. Schließlich ist er Regisseur und weiß, wie man den richtigen Moment erwischt.«

Um fünf Uhr nachmittags ist die Vorstellung vorbei. Jack hat Jules und mir nur die Anweisung erteilt, vor dem Theater auf ihn zu warten, wo er uns abholen will. In meiner Unschuld nehme ich an, dass er im Taxi kommen wird, damit wir zum Busbahnhof Port Authority fahren und von dort aus den Bus nehmen können. Obwohl ich mir andererseits nicht so recht vorstellen kann, dass Jack etwas so Banales tut, wie öffentliche Verkehrsmittel zu benutzen.

Das übrige Ensemble hat sich schon in alle Winde zerstreut. Jules und ich stehen vor der Kasse und genießen die Nachmittagssonne, als eine schwarze Limousine um die Ecke biegt. Am Steuer sitzt ein Chauffeur, der tatsächlich eine Uniform trägt. Zwei Sekunden später springt Jack aus dem Fond des Wagens. In seinen Jeans und einem T-Shirt von Gap sieht er einfach nur lässig aus. Beim Anblick unserer verdatterten Mienen fängt er schallend zu lachen an.

»Einsteigen, meine Damen, ein Grillfest wartet auf uns!«,

verkündet er fröhlich grinsend, hilft uns mit unseren Reisetaschen beim Einsteigen und knallt die Tür zu, die mit einem satten Geräusch ins Schloss fällt.

»Sag mal, wo hast du nur die viele Kohle her?«, platzt Jules heraus. »Arbeitest du heimlich als Rapper?«

»Ein Glas Champagner?«, erkundigt er sich gelassen und fördert eine Flasche Bollinger in einem Eiskübel und drei langstielige Gläser aus einer in der Autotür versteckten Minibar zutage.

Jules wirft mir einen Blick zu, der *Das tut er nur deinetwegen, nicht mir zuliebe* besagen soll. Ich achte nicht darauf.

»Möchten die Damen wissen, was ich für den Abend geplant habe?«, fragt er und reicht einen Porzellanteller herum, auf dem Oliven und Vorspeisenhäppchen ordentlich auf einer Leinenserviette angerichtet sind. Du meine Güte, das hier ist ja wie das Plaza auf Rädern.

Jules stopft sich ein paar Oliven in den Mund und spuckt die Kerne aus, während Jack uns berichtet, einige seiner Freunde, die in der Nähe unseres Strandhauses wohnten, würden heute Abend ein Grillfest veranstalten und hätten uns alle eingeladen.

»Außerdem kommt jemand, den ich dir gerne vorstellen würde«, meint er grinsend zu Jules. »Ein alter Kumpel von mir und ein wichtiger Theaterinvestor. Seit Kurzem Single, attraktiv, erfolgreich und dringend auf der Suche nach einer neuen Bekanntschaft.«

»Ach herrje, hast du ein Blind Date für mich arrangiert?«, ruft sie aufgeregt aus. »Wirklich?«

»Wenn du es so nennen willst. Du hast doch nichts dagegen, oder?«

»Soll das ein Scherz sein? Wenn er hetero, solo und nicht

gerade auf Bewährung entlassen ist, hat er den Jules-Test schon bestanden.«

»Warum bist du eigentlich noch Single? Du hast doch zu Hause in – wie heißt noch mal die Ortschaft? – Stickens sicher schon mal einen Freund gehabt.«

Jules trinkt einen Schluck Champagner, spielt an ihren dunklen Locken herum und hält ihm einen Vortrag über ihr Lieblingsthema, nämlich dass in der näheren Umgebung von Waterford ein absoluter Mangel an alleinstehenden Männern zwischen achtzehn und dreißig herrsche. Dann führt sie ihre Theorie aus, dass die Frauen dort in einer ähnlichen Lage sind wie nach dem Ersten Weltkrieg, als eine ganze Generation junger Männer in den Schützengräben ihr Leben gelassen hatte, sodass niemand zum Heiraten übrig blieb.

Ich sehe, dass Jack über ihren jugendlichen Überschwang und ihr harmloses Geplapper schmunzelt. Als er ihr noch einmal den Teller mit Oliven hinhält und sie mit der Bemerkung »Bist du wahnsinnig? Wenn ich heute Abend ein Date habe, ist so was das Letzte, was ich esse« ablehnt, bekommt er einen Lachanfall.

Da die Fahrt über zwei Stunden dauert, ist es bereits kurz vor acht, als wir endlich da sind. Es dämmert schon und ist angenehm kühl – das optimale Grillwetter. Ehrlich gesagt, bin ich vom Champagner ein bisschen beschwipst. Jules offenbar auch, denn als wir am Strandhaus eintreffen, fängt sie zu lachen an und fragt Jack, welchem seiner Freunde es denn gehöre.

Während wir uns aus der Limousine quälen, raubt mir die schiere Größe des Anwesens den Atem. Es ist ein Strandhaus im Neokolonialstil mit weißen dorischen Säulen ringsherum und einer Granittreppe, die zu einer gewaltigen Eingangstür führt. Ich habe den Verdacht, dass der Besitzer zu oft *Vom Winde verweht* gesehen und beschlossen hat, Tara bis in alle Einzelheiten nachzubauen.

Im Haus gibt es sieben Schlafzimmer. Jack, der schon öfter hier übernachtet hat und uns herumführt, bezeichnet es als »klein, aber fein«. Dann geht er zu dem riesigen Kühlschrank in der Küche und fördert eine weitere Champagnerflasche zutage. »Ein kleiner Schluck, damit wir in Partystimmung kommen«, wie er sagt.

In der Zwischenzeit sehen Jules und ich uns mit offenen Mündern um. Das soll eine Küche sein?, denke ich. Schon gut. Eher eine Kombination aus Küche und Ballsaal, und das ist kein Scherz. Über der Frühstückstheke hängen Kronleuchter. Kronleuchter. In einem gottverdammten Strandhaus.

Geschickt entkorkt Jack die Flasche, schenkt uns wieder ein Glas Schampus ein und verkündet, dass der Grillabend bei seinem Freund vermutlich schon in vollem Gange sei, weshalb wir uns umziehen und aufbrechen sollten. Also nehmen wir unsere Gläser mit nach oben, wo er uns unsere Zimmer zeigt.

In meinem Zimmer könnten übrigens mühelos siebzehn Personen nächtigen, und das angeschlossene Bad ist größer als meine ganze Wohnung in Manhattan. Außerdem ist es ein Traum und hat hohe Fenster und einen winzigen Balkon mit Blick auf das Meer. Es ist so lange her, dass ich zuletzt Wellenrauschen gehört habe, und es wirkt, da ich ohnehin ein bisschen betrunken bin, sofort entspannend und beruhigend auf mich.

Ich dusche in blitzartiger Geschwindigkeit und dem Irrglauben, dass es mich ausnüchtern wird. Anschließend schlüpfe ich in ein kurzes schwarz-rotes Sommerkleid und dazupassende Pumps. Da die übliche halbe Dose Haarfestiger, um mein Haar zu bändigen, nicht wirkt, binde ich es einfach zusammen und benutze ein bisschen Lippenstift. Was soll's, denke ich. Bei schlechter Beleuchtung komme ich damit durch. Es wird mich sowieso niemand anschauen oder sich für mein Aussehen interessieren.

Auf der Treppe treffe ich Jack, der in Jeans und einem langen weißen Leinenhemd wie immer der Inbegriff der Eleganz ist. Er haucht mir einen Kuss auf die Stirn, eine vertrauliche Geste, die ich ihm in meinem beschwipsten Zustand durchgehen lasse. Dann nimmt er mich an beiden Händen, wirbelt mich herum und betrachtet mein Kleid.

»Wundervoll«, meint er grinsend. »Ich sage ja schon immer, dass Rot deine Farbe ist. Du bist wunderschön. Wirklich wunderschön, und zum Glück ahnst du es nicht.«

Seine kalte Hand umfasst weiterhin die meine.

Oh, verdammt, schießt es mir durch den Kopf, während ich mich losmache. Ob Jules vielleicht doch recht hat?

Dann stecke ich nämlich ordentlich in Schwierigkeiten.

Im nächsten Moment kommt Jules, aufgetakelt für ihr Blind Date, aus ihrem Zimmer, und ich muss sagen, dass sie hinreißend aussieht. Sie trägt ein knappes gelbes Babydollkleid mit Punkten, das sie bei Gap gekauft hat. Sehr sexy und so kurz, wie es sich nur eine Neunzehnjährige leisten kann. Ich würde darin wirken, als liefe ich im Nachthemd herum.

Und so schlendern wir drei über den Strand zur Grillparty, die etwa zehn Häuser weiter stattfindet. Allerdings würde man das Haus schon aus einem Kilometer Entfernung an den bunten Lampions und der wummernden Musik erkennen. Es wimmelt von Menschen, und am Strand vor dem Haus ist eine improvisierte Tanzfläche eingerichtet worden.

Ehe ich mich's versehe, packt Jack mich mit seiner eiskalten Hand am nackten Arm und schiebt mich ins Haus in Richtung Bar. Jules folgt ihm und gibt ihm Anweisungen, was er sagen und, noch wichtiger, nicht sagen soll, wenn er sie ihrem Blind Date vorstellt. Es gibt wieder Champagner, und mittlerweile ist mir ernsthaft schwummerig. Ich wiege mich automatisch zur Musik und würde mir am liebsten die Schuhe von den Füßen reißen und zum Strand hinaustanzen, wo offenbar die richtige Party steigt.

Jules' Blind Date trifft ein, ein gewisser Freddy Masterson, der ein vollendeter Gentleman zu sein scheint, genau das Richtige sagt und ein makelloses Betragen an den Tag legt. Er hat nur den kleinen Fehler, dass er, grob geschätzt, Mitte vierzig ist. Allerdings ist er kein attraktiver älterer Mann mit grau meliertem Haar à la Richard Gere. Nein, denke ich betrunken, Freddy erinnert mich eher an Ed Harris: verschwitzt und glatzköpfig. Außerdem erzählt er, er habe eine Tochter, die nur zwei Jahre jünger sei als Jules. Ihr angedeutetes gelangweiltes Augenrollen verrät mir, wie die Sache enden wird.

Nach ein wenig höflichem Small Talk, wie ihr Manhattan gefalle, bemerke ich, dass ihr Blick ein wenig glasig wird, und schlage vor, dass wir nach draußen gehen, um frische Luft zu schnappen und zu tanzen. Sie ergreift die Gelegenheit zur Flucht beim Schopf, und wir schlängeln uns durch die Massen hinaus zum Strand. »Ich hatte gerade eine tolle Idee für ein Buch«, zischt sie mir ins Ohr. »Ein Ratgeber mit dem Titel *Der offizielle Jules-Ferguson-Führer für altersmäßig nicht zusammenpassende Paare*. Was hältst du davon?«

»Findest du nicht, dass er … äh … distinguiert aussieht?«

»Ach, verschon mich. Jeder weiß, dass distinguiert nichts anderes heißt als hässlich und reich.«

Es ist laut hier draußen, und alle tanzen ausgelassen barfuß am Strand. Wir mischen uns unters Volk. Es ist ein Traum. Ich habe seit Menschengedenken nicht mehr getanzt. Die Musik durchströmt mich, meine Hüften, Arme und Beine und meine Taille, ja meinen ganzen Körper, und spart sich den Umweg übers Gehirn. Ich balanciere an der wunderbaren Grenze zwischen Rausch und Kater – und es ist einfach ein Traum.

Der arme verschwitzte Freddy kommt nach draußen, um Jules zu suchen. Er wischt sich die Stirn mit einem Taschentuch ab und schleudert beim Tanzen Arme und Beine um sich wie ein leicht peinlicher Onkel, der auf einer Hochzeitsfeier tut, als wäre er fünfundzwanzig Jahre jünger. Ich fahre mir mit den Fingern durchs Haar, bewege mich im Rhythmus und habe großen Spaß, als ich spüre, wie sich ein eiskalter Arm um meine Taille legt.

Ich brauche mich nicht umzudrehen, um zu wissen, dass es Jack ist. Das erkenne ich an seiner kalten Berührung. Es kann keine zwei Menschen auf der Welt geben, die sich so eisig anfühlen.

»Lass uns einen Spaziergang machen.« Wegen der lauten Musik muss ich ihm den Satz von den Lippen ablesen. »Ich will dir etwas zeigen.«

Ich bin zu betrunken, um zu widersprechen. Also folge ich ihm. Er führt mich ein gutes Stück den Strand entlang, wo es viel ruhiger ist, und ehe ich mich's versehe, sind wir beide allein. Hier ist es außerdem viel dunkler, und je weiter wir den Strand entlangschlendern, desto öfter gerate ich in meinem beschwipsten Zustand ins Stolpern. Inzwischen ist der kleine rote Punkt seiner Zigarette die einzige Lichtquelle.

Er legt helfend seinen Arm um mich, damit ich nicht hinfalle, und wir gehen weiter zu einem Bootssteg, wo eine Jacht vor Anker liegt. Wegen der Dunkelheit muss ich angestrengt hinsehen, um sie zu erkennen, und bemerke den Namen auf dem Rumpf. *Die Reichen und Schönen*. Ich muss lachen, weil der Name so gut passt. Im nächsten Moment nimmt Jack meine Hand und flicht die Finger in meine.

»Die habe ich gemietet, um morgen mit dir rauszufahren«, verkündet er grinsend. »Sofern du mir zutraust, dass ich mich wie ein Gentleman benehme, wenn wir ganz allein draußen auf dem Atlantik sind.«

»Kommt Jules denn nicht mit?«

»Hast du es nicht satt, ständig eine Anstandsdame im Schlepptau zu haben, meine Liebe? Ich vergöttere das Mädchen ja, aber jugendlicher Überschwang kann manchmal etwas anstrengend sein. Außerdem möchte Freddy sie morgen in die Lobster Bar zum Mittagessen einladen, weshalb es mir gelungen ist, dich zu beschlagnahmen. Einen ganzen Nachmittag lang, was ein Glück ist. Ich hoffe, du teilst meine Auffassung.«

Plötzlich bricht die Wirkung des Champagners wie eine gewaltige Welle über mich herein, und ich weiß, dass ich mich setzen muss, wenn ich nicht umfallen will.

»Moment«, sagt er, drückt rasch seine Zigarette aus, packt mich an der Taille und lässt mich mit einer geschickten Bewegung in den Sand sinken. »Bleib eine Weile sitzen, dann ist es gleich besser. Du hast den ganzen Abend nichts gegessen, das ist das Problem.«

Er setzt sich neben mich. In meinem Kopf dreht sich alles,

der ganze Strand kippt und richtet sich dann wieder auf. Am liebsten würde ich mich hinlegen, bis der Schwindel vorbei ist. Im nächsten Moment beugt Jack sich über mich und legt mich sanft in den Sand. Inzwischen ist er ganz nah, so nah, dass ich seinen eiskalten Atem im Ohr spüre. »Annie«, murmelt er langsam wieder und wieder, »ist alles in Ordnung? Annie?«

Ich möchte antworten, dass alles bestens ist, doch ehe ich Zeit zu reagieren habe, liegt er neben mir, und sein Flüstern hat sich in hauchzarte Liebkosungen verwandelt. Zärtlich küsst er meine Ohren und Wangen und meinen Hals. Seine Haut ist so weich und samtig. Nun bedeckt mich sein kräftiger, kalter Körper – hör auf, möchte ich sagen, hör sofort auf, ich bin verheiratet, ich kann nicht. Allein der Gedanke an Dan löst in mir heftige Schuldgefühle aus, aber was ich nicht mit einkalkuliert habe und was mich nun völlig unvorbereitet trifft, ist die übermächtige Begierde, die Besitz von mir ergreift. Ich spüre seinen knochigen Brustkorb an meinem, während seine Hände durch mein Haar und meinen Hals entlang und dann langsam und verlockend über meine Brüste gleiten. Er umfasst sie mit eiskaltem, hartem Griff.

Ich sehne mich unglaublich danach, seine Lippen auf meinen zu spüren, und wünsche mir, dass er sich noch fester an mich drückt. Er streichelt mein Haar, berührt mein Ohrläppchen mit der Zunge und stöhnt leise auf.

»Du weißt, dass ich dich will, Annie«, murmelt er. »Und verdammt, ich habe lang genug auf dich gewartet.«

Auf unerklärliche Weise habe ich die Kontrolle über mich verloren. Ich kann mich kaum noch daran erinnern, dass ich das letzte Mal so angefasst worden bin, und es ist, als vibrierten alle meine Nervenenden unter seinen leichten, zarten, kühlen Berührungen. Ich bin ihm völlig ausgeliefert.

Sicher hört er, wie das Herz in meiner Brust klopft. Er muss es einfach hören.

Inzwischen reibt sich seine glatte Wange an meiner. Sein langer, schlanker, drahtiger Körper liegt auf meinem, und unwillkürlich schlinge ich ihm die Arme um den Hals, drücke ihn an mich und fahre mit den Fingern durch sein feines, seidiges Haar und stöhne vor Wollust.

Dann, einen Moment später, als ich gerade das Gefühl bekomme zu verbrennen, senken sich seine Lippen auf meine. Anfangs sanft, fast spielerisch, dann fordernder und härter. Seine Zunge ist in meinem Mund und meine in seinem, und wir küssen einander gierig, ohne jemals aufhören zu wollen.

Ich habe überhaupt nicht damit gerechnet und hätte nie gedacht, er könne mich so erregen, dass ich alles ausblende bis auf seinen kräftigen Körper auf meinem. Dass die Anziehungskraft so stark sein könnte. Und auf so explosive Weise gefährlich.

Herrje, mir war gar nicht klar, dass ich ihn so sexy finde. In meinem ganzen Leben war Dan bis jetzt der einzige Mann, den ich geküsst habe. Und nun denke ich nur noch an Jacks warmen, heißen Mund, der grob an meinem Hals saugt und immer wieder meinen Namen murmelt, während seine kühlen Hände den Reißverschluss meines Kleides und meinen BH öffnen. Langsam wandern seine Lippen abwärts, um meine Brüste zu küssen.

»Du willst es doch auch«, stöhnt er mit belegter Stimme und dreht mich herum, sodass ich jetzt auf ihm liege. Seine kühlen Hände packen fester und drängender zu, berühren mich überall am nackten Rücken, am Po und an den Beinen und tasten sich die Schenkel hinauf. Ich kann ein Aufstöhnen nicht unterdrücken, er stöhnt auch, und es wird immer wilder und leidenschaftlicher. Ich weiß, dass ich nun aufhören sollte, kann es aber nicht, und mitten in all diesem Wahnsinn ruft jemand meinen Namen.

Glockenhell.

Wir fahren auseinander und blicken auf.

Es ist Jules, die etwa drei Meter entfernt von uns steht und die ganze Szene beobachtet hat. Sie blickt entsetzt drein.

Jack setzt sich auf und wirkt, wohl zum ersten Mal im Leben, völlig verdattert. Als ich ihn ansehe, schießt mir ein seltsamer Gedanke durch den Kopf: Schade, dass ich keine Kamera dabeihabe.

Jules macht kehrt und marschiert über den Strand davon.

Oh mein Gott, was habe ich getan?

Kapitel dreizehn

Erst am folgenden Spätnachmittag haben Jules und ich endlich Gelegenheit, miteinander zu reden. Das heißt, wirklich miteinander zu reden. In meiner Wohnung, nachdem wir den Ausflug in die Hamptons aus verständlichen Gründen abgekürzt haben. Wir sind beide beim Auspacken, und ich räume gerade die Waschmaschine ein, als sie sich zu mir umdreht.

»Ich weiß, dass es mich nichts angeht, Annie«, beginnt sie. »Du machst gerade Ehe-Pause, weshalb du genau genommen niemanden betrogen hast. Und ich kann es dir nicht einmal verdenken. Niemand weiß besser als ich, dass Dan sich, als du noch zu Hause warst, nicht gerade benommen hat wie der Ehemann des Jahres. Doch das ist es nicht, was mir Sorgen macht.«

»Liebes, ich habe dir schon so oft gesagt, wie unangenehm mir das alles ist«, erwidere ich. Noch immer plagen mich heftige Schuldgefühle, und es geht mir entsetzlich elend.

Mein Gott, wenn Dan mir so etwas antäte. Ich weiß nicht, was dann passieren würde. Kaum zu fassen, dass ich mich noch vor kurzer Zeit damit zermürbt habe, Lisa könnte sich ihm an den Hals werfen. Und was habe ich nur zwei Flaschen Champagner später angestellt? Das Schlimmste ist das Gespräch, das ich während eines unserer »Wir treffen uns auf dem Mond«-Telefonate mit Dan werde führen müssen. Denn ich kenne mich gut genug. Das schreckliche schlechte Gewissen wird sich erst dann legen, wenn ich meinen Mut zusammengenommen und es ihm gestanden habe.

So einfach ist das.

»Ich war beschwipst, und es hätte nie geschehen dürfen. Ich bereue es. Aber eines verrate ich dir. Es wird ganz sicher nicht wieder vorkommen.«

»Oh doch, das wird es.« Sie schüttelt mit Nachdruck die dunklen Locken.

»Ich habe es dir ja schon erklärt, Liebes. Ich hatte viel zu viel getrunken.«

»Die Dinge, die man eigentlich tun will, tut man nur, wenn man betrunken ist.«

»Jules, bitte.«

»Nein, du hörst jetzt mir zu. Ich kenne die Jack Gordons dieser Welt und bin schon einigen von ihnen begegnet.«

»Ach, bist du das?«

»Oh, sei still. Du hast es gerade nötig, auf dem hohen Ross zu sitzen. Männer wie Jack würden alles tun, um zu kriegen, was sie wollen. Und dass er dich will, steht eindeutig fest. Das macht mir schreckliche Sorgen. Das ganze Wochenende lang habe ich deutlich das andere Leben gesehen, das du hier mit ihm führen könntest. Anstatt bei uns zu Hause. Und das löst bei mir nicht nur Angst aus, Annie, sondern Panik. Du bist für mich wie eine Schwester. Nehmen wir einfach mal an, dass du am Ende dieses Jahres entscheidest, nicht mehr nach Hause zu kommen. Auch daraus könnte dir niemand einen Vorwurf machen, denn was erwartet dich denn dort? Audrey mit ihrem Gequengel? Lisa und ihr Genörgel? Dan, der die ganze Zeit unterwegs ist, leere Versprechungen macht und dich ständig versetzt? Was, wenn du beschließt, sie alle zum

Teufel zu jagen und hier mit jemand anderem ein neues Leben anzufangen? Was dann? Du wärst für immer fort, und ich würde dich niemals wiedersehen. Und was Dan betrifft …«

Ich ziehe den Kopf aus dem Wäschekorb und will Jules gerade mitteilen, dass wie immer ihre Phantasie mit ihr durchgeht.

Erst als ich mich zu ihr umdrehe, bemerke ich, dass sie Tränen in den Augen hat.

Es ist Jules' letztes Wochenende in New York und verspricht nach dem abgebrochenen Katastrophenausflug in die Hamptons ein angenehmes zu werden. Die Verleihung des Tony wird live aus der Radio City Music Hall übertragen, und wir sind alle entsetzlich nervös. Das heißt alle mit Ausnahme von Liz, die mich nur ab und zu in der Garderobe anfährt und noch keinen einzigen zivilisierten Satz mit einer von uns gewechselt hat.

Da die Verleihung am Sonntagabend stattfindet, sind wir nach der Matinee schrecklich in Eile, um so schnell wie möglich nach Hause zu kommen, uns in unsere Abendkleider zu zwängen und uns auf den elegantesten Galaabend vorzubereiten, den wir je besucht haben.

Inzwischen sind wir wieder zu Hause, und es geht zu wie in einer Folge von *America's Next Top Model,* weil wir zwischen unseren Wohnungen hin und her laufen, um Make-up, Handtaschen und Schuhe zu tauschen. Wir lachen und albern herum und bewundern schließlich kreischend unsere Outfits, obwohl wir Anfang der Woche zusammen im Designerladen von Loehmann's waren, weshalb die Kleider der anderen keine große Überraschung mehr sind.

Blythe sieht in ihrem hinreißend eleganten hellgrünen Kleid, der langen Stola und den von Chris geliehenen Perlen einfach umwerfend aus. Alex wirkt in ihrem schwarzen Hosenanzug von YSL, den sie im Sonderangebot bei Century 21 ergattert hat, und dem mit Pomade streng zurückgekämmten Haar sehr extravagant und androgyn. Der grellrosa Lippenstift ist der einzige Versuch einer Rebellion à la Alex. Chris könnte natürlich als Model durchgehen: Wie immer ist sie eine elegante und geschmeidige Erscheinung und hat das lange, glatte schwarze Haar zu einem ordentlichen Knoten aufgesteckt. Sie trägt ein violettes Kleid aus Knautschsamt, das sich nur jemand leisten kann, der so groß, blass und schlank ist wie sie.

Als ganz besonderes Abschiedsgeschenk habe ich Jules ein schwarzes Abendkleid mit Schwalbenschwanz von Calvin Klein gekauft, das ihr bei der Anprobe so traumhaft stand, dass sie es einfach haben musste. Das Haar trägt sie offen, sodass ihr die dunklen Locken in einer wilden Mähne um den Kopf wogen. Doch sie sieht dennoch elegant und erwachsen aus, ein himmelweiter Unterschied zu den vergammelten, ausgeleierten T-Shirts, mit denen sie im Alltag in der Wohnung herumhängt.

»Bist du dir sicher, dass das so geht?«, fragt sie mich und tänzelt in meinem Schlafzimmer herum, während ich mir die klatschnassen Haare föhne und schon viel zu spät dran bin. »Ich komme mir mit bedeckten Knien komisch vor.«

»Traumhaft«, versichere ich ihr.

»Und vorne ist es so tief ausgeschnitten. Versprich mir, dass ich nicht aussehe, als sollte ich operiert werden.«

Ich lache sie aus. »Überhaupt nicht. Du siehst so elegant und chic aus! Ich bin mächtig stolz auf dich, Schätzchen. Wir müssen eine Menge Fotos machen, um Audrey zu beweisen, dass du auch anders kannst.«

»Ja«, erwidert sie grinsend und wirft ihre dunklen Locken zurück, »du hast recht, auch wenn ich mich selbst loben muss. Schwarz steht mir wirklich gut, oder? Ein Wunder, dass ich auf Beerdigungen nicht öfter angebaggert werde.«

Auf unseren Einladungen steht im Befehlston, dass wir um Punkt neun auf unseren Plätzen in der Radio City Music Hall zu sitzen haben. Aber Jack, der sich mir gegenüber übrigens wie ein vollendeter Gentleman verhält, hat uns davor auf Cocktails im Plaza eingeladen. Um in seinen Worten zu sprechen: »Ich würde nicht im Traum daran denken, so geschmacklos zu sein, dich zu blamieren, indem ich auch nur darauf anspiele, dass wir erst vor einer Woche übereinander hergefallen sind wie zwei nach Sex ausgehungerte Tiere ... also benehmen wir uns einfach ganz normal, als wäre nichts gewesen.«

Also einfach ignorieren, dass da etwas passiert ist und dass es zwischen uns ein Problem gibt? Für mich ist das absolut in Ordnung. Schließlich verfüge ich über jahrelange Übung auf diesem Gebiet und bin sozusagen ein Profi.

Als wir uns im Treppenhaus versammeln, um mit dem Taxi zum Plaza zu fahren, läute ich an Liz' Wohnungstür, damit sie sich nicht ausgeschlossen fühlt und um ihr zu sagen, wo wir hingehen und dass sie natürlich gerne mitkommen könne. Nach der Vorstellung heute Nachmittag ist sie wie immer verschwunden und wurde seitdem nicht mehr gesehen. Nun macht niemand auf.

Besorgniserregend, um es einmal milde auszudrücken.

Aber alle anderen sind bester Laune und albern kichernd herum, als wir die Champagnerbar des Plaza betreten und dabei über unsere ungewohnten langen Kleider und hohen Absätze stolpern. Insgesamt sind wir zu fünft – Jules, Alex, Chris, Blythe und ich. Chris ist heute Abend allein, weil ihr Mann Josh und der kleine Oscar vor einer guten Woche zurück nach Irland geflogen sind. Also ist der Abend die optimale Ablenkung für sie.

Harvey Shapiro ist bereits da und verteilt sofort Champagnergläser. Ich betrachte die anderen, die so stolz und glücklich sind und die wohlverdiente Feier genießen, und muss dennoch immer wieder an Liz denken. Sie sollte auch hier sein, denn wir sind ein Team und ohne sie nicht komplett. Ein Schatten legt sich über den Abend, noch ehe er richtig begonnen hat, und ich weiß nicht, warum. Zumindest noch nicht.

Jack kommt aus seiner Wohnung im obersten Stockwerk und wirkt in seinem Abendanzug so lässig und elegant, als sei er dazu geboren, eine Fliege zu tragen. Seit den Hamptons bin ich ihm kaum begegnet. Nun achtet er darauf, mich als Letzte zu küssen, und verteilt Komplimente, wie phantastisch alle aussähen, insbesondere Blythe.

»Ach, lass das, du alter Charmeur!«, protestiert sie lachend und errötet vor Freude. »Wenigstens bin ich mir ziemlich sicher, dass ich heute Abend keine Rede halten muss, weil ich nämlich nicht die geringste Chance habe zu gewinnen. Allerdings habe ich die ganze Woche vor dem Spiegel meinen ›Guter Verlierer‹-Gesichtsausdruck geübt. Ihr wisst schon, um die richtige Mischung aus Enttäuschung und Freude für die Siegerin zu vermitteln. Du hingegen, Jack –«

»Warum warten wir es nicht einfach ab?« Er nickt höflich und geht nicht weiter darauf ein.

Mich begrüßt er zuletzt, wobei er vielleicht eine halbe Sekunde länger verharrt, als er sollte, bedenkt mich mit einem seiner typischen Blicke und prägt sich jede Einzelheit meines weißen Kleides ein. Dieses ist übrigens bodenlang, rückenfrei, ärmellos und hat einen weiten Rock. Ich habe es mir frech von Chris im Austausch gegen ein Paar Swarovski-Ohrringe geliehen. Dann beugt er sich vor und haucht mir einen Kuss auf die Wange. Beinahe keusch. »Hallo«, sagt er mit dunkler leiser Stimme und hebt anzüglich die Augenbrauen.

»Hallo.«

»Du siehst hinreißend aus.«

Okay, hör sofort damit auf.

»Alles nur geliehen.«

Ich spüre, wie seine Hand sehr diskret, damit es niemand merkt, meine Taille entlang und dann langsam über Oberschenkel und Po gleitet und kurz auf meinem nackten Rücken verharrt. Seine kalten Finger tippen leicht auf meine Wirbelsäule, und plötzlich, ohne Vorwarnung, bekomme ich weiche Knie.

Mist, Mist, Mist ... nein.

Inzwischen ist er ganz nah, und ich weiß, dass ich feuerrot angelaufen bin. Die Situation ist mir peinlich, und außerdem befinden wir uns in der Öffentlichkeit. Also zwinge ich mich, einen Schritt vor ihm zurückzuweichen. Er zieht fragend die Augenbrauen hoch, ist aber zu sehr Gentleman, um mehr zu sagen.

Ich schweige ebenfalls.

Zwei Taxis sind nötig, um uns alle zur Radio City Music Hall zu bringen. Als wir ankommen, erwartet uns eine Szene, die mich an die Oscarverleihung erinnert. Roter Teppich, Fernsehkameras auf der Suche nach einem Kurzinterview, Blitzlichtgewitter, ja selbst für uns, die Unbekannten. Wenn ich nur daran denke, wie viele Weltstars schon vor uns hier entlanggegangen sind. Blythe greift nervös nach meiner Hand. Ich tue mein Bestes, um sie ins Gebäude zu lotsen, aber sie wird alle zwei Sekunden dadurch gebremst, dass ihr jemand ein Mikrofon ins Gesicht hält und ihr, der Nominierten, immer wieder dieselben dämlichen Fragen stellt. Zum Beispiel, wie sie sich fühle. Oder ob sie glücklich sei, hier zu sein. Langsam nähern wir uns dem Eingang. Sie umklammert meine Hand mit Schraubstockgriff, zittert wie Espenlaub und beantwortet die restlichen Fragen, mit denen man sie bombardiert, so zusammenhängend wie möglich. Wenn das so weitergeht, werden wir noch eine Stunde bis in den Saal brauchen, und das ist kein Scherz.

Um neun Uhr beginnt die Show. Der Moderator ist ein Fernsehkomiker und Talkshow-Ass, der mit einer kleinen Parodie auf die nominierten Stücke beginnt. Auch auf unseres, und sein irischer Akzent ist so schauderhaft, dass wir laut loslachen, was die Stimmung ein wenig auflockert. Wir haben uns auf zwei Sitzreihen verteilt. Ich sitze, Jules rechts neben mir, ziemlich in der Mitte. Jack ist es gelungen, den Platz links von mir zu ergattern. Direkt vor ihm ist der Platz von Liz frei geblieben.

Sofort habe ich ein ungutes Gefühl. Sie wird doch nicht … wird sie? Einfach nicht erscheinen? Ich werfe Jack einen ängstlichen Blick zu, was er richtig deutet, denn er beugt sich zu mir hinüber. »Keine Sorge«, flüstert er. »Es ist okay, sie ist hier. Ich habe gesehen, dass sie draußen interviewt wurde. Pst, beruhig dich.«

Leicht streift er mit seinen eiskalten Fingern meine Hand, und ich schwöre, dass es sich anfühlt wie ein elektrischer Schlag.

Gefährlich. Sehr gefährlich.

»Bist du denn gar nicht nervös?«, flüstere ich zurück. »Was ist, wenn du gewinnst und eine Rede halten musst?«

»Wenn ich gewinne, wirst du die Erste sein, die ich küsse. Vor allen Leuten und vor laufenden Kameras. Das ist mir egal, und du kannst überhaupt nichts tun, um mich daran zu hindern, meine Liebe.«

Er beugt sich noch weiter vor und streicht mir eine Haarlocke vom Nacken. Allerdings habe ich keine Gelegenheit zu einer Antwort mehr, denn in diesem Moment trifft Liz in letzter Minute ein, setzt sich auf den Platz vor Jack und straft uns alle mit Nichtachtung. Ich lehne mich vor, um Blickkontakt mit ihr aufzunehmen, doch sie starrt geradeaus, als würde sie lieber anderswo sitzen. Wo, ist egal, Hauptsache, ganz weit weg von uns.

Außerdem hat sie sich die Mühe gespart, sich in Schale zu werfen, sondern hat ein Outfit à la Madonna in ihren Anfangstagen an, bestehend aus einer zerrissenen Strumpfhose und einem durchsichtigen, knielangen Spitzenkleid, durch das man deutlich sieht, dass ihre mageren Schulterblätter hervorstehen wie Schmetterlingsflügel. Dazu trägt sie Springerstiefel und Ohrringe, die so groß sind wie die Reifen, durch die Delfine springen, um ihren Dompteuren eine Freude zu machen. Ich schwöre bei Gott, dass ich diese Sachen schon öfter an ihr gesehen habe.

Nach einer schwungvollen Musikeinlage beginnt der Moderator mit der Preisverleihung. Blythes Kategorie, beste weibliche Nebenrolle, ist zuerst dran. Wir alle beugen uns vor, um sie aufmunternd zu tätscheln, doch sie verliert gegen eine Schauspielerin aus *Der Kaufmann von Venedig*. Als Applaus ertönt, sagt sie zu uns: »Es macht mir überhaupt nichts aus, meine Lieben. Ich hatte zufällig ein paar Dollar auf die Siegerin gesetzt. Wie gewonnen, so zerronnen.«

Das Tempo steigert sich, und das Glück ist uns hold. Bis zur zweiten Werbepause haben wir, begleitet von lautem Johlen unsererseits, in den Kategorien Beleuchtung und Kostüme gewonnen. Unser Jubel ist so groß, dass der Moderator einen Witz auf unsere Kosten reißt: »Sicher wissen Sie, dass wir hier im Saal Iren haben. Könnte jemand bitte in der Pause die Bar schließen? Versorgt sie nicht länger mit Nachschub, sonst lassen sie uns nichts mehr übrig.«

Während der kurzen Werbepause hasten wir alle aufs Klo. Dann geht die Show weiter. Liz ignoriert uns noch immer, sitzt einfach vor uns da und starrt ins Leere, ohne zu klatschen oder zu lächeln. Am besorgniserregendsten ist jedoch, dass ihr Kopf anfängt, zur Seite zu kippen. Also lehne ich mich vor und frage sie, ob ihr etwas fehle. Aber – Überraschung! – sie tut, als wäre ich nicht vorhanden.

Wir unterliegen in der Kategorie bestes Stück. Doch noch ehe ich Zeit zum Durchatmen habe, ist der Preis für den besten Regisseur an der Reihe.

»Und der Tony geht an ...«

Ich kann es vor Anspannung kaum aushalten, aber erstaunlicherweise ist Jack nicht der Sieger. Allerdings scheint ihn das nicht im Entferntesten zu berühren. Er zuckt kaum mit der Wimper, lehnt sich entspannt zurück und spendet kräftig und von Herzen Beifall.

»Macht es dir denn nichts aus?« Ich lächle ihm zu.

»Ach herrje, noch eine Trophäe. Die habe ich schon tonnenweise zu Hause, und sie sind, offen gestanden, nichts als Staubfänger.«

»Wirklich? Du bist überhaupt nicht enttäuscht?«

Irgendwie passt es nicht zu einem Alphatier wie Jack, in Sachen Auszeichnungen nicht schrecklich ehrgeizig zu sein.

»Die Nacht ist noch jung«, flüstert er zurück und erwidert meinen Blick. »Übrigens finde ich dieses sexy Kleid an dir einfach toll. Sehr aufregend. Gut, dann habe ich den Tony eben nicht bekommen. Doch ich kann an nichts anderes denken als daran, wie wunderbar einfach es wäre, dich aus diesem Kleid zu schälen und mir ganz genau anzuschauen, was du darunter anhast.«

»Pst«, zische ich.

»Sei nicht so prüde, das steht dir nicht. Also, was hast du darunter an?«

Er hat die Arme verschränkt und scheint sich blendend zu amüsieren.

»Hörst du jetzt endlich auf?«

»Möchtest du das denn?«

»Natürlich möchte ich das«, entgegne ich, allerdings nicht sehr überzeugend.

Es durchzuckt mich wie ein Blitz. Letzte Woche hat Jules gesagt, sie sehe ein anderes Leben, das ich hier mit ihm führen könnte. Seltsam, aber zum ersten Mal kann ich auch einen kurzen Blick darauf erhaschen. Und ich weiß nicht, was ich davon halten soll. Ich erforsche meine Gefühle und versuche, sie in Worte zu fassen. Doch das Beste, was mir dazu einfällt, ist schlicht und ergreifend Angst.

Aber dann gebe ich es auf. Verdammt, denke ich, plötzlich verärgert über mich selbst. Wie kann man nur eine solche Idiotin sein? Offenbar hat es auf mich abgefärbt, dass ich mit Jules zusammenwohne, denn nun bin ich genauso schlimm wie sie und rege mich über ungelegte Eier auf.

Lass. Es. Einfach. Sein.

Das wiederhole ich ein ums andere Mal, und schließlich scheint es zu wirken.

Die Nacht rauscht vorbei, und ehe ich mich's versehe, ist der Preis für die beste Hauptdarstellerin an der Reihe. Jack beugt sich vor, klopft Liz aufmunternd auf den Rücken und sagt, sie könne sich große Chancen ausrechnen. Sie reagiert, als hätte ihr jemand einen elektrischen Schlag versetzt, und das ist kein Scherz.

Unser Moderator stellt uns einen Kollegen vor, der feierlich die Namen verliest. Nach jedem ertönt donnernder Applaus. Liz' Name fällt als Letzter, und vor uns auf dem Bildschirm erscheint eine Aufnahme von ihr, auf der sie mürrisch und schmollend in die Kamera schaut. »Können wir das bitte hinter uns bringen?«, scheint ihre Miene zu sagen.

»Und der Tony geht an ...«

Ein dramatischer Trommelwirbel.

»... Liz Shields für ihre Rolle in *Hochzeitsglocken*.«

Wir sehen einander erschrocken und überrascht an. Im nächsten Moment bricht lautstarker Jubel aus, und wir applaudieren so laut wie den ganzen Abend noch nicht. Liz hat einen Tony gewonnen! Ich starre Jack entgeistert an und frage mich gleichzeitig, ob das hier das Wunder ist, das wir brauchen, um die alte Liz wieder zurückzubekommen.

Sie geht zur Bühne, und als sie dabei leicht ins Straucheln gerät, fange ich an, mir ernsthaft Sorgen zu machen. Außerdem wird mir klar, warum sie zu spät gekommen ist und kein Wort mit uns gewechselt hat.

»Meine Damen und Herren«, nuschelt sie ins Mikrofon. Sie lallt, was bei ihr immer ein Alarmzeichen ist. Lieber Gott, bitte mach, dass sie sich nicht zusätzlich zu allem anderen auch noch betrunken hat.

»Wissen Sie, den ganzen Abend habe ich hier herumgesessen und mich zu Tode gelangweilt.«

Wir anderen wechseln betretene Blicke. Denn das klingt ganz und gar nicht wie eine typische Dankesrede. Nicht im Geringsten. Im Publikum wird nervös gekichert, während sich alle fragen, worauf sie nur hinauswill.

»Ich habe mir Rede um Rede angehört, in denen die anderen Preisträger ihrem Ensemble danken, den Regisseuren, den Produzenten, den Assistenten, die Tee kochen, den Bühnenarbeitern, die die Bühne fegen ... und so weiter und so fort. Und ich wünschte wirklich, ich könnte hier stehen und das Gleiche tun.«

Ein Raunen geht durch den voll besetzten Saal. Liz ist nicht mehr zu bremsen und reitet sich immer weiter rein. Inzwischen sind meine Handflächen schweißnass, und ich fürchte mich vor dem, was sie als Nächstes von sich geben wird.

»Ach herrje«, stöhnt Jack. »Ich fasse es nicht. Sie ist sternhagelvoll.«

»Ich hingegen bin zwar dem amerikanischen Theater dankbar für diesen Preis, allerdings nicht den Mitgliedern meines Ensembles. Keinem einzigen. Nix. *Nada.* Und wollen Sie wissen, warum? Weil sie mich nicht im Geringsten unterstützen. Stattdessen überhäufen sie mich mit Vorwürfen und Drohungen oder wagen es, mir Vorschriften zu machen, wie ich mein Leben führen soll. Nun, ich habe festgestellt, dass einige der anderen Gewinner heute Abend ihrem Regisseur gedankt haben. Nun, das kann ich leider auch nicht. Sicher ist Jack Gordon vielen von Ihnen ein Begriff. Oder, wie ich ihn gerne nenne, Mr Ego. Aber ich kann Ihnen sagen, dass er dazu, wie ich die Rolle spiele, überhaupt nichts beigetragen hat.«

Als ich Jack ansehe, kocht er vor Wut. Ein Außenstehender würde das nie bemerken, weil er ganz ruhig ist. Gefährlich ruhig. Inzwischen wirkt der Moderator leicht panisch, da ihm allmählich klar wird, dass es sich nicht um die typische überschwängliche Dankesrede handelt. Ganz im Gegenteil.

Ich beobachte, wie er dem Aufnahmeleiter hektisch signalisiert, er solle die Kameras abschalten lassen, während dieser dem Orchester ein Zeichen gibt. Aber sie sind alle zu langsam.

Die Fernsehbildschirme überall im Saal zeigen Liz in Großaufnahme, und es ist nicht zu übersehen, dass sie sturzbetrunken und außerdem höchstwahrscheinlich high ist.

»Also, ihr Mitwirkenden von *Hochzeitsglocken*«, lallt sie, »geht doch und fickt euch ins Knie! Ihr seid doch alle nur eifersüchtig auf mich, und das wart ihr von Anfang an. Ich scheiß auf euch. Verpisst euch!«

Das Orchester übertönt sie, es wird eine außerplanmäßige Pause angekündigt, und wir anderen sehen einander an, völlig entsetzt über die Szene, deren Zeugen wir soeben geworden sind.

Es ist eine Katastrophe. Ein eigentlich festlicher Abend hat sich in einen Albtraum verwandelt, den ich wahrscheinlich noch viele Jahre lang in allen grausigen Einzelheiten auf der Couch eines Psychoanalytikers schildern werde. Nach der Show findet in einem Veranstaltungsraum im oberen Stockwerk eine Feier statt, doch verständlicherweise ist keiner von uns in der richtigen Stimmung dazu. Aber Harvey Shapiro, ein PR-Mann, wie er leibt und lebt, weist uns darauf hin, dass es einen noch schlechteren Eindruck machen würde, wenn wir nicht hingingen. Also fahren wir alle widerwillig mit der

Rolltreppe nach oben in eine Art-déco-Bar und tun so, als wäre nichts gewesen.

Jack habe ich nicht gesehen, da er nach der Verleihung wütend hinausgestürmt ist. Wie nicht anders zu erwarten, hat Liz sich auch verdrückt. Dann jedoch kommt Blythe kreidebleich herein und meldet ruhig, die beiden stünden draußen in einer Ecke, und ich kann mir gut vorstellen, dass Jack gerade Hackfleisch aus ihr macht. Im nächsten Moment kommt Liz laut kreischend und betrunken tobend in die Bar gestürzt.

Oh mein Gott, ein weiterer Auftritt hat uns gerade noch gefehlt. Und dabei habe ich schon gedacht, das Schlimmste hinter mir zu haben.

»Du glaubst, du kannst mir mit Kündigung drohen? Tja, du kannst mich mal kreuzweise! Ich habe gerade einen Tony gewonnen, mich feuert niemand.«

Natürlich drehen sich alle nach ihr um, und es ist ein kleines Wunder, dass hier oben weder Fernsehkameras noch Reporter anwesend sind. Ein Segen, denn so kommt es wenigstens nicht zu einer öffentlichen Hinrichtung.

Jack packt sie grob am Arm und versucht, sie aus dem Raum zu zerren. Da er absichtlich leise spricht, verstehe ich nicht, was er zu ihr sagt. Allerdings höre ich die Antwort, die man unmöglich drucken kann. Dann marschiert sie zur Bar und bestellt einen doppelten Wodka Martini. Doch er folgt ihr auf den Fersen und weist den Barmann barsch an, die Bestellung zu stornieren.

»Ich will dich morgen um Punkt neun sprechen«, zischt er ihr leise und drohend zu. Diese grausame, beängstigende Seite habe ich seit Monaten nicht mehr bei ihm erlebt. Nicht seit Abschluss der Probenphase.

»Und das ist mein voller Ernst, Liz«, fährt er in eiskaltem Ton fort. »Wenn du dir nicht helfen lässt, bist du draußen. Und mach bloß nicht den Fehler zu glauben, dass du mich unter Druck setzen kannst. Hast du mich verstanden? Und nun entschuldige dich bei den anderen für deine Beleidigungen, und geh mir verdammt noch mal aus den Augen.«

Mit diesen Worten stürmt Jack hinaus. Liz, die so verletzlich und hilflos wirkt, wie ich sie noch nie gesehen habe, sackt in sich zusammen.

Kapitel vierzehn

Die Story verbreitet sich wie ein Lauffeuer. Am nächsten Tag macht sie die Schlagzeilen und wird im Frühstücksfernsehen durchgekaut, und das Schlimmste ist, dass Liz' Ausbruch bei der Tony-Verleihung bei YouTube schon fast eine Million Mal angeklickt worden ist. Am nächsten Morgen bin ich in meiner Wohnung damit beschäftigt, Jules hektisch beim Packen zu helfen und gleichzeitig die vielen Anrufer abzuwimmeln.

Seit dem Morgengrauen läuft das Telefon heiß. Offenbar hat es sich sogar schon bis Dublin herumgesprochen, denn meine Agentin ruft ebenfalls an. Mit ihrer heiseren Krächzstimme meldet sie, fünf irische Journalisten wollten mich interviewen. Und was noch besser sei, wie sie aufgeregt betont, dass ich nicht nur die Wahrheit über Liz erzählen könne, sondern auch noch Geld dafür bekommen würde, so als sollte ich ihnen auch noch dankbar sein.

Hilary ist offenbar völlig geblendet von dem Anteil, den sie davon kassieren kann, sodass sie nicht ahnt, dass ich so etwas niemals im Leben tun würde.

Ich lehne jedes einzelne Angebot ab. Verdammte Aasgeier.

In dieser ganzen Angelegenheit steht Liz und nur Liz an erster Stelle. Uns allen liegt viel daran, dass sie die Hilfe bekommt, die sie so dringend braucht. Denn je länger ich darüber nachdenke, desto mehr wächst meine Überzeugung, dass ihr Auftritt am gestrigen Abend ein ohrenbetäubender Hilfeschrei war.

Am frühen Vormittag erhalte ich einen knappen, geschäftsmäßigen Anruf von Jack, der mir mitteilt, Harvey und er würden Liz persönlich in eine der besten Kliniken für Alkohol- und Drogenabhängige in der Stadt bringen. Er schiebt die Drohung nach, dass sie aus der Produktion fliegen würde, sollte sie sich weigern. So einfach ist das.

Ich biete an, sie zu begleiten. Besser nicht, erwidert er. Denn sie könnte versuchen, mir eine Szene zu machen. Und wenn ihr Regisseur und ihr Produzent sie gewaltsam hinschleppten, seien die Chancen höher, dass sie tut, was man ihr sagt.

»Gib mir Bescheid, wie es gelaufen ist«, sage ich, und er verspricht, sich später noch einmal zu melden.

»Wer war das?«, fragt Jules, die gerade ihren zweiten überfüllten Koffer in den Flur schleppt, um ihn für die Fahrt zum Flughafen ins Taxi zu stopfen.

»Jack.«

Auf dem Rückweg ins Schlafzimmer singt sie *Torn Between Two Lovers* – ich stehe zwischen zwei Männern –, nur um mich zu ärgern.

Dann, etwa eine Stunde später, als ich gerade mit Jules zum Flughafen fahren will, ruft der Inspizient des Shubert Theatre an. Liz sei für unabsehbare Zeit ins Krankenhaus eingeliefert worden, sodass ihre Zweitbesetzung die Rolle übernehmen werde. Und zwar ab morgen Abend, da das Theater montags geschlossen hat. Also müssen wir uns heute Nachmittag zu einer vollständigen Probe mit Liz' Zweitbesetzung im Theater versammeln. Heute Abend findet dann die Kostümprobe statt.

Bei der Nachricht von Liz' Einlieferung ins Krankenhaus gerate ich in Panik. Deshalb rufe ich Chris an, um ihr Bescheid zu sagen. Ihr ist es inzwischen gelungen, Harvey zu erreichen, der ihr das Neueste mitgeteilt hat: Liz ist unter der Obhut einer gewissen Dr. Goldman in die Eleanor Young Drug Rehabilitation Clinic in Albany im Bundesstaat New York aufgenommen worden. Ich äußere sofort den Wunsch, sie dort zu besuchen, doch Chris fällt mir herrisch ins Wort. Offenbar ist der erste Schritt der Behandlung, dass sie clean werden muss, und dazu gehört, dass sie erst Besuche empfangen darf, wenn die Ärzte der Ansicht sind, dass sie stark genug dazu ist. In dieser Hinsicht ist man dort offenbar recht streng.

Ich weiß nicht, was ich denken soll. Einerseits zerreißt es mir das Herz, dass Liz, die kluge, humorvolle, überschwängliche, hochbegabte Liz, im Krankenhaus ist. Andererseits denke ich ... nun, wenigstens bekommt sie jetzt Hilfe, was nur gut für sie sein kann.

Als Jules mich drängend am Ärmel zupft, wird mir klar, dass es bereits spät ist. Also helfe ich ihr, die Koffer nach unten zum wartenden Taxi zu schleppen.

Auf der Fahrt zum JFK starrt Jules die ganze Zeit bedrückt schniefend aus dem Fenster.

»Komm schon, mach dir keine Sorgen um Liz. Die schafft das.«

»Ich weiß, das ist auch nicht der Grund.«

»Was dann, Liebes?«, frage ich und nehme ihre Hand.

»Was, wenn du nie mehr nach Hause kommst? Wenn du dich für das andere Leben entscheidest? Wenn ich dich in Zukunft nur sehe, wenn ich herkomme? Weil du mit Jack zusammenlebst?«

»Jules«, seufze ich verzweifelt. Denn ehrlich gesagt, habe

ich das Gefühl, dieses Gespräch schon tausendmal geführt zu haben. »Hör auf damit. Was habe ich dir gesagt?«

»Ich weiß, er war wirklich sehr nett, während ich hier war. Die Ausflüge, die Geschenke und alles andere. Aber trotzdem, Annie. Ich wäre keine richtige Freundin, wenn ich dir nicht die Wahrheit sagen würde. Die Sache ist ... Er hat etwas an sich, mit dem ich nicht warm werde. Hinter seiner Gelassenheit, seiner Eleganz, den verdammten Zähnen, die einen fast blenden ... glaube mir, der Typ ist ein skrupelloser Mistkerl. Ist dir das gestern nach der Show nicht aufgefallen?«

»Ja«, erwidere ich, doch eher an mich selbst als an Jules gewandt. »Ja, das ist es.«

Liz' Zweitbesetzung ist eine Amerikanerin irischer Abstammung, die Rachel Ivors heißt. Ich bin ihr schon einige Male begegnet, habe aber noch nie mit ihr zusammengearbeitet. Sie sieht sogar aus wie eine bravere Version von Liz. Die gleiche üppige blonde Mähne und die himmelblauen Augen. Doch angesichts dessen, dass Liz niemand das Wasser reichen kann, ist es für die Arme sicher nicht leicht, in so große Fußstapfen zu treten.

Vom JFK fahre ich mit dem Taxi direkt zum Theater und stelle zu meiner Überraschung fest, dass einige abgebrühte Reporter mit ihren Kameras draußen warten und die Tür belagern. Während ich mich zwischen ihnen hindurch zum Bühneneingang dränge, werde ich mit schwachsinnigen Fragen bombardiert. »Hey, Annie? Sind Sie Annie Cole? Hier drüben, Annie! Können Sie uns etwas verraten? Wie haben Sie sich als Ensemblemitglied von *Hochzeitsglocken* gefühlt, als Sie gestern von Ihrer Kollegin auf offener Bühne und vor laufenden Kameras beleidigt worden sind?«

Ich bewahre die Ruhe und schweige, obwohl die Versuchung, »Wie, glaubst du wohl, dass ich mich gefühlt habe, Blödmann?« zu rufen, übermächtig ist.

Als ich auf der Bühne eintreffe, sind alle schon da und bereiten sich auf die Nachmittagsprobe mit Rachel vor. Jack kommt hereingestürmt, läuft, zwei Stufen auf einmal nehmend, die Treppe im Zuschauerraum hinunter und stürzt sich sofort ins Getümmel. Kein Wort über Liz. Keine einzige Silbe fällt zu dem Thema, was geschehen ist, warum wir heute hier sind oder wie es ihr im Krankenhaus geht. Nichts. Bei ihm dreht sich alles um sein Heiligtum, das Stück.

Rachel scheint recht gut vorbereitet zu sein und steht außerdem als Einzige von uns nicht wegen der gestrigen Ereignisse unter Schock. Mit meiner Vermutung, dass sie nervös sein könnte, habe ich mich schwer geirrt. Es ist, als bedaure sie die Umstände, die sie hierhergeführt haben, zwar ein wenig, wittere jedoch ihre Chance und nichts, absolut nichts, könne sie daran hindern, mit gierigen Händen danach zu greifen.

Jack schindet uns den ganzen Nachmittag wie ein Sklaventreiber. Ich fühle mich an die Anfangstage erinnert. Er geht Rachels sämtliche Szenen gründlich durch und drangsaliert das Mädchen. Er hat ausgesprochen schlechte Laune, fängt bei jedem falschen Stichwort an zu brüllen, herrscht den Inspizienten an und bekommt sogar einen kleinen Wutanfall, als Harvey im Theater erscheint und die Probe kurz unterbricht.

Gütiger Himmel, es ist, als verbrächten wir den ganzen Nachmittag damit, seine Stimmungen zu erahnen und auf Zehenspitzen darum herumzuschleichen.

Und das ist, gelinde gesagt, ziemlich anstrengend.

Allerdings lässt Rachel sich davon nicht beirren und scheint außer sich vor Freude, auf dem Broadway einen Schritt weitergekommen zu sein und eine Rolle in diesem mit einem Tony ausgezeichneten Stück ergattert zu haben. Als wir hinter der Bühne auf unseren Auftritt warten, flüstert sie mir sogar zu, ihr Agent wolle sie im Laufe der Woche nicht nur einem, sondern gleich drei Besetzungschefs vorstellen. Ich schweige, hauptsächlich deshalb, weil sie schließlich keine Freundin von Liz ist und deshalb keinen Grund hat, sich Gedanken um sie zu machen. Sie tut nur das, was jeder andere Schauspieler, dem sich eine solche Gelegenheit bietet, auch tun würde.

Allerdings finde ich, dass sie es ein bisschen übertreibt, als sie sich freudestrahlend an mich wendet und sagt: »Annie, weißt du vielleicht, wie lange Liz im Krankenhaus bleiben muss? Denn wenn es bis Ende der Woche dauert, könnte ich vielleicht noch ein paar Leute vom Film dazu bringen, sich das Stück anzuschauen. Hast du eine Ahnung? Glaubst du, es zieht sich noch eine Woche hin? Oder sogar länger? Ich frage ja nur, weil diese Drogenentzugstherapien manchmal eine Ewigkeit in Anspruch nehmen.«

»Liz ist meine Freundin«, entgegne ich so verächtlich wie möglich. »Eine sehr gute Freundin. Das heißt, ich hoffe, dass sie so bald wie möglich wieder zur Arbeit erscheint, wo sie hingehört.« Das bringt sie zum Verstummen, und als wir beide auf die Bühne treten, wo sie einen von Liz' langen Monologen halten muss, denke ich: Du meine Güte, was für ein ehrgeiziges blondes Gift.

Vor der Kostümprobe heute Abend haben wir eine kurze Pause. Ich will gerade in meine Garderobe gehen, um mich vorzubereiten, als Jack mich abfängt.

»Hey, da bist du ja«, meint er und berührt mich leicht an der Schulter.

Automatisch weiche ich einen Schritt zurück.

»Ich habe dich gesucht«, fährt er fort und mustert mich eindringlich.

»Äh ... ich wollte mich gerade umziehen.«

»Ja, ja, natürlich. Aber ich habe gute Nachrichten von der Kasse.«

»Und die wären?«

»Offenbar hat der Medienrummel, ob er nun erwünscht war oder nicht, zur Folge, dass wir bis zum Spätherbst ausverkauft sind.«

»Oh, das ist ja spitze«, erwidere ich gleichgültig.

Ich reagiere zwar, wie er es von mir erwartet, kann aber nur daran denken, dass das Liz gar nichts nützt. Denn die liegt gerade, an einen Monitor und eine Infusion angeschlossen, in irgendeinem Krankenhausbett und leidet an Entzugserscheinungen.

Als ich nach oben gehen will, packt er mich am Arm. Wie immer ist seine Hand eiskalt.

»Hör zu, Annie, in den letzten vierundzwanzig Stunden war die Hölle los. Was hältst du von einem Abendessen nach der Probe? Das heißt nur wir beide? Wir könnten reden.«

Ich beiße mir auf die Lippe und frage mich, wie ich ablehnen kann, ohne ihn zu brüskieren. Ich will ja nicht unhöflich sein, doch heute war ein entsetzlicher Tag. Offen gestanden, will ich mich nach der Probe nur nach Hause schleppen und vier Tage lang durchschlafen.

»Hättest du etwas dagegen, wenn wir es verschieben?«, sage ich schließlich. »Ich ... ich möchte heute Abend lieber allein sein. Hoffentlich verstehst du das.«

Er schweigt, mustert mich nur von Kopf bis Fuß und drückt kurz meine Hand. Und dann ist er fort.

Irgendwie bringen wir die Kostümprobe hinter uns. Rachel schlägt sich ziemlich wacker, aber ich muss trotzdem feststellen, dass sie keine Liz Shields ist. Liz hat der Rolle eine eindrucksvolle, abgründige Unmittelbarkeit verliehen und alle Blicke magnetisch auf sich gelenkt, sodass man sich ihr nicht entziehen konnte. Rachel müht sich zwar nach Kräften, kann ihr allerdings nicht das Wasser reichen.

Ich komme früh, so gegen elf, nach Hause und versuche zu schlafen. Doch ich kann nicht, obwohl ich völlig erschöpft und hundemüde bin. Ohne Jules erscheint mir die Wohnung sehr leer. Ich hätte das nie gedacht, aber mir fehlen ihr Geplauder, ihre gute Laune und ihr Herumgealbere so sehr. Verglichen damit, fühlt es sich an, als beträte ich ein Mausoleum. Es ist wirklich seltsam. Früher fand ich es wundervoll, hier allein zu sein. Inzwischen macht es mich wahnsinnig.

Ich liege im Bett. Das Laken, mit dem ich mich zugedeckt habe, ist völlig verknäuelt, weil ich mich ständig hin und her wälze. Dauernd muss ich an Liz denken und habe ein schrecklich schlechtes Gewissen. Weil ich sie im Stich gelassen habe. Weil sie mir eine Freundin war, als ich eine brauchte, während ich umgekehrt versagt habe. So einfach ist das. Ich hätte die Symptome erkennen müssen. Ich hätte mich mehr darum bemühen müssen, für sie da zu sein, auch wenn sie mich weggestoßen hat.

Als ich mich endlich mit der Schlaflosigkeit abfinde, ist es schon nach eins. Ich mache Licht und suche gerade die Fernbedienung des Fernsehers, als plötzlich mein Telefon piepst.

Bist Du noch wach? Triff mich auf dem Mond.

Dan. Plötzlich bin ich hellwach.

Wir haben schon eine Weile nicht mehr miteinander geredet. Seit über einer Woche. Nicht seit dem desaströsen Wochenende in den Hamptons, um genau zu sein. Ich habe mich vor lauter Schuldgefühlen nicht bei ihm gemeldet. Genau genommen war es eine Mischung aus Schuldgefühlen und Feigheit. Denn ich weiß, dass ich beichten, ihm alles gestehen und ihm erzählen muss, was geschehen ist. Bei der bloßen Vorstellung krampft sich mir der Magen zusammen. In der letzten Woche habe ich mich jeden Abend vor seinem Anruf gefürchtet, weil ich weiß, was für ein schwieriges Gespräch wir werden führen müssen. Aber er hat die ganze Woche nichts von sich hören lassen und mir nicht einmal eine SMS geschickt, was angesichts des Rhythmus, der sich zwischen uns entwickelt hat, etwas ungewöhnlich ist. Keine Ahnung, was der Grund sein könnte, aber wahrscheinlich ist er beschäftigt. Was sollte es bei Dan sonst sein?

Also hole ich tief Luft, um meine Nerven zu beruhigen, und rufe ihn an. Bei ihm ist es noch lächerlich früh, kurz nach sechs, weshalb er völlig erledigt klingt. Seltsam, ich fühle mich innerlich aufgewühlt, während ich mich bemühe, mich so zu verhalten wie immer.

Er könne auch nicht schlafen, sagt er. Also reden wir ein wenig über Jules, die in ein paar Stunden in Shannon landen müsste, wenn der Flug pünktlich ist. So gegen neun ist sie zu Hause, berichte ich ihm, und er scheint sich zu freuen, das zu hören.

Manchmal vergesse ich, wie gut Dan mich kennt, denn offenbar spürt er, dass etwas nicht in Ordnung ist.

Los, mach den Mund auf. Heraus mit der Wahrheit, bring

es hinter dich. Wer weiß? Vielleicht hat er ja Verständnis. Schließlich habe ich ja nicht mit Jack geschlafen, richtig?

Er wechselt das Thema und erkundigt sich Anteil nehmend, was mit mir los sei.

Erzähl es ihm! Tu es jetzt!

Aber ich schaffe es nicht. Zumindest noch nicht. Ich kann nicht, weil ich noch immer nicht weiß, wie ich mich ausdrücken soll. Also schildere ich ihm zuerst die Sache mit Liz. Er hat nichts davon mitbekommen. Doch das ist typisch Dan. Und wenn sämtliche irischen Medien es gebracht hätten, hätte er nie und nimmer die Zeit gefunden, eine Zeitung zu lesen oder sich vor den Fernseher zu setzen.

»Besuch sie, sobald du kannst«, meint er leise. »Ganz gleich, wie mies sie sich dir gegenüber verhalten hat, darfst du nicht vergessen, dass sie nicht ganz bei sich war. Sie war nicht sie selbst. In den nächsten Wochen und Monaten wird sie dich brauchen, und dann musst du für sie da sein. Das ist deine Pflicht, Annie.«

Ich nicke und bedanke mich bei ihm, worauf er mir das Neueste aus Stickens berichtet und hinzufügt, Lisa und die Kinder verbrächten immer mehr Zeit in The Moorings. Wenn ich zwischen den Zeilen lese, bekomme ich den Eindruck, dass sie gerade dabei ist, sich bei Audrey einzuschmeicheln, indem sie sich um sie kümmert, all ihre kleinen Aufträge erledigt und sie nach Strich und Faden bedient.

So wie ich früher.

Mir liegt eine Bemerkung auf der Zunge, doch ich finde nicht die richtigen Worte.

Plötzlich melden sich meine alten Sorgen zurück. Denn wer weiß, welche finsteren Pläne Lisa gerade schmiedet? Dan ist ganz allein in diesem großen Haus und macht gerade

Ehe-Pause, während seine Frau Tausende von Kilometern weit weg ist. Aber dann fällt mir mein Techtelmechtel mit Jack ein und bringt meine Gedanken zum Verstummen.

Ausgerechnet ich habe nicht das Recht, Regeln in Sache ehelicher Treue aufzustellen, richtig?

»Dass die Kinder ständig kreischend durchs Haus toben, ist für Mum ein wenig anstrengend«, meint Dan grinsend. »Aber ich glaube, allmählich gewöhnt sie sich daran. Zumindest beklagt sie sich seltener, was ein gutes Zeichen ist.«

»Und wie geht es Harry und Sue?«, zwinge ich mich zu fragen. Wenn sie bereits »Dad« zu Dan sagen, will ich es verdammt noch mal wissen.

»Sie sind wirklich Schätzchen. Inzwischen habe ich sie sehr ins Herz geschlossen. Lisa möchte mit ihnen nach Disneyland fahren, bevor im September die Schule wieder anfängt, aber natürlich hat sie das Geld nicht. Vielleicht mache ich ihr eine Freude und bezahle ihr die Reise. Die Arme hat so viel aushalten müssen und einen Urlaub bitter nötig.«

Natürlich wirst du dafür bezahlen, denke ich wütend. Sie manipuliert dich und zieht dir das Geld aus der Tasche, und du bist so ein netter Mensch, dass du es nicht mitkriegst.

Dan erzählt weiter von Lisa und ihrer Sorgenlitanei. Mir ist gar nicht aufgefallen, dass ich schon seit einer Weile schweige und in Gedanken versunken bin.

»Annie«, fragt er, »bist du noch da?«

»Hm? Oh, ja, natürlich.«

»Beschäftigt dich etwas? Du bist so still. Ganz anders als sonst.«

Also gut, jetzt ist der Augenblick gekommen, sagt die Stimme in meinem Kopf. Beichte. Langfristig wirst du dich besser fühlen. Du hast Jack doch nur geküsst, mehr nicht. Er wird es verstehen und außerdem deine Ehrlichkeit zu schätzen wissen.

»Äh, nun …«

»Ach, ich wollte dir doch noch etwas erzählen. Ich musste letzte Woche die gesamte Schweineherde von Seamus Hogan impfen.«

Ich habe jemanden geküsst, Dan.

»Bei etwa einem halben Dutzend haben wir Bandwürmer festgestellt.«

Und es war sexy und leidenschaftlich, und ich tue mein Bestes, damit die Sache sich nicht wiederholt. Allerdings mache ich mir Sorgen, dass es so leicht geschehen könnte.

»James musste Stuhlproben nehmen und sie auf schnellstem Wege ins Labor bringen.«

Ich hatte noch nie im Leben einen anderen geküsst als dich, aber es ist so lange her, dass du mich zuletzt berührt hast, und deshalb war ich machtlos dagegen. Gut, das ist keine Entschuldigung …

»Und es waren wirklich Bandwürmer.«

Soll ich es dir sagen oder nicht? Was ist die beste Lösung? Wenn du mir so etwas eröffnen würdest, würde es mich umbringen, obwohl ich nicht das geringste Recht habe, so zu empfinden oder irgendwelche Forderungen an dich zu stellen.

»Also haben wir die Sache mit einem neuen Medikament behandelt, das gerade erst auf den Markt gekommen ist.«

Dan, was soll ich tun? Ich bin einsam, verwirrt und ratlos, und das alles fühlt sich so falsch an.

»Und offenbar sprechen die Schweine gut darauf an. Im Kot sind keine Spuren mehr vorhanden.«

Es ist skurril – ich versuche, ihm die größten Geheimnisse

meines Herzens anzuvertrauen, und er erzählt mir was von Schweinemist.

»Annie? Bist du noch dran? Entschuldige, dass ich die ganze Zeit rede. Wolltest du mir etwas sagen?«

Und ich Feigling rudere zurück.

»Nein, nein, gar nichts.«

Eine lange Pause entsteht. Dann wird seine Stimme weicher.

»Du wirst hier sehr vermisst. Hoffentlich weißt du das.«

Bitte, Dan, nicht. Ich habe sowieso schon genug Schuldgefühle …

»Ich muss ständig an früher denken, als wir zusammen in New York waren. Es beschäftigt mich dauernd. Unsere Verlobung … mein Gott, es scheint Jahrzehnte her zu sein.«

»Dan …«

Eine Pause entsteht, und mir ist klar, dass er etwas ahnt.

»Was ist, Liebling? Bitte erzähl es mir, wenn etwas nicht stimmt.«

Bitte, bitte, sei nicht so nett zu mir. Ich habe ohnehin schon ein schlechtes Gewissen …

»Nichts, gar nichts. Es ist nur spät, und heute war ein langer Tag. Am besten versuche ich jetzt, ein bisschen zu schlafen.«

»Richtig. Gute Nacht. Wir treffen uns bald wieder auf dem Mond.«

Kaum zu glauben, aber das ist tatsächlich das letzte normale Gespräch, das ich mit ihm führe.

Am nächsten Morgen treffen Blythe, Chris, Alex und ich uns zu einem traurigen Brunch. Wir sitzen an einem Tisch in einem dieser Diner, in denen die Wiederauferstehung der

Fünfzigerjahre übertrieben worden ist. In der Musikbox läuft Eddie Cochran.

Wir sind alle nicht gut in Form, und niemand isst.

»Mein Gott, habe ich Heimweh«, seufzt Chris schließlich und klopft mit dem Löffel an ihre Kaffeetasse. »Ich vermisse Josh und Oscar so sehr, dass es wehtut.«

»Oh, ich kenne das, Liebes«, erwidert Blythe. »Ich kann dir gar nicht sagen, wie mir Sean fehlt. Außerdem hat er momentan solche finanziellen Schwierigkeiten, dass er mich zu Hause braucht, obwohl er das niemals zugeben würde.«

»Ich vermisse Dublin«, ergänzt Alex. »Ich vermisse meine Familie und meine Freunde und dass man zu Hause immer einen Bekannten trifft. Hier ist alles so anonym und unpersönlich.«

»Ich habe den ständigen Lärm so satt, den Verkehr, das Gehupe, dass dieser verdammte Radau vierundzwanzig Stunden am Tag anhält, selbst wenn man um drei Uhr morgens aufwacht …«

»Die Hitze macht mich ganz krank. Ich ertrage das nicht mehr. Mir fehlt der Regen …«

»Ich habe genug davon, mit Josh nur Ferngespräche führen zu können. Ich will bei ihm sein …«

»Ich vermisse die Leute daheim … mir reicht es mit dieser gekünstelten Freundlichkeit hier …«

»Oh Gott, wenn noch eine Verkäuferin mir einen schönen Tag wünscht und dabei so falsch grinst …«

Plötzlich bemerke ich, dass alle mich ansehen, weil ich als Einzige noch nichts zum Gespräch beigetragen habe. Ich hätte es nie gedacht, aber ja, ich habe auch Heimweh. Ich erzähle den anderen, dass mir grünes Gras und die Berge fehlen. Die wunderschöne Landschaft, die so lange für mich selbstverständlich war. Mir fehlt die frische Landluft, die so anders ist als die staubgeschwängerten Smogwolken, die in New York als Frischluft durchgehen. Ich vermisse es, Platz zu haben, und auch Nächte, die so still sind, dass man sich schon fühlt wie zur Hauptverkehrszeit, wenn zufällig drei Autos vorbeikommen. Ich vermisse es, nachts aus dem Fenster zu schauen und Abertausende von Sternen zu sehen. Hier muss ich in den Nachthimmel hinaufblicken und mir vorstellen, dass sich irgendwo hinter dem Dunst und den Lichtern von New York überhaupt Sterne verbergen.

Ich vermisse Jules, ich vermisse die Mitarbeiter der Praxis, ich vermisse es sogar, Nachbarn zu haben, die sich für einen interessieren und sich ständig nach einem erkundigen.

Aber am meisten vermisse ich Dan.

Zwei Tage und unzählige panische Anrufe später erhalte ich endlich einen Rückruf von Dr. Goldmans Assistentin in der Klinik in Albany, die mir mitteilt, ich könne Liz jetzt besuchen. Allerdings nur ich allein. Offenbar ist mehr als ein Besucher auf einmal noch zu viel für sie. Da es früher Morgen ist, stürme ich, ohne nachzudenken, aus der Wohnung, fahre mit dem Taxi zur Penn Station und sitze vierzig Minuten später in einem Zug nach Albany im Staat New York. Die Fahrt dauert etwa anderthalb Stunden und führt durch Poughkeepsie und die Catskill Mountains. Ich kann es kaum fassen, dass es so nah bei Manhattan eine derart schöne, wilde Landschaft gibt. Der Anblick sorgt dafür, dass ich, wenn überhaupt möglich, noch mehr Heimweh bekomme.

Die Eleanor Young Clinic erinnert eher an ein kleines Landhotel als an ein Krankenhaus und ist von einem prachtvollen, makellos gepflegten Park umgeben.

Das Krankenhaus selbst ist nicht sehr groß. Eine unfreundliche Empfangsdame teilt mir mit, in welchem Zimmer Liz liegt.

»Aber zuerst muss ich Ihre Handtasche kontrollieren«, verkündet sie in patzigem Ton.

»Meine Handtasche?«

»Für den Fall, dass Sie Drogen einschmuggeln. So etwas kommt vor. Drogenabhängige lassen sich oft von ihren Freunden Vorräte mitbringen. So verhalten sich Süchtige eben. Das gehört bei ihnen zum Programm.«

»Äh, klar«, erwidere ich und reiche ihr meine Handtasche. Sie fängt an, darin herumzukramen.

»Aber bleiben Sie nicht zu lang. Wir mussten ihr zweimal den Magen auspumpen, und ihr ist noch ein wenig flau.«

»Nein, keine Sorge, ich möchte sie nicht anstrengen.«

Der Inhalt meiner Handtasche scheint sie zufriedenzustellen, denn sie gibt sie mir zurück.

»Okay, Zimmer 201, das ist das letzte Zimmer rechts am Ende des Flurs.«

Ich erschrecke beim Anblick von Liz' Gesicht. Etwas, das da war, ist verschwunden. Sie wirkt leer und ausgemergelt, und das macht mir Angst.

Als ich hereinkomme, ist sie wach, und als sie mich erkennt, laufen ihr Tränen die kreidebleichen Wangen hinunter.

»Annie«, sagt sie mit schwacher, heiserer Stimme. »Annie, es tut mir ja so leid.«

»Ach, Liebes, das braucht es nicht. Ich sollte mich bei dir entschuldigen.«

»Ich weiß nicht … ich weiß nicht, warum ich so etwas getan habe. Es gab keinen Grund dafür, und ich kann es auch nicht erklären. Ich weiß nur, dass du dein Bestes getan hast, mir eine gute Freundin zu sein, während ich dich absolut mies behandelt habe. Als ich hier lag, habe ich ständig daran denken müssen, welche Gemeinheiten ich dir an den Kopf geworfen habe, obwohl du mir nur helfen wolltest. Ich möchte dir sagen, wie leid es mir tut. Kannst du mir verzeihen, Annie?«

Sie setzt sich langsam auf, wir umarmen uns und verharren so eine lange Zeit.

Kapitel fünfzehn
Herbst

Der Herbst in New York übertrifft in seiner Schönheit sämtliche Erwartungen. Überall liegt buntes Laub, und die Abende sind nicht mehr so drückend heiß. Aber ich kann es einfach nicht genießen, denn bei Dan hat sich etwas verändert, und was noch schlimmer ist, ich kenne den Tag, an dem es angefangen hat – und zwar war es der Tag von Jules' Rückkehr nach Irland. Allerdings habe ich keine Ahnung, was genau los ist. Es lässt sich irgendwie schwer fassen. Doch es gibt Verdachtsmomente.

Inzwischen ruft er mich nicht mehr spätabends an und schickt auch keine SMS, um sich mit mir auf dem Mond zu treffen. Das hat urplötzlich aufgehört. Ja, ich weiß, er ist in seinem Jahr Pause von mir ein freier Mann, weshalb ich eigentlich kein Problem damit haben dürfte. Aber mir fehlen die langen Gespräche über dieses und jenes mehr, als ich sagen kann.

Als ich ein paarmal abends versucht habe, ihn zu erreichen, musste ich feststellen, dass Lisas Kinder mittlerweile sogar ans Telefon gehen. Wahrscheinlich übernachten sie wieder dort. Und um das Maß vollzumachen, behandeln sie mich wie eine lästige Telefonverkäuferin. »Mummy, da ist wieder diese Frau am Apparat!« Oder so ähnlich.

Wenn ich in meinem eigenen Zuhause anrufe! Das ist verdammt ärgerlich, um es einmal milde auszudrücken.

Einmal war Lisa selbst dran und teilte mir selbstzufrieden mit, dass Dan sich bereiterklärt habe, ihr und den Kindern eine Reise nach Disneyland zu spendieren, um ihnen eine Freude zu machen.

»Er hat die Kinder ja so gern«, prahlt sie, »es ist wirklich ein reizendes Bild! Und natürlich vergöttern sie ihn, insbesondere Harry. Er nennt ihn Onkel Dan und weigert sich, schlafen zu gehen, wenn Dan ihn nicht ins Bett bringt!«

Ich schwöre bei Gott, nach diesem Seitenhieb muss ich mich in einem abgedunkelten Zimmer hinlegen.

Und dann, nur wenige Tage nach Jules' Rückkehr, hatten Dan und ich ein wirklich merkwürdiges Gespräch. Er rief mich an und wirkte am Telefon nervös und angespannt, was ungewöhnlich für ihn ist. Ich habe es auf Überarbeitung geschoben, doch rückblickend betrachtet, steckte sicherlich mehr dahinter. Seine Worte zu analysieren war zwecklos, denn das, was er nicht gesagt hat, war um einiges besorgniserregender.

Außerdem hat er mich zu einem schlechten Zeitpunkt erwischt, dem allerschlechtesten, um genau zu sein. Es war halb sieben Uhr abends, und ich hastete gerade die 44. Straße hinunter zum Theater, als das Telefon läutete. Um diese Zeit meldet er sich normalerweise nie, und ich konnte ihn wegen des Verkehrslärms kaum verstehen.

Die wenigen Wortfetzen, die ich aufschnappte, wiesen auf eine lange Einleitung hin, schließlich sei es mein freies Jahr, das ich in vollen Zügen genießen solle. Und dann sagte er etwas, das so gar nicht zu ihm passte, nämlich dass jemanden zu lieben manchmal heiße, ihn loszulassen.

Aber am meisten machten mir die letzten Sätze zu schaffen, bevor er auflegte.

»Annie, wir haben doch darüber gesprochen, dass ich zu unserem Jahrestag nach New York komme?«

»Ja, natürlich«, erwiderte ich. Wie hätte ich das vergessen können? Ich fing sogar schon an, mich darauf zu freuen. Eigentlich, darauf hinzuleben.

»Nun, ich wollte dir nur sagen, dass ich es verstehen würde, wenn sich deine Lebensumstände ändern oder du einen anderen Grund hast, warum du das lieber nicht möchtest. Du brauchst es nur auszusprechen. Schließlich sind wir erwachsen und können für alles eine Lösung finden.«

Ich war gestresst und konnte ihn wegen des lauten Gehupes kaum hören, als wir dieses Gespräch führten. Deshalb weiß ich nur eines, dass mir ein Gedanke durch den Kopf ging, als ich auflegte.

Da ist etwas im Busch.

Ich brauchte nur vier Sekunden, um eins und eins zusammenzuzählen.

Jules. Jules hatte ihm berichtet, was zwischen mir und Jack vorgefallen war, bevor ich Gelegenheit dazu gehabt hatte.

Mist, Mist und noch mal Mist.

Ab diesem Zeitpunkt überstürzen sich die Ereignisse. Am nächsten Morgen erhalte ich eine dringende E-Mail von Jules mit der Anweisung, sie um eine bestimmte Uhrzeit mobil anzurufen, weil sie dann frei reden könne. Herrje, das ist ja wie in einem Spionagethriller von John le Carré. Ich gehorche und stelle überrascht fest, dass sie panisch und aufgebracht klingt.

»Annie, ich muss mit dir sprechen«, zischt sie.

»Ich auch mit dir.«

»Was ist los? Du hörst dich total gestresst an.«

»Hast du Dan gegenüber erwähnt ... na, du weißt schon ... was an dem Wochenende in den Hamptons passiert ist?«

»Äh, tja, vielleicht habe ich mich ja verplappert.«

Ich hab's gewusst, ich hab's gewusst, ich hab's gewusst ... verdammter Mist, Mist, Mist. Was mache ich jetzt?

»Aber, Annie, da ist noch etwas viel Wichtigeres, was ich dir erzählen muss. In den letzten Tagen hat es eine neue Entwicklung gegeben, und ich glaube nicht, dass sie dir gefallen wird.«

»Raus mit der Sprache.«

Und zwar schnell.

»Natürlich war ich mir nicht sicher, weshalb ich erst die Fakten überprüfen wollte, bevor ich es dir sage. Nur um auf Nummer sicher zu gehen.«

»Ist etwas mit deiner Mum?«

»Leider nicht. Sie jammert noch immer, weil ich ihr aus New York nur eine Schneekugel mit dem Empire State Building drin mitgebracht habe. Das würde mich ja nicht weiter stören, wenn das verdammte Ding nicht eine Tonne gewogen und ich es den ganzen Nachhauseweg im Handgepäck mit mir herumgeschleppt hätte.«

»Sagst du mir jetzt bitte endlich, was los ist?«

Eigentlich wollte ich sie nicht anpampen.

»Gut. Aber am besten setzt du dich vorher. Und ich warne dich. Du wirst es nicht gerne hören. Doch ich halte es für meine Pflicht, dich darüber aufzuklären.«

»Jules!«

»Offenbar hat Lisa meine Abwesenheit ausgenutzt und ist mit Kind und Kegel in The Moorings eingezogen. Anfangs war ich mir nicht sicher, aber inzwischen steht es fest. Die hinterhältige, geldgeile Schlampe hat ihr eigenes Haus vermietet, um sich etwas dazuzuverdienen, und wohnt jetzt hier.«

»Liebes, es ist lebenswichtig, dass du mir die nächste Frage ehrlich beantwortest. Wie viel davon ist übertrieben?«

»Und wenn mich im nächsten Moment der Blitz trifft, gar nichts!«, zischt sie empört. Und irgendwie, irgendwie … glaube ich ihr.

»Dan, Lisa und die Kinder wohnen nun offiziell zusammen in The Moorings. Wie eine große, glückliche Familie. Dan und sie schlafen zwar in verschiedenen Zimmern … noch … aber wer weiß, wie lange das dauert? Sie sieht einen schutzlosen, einsamen, überarbeiteten Mann und – denke an meine Worte – macht sich an ihn heran. Jeden Abend steht sein Essen auf dem Tisch, ganz gleich, wann er nach Hause kommt. Sie wäscht seine gesamte Wäsche.«

Eine Sekunde schnürt es mir die Kehle zu, und ich muss mich daran erinnern, Luft zu holen. Ich ertrage das nicht, es ist einfach zu viel. Hat Lisa das wirklich getan? Hat sie einfach meinen Platz eingenommen? Und ich weiß, ohne dass man mich eigens darauf hinweisen muss, dass ihre Pläne weiter reichen, als in The Moorings zu wohnen, nur um Geld zu sparen. Was, wenn Jules ausnahmsweise mal nicht übertreibt? Wenn Lisa es auf einen viel wertvolleren Gewinn abgesehen hat? Auf Dan?

Das war's dann also. Meine schlimmsten Befürchtungen haben sich bestätigt. Das, wovor mir so lange gegraut hat, ist schließlich geschehen. Und hier bin ich, auf der anderen Seite des Ozeans, und unfähig, etwas dagegen zu tun … Jules redet weiter, aber ich muss ihr sagen, dass ich sie später zurückrufe, hauptsächlich deshalb, weil mein Verstand streikt und ich Zeit brauche, um einen Spaziergang zu machen, meine Gedanken zu ordnen und nötigenfalls in eine Papiertüte zu atmen.

Also verlasse ich die Wohnung, gehe los und schicke ein Stoßgebet zum Himmel, dass ich keiner der anderen begegne, weil ich dann gezwungen wäre, mich so zu benehmen, als wäre alles in Ordnung.

Es ist ein sonniger Herbsttag, aber die Luft ist ein wenig kühl, und ich bin ohne Jacke losgelaufen. Also flüchte ich mich nach einer guten halben Stunde Gehen und Grübeln in den warmen Starbucks in der 53. Straße, hole mir mit zitternden Händen einen Tee, schnappe mir einen Stuhl und setze mich in eine stille dunkle Ecke, um nachzudenken.

Ich vertraue Dan, natürlich tue ich das. Ich würde ihm mein Leben anvertrauen.

Keine Sekunde lang glaube ich, dass er mir untreu sein könnte.

Es ist diese verdammte Lisa Ledbetter, der ich nicht über den Weg traue. Sie war schon immer hinter Dan her. Das habe ich gewusst, und inzwischen weiß es vermutlich auch ganz Stickens. Und jetzt so etwas.

Was mir am meisten wehtut, ist, wie leicht sie es gehabt hat. Wie leicht ich es ihr gemacht habe. Ein leeres Haus, ein verwaister, allein lebender Mann. Und nun ist sie am Ziel.

Am schlimmsten ist der eine Gedanke, der sich wie in einer Endlosschleife in meinem Kopf wiederholt: Eigentlich habe ich nicht das Recht, sie zu kritisieren, oder? Wenn ich mich anderweitig amüsiert habe, muss ich Dan das Gleiche zugestehen, richtig? Doch sosehr ich mich auch dagegen wehre, kehre ich immer wieder zu derselben schrecklichen Vorstellung zurück.

Lisa wohnt in meinem Haus und führt mein Leben, und ich bin absolut machtlos dagegen.

Ich erinnere mich an das letzte unterbrochene Gespräch, das ich mit Dan geführt habe. Sein Gerede darüber, man müsse einen Menschen, den man liebt, freigeben können. Hat er darauf angespielt? Soll ich ihn freigeben, damit er mit einer anderen zusammenleben kann? Hat er mich deshalb in letzter Zeit kaum noch angerufen? Weil er bereits eine neue Beziehung hat?

Noch besorgniserregender ist die Frage, was Jules wohl seit ihrer Rückkehr nach Stickens angestellt haben mag.

Jules. Sosehr ich sie auch lieb habe, halte ich mir ihren schrecklichen Hang vor Augen, alles zu übertreiben und aufzublasen, bis es nicht mehr die geringste Ähnlichkeit mit der Wahrheit aufweist. Wie ich sie kenne, hat sie vermutlich ausführlich von Jack und den Ereignissen hier erzählt, mit dem Ergebnis, dass nur der Himmel weiß, was nun in Dan vorgeht.

Ich mache das Jules nicht zum Vorwurf. So ist sie eben, und außerdem bin ich selbst schuld daran. Ich hätte es besser wissen und mit Dan sprechen müssen, bevor sie Gelegenheit dazu hatte. Diese Chance habe ich verpasst, und jetzt muss ich mit den Folgen leben.

Aber eines steht fest: Ich kann nicht tatenlos hier herumsitzen, und das werde ich auch nicht tun. Ich muss allein mit Dan reden und ihm alles sagen. Das mit Jack und auch den Rest. Es gibt nur eine Möglichkeit, wie ich die Angelegenheit bereinigen kann. Außerdem muss ich erfahren, was Dan über sein Privatleben zu berichten hat. Auch wenn es mir nicht gefällt, muss ich es aus seinem eigenen Mund hören.

Also gut. Es gibt nur einen einzigen Weg, beschließe ich

und bin selbst überrascht, wie erleichtert ich mich plötzlich fühle, weil die Entscheidung endlich gefallen ist.

Ich fliege nach Hause.

Nachdem ich alle Hebel in Bewegung gesetzt habe, ist der Rest erstaunlich einfach. Erstens hat jede im Ensemble laut Vertrag Anrecht auf eine Woche Urlaub während der einjährigen Spielzeit, und ich bin die Einzige, die ihren noch nicht genommen hat. Blythe und Chris haben schon vor Monaten Urlaub gemacht. Blythe war zu Hause, um ihren Sohn zu besuchen, während Chris und Josh mit dem kleinen Oscar nach Florida in die Disney World gefahren sind. Alex war erst vor ein paar Wochen mit Freunden in Las Vegas, und die arme Liz ist ohnehin nicht mehr bei uns, wenn auch aus völlig anderen Gründen. Das heißt, dass nur noch ich übrig bin und Anspruch auf eine ganze Woche Urlaub habe.

Ich verständige den Inspizienten, um offiziell um Erlaubnis zu fragen. Er reagiert sehr verständnisvoll und sagt, er könne meine Zweitbesetzung in den nächsten Tagen zur Probe einbestellen, ganz abhängig davon, wann ich abreisen wolle. So bald wie möglich, erwidere ich. Jack hält sich, wie ich weiß, diese Woche wegen weiterer Besprechungen in L.A. auf. Doch sobald es ihm zu Ohren kommt, ruft er mich sofort an.

»Du willst weg?«, fragt er völlig entgeistert.

Man möchte meinen, ich hätte angekündigt, ins Kloster eintreten zu wollen. »Ich habe noch keinen Urlaub genommen. Also dachte ich …«

»Ja, ja, ich weiß, dass du Anspruch auf eine freie Woche hast«, entgegnet er, und obwohl er aus Tausenden von Kilometern Entfernung anruft, höre ich Ungeduld in seiner Stimme.

»Aber warum ausgerechnet jetzt? Und wohin willst du?«

»Nach Hause.«

»Nach Hause? Ist alles in Ordnung? Was ist los? Warum hast du es plötzlich so eilig?«

»Jack, du musst mir glauben, dass sich da Dinge tun, die meine Anwesenheit nötig machen. Das kann ich nicht per Ferngespräch klären.«

»Ich habe einen Vorschlag«, seufzt er, als wolle er mit mir verhandeln. »Wenn du unbedingt nach Hause musst, nur zu. Aber was hältst du davon, nur übers Wochenende nach Irland zu fliegen und deine restliche freie Woche in L.A. zu verbringen? Es würde dir hier gefallen – blauer Himmel, Palmen, überall schöne Menschen, ich könnte dich einigen Filmproduzenten vorstellen.«

»Du verstehst nicht ganz, Jack. Ich muss wirklich die ganze Woche daheim sein. Es ist wichtig.«

Ich höre mich gereizt, angespannt und patzig an. Und wenn ich wirklich ehrlich mit mir bin, löst das, was zwischen uns passiert ist, ein unangenehmes Gefühl in mir aus. Es fällt mir schwer, damit zu leben, und es ärgert mich, dass Jack mich jetzt unter Druck setzt.

»Nun, wenn du deine Pläne aus irgendeinem Grund ändern solltest, steht das Angebot weiter.«

Es ist meine letzte Sonntagsmatinee vor der Irlandreise. Ich habe die ganze Geschichte nur Blythe anvertraut, und sie ist so verständnisvoll, dass es mir fast das Herz bricht.

»Was auch immer bei dir zu Hause passiert ist«, meint sie ruhig, »ist eines klar: Du kannst das Problem nur aus der Welt schaffen, wenn du persönlich vor Ort bist. Also wünsche ich dir viel Glück, Liebes. Melde dich und gib mir Bescheid, wie es läuft. Man kann ja nie wissen. Vielleicht sind deine Befürchtungen ja unbegründet, und die Sache entpuppt sich als riesiges Missverständnis. Ich werde jeden Tag eine Kerze für dich anzünden, damit ... nun ... damit ...«

Damit was?, kann ich sie förmlich denken hören. Denn was wäre der beste Ausweg aus dieser Misere?

»... damit das beste Ergebnis für alle Beteiligten herauskommt«, beendet sie taktvoll den Satz.

Eine Kerze? Warum nicht gleich ein Fegefeuer?, denke ich bedrückt.

Da mein Flug um Viertel vor neun geht, schnappe ich mir nach der Vorstellung um fünf ein Taxi zum Flughafen und treffe ziemlich früh am JFK ein. Daheim in Irland weiß niemand von meinem Vorhaben, und ich werde nicht erwartet. Das hier ist ein Überraschungsbesuch. Ich werde morgen in aller Früh heimlich ankommen, da ich es für die beste Methode halte, sie zu überrumpeln.

Mein Plan ist, Dan anzurufen, wenn ich in Shannon bin. »Hey, rate mal, wo ich bin!«, werde ich sagen. In Gedanken habe ich mir alles zurechtgelegt. Er wird sofort zum Flughafen rasen, um mich abzuholen, wir werden uns einander zur Begrüßung freudig um den Hals fallen und dann ... auf diesen Teil freue ich mich gar nicht ... werden wir irgendwo hinfahren, weit weg von Stickens und The Moorings, um miteinander zu sprechen. Offen und ehrlich. Damit er mir erzählen kann, was sich in seinem Leben tut, während ich ihm meine Sünden beichte.

Weiter bin ich übrigens in meiner schlauen Planung nicht gekommen. Der Rest muss sich spontan ergeben.

Jedenfalls bin ich wieder ein wenig zuversichtlicher, als ich sollte, als ich beschwingt aus dem Taxi springe und bezahle.

Gerade will ich meinen Koffer auf einen Gepäckwagen wuchten und einchecken, als mein Telefon läutet.

Jules. Ich nehme das Gespräch an und schicke ein Stoßgebet zum Himmel, dass sie die Flughafengeräusche im Hintergrund nicht hört.

»Hallo, Liebes«, melde ich mich und versuche, froh und vergnügt zu klingen, während ich meinen vollgestopften Koffer zum Check-in-Schalter schiebe. »Schön, dass du anrufst. Was gibt's?«

»Oh, Annie …« Mein Gott, mir wird klar, dass sie den Tränen nah ist. »Ich habe dir doch versprochen, dich über die Dinge, die sich hier tun, auf dem Laufenden zu halten.«

Ich antworte nicht. Doch mein Magen krampft sich plötzlich auf höchst unangenehme Weise zusammen.

»Nun, es sind sehr schlechte Nachrichten, und sie werden dir sicher nicht gefallen. Aber ich finde, du solltest es wissen.«

»Schieß los«, stoße ich mit belegter Stimme hervor.

»Sie sind heute nach Disneyland gefahren. Alle zusammen. Dan hat Lisa und die Kinder in den Jeep gepackt, und dann sind sie los nach Dublin, um nach Paris zu fliegen.«

Mir geben die Knie nach, und beinahe versagt mir die Stimme.

»Dan … ist mitgefahren?«

»Dan ist mitgefahren.«

Ich bringe nur ein zittriges »Bist du dir sicher?« heraus.

»Hundertprozentig. Er hat sogar James bis zu seiner Rückkehr mit der Führung der Praxis beauftragt. Es tut mir ja so leid, Annie. Ich weiß nicht, was ich sagen soll.«

Ich erwidere, dass ich sie zurückrufe, weil nämlich die hohe Wahrscheinlichkeit besteht, dass ich mich gleich übergeben muss.

Irgendwie gelingt es mir, mich und mein Gepäck zu einem Plastiksitz im Check-in-Bereich zu schleppen. Lange Zeit verharre ich dort, zusammengesackt und wie betäubt. Ich spüre noch keinen Schmerz, nur ein schwarzes Loch in mir, das darauf wartet, damit gefüllt zu werden.

Ich rufe Dan mobil an, höre aber nichts als das lange ausländische Freizeichen, das man nur auf dem Kontinent empfängt, und lege auf, ohne eine Nachricht zu hinterlassen. Dann nehme ich mir vor, nicht mehr zu antworten, falls er je wieder anruft oder eine SMS schreibt.

Also ist er wirklich mit ihr nach Paris geflogen, denke ich, als mir die Tragweite der Ereignisse endlich klar wird und mir einen Stich versetzt. Dan, den man normalerweise gewaltsam aus seiner Praxis zerren muss. Dan, der niemals im Leben und unter gar keinen Umständen Urlaub macht. Dan, der nicht einmal zu meiner Premiere nach New York gekommen ist.

Und mit Lisa und ihren Kindern nach Disneyland zu fliegen ist plötzlich kein Problem? Mein Flug wird aufgerufen, doch ich sitze nur da und lasse die lange Reihe genervter und abgehetzter Passagiere an mir vorbei zum Schalter ziehen.

Was soll ich tun, was soll ich tun, was soll ich tun?

Nach Irland zu fliegen ist jetzt ausgeschlossen. Und ich stehe zu sehr unter Schock und bin zu angeschlagen, um mich zurück nach Manhattan zu schleppen und mich den wohlmeinenden Fragen der anderen zu stellen, warum ich meinen Urlaub abgesagt habe. Im Augenblick schwirrt mir der Kopf, und es gibt im Moment nur einen Menschen, den ich sehen möchte. Eine Frau, die mich in den Arm nehmen und mir wieder auf die Beine helfen wird, so wie sie es früher schon so oft getan hat.

Ich greife zum Telefon und rufe meine Mutter an. Wie immer ist sie sofort ganz Ohr. Während ich ihr eine Kurzversion der Dinge schildere, höre ich sie im Hintergrund auf ihrer Computertastatur tippen.

Ganz ruhig, sagt sie, wir finden eine Lösung. Du hast eine Woche frei, und wir werden das Beste daraus machen. Sie sucht mir einen Flug nach Washington heraus, der noch heute Abend geht, bucht ihn für mich und teilt mir in aller Seelenruhe mit, ich solle mein Ticket am Delta-Schalter abholen.

Wie betäubt folge ich ihren Anweisungen, und eine Stunde später sitze ich in einem Flieger nach Washington, wo Mum versprochen hat, mich abzuholen.

Der Flug dauert anderthalb Stunden, und ich weine die ganze Zeit bitterlich.

Kapitel sechzehn

Es ist wie ein gottverdammtes Déjà-vu. Hier sitze ich bei meiner Mum am Küchentisch und schildere ihr unter Tränen die ganze schreckliche Geschichte von Dan und unserem so kläglich gescheiterten Ehe-Sabbatjahr und bringe sie auf den neuesten Stand in dieser unendlichen Geschichte. Ihre elegant eingerichtete Wohnung befindet sich in der Wisconsin Avenue in McLean, D.C., im Herzen des Botschaftsviertels. Das Dekor ist typisch Mum. Sie hat eine moderne Eigentumswohnung so gestaltet, dass sie älter und würdevoller wirkt und zu ihren antiken Möbeln passt, die sie im Laufe ihrer Reisen gesammelt hat. Sie kennt nämlich jedes Auktionshaus von Pakistan bis Georgetown und zurück. Dafür hat sie ein Händchen, so wie Mum für alles ein Händchen hat.

Im Moment mustert sie mich besorgt. Selbst zu Hause trägt sie Hermès und Perlen und sieht mit ihrem glatt geföhnten Haar so ordentlich und gepflegt aus, als müsse sie gleich ins Büro, obwohl es Sonntag und die Botschaft geschlossen ist.

Mir schießt der Gedanke durch den Kopf, warum sie sich an ihrem freien Tag so in Schale wirft. Falls es einen Notfall gibt, weil ein irischer Staatsbürger seinen Pass verloren hat? Am Sonntagabend? Doch ich spreche sie nicht darauf an, dazu habe ich viel zu viele andere Dinge um die Ohren. Sie schenkt Tee in zwei zarte Porzellantassen ein und reicht mir eine, obwohl ich einen Mord für ein Glas mit irgendetwas Alkoholischem begehen würde.

»Darf ich dich daran erinnern, liebe Annie«, verkündet Mum streng, »dass du deinem Leben in Stickens nicht nur den Rücken gekehrt hast, sondern sogar schreiend davor geflohen bist? Weißt du noch, wie schlecht es dir letztes Jahr an Weihnachten ging? Alles dort hat dich wahnsinnig gemacht – das Gefühl, in einem fremden Haus zu wohnen, dass Dans Familie und seine Kollegen sich die ganze Zeit die Klinke in die Hand gaben, dass du ihn nie zu Gesicht bekommen hast.«

Ich nicke bedrückt. Ja, ich weiß. Natürlich weiß ich es. Nur allzu gut.

»Und dann ergab sich die Möglichkeit, für ein Jahr fortzugehen, und du hast sie sofort beim Schopf gepackt. Und wie wir ebenfalls wissen, hat es mit der Fernbeziehung nicht geklappt, weil das, seien wir doch mal ehrlich, in den meisten Fällen so ist, weshalb ihr euch klugerweise darauf geeinigt habt, eine Pause einzulegen.«

»Das weiß ich doch alles, Mum.«

»Verzeihung, Madam, ich bin noch nicht fertig. Ich will darauf hinaus, dass du ein Leben betrauerst, das du gar nicht schnell genug hinwerfen konntest, als du es noch geführt hast. Gut, gehen wir mal vom Schlimmsten aus und nehmen an, dass Dan eine andere Frau kennengelernt hat. Was nicht unbedingt so sein muss, weil wir bisher nur Informationen aus zweiter Hand besitzen. Aber sagen wir einmal, er hat eine Frau kennengelernt, der das Leben in The Moorings ein wenig besser gefällt als dir? Die es vielleicht sogar genießt? Verstehst du denn nicht, Annie?«

»Was soll ich denn verstehen, Mum?«

»Dass du nicht alles haben kannst. Damals wolltest du nicht mehr so leben und hast dich stattdessen für ein anderes Leben entschieden. Du wolltest Freiheit, und du hast sie bekommen. Und das ist der Preis, den du dafür bezahlen musst. Alles hat nämlich seinen Preis. Das ist dir doch hoffentlich klar?«

Ach herrje, und ich hatte gedacht, dass es mich aufmuntern und beruhigen würde, meine Mutter zu besuchen.

»Natürlich«, fährt sie fort, »falls du deine Meinung geändert und beschlossen haben solltest, nach dem Jahr in New York wirklich zu Dan und deinem Leben in Waterford zurückkehren zu wollen, wäre das eine völlig andere Sache.«

»Was meinst du damit?«

»Denn dann müsstest du dir etwas einfallen lassen, um ihn zurückzugewinnen, richtig?«

Nachts zappe ich in Mums Gästezimmer durch die Fernsehsender und kann nicht schlafen. Mein Telefon liegt neben mir, aber da ich vergessen habe, das Ladegerät einzupacken, ist der Akku leer.

Was bei genauerer Überlegung eigentlich gar nicht so schlecht ist.

Als ich endlich einschlafe, träume ich natürlich von Dan. So als blätterte ich emotionale Momentaufnahmen aus glücklicheren Tagen durch.

Er verfolgt mich sogar bis in mein Unbewusstes.

Unser Hochzeitstag

Dan und ich sind normalerweise alles andere als Perfektionisten, aber dieser Tag kam den Ansprüchen so nahe, wie es uns noch nie gelungen war. Bis jetzt zumindest. Wir waren schrecklich jung, hatten gerade erst das College hinter uns und waren so wild entschlossen, dass nichts uns aufhalten konnte. Sämtliche wohlgemeinten Ratschläge und Versuche, uns die Hochzeit auszureden, waren absolute Zeitverschwendung. Und glauben Sie mir, davon gab es ziemlich viele.

Sobald sich alle von dem Schock erholt hatten, den unsere Verlobung bedeutete, ging das Hickhack wegen der Hochzeit selbst los. Audrey und ihr Mann wollten natürlich, dass sie in Waterford stattfand. Mit einer Trauung in der Pfarrkirche von Stickens, gefolgt von einem Empfang in einem Partyzelt im Garten von The Moorings, zu der die halbe Stadt eingeladen war.

Dan und mir wäre eine Hochzeit barfuß an einem Strand auf den Bahamas, bei Sonnenuntergang und ohne einen einzigen Verwandten in Sichtweite, natürlich das Liebste gewesen. Doch wie er mir immer wieder versicherte, spiele nichts eine Rolle, solange wir beide nur zur Trauung erschienen.

Wie sich herausstellte, behielt er recht. Rasch wurde ein Kompromiss gefunden. Wir heirateten in der University

Church in Dublin und hielten danach einen kleinen Empfang mit etwa vierzig Gästen im Shelbourne Hotel ab. Am fraglichen Tag selbst sprach Audrey kaum noch mit mir, weil ich mich ihrem Befehl, ich müsse mich in ihrem Hochzeitskleid trauen lassen, höflich verweigert hatte. Es war nämlich nicht nur mindestens fünf Nummern zu groß, sondern auch noch mit einem riesigen Reifrock aus so steifem Tüll versehen, dass es, ich schwöre, auch von allein aufrecht stand. Da ich darin wie eine gewaltige Glocke aussah und mich auch so fühlte, entschied ich mich für ein schlichtes Etuikleid aus weißer Seide von Calvin Klein, das gut saß und Dan, was das Wichtigste war, sicher gefallen würde.

Trotz der vorangegangenen Spannungen war der Tag für Dan und mich beinahe vollkommen. Natürlich kam es auch zu Pannen: Eine Taube flog in die Kirche und kackte einer Freundin von Audrey auf den Blumenhut, was einige Sitzreihen hinter ihr heftiges Gekicher auslöste. Oh, und als Dan niederkniete, war auf seiner Schuhsohle noch ein riesiges Preisschild zu sehen.

Aber das war alles unwichtig. Als ich am Arm meiner Mutter den Mittelgang entlangschritt, da mein Vater abgelehnt hatte zu erscheinen (das war … oh, rechnen wir mal nach … ja, Zoff Nummer neunundsiebzig), beugte sich Dan mit Tränen in den Augen vor, um mich zu küssen.

»Weißt du, wie hinreißend schön du bist?«, flüsterte er, was natürlich dazu führte, dass auch ich zu schniefen anfing.

Dann, als wir einander das Eheversprechen gaben und er mir in die Augen sah und mir schwor, mich in guten und in schlechten Zeiten zu lieben, hatte ich das Gefühl zu schweben. Und als ich zu ihm aufblickte und ihm versprach, ihn mein Leben lang zu lieben und zu ehren, beugte er sich wieder vor und küsste mich, diesmal lange und zärtlich, und zwar bevor der Priester ihm offiziell die Erlaubnis gegeben hatte.

»Ich liebe dich, Annie«, sagte er nur. »Das habe ich schon immer und werde es auch weiter tun.«

Kapitel siebzehn

Die Woche vergeht schnell, zu schnell. Mum kriege ich kaum zu Gesicht, denn sie arbeitet inzwischen praktisch rund um die Uhr und kommt abends meistens erst gegen acht Uhr nach Hause. Also habe ich mir angewöhnt, meine Zeit allein zu verbringen. Ich döse, sehe fern oder denke darüber nach, was zum Teufel ich tun werde, wenn alles vorbei und das Jahr zu Ende ist. Abgesehen von allem anderen, werde ich nämlich arbeitslos, obdachlos und ehelos sein, oder? Also werde ich mich eines Tages daranmachen müssen, mich dieser harten, kalten Wirklichkeit zu stellen und einen Plan B zu schmieden.

Nur nicht jetzt. Nicht heute. Der Schlaf ist mein Opiat geworden, meine Droge, meine Flucht.

Als Mum eines Abends nach Hause kommt und mich, noch immer im Pyjama, ungewaschen und ohne den ganzen Tag einen Fuß vor die Tür gesetzt zu haben, vor dem Fernseher antrifft, hält sie mir verständlicherweise einen Vortrag darüber, dass ich mich gehen ließe.

»Du brauchst frische Luft und Bewegung«, verkündet sie forsch, stellt den Aktenkoffer auf den Schreibtisch und betrachtet das Chaos, das ich im Wohnzimmer veranstaltet habe.

»Das ist mein Ernst, Annie. So kannst du nicht weitermachen, und außerdem dulde ich es nicht. Morgen verlässt du die Wohnung und besichtigst diese reizende Stadt. Und wenn du zurück bist, führen wir ein vernünftiges Gespräch wie zwei normale Erwachsene. Ich möchte beim Nachhausekommen nicht erleben, dass du noch immer ungeduscht vor dem Fernseher rumhängst. Morgen verlässt du das Haus, und damit basta.«

Dann teilt sie mir mit, sie sei heute Abend nicht daheim, sondern mit einem Kollegen zum Abendessen verabredet. Ich könne gerne mitkommen, wenn ich wolle. Ich lehne ab und schütze Müdigkeit vor, obwohl ich in den meisten Nächten sechzehn Stunden schlafe. Sie versucht nicht, mich zu überreden, und ich muss sagen, dass sie hinreißend aussieht, als sie in die Nacht hinausgeht. Sie trägt ein elegantes, maßgeschneidertes Kleid, ist makellos geschminkt und hat tolle Pumps von Louboutin an. Ich stelle fest, dass sie außerdem heute beim Friseur war … und sind ihre Fingernägel nicht auch frisch manikürt?

Etwas an der Art, wie sie mir sagt, ich brauchte nicht auf sie zu warten, weckt meinen Argwohn. Langsam zähle ich eins und eins zusammen, und mir fällt ein, dass sie am Tag meiner Ankunft so chic war, obwohl sie sonntags doch freihat.

»Mum, dieser Kollege, mit dem du dich heute triffst, ist das vielleicht zufällig ein Rendezvous?«

Dass ihre Wangen erröten, verrät mir alles, was ich wissen muss.

Verstehen Sie mich nicht falsch. Ich freue mich, dass sie sich mit jemandem trifft. Mum ist jetzt schon so lange solo, dass sie es wirklich verdient hat. Doch als ich in dieser Nacht in einen unruhigen Schlaf falle, will mir ein Gedanke nicht aus meinem zermarterten Kopf.

Ach, du lieber Himmel, ist denn die ganze Welt außer mir verliebt?

Kaum zu glauben, aber der nächste Tag ist mein letzter, bevor ich wieder zur Arbeit muss. Also gehorche ich dem Befehl, mich für heute in eine Touristin zu verwandeln. Es ist ein trockener, windiger Herbstmorgen, der sich ausgezeichnet eignet, um die Sehenswürdigkeiten zu besichtigen. Und da Washington erstaunlich kompakt ist, bekomme ich in der kurzen Zeit, die mir bleibt, ziemlich viel zu Gesicht.

Als ich gegen sieben Uhr abends die Wohnungstür aufschließe, brennt Licht. Wunderbar, Mum ist schon zu Hause. Im nächsten Moment höre ich Stimmen im Wohnzimmer, und mir wird klar, dass sie nicht allein ist.

Ach herrje, etwa der neue Freund?

»Annie, Liebes, bist du das?«, ruft Mum. »Wir sind hier drin. Da ist jemand, der dich gern kennenlernen würde.«

»Ich komme gleich!«, antworte ich und versuche, mich vor dem Flurspiegel ein wenig herzurichten und mein sich wild sträubendes Haar zu glätten, das vom Wind noch zerzauster aussieht als sonst.

Zwei Minuten später stellt Mum mich ihrem neuen Freund vor, der übrigens auf den kaum zu glaubenden Namen Henry Jefferson der Dritte hört. Wie sich herausstellt, ist er Anwalt und arbeitet im Weißen Haus als Sonderberater für Präsident Obama, den er als POTUS – Abkürzung für *President of the United States* – bezeichnet. Er ist ein wenig älter als Mum und geht schätzungsweise auf die sechzig zu, ist ziemlich kurz geraten und kahl wie eine Billardkugel. Allerdings hat er das freundlichste Lächeln, das ich je gesehen habe. Er ist geschieden und hat Kinder, die einige Jahre älter sind als ich.

Mum öffnet eine Flasche Wein, um die Stimmung aufzulockern, und bald unterhalten wir uns angeregt. Nach einer Weile erkenne ich genau, was Mum an jemandem wie Henry

Jefferson dem Dritten gefällt. Er ist sympathisch, hat das Herz auf dem rechten Fleck, ist außerdem ein phantastischer Geschichtenerzähler und hat unzählige Anekdoten aus seinem Berufsalltag auf Lager. Hinzu kommt, dass er überschwänglich und humorvoll ist und in meiner Mutter eine mädchenhafte, alberne Seite zutage fördert. Ich fühle mich fast wie die Anstandsdame der beiden und glaube, dass Henry alle Register zieht, um sie zu beeindrucken.

Ich kann es kaum erwarten, später allein mit Mum zu sprechen, um Bilanz zu ziehen. Und vor allem um ihr zu sagen, dass ich mit ihrem Freund voll und ganz einverstanden bin. Denn niemand hat ein bisschen Spaß im Leben mehr verdient als meine Mutter.

Absolut niemand.

Kapitel achtzehn

Heute Morgen hat Mum sich am Flughafen von mir verabschiedet, mich liebevoll umarmt und mir geraten, ich solle mir wegen Dan keine zu großen Sorgen machen. Manchmal lösten sich Probleme auch von selbst. In meiner jetzigen Situation kann ich das nicht so richtig glauben, doch ich weiß ihre Anteilnahme zu schätzen.

Dann wartet auf mich eine freudige Überraschung: Während meiner Abwesenheit hat Liz die Klinik in Albany verlassen. Und was noch besser ist: Sie kommt heute wieder zur Arbeit.

Bei meinem Eintreffen erwartet sie mich in der Garderobe und überreicht mir einen riesigen Blumenstrauß mit einer Karte, auf der »Danke für deine Freundschaft« steht. Ich grinse übers ganze Gesicht und zerquetsche sie fast mit meiner Umarmung, so überglücklich bin ich, dass sie zurück ist. Allerdings erscheint es mir, offen gestanden, ein wenig … plötzlich. Und außerdem ist sie noch immer besorgniserregend mager und hohlwangig, und ihr bleiches Gesicht wirkt eingefallen. Eigentlich hatte ich mir das anders vorgestellt.

»Freust du dich denn nicht, mich zu sehen?«, fragt sie, da sie meine Zurückhaltung spürt.

»Liebes, ich bin außer mir vor Freude, aber … was ist mit der Klinik? Ich dachte, du wärst in einem Entzugsprogramm und müsstest zuerst eine Therapie machen.«

»Ach, Schätzchen, du kannst es dir nicht vorstellen«, erwidert sie, verdreht die Augen und legt die Füße auf den Frisiertisch. »In diesem Loch am Arsch der Welt mit lauter Depressiven festzusitzen hat mich vollkommen geplättet. Sie haben mich in eine Gruppentherapie gesteckt. Ich? In der Gruppentherapie? Umzingelt von lauter Koksern, die Tag und Nacht nur labern?«

»Aber Liz, bist du dir sicher, dass es eine gute Idee ist, so bald wieder zu arbeiten anzufangen? Schließlich warst du krank und solltest dich schonen.«

»Oh, bitte, nicht du auch noch. Es gibt nichts, was besser für mich wäre, als wieder zu arbeiten. Natürlich musste ich vor Jack zu Kreuze kriechen, aber er hat gesagt, er werde einer Tony-Preisträgerin nicht widersprechen. Außerdem ist diese Rolle ein Kinderspiel.«

Allerdings lässt ihr übertriebenes Selbstbewusstsein in meinem Kopf die Alarmglocken schrillen. Als sie meine besorgte Miene bemerkt, tätschelt sie mir den Arm.

»Herrgott, Annie, du siehst immer alles so schwarz! Du brauchst dir über mich nicht mehr den Kopf zu zerbrechen. Ich habe den Entzug hinter mir, und von nun an ist Cola light das Stärkste, was mir über die Lippen kommen wird. Und meine Nase kriegt nichts mehr ab als Nasenspray. Ich schwöre es.«

Und so macht sie einfach weiter, wo sie aufgehört hat, und ist auf der Bühne so wundervoll wie immer. Nicht nur das, sie entschuldigt sich auch persönlich bei Blythe, Chris und Alex und verspricht, ab jetzt clean zu bleiben, sodass sich niemand mehr Sorgen machen muss.

Das ist toll. Das ist spitze. Das ist für alle eine gewaltige Erleichterung. Ich finde nur, dass es ein wenig zu schön ist, um wahr zu sein. Kann es wirklich so einfach sein, sich von einer Sucht zu befreien und wieder zur Arbeit zu gehen, als wäre nichts gewesen? Ist das Leben tatsächlich so?

Und das bringt mich zu dem Geständnis, das ich an dieser Stelle machen muss. Früh am kommenden Morgen rufe ich Dr. Goldman, ihre Ärztin in der Drogenklinik in Albany, an. Sie ist zwar in einer Sitzung, ruft mich aber zurück, kurz bevor ich zur Arbeit muss. Ich erkläre ihr, ich hoffte, dass meine Sorge um Liz überflüssig sei. Ich fragte mich nur, was diese wundersame Heilung bewirkt habe, sodass sie die Therapie nach derart kurzer Zeit habe beenden können.

Dr. Goldmans Antwort erschüttert mich bis ins Mark.

»Annie, ich weiß Ihre Anteilnahme am Schicksal Ihrer Freundin zu schätzen. Aber vergessen Sie nicht, dass ich nur denjenigen helfen kann, die sich helfen lassen wollen.«

Und als ob das nicht genug wäre, muss ich ständig über Dan nachgrübeln. Inzwischen ist er vermutlich zurück aus Paris. Aber mehr will ich gar nicht wissen. Sobald ich meine kleine Wohnung mit dem hellen Holzboden betrete, lösche ich alle Nachrichten auf dem Anrufbeantworter, ohne eine einzige abzuhören. Außerdem habe ich beim Auspacken festgestellt, dass ich mein Telefon in Mums Gästezimmer vergessen habe. Unter gewöhnlichen Umständen würde ich mich fühlen, als hätte ich die rechte Hand verloren, doch im Moment ist es meine letzte Sorge. Offen gestanden, möchte ich lieber nicht erfahren, ob es weitere Hiobsbotschaften von zu Hause gibt.

Hin und wieder keimt ein Funke Hoffnung in mir auf. Vielleicht hat Lisa Dan im Urlaub ja in den Wahnsinn getrieben. Vielleicht hat er ja endlich selbst gemerkt, dass diese Frau der reinste Horror ist … aber vielleicht auch nicht. Erstens sieht Dan immer nur das Gute im Menschen, nie das Schlechte … und möglicherweise hat er jetzt ja eine Frau gefunden, die tatsächlich bereit ist, ein Leben zu führen, in dem sie ihn nie zu Gesicht bekommt. Und mein Schicksal ist es eben, die Folgen zu ertragen.

Und dann ist da auch noch Jack. Ein Teil von mir wird sich immer von ihm angezogen fühlen, und leider weiß er das. Er weiß es nicht nur, sondern spielt die ganze Zeit damit. Einerseits bewundere ich ihn, doch wenn ich wirklich ehrlich bin, macht mir seine harte, unsensible und gnadenlose Seite Angst.

Seltsam, aber wenn es zwei Seiten einer Medaille gibt, dann sind es eindeutig Jack und Dan. Beide sind gut in ihrem Beruf und hoch motiviert, fast bis zur Besessenheit. Doch während Jack kein Pardon kennt, ist Dan gütig. Und während Jack seine Ziele unbeirrt verfolgt, lässt Dan den Dingen einfach ihren Lauf. Beide sind starke Menschen, doch während Jack die volle Wucht seiner explosiven Persönlichkeit einsetzt, bis er seinen Willen kriegt, gehört Dan zu den Leuten, die einem klarmachen, was für ein gewaltiger Fehler es ist, Ruhe mit Schwäche zu verwechseln. Denn hinter dieser Ruhe verbirgt sich, so wie bei ihm, oft eine gewaltige Kraft.

Jack hat mich gefragt, ob ich heute Abend mit ihm ausgehen wolle, ein richtiges Date, nach der Vorstellung, nur wir beide. Nachdem er ordentlich Druck gemacht hat, habe ich schließlich nachgegeben.

Und hier bin ich nun, steige aus einem Taxi und kämpfe mich durch den prasselnden Regen zum Plaza. Die Vorstellung ist vorbei, und die restliche Nacht liegt vor uns. Abendessen, hat Jack gesagt, in meinem Hotel. Nur Abendessen, habe ich mit

Nachdruck erwidert. Doch man muss kein Hellseher sein, um zu wissen, was er im Schilde führt. Nämlich dass wir heute unsere erste gemeinsame Nacht verbringen und dass ich mit einem anderen Mann als meinem Ehemann schlafen werde.

Ich denke an Dan. Ich denke an Lisa. Ich denke daran, dass die beiden jetzt in diesem Moment zusammen in Paris sind, und ich fühle mich wie betäubt. Narkotisiert. So, als hätte ich mich bereits durch das gesamte Register von Gefühlen gearbeitet, das Frauen mit gebrochenem Herzen zur Verfügung steht, bis nichts mehr übrig ist als eine kalte, leere Hülle in einem geborgten Kleid und geliehenen Schuhen.

Meine Annahme, wir würden unten essen, zum Beispiel im Oak Room, war ein Irrtum. Jack hat alles arrangiert wie ein wahrer Meister der Verführung. Er erwartet mich in der Hotelhalle, und zwar in Freizeitkleidung, bestehend aus Designerjeans, einem pechschwarzen Kaschmirpulli und einem gebügelten schwarzen Hemd, das darunter hervorlugt. Bei meinem Anblick erhellt sich seine Miene. Er haucht mir einen Kuss auf die Wange, legt mir den Arm um die Taille und schiebt mich zu den Aufzügen. Damit auch keine Missverständnisse aufkommen. Offenbar wird das ein privates Abendessen für zwei.

Der Expressaufzug rast himmelwärts, und ich denke nur: Kann ich das wirklich durchziehen? Denn im Moment weiß ich es schlichtweg nicht.

Natürlich spreche ich das Jack gegenüber nicht an. Stattdessen betreiben wir Small Talk über die heutige Vorstellung und wie toll Liz gespielt hat. Natürlich war er im Theater, doch ich habe prüde darauf bestanden, dass wir getrennt gehen, obwohl das Gerede über uns längst verstummt ist, denn inzwischen ist jeder von den Platzanweiserinnen bis hin zu den Mitarbeitern, die in den Pausen Programme verkaufen, überzeugt, dass zwischen Jack und mir etwas läuft. Offenbar einschließlich Jack selbst.

Zwei Minuten später sind wir oben in einer der Privatetagen des Hotels, wo sich die Apartments befinden. Den Arm fest um meine Taille geschlungen, schiebt er mich zur Tür und hinein.

Seltsam, aber ich habe mich immer gefragt, wie es bei ihm zu Hause aussieht. Ich habe Jack als einen der Männer eingestuft, die penibel auf ihr Äußeres achten und den Rest verschlampen lassen. Wir haben sogar ein wenig darüber gewitzelt, um die Stimmung aufzulockern. Und wie immer liege ich falsch. Das Apartment ist so ordentlich aufgeräumt wie ein Hotelzimmer, allerdings mit einer kleinen persönlichen Note, weil er schon so lange hier lebt. Es ist ein beeindruckender Raum – wenn man die Farbe Grau mag. Alles, aber auch alles, ist in Grautönen gehalten: Teppiche, Möbel, Tapeten, Fenster, alles eben.

Der einzige Farbklecks ist ein Bild, das Jack mir stolz zeigt. Er hat es vor einer Weile in einer Galerie gekauft, und es zeigt – das ist kein Scherz – einen roten Ferrari. Er wirft sich ein wenig in die Brust, als er es mir präsentiert, und grinst über meine Reaktion, als ich den Preis höre – mehr, als ich während der gesamten Laufzeit des Stückes verdiene.

Dann schiebt er mich zum Fenster, um mir die Aussicht vorzuführen. Von hier aus hat man einen Blick bis zum Central Park. An einem klaren Tag ist das sicher beeindruckend, doch da es in Strömen regnet und die Tropfen gegen die Fenster prasseln, ist nicht viel zu sehen. Es braut sich ein ausgewachsenes Unwetter zusammen, und ein Sturmwind peitscht das Gebäude. Normalerweise fühle ich mich bei einem solchen Wetter warm und geborgen und bin froh, drinnen zu sein. Aber nicht heute.

Es läutet leise an der Tür. Es ist der Zimmerservice mit dem Abendessen. In der Mitte des Zimmers wird ein Tisch für zwei aufgestellt, und Jack geht zur Minibar, um eine Flasche Champagner zu öffnen. Komisch, aber es ist, als würde er die ganze Sache inszenieren, ohne ein Wort zu sprechen oder etwas zu tun. Als er dem einen Kellner zunickt, werden die Vorhänge geschlossen. Er sieht den anderen an und zieht die Augenbrauen hoch, worauf das Licht gedämpft wird. Alles ist bis aufs Letzte geplant, als führte er an diesem Abend Regie. Als handelte es sich um eines seiner Stücke.

Er reicht mir ein Glas Champagner und führt mich zum Tisch. Den Kellnern wird diskret ein ordentliches Trinkgeld zugesteckt, und dann sind wir allein.

Jetzt ist es so weit, denke ich. Es gibt kein Zurück mehr. Von meinem Platz aus habe ich Blick auf das Schlafzimmer: ein schlittenförmiges Bett, groß genug für eine ganze Familie, Duftkerzen, im Zimmer verteilt, und ein Strauß roter Rosen, der die stumpfe Monotonie des Grau auflockert.

Was zum Teufel mache ich hier? Was habe ich hier verloren? Will ich mich rächen? Es Dan heimzahlen? Etwas anderes empfinden als diese schreckliche innere Leere?

Es ist, als beobachtete ich einen Meisterkurs in Sachen Vorspiel, denke ich nur. Ich fühle mich ganz weit weg.

Wir essen. Oder vielmehr, er isst, während ich auf meinem Teller herumstochere. Ich habe keinen Appetit.

Und dann ist es so weit. Er führt mich zum Sofa, schaltet leise klassische Musik ein, rückt langsam näher, legt mir den Arm um die Schulter und berührt mein Ohr mit den Lippen.

Wir wissen beide, was jetzt kommt, und mir fallen keine Ausflüchte mehr ein.

Sanft küsst er meine Hand und hält inne, um an meinem Ehering zu nesteln.

»Warum bestehst du noch immer darauf, ihn zu tragen, mein Liebling? Hältst du das nicht auch für eine Farce? Oder willst du mich damit abschrecken?«

»Fass ihn nicht an«, sage ich und erkenne erst an seiner Reaktion, dass ich ihn beinahe angefaucht habe.

Wortlos beginnt er, an meinem Ohrläppchen zu knabbern. Ich lasse es zu, starre geradeaus und bin völlig abwesend. Ich kann mir nicht vorstellen – und ich bemühe mich redlich, es auch nicht zu tun –, was gerade in The Moorings geschieht. Wird Dan ebenfalls von einer anderen geküsst? Liegt eine andere neben ihm und will mit ihm schlafen?

Inzwischen atmet Jack schwerer, lässt die Lippen meinen Hals hinuntergleiten und küsst jede Stelle davon. Seine Hand wandert über mein Knautschsamtkleid, umfasst meine Brust und drückt sie sanft. Er schaltet einen Gang höher, sein ganzer Körper versteift sich, und seine Hände greifen ein wenig fester zu, als er mich rücklings aufs Sofa schiebt und mich liebkost. Nun liegt er auf mir, drückt mich ins Polster, beißt mich in den Hals und öffnet geschickt den Reißverschluss meines Kleides.

Und die ganze Zeit bin ich ganz weit weg.

Fünftausend Kilometer weit. In Waterford, um genau zu sein. Zu Hause.

Inzwischen hat er die eiskalten Hände unter meinem Kleid. Sie gleiten nach unten und streifen leicht meine Schenkel, während er ein Stöhnen ausstößt. Erst als er mich richtig küsst und mir die Zunge in den Mund steckt und ich zurückweiche, merkt er endlich, dass etwas nicht stimmt. Dass ich nur reglos daliege.

»Annie? Annie, was hast du?«

Seine Stimme klingt nun gar nicht mehr erotisch, sondern allmählich ein wenig barsch und ungeduldig.

»Antworte mir. Stimmt etwas nicht?«

Ich stütze mich auf die Ellbogen, streiche mir das Haar aus den Augen und ziehe mühsam meinen Reißverschluss zu.

»Mein Gott, was machst du da? Wo willst du hin?«

»Jack, es tut mir leid, ich kann einfach nicht.«

»Sei nicht albern. Du gehst nirgendwohin.«

Inzwischen ist er aufgestanden und wirkt kalt und zornig. Als ich ihn ansehe, stelle ich fest, dass die Begierde von gerade eben aus seinem Gesicht verschwunden ist.

»Es tut mir leid«, kann ich nur ständig wiederholen. »Ich kann einfach nicht. Nicht jetzt, vielleicht sogar nie. Ich weiß nicht, ob ich es ertragen könnte, wenn Dan mir so etwas antun würde. Deshalb finde ich es nicht richtig, mit dir ins Bett zu steigen, nur um mich zu revanchieren.«

»Dan tut es dir gerade an, du kleines naives Ding, wahrscheinlich jetzt, in diesem Augenblick.«

»Was hast du gerade gesagt?«

»Oh, bitte, das ganze Theater weiß es. Dein zukünftiger Ex hat eine Neue, während du dich noch immer in deine lächerliche Trauer hineinsteigerst. Bist du denn völlig verrückt geworden?«

»Ich kann es nicht erklären«, erwidere ich, während ich in die Mantelärmel schlüpfe. Und das ist die Wahrheit. Ich könnte es nicht erklären, und wenn ich es noch so sehr versuchen würde. Ich bin an der Beziehung mit Dan gescheitert, und offenbar kann ich auch nicht nach vorn schauen.

Jack zündet sich eine Zigarette an und hält sie sich vor die Lippen. Anscheinend ist ihm endgültig klar geworden, dass Sex für heute Abend von der Tagesordnung gestrichen ist.

»Weißt du, dass du einen großen Fehler machst, meine Liebe?«, verkündet er und pustet dunkelblaue Rauchwolken aus. »Denn wenn du jetzt zu dieser Tür hinausgehst, ist es endgültig aus zwischen uns.«

Aber ich antworte nicht, weil es nichts mehr zu sagen gibt. Lange sehen wir einander an wie zwei Schauspieler auf der Bühne, die ihren Text vergessen haben, sodass die Frage nun lautet, wer zuerst blinzelt. Schließlich gebe ich es auf. Ich nehme meine Schuhe, streife sie über die nackten Füße und verlasse wortlos den Raum.

Als ich am Aufzug warte, frage ich mich, ob er mir folgen wird, doch er tut es nicht. Er lässt mich gehen, und im Grunde genommen bin ich sogar froh darüber.

Vor dem Hotel ist kein Taxi in Sicht. Mittlerweile regnet es sintflutartig, aber das kümmert mich nicht.

Als ich endlich zu Hause bin, bin ich vollkommen durchnässt. Die Versuchung, Dan anzurufen, ist so groß, dass es wehtut.

Kapitel neunzehn

Sobald ich am nächsten Abend die Schwelle des Theaters überschreite, kann ich förmlich riechen, dass Ärger in der Luft liegt. Ich erkenne es überall. An dem ängstlichen Blick der Kostümbildnerin, als ich ihr vor meiner Garderobe begegne, an dem genervten Blick, den der Inspizient mir diskret zuwirft, und daran, dass selbst Hayley, die Königin der Eintrittskarten, heute Abend nicht so viel Fröhlichkeit verbreitet wie sonst. Alles anschnallen, Leute, es wird Turbulenzen geben.

Erst als ich die Tür zur Garderobe öffne und eintrete, wird mir klar, was los ist. Liz ist bereits da, und ich brauche sie nur anzuschauen, um genau zu wissen, was gespielt wird. Die stark geweiteten Pupillen, die Unruhe, die aggressive Ausstrahlung.

Gütiger Himmel, ich fasse es nicht. Erst vor vierundzwanzig Stunden aus dem Krankenhaus raus und schon wieder zugedröhnt. Daran besteht kein Zweifel. Ich bin zutiefst enttäuscht, als bei mir der Groschen fällt. Deshalb also hatte sie es so eilig, aus der Eleanor Young Clinic entlassen zu werden. Das ist der Grund, warum sie sich so dringend und verzweifelt nach der Freiheit gesehnt hat. Sie wollte raus, um wieder mit dem Koksen anfangen zu können.

Plötzlich werden mir die Knie weich, und mir bricht der Angstschweiß aus. Was um Himmels willen sollen wir jetzt machen?, ist mein einziger Gedanke. Und wie sollen wir heute Abend auftreten, wenn sie in diesem Zustand ist?

Also gut. Plan A: Ich verhalte mich ganz normal. Also benehme ich mich genau wie immer, werfe meine Taschen hin, reiße mir den Mantel vom Leibe, sage Hallo und frage sie, was sie heute so gemacht habe. Gespielt lässig, obwohl mir ganz und gar nicht danach zumute ist. Währenddessen läuft sie wie eine Wilde in dem winzigen Raum hin und her, blättert im Skript und zündet sich dabei eine Zigarette an.

»Äh, entschuldige, Liz, aber man darf hier nicht rauchen.«

»Verpiss dich«, schleudert sie mir entgegen. »Dich hat niemand gefragt.«

»Ooookaay«, erwidere ich und weiche einen Schritt zurück. Allmählich wird mir klar, welche katastrophale Wendung der Abend nehmen kann. »Äh, nur damit du es weißt, nicht ich habe das Gesetz gemacht, sondern die Amerikaner.«

Sie wirft mir einen finsteren Blick zu, als hätte ich sie persönlich beleidigt. Dann schnippt sie die Kippe achtlos in eine benutzte Kaffeetasse. Ich muss mir auf die Zunge beißen und mir, wie so verdammt oft in der Vergangenheit, vor Augen halten, dass das nicht die Liz ist, die ich kenne und schätze, sondern eine ziemlich schreckliche Version von ihr.

»Äh, Liz«, beginne ich und lege mir meine Worte sorgfältig zurecht, »ist mit dir auch alles in Ordnung?«

»Mir geht es phantastisch. Ich habe mich nie besser gefühlt. Warum fragst du?«

»Weil du nicht du selbst zu sein scheinst.«

»Ach, falls du vorhast herumzutratschen, in welchem Zustand ich bin, mir geht es zufällig blendend. Und übrigens, die Eröffnungsszene im zweiten Akt? Ich habe beschlossen, sie ein wenig anders zu spielen. So ist sie todlangweilig und muss ein bisschen aufgepeppt werden. Ich warne dich nur vor, damit du dich nicht wunderst.«

»Aber das geht nicht! Du darfst nicht einfach eine Szene ändern, die wir jetzt seit einem knappen Jahr so spielen, ohne vorher zu proben oder dich zumindest mit Jack abzusprechen!«

»Ach, wirklich? Und wie viele Tonys hast du zu Hause stehen? Wart's nur ab.«

Die Neuigkeiten haben sich wohl schon im ganzen Gebäude verbreitet, denn die anderen scheinen zu ahnen, dass bei ihr etwas im Argen liegt. Das merkt man an den panischen Blicken, die Blythe, Chris, Alex und ich hinter der Bühne wechseln, ehe sich der Vorhang hebt.

Erschwerend kommt hinzu, dass ich Liz vorhin in unserem gemeinsamen Bad eine Flasche Wodka entreißen musste. Ich habe sie ertappt, als sie direkt aus der Flasche trank wie ein Obdachloser. Angeblich wegen der Nerven. Es ist mir gelungen, die Flasche ihrem Schraubstockgriff zu entwinden, was mir allerdings einen Schwall von Beschimpfungen eingebracht hat. Alkohol?, denke ich. Zusätzlich zu allem anderen, was sie sich heute sonst noch reingepfiffen hat?

Die Vorstellung beginnt. Die erste Szene läuft glatt. Liz setzt zwar auf einige Stichwörter verspätet ein, aber das bemerkt niemand, der nicht mit ihr auf der Bühne steht. Die zweite Szene funktioniert auch reibungslos. Liz scheint in Ordnung zu sein. Sie verhaspelt sich zwar bei einem ihrer Monologe, fängt sich allerdings rasch, sodass wir anderen uns erleichterte Blicke zuwerfen.

Der Ärger fängt mitten in der dritten Szene an, als wir alle gemeinsam auf der Bühne sind und Blythe ihr ein Stichwort zuwirft. Doch Liz reagiert nicht darauf, und es herrscht dröhnendes Schweigen, als uns klar wird, dass sie einen Blackout hat. Sie hat ihren Text vergessen.

Ich bin zu weit entfernt, um ihr zu helfen, aber Alex reagiert wie immer schnell und zischt ihr die Textstelle ins Ohr. Noch immer keine Antwort. Als Chris klar wird, dass ihr Stichwort nicht fallen wird, übernimmt sie und lässt eine halbe Seite Dialog unter den Tisch fallen, worauf wir anderen weitermachen. Liz steht nur verdattert da. Es ist eine sehr temporeiche Szene, und Jack hat uns immer wieder eingebläut, dass wir sie Schlag auf Schlag spielen müssen. Doch nun schleppt sie sich lahm dahin.

Und dann kommt die wahre Katastrophe. Als sich die Szene zu einem dramatischen Crescendo steigern und Liz ihren schwierigsten und wortreichsten Monolog halten soll, steht sie auf, schweigt beängstigend lange und sieht uns andere auf der Bühne eine nach der anderen an. Chris, Alex, Blythe und ich erstarren zu Salzsäulen, voller Angst vor dem, was als Nächstes geschehen wird, und unfähig, etwas dagegen zu unternehmen. Ich fühle mich wie jemand, der weiß, dass er gleich sterben wird. Gut, inzwischen bin ich wirklich schweißgebadet und befürchte, jeden Moment einen Schlaganfall zu kriegen, wenn Liz nicht mit ihrem verdammten Monolog anfängt und dieses schreckliche, angespannte Schweigen bricht.

Sie tut es. Endlich. Und es gelingt ihr sogar, sich durch den ersten Absatz zu quälen, nur dass sie die Zeilen herunterleiert wie ein Schauspielschüler im ersten Semester, der ein langweiliges Gedicht, das ihm nicht unbedingt gefällt, auswendig aufsagen soll. Ich frage mich, ob das Publikum wohl die Nervosität spürt, die wir anderen ausstrahlen, während wir Liz, erfüllt mit Grauen, beobachten. Ganz bestimmt tut es das. Denn ich stelle fest, dass Zuschauer in der ersten Reihe Blicke wechseln, als wollten sie sagen: Diese Schauspielerin hat den Tony gewonnen? Äh … warum?

Die Sekunden schleppen sich dahin wie Stunden, und natürlich rastet Liz zwei Minuten später aus. Total. Sie stolpert über eine Dialogzeile und fängt an zu kichern. Und bemüht sich nicht einmal, es zu unterdrücken.

Nein, sie tut noch etwas viel Schlimmeres. Stattdessen spielt sie weiter, nur dass ihr Gelächter inzwischen manisch und unkontrollierbar klingt. Wir anderen sind inzwischen in Panik und werfen einander quer über die Bühne »Tut doch was«-Blicke zu. Aber es ist zu spät.

Und dann geschieht es.

Liz wendet sich direkt an die Zuschauer und spricht sie an.

»Meine Damen und Herren«, beginnt sie, und ich schwöre, dass man eine Stecknadel fallen hören könnte. Ich kann etwa bis Reihe sieben sehen, und offenbar fragen sich die Leute, ob es sich hier um einen experimentellen Teil der Vorstellung handelt. Ist das so geplant? In der Kulisse spricht der Inspizient hektisch in sein Mikrofon, dass hier gerade etwas schrecklich schiefläuft. Dann bemerke ich Jack hinter der Bühne. Er betrachtet Liz mit eiskalter, steinerner Miene und wartet offenbar so wie wir darauf, was nun geschehen wird.

»Ich bedaure, Ihnen das antun zu müssen«, teilt Liz dem Publikum mit und klingt dabei albern und total high, »aber wie Ihnen vielleicht aufgefallen ist, habe ich keine Ahnung, was ich als Nächstes sagen soll. Wenn Sie mich also entschuldigen würden, haue ich jetzt ab. Ich habe genug von allem hier und wage zu behaupten, dass ich nicht die Einzige bin!«

Mit diesen Worten marschiert sie von der Bühne und lässt uns, stumm und starr vor Schreck, zurück.

Die Folgen sind fürchterlich. Der Vorhang fällt, und wir können von unseren Plätzen, wo wir noch immer wie angewurzelt stehen, sehen, dass Jack Liz am Arm packt. Er stürzt sich praktisch auf sie wie ein Tiger und verkündet in unmissverständlichen Worten, dass sie gefeuert sei. Das hier sei nach dem Fiasko bei der Tony-Verleihung ihre letzte Chance und Bewährungsprobe gewesen, und sie habe es gründlich in den Sand gesetzt. Außerdem solle sie ihre Sachen aus der Garderobe holen, ihren Ausweis abgeben, das Gebäude verlassen und niemals wieder zurückkommen.

»Du kannst mich nicht feuern«, schleudert sie ihm entgegen und spuckt ihm dabei beinahe ins Gesicht. »Hast du meine Kritiken nicht gelesen? Ich habe den Tony gewonnen, verdammt. Weißt du, welches Glück du hast, mich zu haben?«

»Schaffen Sie sie hier raus«, weist Jack den Inspizienten an. »Und falls sie es auch nur wagen sollte, sich noch einmal am Bühneneingang blicken zu lassen, rufen Sie die Polizei.«

Eine Schrecksekunde vergeht, und ich bemerke, dass bei Liz endlich der Groschen fällt. Diesmal meint er es ernst. Für sie ist der Zug abgefahren. Sie sieht aus, als hätte sie gerade eine Ohrfeige bekommen. Also mische ich mich ein, denn ich kann es nicht mehr ertragen.

Auf zitternden Knien gehe ich zu ihr hinüber und sage ihr, dass ich sie jetzt nach Hause bringen würde, damit sie ihren Rausch ausschlafen könne, ganz gleich, was sie auch intus haben mag. Und gleich morgen früh würde ich sie sofort zurück in die Eleanor Young Clinic schaffen. Keine Widerrede.

»Ich scheiß auf dich!«, schreit sie mich an, schubst mich weg, macht auf dem Absatz kehrt und stürmt, noch im Kostüm, zum Bühneneingang hinaus in die Nacht.

Ich glaube, es ist die längste Nacht meines Lebens. Einige Stunden später sind wir wieder daheim. Chris, Alex und ich sitzen in Blythes Wohnung und versuchen, so ruhig wie möglich zu bleiben, während wir auf das Telefon starren und darauf warten, dass es klingelt. Wir hoffen, dass ihr nichts passiert ist, dass sie sich nur mit ihren seltsamen neuen Freunden herumtreibt und dass sie sich irgendwann wieder nach Hause schleppt. So wie in den vielen anderen Nächten zuvor. Wir klammern uns an diese Hoffnung, obwohl wir nicht sehr zuversichtlich sind. Denn wir wissen, dass es nach dem Zwischenfall von heute Abend mit Liz' Karriere aus und vorbei ist.

Sie hat sich komplett in Luft aufgelöst. Inzwischen ist es fast zwei Uhr morgens, und sie ist noch immer nicht zurück. Sie geht auch nicht ans Telefon. Und um die Angelegenheit zu verkomplizieren, kennt keine von uns die Telefonnummern oder auch nur die Namen der geheimnisvollen Freunde, mit denen sie immer mehr Zeit verbringt, und ich bin mir ziemlich sicher, dass sie im Moment bei einem von ihnen ist.

Natürlich ist sie das. Wo sonst kann sie den Stoff herhaben?

Chris übernimmt wie immer das Kommando, und in meinem aufgelösten Zustand bin ich ausnahmsweise froh über ihre zupackende, dominante Art. Es ist eine Erleichterung, dass sie uns die Entscheidungen abnimmt.

Man braucht nicht eigens zu erwähnen, dass die Vorstellung nach dem Zwischenfall abgebrochen wurde. Das Publikum bekam eine kurze Erklärung zu hören, in der es hieß, ein Ensemblemitglied »fühle sich nicht wohl« und könne nicht weiterspielen. Und natürlich war es unmöglich, mit Liz' Zweitbesetzung weiterzumachen. Eine Rolle an ein und demselben Abend mit zwei verschiedenen Schauspielerinnen zu besetzen wäre zu seltsam gewesen. Also wurde den Leuten das Eintrittsgeld zurückerstattet, und es gab außerdem Gratistickets für ein anderes Stück.

Doch selbstverständlich hat das nicht verhindert, dass sich die Sache herumgesprochen hat. Chris hat die Zeitungen von morgen geholt, die ausführlich darüber berichten.

Bevor Jack das Theater verließ, hat er kühl angekündigt, dass von nun an und bis zum Ende des Jahres Rachel, Liz' Zweitbesetzung, die Rolle übernehmen werde. Und so hat Liz endgültig ihre glitzernde Broadwaykarriere an die Wand gefahren.

Das Allerschlimmste war Jacks Reaktion. Da er Liz nun abgeschrieben hat, scheint ihn ihr Wohlergehen nicht mehr zu interessieren. Es kümmert ihn nicht, wo sie ist oder, noch beängstigender, was sie tut. So, als drehe sich bei ihm alles nur um sein Heiligtum, das Stück. Und da er jetzt die Person aus dem Weg geräumt hat, die es zu gefährden wagte, ist das Thema für ihn erledigt.

Ich wusste schon immer, dass er kalt ist. Nur so viel Skrupellosigkeit hätte ich ihm nicht zugetraut.

»Ich habe so etwas schon öfter erlebt«, meint Blythe bedrückt und reicht Alex, Chris und mir eine Tasse Tee. Wir sitzen noch immer in ihrem Wohnzimmer, können nicht schlafen und warten und hoffen auf Nachrichten.

»Was erlebt?«, fragt Chris, die unbeschreiblich erschöpft klingt.

»Dass große Talente wie Liz alles wegwerfen.«

»Ja«, sagt die kleine Alex, die sich auf dem Sofa unter einer Decke zusammengerollt hat, »ich weiß, was du meinst. Leute, die so begabt sind wie Liz, haben oft einen Hang zur Eigensabotage. Sie scheinen eine Haltung zu pflegen, dass Regeln etwas für Idioten sind, während sie über allem stehen.«

Das Interessante an Alex ist, dass sie die seltene Gabe besitzt, das auszusprechen, was alle denken.

»Nun, tut mir leid«, meint Chris spitz. »Das, was heute Abend passiert ist, hat mich ebenso erschüttert wie euch. Aber offen gestanden, arbeite ich lieber mit jemandem zusammen, der vielleicht nicht ganz so begabt ist wie Liz, wenn er sich wenigstens professionell verhält. Ich ziehe Erfolg ohne Psychodrama vor.«

Blythe nickt traurig, aber ich weiß genau, was Alex gemeint hat. Gott Allmächtiger, es ist, als sehe man sich eine griechische Tragödie an. Eine, in der Liz eine kühne Heldin ist, die alle mit ihrer mühelosen Brillanz verzaubert, nur um an einem Wahnsinnsakt zu scheitern. Und das auf dem Höhepunkt ihrer Karriere.

Um drei Uhr morgens schleppen wir uns alle ins Bett. Beim Einschlafen bete ich zu Gott, dass Liz noch lebt und dass ihr nichts zugestoßen ist.

Dann, etwa zwei Stunden später, werde ich vom Telefon auf dem Nachttisch geweckt. Es ist Chris, und zum Glück hat sie Neuigkeiten. Die Polizei hat gerade angerufen und ihr mitgeteilt, Liz sei aufgefunden worden.

»Wo ist sie?«, frage ich schlaftrunken.

»In der Notaufnahme des St. Luke's Hospital, 58. Straße,

Ninth Avenue. Sie hat eine Überdosis genommen, und oh, Annie, es ist noch viel schlimmer, als wir dachten. Halt dich fest.«

»Was ist?«

»Sie wissen nicht, ob sie durchkommt.«

Kapitel zwanzig

Wir wechseln uns an Liz' Krankenhausbett ab, halten die ganze Nacht und den ganzen Vormittag Wache und haben uns geschworen, uns erst davonzuschleichen, um uns auszuruhen, wenn die Ablösung kommt. Liz liegt in einem winzigen Einzelzimmer auf der Intensivstation des St. Luke's und ist mit Monitoren, Infusionen und Schläuchen verkabelt.

Sie ist in ein tiefes Koma gefallen, haben die Ärzte uns erklärt. Und zwar wegen einer massiven Überdosis Betäubungsmittel in ihrem Organismus. Bei ihrer Einlieferung hatte sie Krämpfe, ihr Blutdruck war schwindelerregend hoch, und sie musste sich übergeben. Jetzt wird sie beatmet und per Infusion mit Flüssigkeit versorgt.

Man versichert uns immer wieder, dass man alles für sie tue, dass die Schlacht aber noch längst nicht geschlagen sei. Die Wahrscheinlichkeit sei hoch, dass sie einen dauerhaften Hirnschaden erlitten habe. Oder noch schlimmer, dass sie gar nicht mehr aufwachen könne. Ich versuche herauszufinden, ob die Möglichkeit besteht, dass sie heil aus der Sache rauskommt, doch ich habe vergessen, dass die ärztliche Zunft nicht zu grundlosem Optimismus neigt. »Wir tun, was wir können«, ist die einzige ausweichende Antwort, die ich erhalte.

Chris nimmt wie immer alles in die Hand, und es gelingt ihr sogar, sich mit Liz' Familie in Irland in Verbindung zu setzen und sie zu informieren. Uns graut vor den unzähligen

Medienberichten, die die Sache sicher zur Folge haben wird. Darin wird es nicht nur um Liz' Schicksal gehen, sondern auch um die »Freunde«, von denen sie genug Koks bekommen hat, um in diesen Zustand zu geraten.

Die Polizei hat bereits eine Verlautbarung herausgegeben, in der sie die Person, die Liz im Krankenhaus abgeliefert hat, auffordert, sich zu einer Vernehmung zu melden. Und das heißt, dass es irgendwann zu Ermittlungen, Fragen und einer Anklage kommen wird.

Ganz gleich, wie man die Sache auch betrachtet, es ist ein Albtraum.

Chris und ich sind sofort nach dem Anruf hingefahren. Vor etwa einer Stunde traf Blythe ein, vor Entsetzen ganz bleich im Gesicht. Deshalb habe ich Chris gedrängt, nach Hause zu gehen. Ich musste es tun, sie konnte sich kaum mehr wach halten.

Inzwischen haben Blythe und ich erfahren, dass Liz zwar in einem tiefen Koma liege, man das Gehör jedoch als Letztes verliere. Wenn wir also ständig auf sie einredeten, bestünden gute Chancen, dass sie uns verstehen könne. Und das tun wir nun pausenlos. Allerdings erzählen wir nur Belangloses, nichts, was sie vielleicht aufregt.

Blythe liest aus den Zeitungen vor, wobei sie jedoch nicht erwähnt, dass Liz es auf Seite eins der *New York Times* und der *Post* geschafft hat, ganz zu schweigen von den Fernsehnachrichten. Ich muss daran denken, dass die Liz, die ich kenne und schätze, uns sagen würde, wir sollten verdammt noch mal aufhören, sie mit aktuellen Ereignissen zu langweilen, die sie ohnehin nie interessieren würden, auch wenn sie uns hören könnte. Wir sollten lieber gehen und ihr einen Glimmstängel und einen Aschenbecher holen, und zwar in dieser Reihenfolge. Also lese ich ihr ein wenig aus den Klatschmagazinen vor, wo es um die letzten Trennungsgerüchte von Brangelina geht, was mehr Liz' Thema ist.

Einige Stunden später erscheint Alex, um uns abzulösen. Zur Aufmunterung bringt sie drei Becher Kaffee aus dem Automaten und außerdem die letzten Neuigkeiten mit. Liz' Vater hat angerufen und ihr mitgeteilt, er sei schon auf dem Weg nach New York. Sein Flieger werde heute Nachmittag landen. Ich habe Mitleid mit dem armen Mann, der sich auf den langen Transatlantikflug gemacht hat, ohne genau zu wissen, was ihn erwartet.

»Schau dich nur an, Annie, du bist ja völlig fertig«, sagt Alex und reicht mir den Kaffeebecher. »Du warst die ganze Nacht hier, und wenn du nicht ein paar Stunden schläfst, kippst du heute Abend auf der Bühne um. Geh heim, verdammt. Ruh dich aus, solange noch Zeit ist.«

»Ja, Liebes, mach das«, sagt Blythe mit einem heftigen Nicken. »Du hast alles getan, was du konntest. Keine Sorge, wenn es etwas Neues gibt, rufe ich dich sofort an.«

Mir fällt ein, dass mein Mobiltelefon noch bei meiner Mutter in Washington liegt, und ich könnte mich zum wohl tausendsten Mal ohrfeigen, weil ich so blöd war, das verdammte Ding zu vergessen. Doch die anderen versprechen mir, mich auf dem Festnetz anzurufen, wenn es gute oder schlechte Entwicklungen gibt. Also breche ich widerstrebend auf.

Es ist ein selten schöner Herbsttag. Ich halte ein Taxi an, nenne dem Fahrer meine Adresse, lasse mich auf den Rücksitz fallen und bin so abgrundtief erschöpft und hundemüde, dass mein Gehirn zu pochen anfängt. Kaum zu glauben, dass heute erst Donnerstag ist. Nur vor ein paar Tagen war ich bei Mum in Washington. Nur vor ein paar Tagen hat Liz auf der

Bühne gestanden. Und nur vor ein paar Tagen habe ich im Plaza mit Jack zu Abend gegessen, eine Episode, die ich lieber nicht mehr erwähne.

Schließlich stehen wir vor meinem Haus in der Madison Avenue. Ich bezahle den Fahrer und schleppe mich mühsam hinauf ins Bett, wo ich voll bekleidet einschlafe, sobald mein Kopf das Kissen berührt.

Ich schlafe tief und fest, als es plötzlich an der Tür läutet. Schlagartig bin ich hellwach und fahre panisch hoch. Laut Digitaluhr auf meinem Nachttisch ist es erst ein Uhr mittags. Sofort springe ich auf. Das Herz hämmert in meiner Brust, es schnürt mir die Kehle zu, und der Schweiß bricht mir aus.

Das ist eines der Mädchen mit Neuigkeiten. Wer sonst?

Bitte, lieber Gott, lass es gute Nachrichten sein. Bitte, bitte, gute Nachrichten.

Ich stolpere fast über meine eigenen Füße, so schnell laufe ich zur Tür, reiße sie auf und rechne eigentlich mit Alex, Chris oder vielleicht Blythe.

Aber es ist keine von ihnen.

Vor mir, einen Koffer in der Hand und noch kräftiger, größer und breiter, als ich ihn in Erinnerung habe, steht Dan.

Ich betrachte sein markantes, schönes Gesicht und spüre, wie seine weichen dunkelbraunen Augen mich eindringlich mustern … und ich bin so erschrocken, dass das Blut in meinen Ohren zu rauschen anfängt. Und dann, ohne zu wissen, warum, breche ich in Tränen aus und heule Rotz und Wasser – vor Erschöpfung und wegen des Schocks, dass er tatsächlich hier ist.

Dan, der, wie ich dachte, inzwischen aus Paris zurück sein müsste und es sich mit Lisa, dieser blöden Kuh, in The Moorings gemütlich macht.

Was zum Teufel wird hier gespielt?

»Pst, aber Liebling. Alles ist gut«, sagt er, nimmt mich in seine starken Arme und schiebt mich in die Wohnung. »Ich weiß, was passiert ist und was du durchgemacht hast. Jetzt bin ich da, und wir stehen das gemeinsam durch. Wenn du mich lässt.«

»Dan«, schluchze ich in sein Hemd, »ich kann nicht glauben, dass du es bist! Dass du wirklich ... hier bist!«

Sanft zieht er mich zum Sofa und hebt mich hoch. Dann legt er sich neben mich, und ich kann nicht aufhören, ihn anzufassen, um mich zu vergewissern, dass er es wirklich ist. Sein Gesicht ist mit Bartstoppeln übersät, und er sieht aus, als hätte er seit Tagen nicht geschlafen. Seine Haare sind zerzaust, und er hält mich so fest, dass es beinahe wehtut.

»Träume ich?«, frage ich immer wieder. »Werde ich gleich aufwachen, und du bist wieder weg?«

»Oh mein Gott, Annie«, erwidert er, kuschelt sich an mich und schlingt die Arme um mich. Seine Lippen sind nur wenige Zentimeter von meinen entfernt. »Du hast ja keine Ahnung, was ich in den letzten Tagen, ja eigentlich den letzten Monaten aushalten musste. Ohne dich bin ich zu nichts zu gebrauchen. Nie mehr im Leben werde ich dich aus den Augen lassen. Es war die Hölle, seit Jules aus New York zurückkam und nur noch über diesen schmierigen Mistkerl geredet hat, der dich anbaggern wollte.«

»Jack«, unterbreche ich ihn. »Jack Gordon, aber ... oh Dan, ich muss dir so viel erzählen, dass ich gar nicht weiß, wo ich anfangen soll.«

»Ich dir auch, Liebling. Und außerdem habe ich viel gutzumachen, weil ich so ein absoluter Vollidiot war.«

Da ist eine Frage, die mir unter den Nägeln brennt und auf

die ich eine Antwort brauche, ganz gleich, wie schmerzhaft sie auch ausfällt.

Leider kommen mir schon wieder die Tränen, sodass es mich wirklich Mühe kostet, sie auszusprechen.

»Dan? Ich dachte, du wärst mit Lisa in Paris. Und mit ihren Kindern«, füge ich mit dünner Stimme hinzu.

Er sieht mich sehr lange an, und mit jeder Sekunde steigern sich meine schlimmsten Befürchtungen. Vielleicht ist er ja nur aus diesem Grund hier. Um es mir schonend beizubringen, dass er jetzt mit ihr zusammen und dass es zwischen uns aus ist. Endgültig und offiziell aus.

»Ja«, sagt er schließlich. Seine Seele spiegelt sich in seinen sanften dunkelbraunen Augen, und einen Moment glaube ich, dass mir gleich das Herz zerspringt.

»Ja, Lisa wollte, dass ich mit nach Paris komme. Ja, sie war ziemlich hartnäckig und behauptete, es sei zum Dank, weil ich sie und die Kinder in The Moorings wohnen lasse.«

Wir umarmen einander fest und lehnen die Stirnen aneinander.

»Dan, du kannst mir alles sagen«, flüstere ich. »Ganz gleich, was auch geschehen ist oder geschehen wird, ich bin und bleibe deine beste Freundin. Daran kann nichts etwas ändern.«

Und jetzt küsst er mich. Sanft, zärtlich, liebevoll. Zuerst meine Wangen, dann die Ohrläppchen. Oh mein Gott, denke ich, lege den Kopf zurück und ziehe ihn noch fester an mich. Seit Jahren hat er mich schon nicht mehr so voller Sehnsucht und Begierde angesehen.

»Da gibt es absolut nichts zu sagen«, murmelt er. »Gar nichts. Du musst mir glauben, Liebling. Lisa hat einfach für mich ein Flugticket nach Paris gekauft, und ich glaube wirklich, dass sie bis zu dem Moment, als ich sie und die Kinder nach Dublin zum Flughafen fuhr, dachte, sie könne mich überreden. Allerdings war ich wirklich ein Vollidiot und habe die Signale die ganze Zeit über falsch gedeutet. Nun, drücken wir es einmal so aus: Inzwischen nehme ich an, dass Lisa mehr von mir wollte als nur eine starke Schulter, um sich auszuweinen. Sehr viel mehr. Ihre Ehe war gerade gescheitert, und offenbar glaubte sie, leichtes Spiel mit mir zu haben. Schließlich habe ich allein gelebt und dich schrecklich vermisst.«

Also hatte ich doch recht, denke ich triumphierend und weiche zurück. Sie hat Dans angreifbaren Zustand erkannt, skrupellos zugeschlagen und versucht, ihn in ihre zerrüttete Familie hineinzuziehen.

»Dan? Hast du ... hast du mit dem Gedanken gespielt, sie zu begleiten? Wolltest du es?«

»Vielleicht einen oder zwei Tage lang, mehr nicht. Als wir zum Flughafen kamen, habe ich mich gefragt, was zum Teufel ich hier eigentlich tue. Hatte ich der Frau vielleicht falsche Hoffnungen gemacht, ohne es zu wollen? Denn das wäre wirklich mies von mir gewesen, insbesondere deshalb, weil auch noch kleine Kinder beteiligt waren. Also habe ich ihr mitgeteilt, dass es nicht richtig von mir wäre mitzufliegen, habe kehrtgemacht und bin nach Hause gefahren.«

»Aber ich habe auf deinem Mobiltelefon angerufen. Es war das ausländische Freizeichen, das mich überzeugt hat –«

»Pst, Liebling, alles ist gut«, flüstert er und drückt sanft meinen Kopf in seine kräftige Armbeuge.

»Das lag nur daran, dass Lisa versehentlich mein Telefon eingesteckt und mir ihres dagelassen hatte. Jedenfalls bin ich heilfroh, dass ich umgekehrt bin, denn als Jules sah, dass ich wieder da bin, ist sie in Tränen ausgebrochen und sagte, sie habe einen schrecklichen Fehler gemacht, weshalb sie dich unbedingt erreichen müsse. Das haben wir beide übrigens in der letzten Woche immer wieder versucht. Panisch. Hast du meine Nachrichten nicht erhalten? Es müssen Hunderte gewesen sein.«

Ich denke an mein Telefon, das bei meiner Mutter in Washington liegt. Schon die ganze Woche, mit leerem Akku und vermutlich in diesen Minuten per FedEx unterwegs zu mir. Voller Nachrichten, die mir sehr viel Herzschmerz erspart hätten. Und dann fällt mir ein, dass ich seit Dienstag alle Nachrichten auf meinem Anrufbeantworter lösche. Und dass mein Laptop seit meiner Rückkehr aus Washington noch kein einziges Mal eingeschaltet war. Seit über einer Woche bin ich absolut unerreichbar. Und warum? Weil ich keine schlechten Nachrichten von zu Hause bekommen wollte.

Plötzlich, und zwar als ich seine Nähe am meisten brauche, lässt Dan mich los, rutscht ein Stück von mir weg, dreht sich langsam zu mir um und schaut mir direkt in die Augen.

»Liebling, ich habe dir alles gebeichtet. Jetzt bist du dran. Hast du mir etwas zu sagen? Es gelten dieselben Bedingungen – ich bin weiterhin dein bester Freund und werde dasitzen und mir alles anhören.«

Er sieht mich besorgt an und wartet darauf, dass das Beil fällt. Jetzt ist nicht der richtige Zeitpunkt für Lügen und Beschönigungen. Also gestehe ich ihm alles, denn ich habe es satt, mich wie ein in einem komplizierten Netz aus Lügen gefangenes Kind zu fühlen. Und in gewisser Hinsicht ist es seltsam erleichternd, sich endlich alles von der Seele zu reden. Es tut zwar weh, aber ich schaffe es trotzdem, wohl wissend, dass Jules den Weg für mich geebnet hat.

Dan zuckt tatsächlich zusammen und weicht noch weiter zurück, als ich zugebe, dass ich Jack geküsst habe, und zwar mehr als einmal. Ich betone, dass ich nur deshalb mit den Rendezvous einverstanden war, weil ich dachte, Dan sei in Paris und spiele mit Lisa glückliche Familie. Ich sei einsam und traurig gewesen und hätte Trost gesucht, allerdings bei dem falschen Menschen.

Im nächsten Moment bringt Dan noch mehr Abstand zwischen uns, sitzt auf der Sofakante und schlägt die Hände vors Gesicht. Er ist tief in Gedanken versunken und unerreichbar.

Sag etwas, denke ich und betrachte seine hünenhafte Gestalt. Er ist so weit weg.

Sag etwas.

»Das alles ist nur meine Schuld«, flüstert er.

»Dan, nein, das ist nicht möglich! Wie kann das sein?«

Ich rutsche zu ihm hinüber, streichle sein dunkles Haar und massiere dann sanft seinen sonnengebräunten Nacken.

»Weil ich dich in diese Situation hineingetrieben habe. Meinetwegen hattest du das Gefühl, ein anderes Leben mit einem anderen Mann führen zu wollen. Das heißt doch, dass etwas mit mir nicht stimmt. Welcher Mann macht so etwas mit seiner eigenen Frau?«

»Sei nicht so hart mit dir, Liebling. So ist es nicht.«

»Annie, kannst du dir vorstellen, was ich durchgemacht habe, seit Jules nach Hause kam und nur noch von diesem Typen redete, der euch beide verwöhnt, euch auf Helikopterrundflüge entführt hat und mit euch in die Hamptons gefahren ist? Und die ganze Zeit hatte er dabei ein Auge auf dich geworfen, auf meine Frau. Am liebsten wäre ich in den nächsten Flieger hierher gestiegen, um den Kerl ordentlich zu vermöbeln. Ich wollte ihm wirklich die Fresse polieren. Selbst wenn man Jules' Neigung zur maßlosen Übertreibung berücksichtigt, glaubte ich, ernsthaft in Schwierigkeiten zu stecken, falls nur ein Bruchteil davon stimmt. Und als ich dich anrief, an dem Abend, als du unterwegs ins Theater warst –«

»Ich weiß. Es war ein seltsames Gespräch, und ich hatte keine Ahnung, worauf du hinauswolltest. Ich habe gespürt, dass sich etwas verändert hatte, wusste allerdings nicht, was.«

»Ich dachte ... Als ich dir ein Jahr Freiheit gegeben habe, hielt ich es wirklich für die beste Lösung. Mir war klar, wie eingeengt du dich in Stickens gefühlt hast und wie schwer es für dich war, weil ich ständig nur gearbeitet habe. Also dachte ich, ich könnte dich am besten halten, indem ich dich gehen lasse. Dem uralten Prinzip folgend, dass man einem Menschen, den man liebt, die Freiheit schenken soll. Wenn er zurückkommt, dann für immer, und wenn nicht, dann hat er nie wirklich zu einem gehört. Der Himmel weiß, wie schwer die ersten Monate ohne dich waren. Doch dann haben wir miteinander telefoniert, und du hast so ... lebendig geklungen wie schon seit Jahren nicht mehr. Und deshalb war ich überzeugt, das Richtige zu tun, ganz gleich, wie sehr ich dich auch vermisst habe.«

»Dan, ich ... nun, ich war tatsächlich überzeugt, du merkst kaum, dass ich weg bin.«

»Nicht, Liebling. Sonst fühle ich mich noch elender, als ich es ohnehin schon tue. Ich glaube, ich werde mir nie verzeihen, dass ich dich aus dem Haus getrieben habe, und mache mir deshalb noch immer Vorwürfe. Und dann habe ich deine Stimme am Telefon gehört. Du hast zehn Jahre jünger geklungen, so glücklich und erfüllt, und das hat mir lange Zeit Kraft gegeben. Aber als Jules zurückkam und ich erfuhr, dass

Jack, dieser miese Typ, offenbar vorhatte, eine echte, richtige Beziehung mit dir anzufangen, da bin ich ausgerastet. Das konnte ich nicht ertragen. Annie, seitdem bin ich völlig fertig. Ich konnte mich nicht auf meine Arbeit konzentrieren und nicht schlafen und war zu nichts zu gebrauchen. Dauernd habe ich darüber nachgegrübelt, was ich bloß getan habe. Und was mich am meisten gequält hat, war, dass ich diesen Schlamassel selbst verursacht habe. Dass ich das alles selbst ausgelöst habe. Weil ich dauernd nur gearbeitet, dich vernachlässigt und dich nicht so behandelt habe, wie du es verdienst, obwohl du so viel für mich aufgegeben hattest. Ich bin richtig depressiv geworden, und als du nicht mehr ans Telefon gegangen bist, bin ich in Panik geraten und hatte die schlimmsten Befürchtungen. Nämlich dass du mit diesem Typen zusammen bist und nicht mehr mit mir sprechen willst. Also habe ich im Theater angerufen, wo ich erfahren habe, dass du eine Woche freigenommen hast. Mit ihm, wie ich vermuten musste. Dass du mit einem anderen Urlaub machst, hat mich fast um den Verstand gebracht. Also bin ich zum Shannon gefahren und habe mich auf die Warteliste für den ersten Flug nach New York setzen lassen. Ich musste bis heute warten, um einen Platz zu bekommen, aber das war mir egal. Mein Plan war, so lange vor deiner Wohnung zu kampieren, bis ich aus deinem eigenen Mund höre, ob du dich für diesen Typen und gegen mich entschieden hast. Ob ich dich verloren habe.«

Ich lausche entsetzt, und es verschlägt mir die Sprache.

»Habe ich das, Annie?«, fragt er, dreht sich wieder zu mir um und umfasst meine Hände mit seinen. »Habe ich dich verloren?«

»Nein«, schluchze ich, doch diesmal sind es Tränen des

Glücks, der Freude und der Erleichterung. »Nein, natürlich nicht. Wie auch?«

Ich möchte noch so viel mehr sagen, doch die Worte bleiben mir in der Kehle stecken. Ich möchte ihm erklären, dass wir Seelenverwandte sind und dass man uns beide nicht trennen kann, ganz gleich, wie sehr wir es auch versuchen.

Er kommt näher, wischt mir sanft mit dem Finger die Tränen ab und zieht mich an sich.

Und dann küsst er mich, als wären die letzten Jahre nicht gewesen und wir wären wieder zwei liebeskranke Teenager.

Wir sind beide so todmüde, dass uns vor Erschöpfung die Augen zufallen, obwohl wir uns noch so viel zu erzählen haben. Am liebsten würde ich den ganzen Nachmittag mit Dan zusammengekuschelt auf dem Sofa verbringen. Eng umschlungen und einander so nah, wie es vor langer, langer Zeit einmal war.

Aber schlagartig fällt mir Liz in ihrem Krankenhausbett ein. Ich schildere Dan die Einzelheiten und füge hinzu, wir alle seien außer uns vor Sorge, weil ihr Leben am seidenen Faden hänge.

»Ich sollte im Krankenhaus anrufen, Liebling«, sage ich ihm, und er stimmt zu. Vorsichtig macht er sich los, greift nach dem Telefon auf dem Couchtisch und reicht es mir.

»Gute Idee«, murmelt er. »Wahrscheinlich ist ihre Familie inzwischen hier. Vielleicht können wir ja irgendwie helfen.«

Ich lächle ihn liebevoll an. Das ist mein Dan: Gerade hat er seine Frau wiedergefunden und überlegt schon, was er für wildfremde Menschen tun kann. Als ich das Krankenhaus am Apparat habe, ist Liz' Dad wirklich gerade eingetroffen. Allerdings hat sich ihr Zustand nicht geändert. Überhaupt nicht. Ich bedanke mich für die Auskunft und lege auf. Im nächsten Moment nimmt Dan mich in die Arme und drückt mich fest an sich.

»Pst, reg dich nicht auf, Liebling. Sie tun für sie, was sie können. Und vergiss nicht, dass immer wieder Wunder geschehen. Schau, bei mir war es doch gerade auch so, richtig?«

Ich streichle sein Gesicht, und dann kuscheln wir uns auf dem Sofa zusammen und klammern uns aneinander, als ob unser Leben davon abhinge.

Lange Zeit bleiben wir so liegen, und ich glaube, ich bin für eine Weile eingenickt. Als ich benommen aufwache, hat Dan noch immer die Arme um mich geschlossen.

»Aufwachen, Dornröschen«, murmelt er.

»Oh mein Gott.« Ich lächle zittrig. »Ich habe dich nicht nur geträumt. Du bist wirklich hier.«

»Ja, wirklich, und ich weiche dir nicht mehr von der Seite, wenn du mich nicht wegschickst.«

Er dreht langsam den Kopf in meine Richtung, umfasst mein Gesicht und beugt sich vor, um mich zu küssen. Anfangs ist der Kuss noch sanft und zärtlich, wird aber rasch leidenschaftlicher. Seine Hand wandert zu meinem Hemd, das er langsam aufknöpft. Ich lasse es zu und küsse dabei seine Hand. Seine Berührung ist so wundervoll warm, und ich will, dass dieser Moment niemals aufhört. Ich ziehe ihm den Pullover über den Kopf, und er entkleidet sich rasch, ohne mich dabei loszulassen oder aufzuhören, mich zu küssen.

Zwei Minuten später sind wir beide nackt. Sein breiter, sonnengebräunter, straffer Körper presst sich an meinen, er wälzt sich auf mich, leckt verführerisch meine Ohrläppchen, küsst meinen Hals und meine Brüste und erkundet jede Körperstelle von mir mit der Zunge.

Als wir uns lieben wie schon so lange nicht mehr, wird mir klar, wie viel von ihm ich vergessen habe. Seinen muskulösen Körper, seinen moschusartigen Geruch, seine hünenhafte Figur, wie winzig und geborgen ich mich in seinen Armen fühle und was für ein wilder und leidenschaftlicher Liebhaber er ist.

Wie habe ich all das vergessen können? Wie?

Danach liegen wir lange und entspannt schweigend nebeneinander auf dem Sofa.

»Ich liebe dich«, sagt er immer wieder, und ein wenig des alten Funkelns kehrt in seine Augen zurück. »Das habe ich immer getan und werde es auch weiter tun.«

»Ich liebe dich auch.«

Als Dan lacht, erkenne ich, wie lange ich ihn nicht mehr lachend erlebt habe.

Seltsam, in den letzten Wochen habe ich mich so oft nach zu Hause gesehnt. Doch mit Dan neben mir, seinem Kopf auf meiner Brust und seinen Armen fest um mich, wird mir plötzlich etwas klar.

Ich bin zu Hause.

Später am Nachmittag fahre ich mit Dan ins Krankenhaus, um Wache an Liz' Bett zu halten. Ihr Vater ist auch da, und beim Anblick seines bleichen, eingefallenen Gesichts und seiner vor Erschöpfung gebeugten Gestalt bekomme ich Mitleid mit ihm. Dan versucht, ihn zu überreden, in Liz' Wohnung ein wenig zu schlafen, aber er weigert sich.

»Dann kommen Sie wenigstens mit nach unten, und essen Sie etwas«, schlägt Dan Anteil nehmend vor.

Er ist einverstanden, Dan in die Cafeteria zu begleiten, bleibt jedoch auf halbem Weg zur Tür noch einmal stehen, um sich bei mir und den anderen zu bedanken, weil wir rund um die Uhr für Liz da sind.

»Wir hier sind auch wie ihre Familie«, sage ich nur.

Ich setze mich und lese Liz wieder aus den Klatschzeitschriften vor, in der Hoffnung, dass sie mich vielleicht hören kann. Dann wird mir klar, dass sie das, was sich in letzter Zeit in meinem Leben tut, vermutlich mehr interessiert als die neuesten Prominews, und ich erzähle ihr alles.

Ich lasse nichts aus, auch nicht meine Verabredung mit Jack und dass ich es ziemlich eilig hatte, aus dem Plaza zu verschwinden. Dass ich gedacht habe, Dan sei mit jemand anderem zusammen, während er die ganze Zeit das Gleiche von mir dachte. Deshalb sei er in den nächsten Flieger gestiegen, und wir würden nun alles vor Ort klären.

»Und weißt du was, Liz? Ich glaube, diesmal schaffen wir es.«

Ich betrachte sie, wie sie mager und mit Schläuchen in sämtlichen Venen in ihrem Krankenhausbett liegt, und denke: Du schaffst es auch, Liz. Du hast so viel Grund zu leben und darfst uns jetzt nicht verlassen. Mach einfach nur die Augen auf, mehr wollen wir nicht ... das ist doch nicht zu viel verlangt.

Inzwischen habe ich Dan der ganzen Bande vorgestellt. Sobald er aus dem Zimmer geht, fühlen sich Chris, Alex oder Blythe bemüßigt, mir genau und in allen Einzelheiten zu sagen, was sie von ihm halten.

»So ein attraktiver Mann, meine Liebe!«, begeistert sich Blythe. »Er passt viel besser zu dir als ... tja, darüber reden wir lieber nicht mehr, richtig? Weißt du, dass ich gestern in der St. Patrick's Cathedral war, um eine Kerze für die arme, kleine Liz anzuzünden? Ich habe auch eine für dich angezündet, damit sich bei dir auch alles wieder einrenkt. Und schau, es hat geholfen.«

Viel später am Nachmittag stehe ich gerade auf dem Krankenhausflur vor einem Verkaufsautomaten und sehe zu, wie Tee mit Milch in einen Plastikbecher plätschert, als Dan auf mich zugelaufen kommt. Seine riesigen Hände packen mich an den Schultern.

»Annie, Liebling, mach schnell, das musst du dir ansehen.«

Ich lasse den Tee Tee sein und folge ihm eilig in die Intensivstation, wo sich alle um Liz' Bett versammelt haben – ihr Vater, Blythe, Chris, Alex, die ganze Bande ist da.

Dan und ich verharren hinten im Raum, und ich spüre, wie seine warme Hand meine umfasst. Alles ist gut, sie wird wieder gesund, sagt mir sein Blick.

»Liz?«, fragt ihr Dad leise. »Liz, kannst du mich hören? Du hast gerade die Augen aufgemacht. Kannst du das noch einmal tun? Versuch es, Liz. Bitte, versuch es. Mir zuliebe.«

Und dann geschieht es. Langsam und kaum merklich flattern ihre Lider. Ich schnappe nach Luft. Im nächsten Moment sieht sie, dass wir sie umringen und sie erwartungsvoll beobachten.

Es besteht kein Zweifel, Liz ist wach. Eindeutig. Sie betrachtet uns langsam nacheinander und schafft es, »Danke« zu flüstern.

»Seht ihr?«, verkündet Blythe triumphierend. »Der liebe Gott hat mich noch nie im Leben enttäuscht.«

Kapitel einundzwanzig

Beinahe komme ich zu spät zur Vorstellung und hetze erst eine halbe Stunde vor Beginn ins Theater. Doch ausnahmsweise ist mir das gleichgültig. Denn heute ist nicht nur für Liz ein Wunder geschehen, sondern Dan ist hier neben mir. Wo er hingehört.

Als wir mit dem Taxi zum Theater fahren, klammern wir uns auf dem Rücksitz weiter aneinander. Er küsst sanft meinen Hals, meine Ohren und meine Wangen und streicht mir bei jeder Gelegenheit durchs Haar. »Weißt du, das vorhin in deiner Wohnung war phantastisch«, flüstert Dan. »So einen tollen Nachmittag hatte ich schon seit Ewigkeiten nicht mehr. Warum haben wir beide nicht öfter Sex? Darin sind wir nämlich echt gut!«

Ich lächle ihn an, noch immer überglücklich, dass mit Liz alles in Ordnung ist. Da ich mir nun keine Sorgen mehr um sie zu machen brauche, kann ich mich in das Glück mit Dan fallen lassen. Wir küssen uns wieder, und seine Lippen drücken sich fest und fordernd auf meine.

»Flitterwochen, was?«, fragt der Taxifahrer und betrachtet uns im Rückspiegel.

»In gewisser Weise, ja«, antworte ich, worauf Dan das schiefe Lächeln lächelt, das ich so liebe.

»Eigentlich«, meint er und beugt sich stolz zum Fahrer vor, wobei er mich noch immer fest in den Armen hält,

»sind wir zusammen, seit wir fünfzehn sind, ist das zu glauben?«

Der Fahrer stößt beeindruckt einen Pfiff aus.

»Da gratuliere ich Ihnen. Schade, dass meine Frau und ich nach all den Jahren nicht mehr so verliebt sind wie Sie beide.«

Wir sehen einander lächelnd an.

Dass man sich einmal verliebt, ist einfach, denke ich. Insbesondere mit fünfzehn. Aber sich zweimal in denselben Menschen zu verlieben ist einfach nur ein Wunder.

Dann, draußen vor der Theaterkasse, packt Dan mich plötzlich, küsst mich wieder, knabbert an meinem Hals und kitzelt mich. Dabei wird er immer leidenschaftlicher, und es ist nur noch wundervoll.

»Liebling?«, murmelt er mir ins Ohr. »Liebe meines Lebens? Mein Ein und Alles?«

»Hör auf zu reden, und küss mich noch einmal.«

»Oh, das ist auch meine Absicht, aber verrate mir erst eines: Musst du wirklich zur Arbeit? Können wir nicht einfach wieder ins Bett gehen und die verlorene Zeit nachholen?«

Ich mache mich los, grinse ihn an und stelle fest, dass seine dunkelbraunen Augen funkeln wie schon lange nicht mehr.

»Äh … lass mich eines klarstellen. Ausgerechnet du schimpfst mich, weil ich zur Arbeit muss?«, ziehe ich ihn lachend auf.

»Ich weiß, ich weiß, es muss ein Albtraum gewesen sein, mit mir zusammenzuleben. Aber wenn du mir noch eine Chance gibst, verspreche ich dir, dass sich die Dinge von nun an drastisch ändern werden. Erstens mehr Sex am Nachmittag …«

»Mmmmmm … sehr gute Idee.«

Er hält inne, um mich noch einmal richtig zu küssen.

Dan bleibt volle zwei Wochen. Und weil ich keine Angst mehr um Liz zu haben brauche, habe ich kein schlechtes Gewissen, weil ich so glücklich bin. Mit Liz geht es übrigens voran. Sie ist wieder in der Eleanor Young Clinic und macht eine Therapie, und diesmal arbeitet sie auch mit. Jeden Montag fahren wir alle nach Albany, um sie zu besuchen. Sie ist zwar noch sehr schwach, nimmt jedoch langsam zu. Dr. Goldman sagt, die Genesung werde eine Weile dauern und sie dürfe nur von einem Tag zum nächsten denken. Aber so weit, so gut …

Dan und ich verleben zweite Flitterwochen. Ich fühle mich an früher erinnert – wir lassen einander kaum aus den Augen, und es ist traumhaft. Wir haben zu der entspannten Nähe und Vertrautheit zurückgefunden, die es uns ermöglicht, die Gedanken des anderen förmlich zu hören. Wir haben zusammen die Sehenswürdigkeiten besucht, die wir uns schon einmal angeschaut haben, und anstatt Wehmut zu empfinden, kann ich nur noch an die Zukunft denken, die vor uns liegt. Und ich habe keine Angst mehr davor. Nicht jetzt. Wie auch, solange ich Dan an meiner Seite habe.

Jack und Dan begegnen sich endlich, und zwar eines späten Abends nach der Vorstellung, als Dan und ich redend in meiner Garderobe sitzen. Jack kommt unangekündigt hereinmarschiert, angeblich um Rachel einen Zettel mit Anweisungen zu überreichen. Die beiden erkennen sich sofort, noch ehe ich sie einander vorstelle. Doch wenn ich mit unterschwelligen Spannungen gerechnet habe, war das ein Irrtum.

Ohne es zu bemerken, lehne ich mich instinktiv an Dan, der besitzergreifend den Arm um mich legt und Jack höflich die Hand schüttelt, als wolle er sagen: Sie hat mir verziehen und sich für mich entschieden. Jack bedenkt ihn mit einem flüchtigen Blick, nickt mir knapp zu und verschwindet. Kurz darauf erfahre ich, dass man ihm endlich ein gutes Drehbuch angeboten hat. Er hat angenommen und ist nun in L.A.

Ein paar Tage später schlendern Dan und ich nachmittags gemütlich im warmen Oktobersonnenschein durch den Central Park, als er mich plötzlich auf eine Bank zieht und mich spontan küsst. Es ist einer dieser langen, zärtlichen Küsse, aus denen mehr werden kann, und ich weiß, dass wir uns wahrscheinlich die Kleider vom Leibe reißen und ins Bett springen würden, wenn wir jetzt zu Hause wären.

»Mmmmm«, seufze ich und streichle seinen Nacken, als wir endlich innehalten, um Luft zu holen. »Wofür war das gerade?«

»Dafür, dass du mich ausgehalten hast«, flüstert er in mein Haar. »Das hätte keine andere Frau in Irland getan. Wie hast du das ertragen, Annie? Während ich rund um die Uhr gearbeitet habe? Jules hat mir ordentlich den Kopf gewaschen, als sie von ihrem Urlaub hier zurückkam. Sie hat mir klipp und klar mitgeteilt, ich hätte mich nicht unbedingt benommen wie der Ehemann des Jahres, weshalb ich selbst schuld sei, falls ich dich verlieren sollte.«

»Ach, Liebling, ich wusste, dass du so viel arbeiten musstest, um die Praxis aufzubauen, weil du das Geld brauchtest, um nicht nur uns zu unterstützen, sondern auch deine Mum und Jules. Es war eine schwere Zeit, das muss ich zugeben, aber ich habe es verstanden.«

»All die Male, die ich dich versetzt und mich aufgeführt habe wie ein arbeitssüchtiger Mistkerl. Unser letzter Jahrestag, sogar Weihnachten, verdammt … ich habe immer wieder darüber nachgedacht und kann nur feststellen, welches Glück ich hatte, dass du nicht die Scheidung eingereicht hast.«

»Offen gestanden, war es alles andere als leicht … aber das war gestern, und heute ist heute.«

Er flicht die Finger in meine und spielt an meinem Ehering herum.

»Ich habe mir etwas überlegt, Liebling.«

»Was?«, frage ich.

»Wenn dein Vertrag hier ausläuft und das Stück abgesetzt ist, möchte ich nicht, dass du wieder nach The Moorings zurückkommst, damit wir nicht wieder in denselben alten Trott verfallen, was heißt, dass ich dauernd weg bin und du allein herumsitzt.«

Ich antworte nicht gleich, hauptsächlich deshalb, weil ich mir zwar nichts sehnlicher wünsche, als dieses Projekt zu beenden und wieder mit Dan zusammenzuleben, allerdings zugeben muss, dass mich das Bild, das er da zeichnet, nicht sehr begeistert. Denn die Wahrheit ist, dass ich nicht weiß, ob ich noch so leben könnte. Vielleicht würde anfangs alles glattgehen, aber wie lange? Würden die alten Probleme bald wiederauftauchen?

»Also, was sollen wir deiner Ansicht nach tun?«, erkundige ich mich ängstlich. »Schließlich müssen wir an deine Mutter denken und auch an Jules.«

Und an die dämliche Lisa Ledbetter, füge ich zornig in Gedanken hinzu. Die noch mit Kind und Kegel in dem Haus wohnt und sich vermutlich inzwischen auf ein Gewohnheitsrecht als Hausbesetzerin beruft. Das würde ich ihr durchaus zutrauen.

»Liebling«, sagt er und legt mir einen warmen Arm um die Schulter, »wenn ich eine Lektion auf die harte Tour gelernt habe, ist es folgende: Nur du und ich zählen. Unsere Ehe steht ganz oben auf meiner Prioritätenliste. Kannst du mir in den nächsten Wochen einfach vertrauen? Ich muss bald wieder nach Hause, aber wenn ich im Dezember zurückkomme, wird sich vieles verändert haben, das verspreche ich dir.«

»Du kommst im Dezember zurück?«

»Natürlich. Das habe ich dir doch versprochen. Und vertraust du mir, dass ich zu Hause alles regeln werde, bis du wieder da bist?«

»Ich würde dir mein Leben anvertrauen.«

»Das ist meine Annie.«

Wir küssen uns wieder, diesmal leidenschaftlicher. Im nächsten Moment sind seine warmen Hände irgendwie unter meine Jacke und meinen Pulli gewandert und umfassen meine Brüste. Ich will ihn so sehr, dass mir ganz schwindelig wird und mein Atem stoßweise geht.

»Annie?«

»Nicht aufhören ... ganz gleich, was du da tust, nicht aufhören.«

»Das ist auch nicht meine Absicht. Ich habe mich nur gefragt, ob wir noch Zeit haben, in deine Wohnung zu fahren, bevor du zur Arbeit musst.«

»Oh, dafür ist immer Zeit.«

Zwei Wochen später merke ich Dan an, dass er zwar ungern abreist, aber trotzdem große Sehnsucht nach seiner Praxis hat, denn er geht einfach in seinem Beruf auf. Am Flughafen JFK umarmen wir uns. Er wischt meine Tränen weg und sagt, er werde zurück sein, ehe ich mich's versehe.

»Ich rufe dich an, sobald ich zu Hause bin, Liebling«, ruft er mir zu, während er zum Gate läuft, weil er im Begriff ist, den letzten Aufruf zum Einsteigen zu verpassen. »Wir treffen uns auf dem Mond!«

Ich werfe ihm eine Kusshand zu und winke, bis er nicht mehr zu sehen ist. Als ich ihm nachblicke, wie er zum Gate marschiert, erinnere ich mich daran, dass ich vor nicht allzu langer Zeit hier gesessen und Rotz und Wasser geheult habe, da ich dachte, dass er mit einer anderen zusammen sei. Was sich in wenigen Wochen alles verändern kann, sage ich mir schmunzelnd und gehe beschwingten Schrittes davon.

Seltsam, aber während ich die Wochen bis zu unserem Wiedersehen zähle, fällt mir oft das andere Leben ein, das ich möglicherweise mit Jack hätte führen können. Denn wer weiß, was geschehen wäre, wenn Dan eine Beziehung mit Lisa angefangen hätte? Oder wenn ich genug gehabt und beschlossen hätte, einen Neuanfang zu wagen? Vielleicht wäre ich mit Jack nach L.A. gegangen ... vielleicht wären wir zusammengeblieben ... Ich spiele es im Geiste durch und frage mich: Was, wenn ... aber nie sehr lang.

Dann schiebe ich den Gedanken beiseite. Jetzt geht es nur noch um die Zukunft.

Epilog
Winter

Dan hält Wort. Im Dezember, zu unserem Jahrestag, kommt er zurück. Und er hat gute Nachrichten im Gepäck. Als er wieder in Irland war, hat er einen Kongress in Dublin besucht, wo man ihm – man höre und staune – eine Stelle angeboten hat.

Es ist eine gut ausgelastete Praxis im Zentrum, und ich sehe das stolze Funkeln in seinen Augen, als er es mir berichtet. Und ich bin außer mir vor Freude. Denn das heißt, dass wir wieder an unser altes glückliches Leben in der Stadt anknüpfen können. Vor unserem Umzug nach Stickens, wo all unsere Probleme anfingen.

»Also, Mrs Ferguson«, sagt er zu mir an einem kühlen, faulen Nachmittag kurz nach seiner Ankunft und rollt sich von mir hinunter. Wir beide liegen ineinander verschlungen und nackt im Bett, denn seit er zur Tür hereinspaziert ist, haben wir uns große Mühe gegeben, die versäumte Zeit nachzuholen.

»Was hältst du davon?«

»Es ist einfach toll, Liebling, aber was ist mit deiner Mutter? Und The Moorings?«

»Weißt du was? Die kommen auch ohne uns prima klar. Als ich im Oktober hier war, haben sie es ja auch großartig geschafft. Der Praxis ging es gut. Meiner Mutter ging es gut. Die Welt drehte sich auch ohne meine Anwesenheit weiter.

Das klappt. Auch das habe ich im letzten Jahr gelernt. Nämlich dass ich nicht unersetzlich bin. Außerdem würden wir ja nur in Dublin sein. Ein paar Autostunden entfernt. Und da meine Mutter inzwischen eine Vollzeitpflegerin hat, mache ich mir auch nicht mehr solche Sorgen um sie. Jules fängt an, in Cork Kreatives Schreiben zu studieren.«

»Ausgezeichnet.« Ich nicke, und er lächelt. »Sie wird bestimmt die beste Studentin sein.«

Er grinst und zieht mich fester an sich.

»Die Praxis wird auch weiterlaufen. Ich habe einen neuen Praktikanten eingestellt, der einfach spitze ist. Er kann im Haus wohnen und alles im Auge behalten.«

Ach, verdammt, ich muss ihn das einfach fragen …

»Aber werden Lisa und die Kinder nicht auch im Haus sein?«

»Das wollte ich dir ja schon die ganze Zeit über erzählen, Liebling, aber nicht am Telefon. Nein, das werden sie nicht. Seit ich von meinem letzten Besuch bei dir zurück bin, scheint sie sich offenbar Mühe gegeben zu haben, die Angelegenheit mit ihrem Mann zu kitten. Sie hat mir mitgeteilt, dass sie und die Kinder zu ihm nach London gezogen sein werden, wenn du zurückkommst. Das ist wirklich die beste Lösung«, fügt er nachsichtig hinzu. »Harry und Sue haben ihren Dad wirklich vermisst und angefangen, mich als Ersatzvater zu betrachten, und das war nicht richtig so. Die Kinder müssen bei ihrem wirklichen Vater sein.«

Das sind so viele gute Nachrichten auf einmal, dass ich zurück in die Kissen sinke.

Und wir ziehen wieder nach Dublin! Wo wir früher so glücklich waren und wieder glücklich sein werden. Das weiß ich genau.

Und jetzt muss ich Dan auch etwas sagen.

Es gibt wichtige Neuigkeiten, die ich ihm ebenfalls nicht am Telefon erzählen wollte.

»Aber du weißt, dass wir irgendwann vielleicht ernsthaft daran denken werden, wieder nach The Moorings zu ziehen«, meine ich grinsend.

»Wovon redest du, Liebling?«, fragt er und beugt sich mit verdatterter Miene über mich.

»Nun ja, eines Tages brauchen wir beide möglicherweise ein größeres Haus. Ein bisschen mehr Platz könnte nötig sein. Zum Beispiel mit ... oh, keine Ahnung ... einem Kinderzimmer wie in The Moorings? Nehmen wir mal an, ich kriege ein Baby. Ich könnte ja feststellen, dass ich schwanger bin?«

»Annie ...?« Er zieht mich an sich und sieht mich erwartungsvoll an.

Und dann eröffne ich es ihm. Das Geheimnis, das ich nun schon seit Oktober, kurz nach seiner Abreise, mit mir herumtrage. Dass er Vater wird. Und dass ich zwar erst in der achten Woche bin, aber schon eine Ultraschallaufnahme habe machen lassen und alles in bester Ordnung zu sein scheint.

Es war Folter, es ihm all die Wochen zu verheimlichen, aber ich wollte seinen Gesichtsausdruck sehen, wenn ich es ihm sage. Ich musste einfach. Und, oh Gott, es war die Mühe wert. Auch die morgendliche Übelkeit, die Schmerzen, die dauernde Müdigkeit und, am schlimmsten, die Heimlichtuerei, alles nur für den Blick, mit dem er mich nun mustert.

Das war es wirklich, wirklich wert.

Im ersten Moment glaube ich schon, er könnte vor Schreck ohnmächtig werden, doch als ihm die Tragweite meiner Worte bewusst wird, breitet sich dieses wundervolle schiefe Lächeln, das ich so liebe, auf seinem Gesicht aus. Er umarmt mich noch einmal, und ich denke, ich habe Dan, meinen Dan, in all der Zeit, die ich ihn kenne, noch nie so absolut glücklich erlebt.

Er küsst mich so leidenschaftlich, dass ich kaum Luft bekomme, und ich kann nur noch daran denken, welches Glück wir haben. Wenn es in allen großen Liebesgeschichten um Verlust geht, war unserer ungewöhnlich kurz.

Denn eine auf den Kopf gestellte Liebe ist trotzdem Liebe. Und da Ehe und Liebe nicht voneinander zu trennen sind, habe ich inzwischen eines gelernt: Voraussetzung für eine lange, glückliche Ehe ist, dass man sich nicht nur einmal in einen Menschen verliebt, sondern immer wieder.

Am Abend fahren wir noch einmal ins Rockefeller Center, wo wir schon so viele romantische Szenen erlebt haben. Wir laufen nicht Schlittschuh, sondern kuscheln uns nur auf einer der Bänke zusammen und beobachten die Menschen, die unter uns auf dem Eis herumwirbeln. Anders als an dem Abend vor so vielen Jahren, als wir uns verlobt haben, schneit es nicht. Doch ich weiß, es ist ein magischer Augenblick für uns, einfach nur hier zu sitzen, und ich werde ihn in den nächsten Jahren immer wieder Revue passieren lassen.

Für Dan und mich hat sich der Kreis geschlossen. Trotz aller widrigen Umstände haben wir es geschafft.

Und plötzlich ist es, als entrolle sich unsere ganze Zukunft vor uns wie ein roter Teppich, so weit das Auge reicht.

Und hier kommt –
Annie Coles (inoffizieller) New-York-Führer.

Shoppen

Okay, nur um eines klarzustellen: New York ist die Einkaufshauptstadt der Welt. Und damit basta. Also hier ein paar »Pflichtadressen«, die man sich in NYC nicht entgehen lassen darf.

1. Century 21

Downtown in der Cortlandt Street, gleich neben der rasch Fortschritte machenden Baustelle des Freedom Tower.

Nun, wie jeder Besucher New Yorks Ihnen bestätigen wird, ist eines der größten Probleme – insbesondere bei Kurzbesuchen – der gefürchtete Jetlag. Ihn zu leugnen ist ein wenig, als bestritte man die Existenz der Schwerkraft. Und um fünf Uhr morgens hellwach im Bett zu liegen und an die Decke zu starren ist wirklich nicht schön. Leider ist das Problem in New York, dass keines der großen Kaufhäuser vor zehn Uhr öffnet, was heißt, dass man stundenlang durch menschenleere Straßen irrt, verzweifelt die geschlossenen Metallrollos bei Macy's anstarrt und keine Ahnung hat, was man mit sich anfangen soll.

Deshalb ist Century 21 ein kleines Wunder für Touristen, denn es macht schon um 7:45 Uhr auf und ist außerdem eines der bestgehüteten Geheimnisse der Stadt. Glauben Sie mir, Sie finden dort Designerkleider zu Spottpreisen, und damit meine ich von vierstelligen Summen reduziert auf lächerliche sechzig Dollar.

Und die Schuhabteilung ... oh mein Gott, die Schuhe! Ich weiß, dass ein Paar Lackpumps von Chanel in Europa bis zu dreihundert Euro kosten. Sie werden es nicht glauben, ich habe bei Century 21 welche für vierzig Dollar ergattert. Ja, Sie haben richtig gelesen. Vierzig. Ich empfehle Ihnen, mindestens einen halben Tag für Century 21 einzuplanen, denn Sie werden ihn brauchen.

Spezialität: Schuhe und Handtaschen.

Warnung: Meiden Sie den Laden, wenn Sie Menschenmassen nicht ertragen oder es nicht mögen, wenn andere Schnäppchenjäger Ihnen den Ellbogen ins Gesicht rammen. Zielgruppe ist die robuste Kundin, für zart besaitete Gemüter nicht zu empfehlen.

2. Lord & Taylor

Fifth Avenue Nr. 484, Ecke 38. Straße.
Oooh, für diesen Tipp werden Sie mir dankbar sein. Eine New Yorker Shoppinginstitution und sehr beliebt bei den Einheimischen. Außerdem – erstaunlich bei einer so guten Lage – nahezu immer touristenfrei.

Spezialität: alles, von Arbeitskleidung bis hin zum mittleren Preissegment und zu wirklich angesagten Laufstegoutfits. Sie wissen schon, Sachen, die man nur an Sarah Jessica

Parker sieht und bei denen man sich fragt, wo sie sie wohl gekauft hat. Aller Wahrscheinlichkeit nach hier.

Warnung: Mir fällt niemand ein, der diesen Laden meiden sollte. Selbst Männer werden Lord & Taylor mögen, insbesondere deshalb, weil es dort immer angenehm ruhig ist. Keine Schlangen, kein Gedränge, kein Tamtam. Nie. Oh, und noch ein Tipp? Nehmen Sie Ihren Pass mit. Dann werden garantiert noch zehn Prozent von der Rechnung abgezogen.

3. Mehr oder weniger alles, was mit »B« anfängt.

Womit ich natürlich das mächtige Triumvirat Bloomingdale's, Barneys und Bergdorf's meine. Einfach toll, dort herumzubummeln und die Leute zu beobachten, auch wenn man nichts kauft. Denn ganz ehrlich, diese Läden sind megateuer. Abgesehen davon, haben Sie noch nie so viele Nerzmäntel und straff gespannte Gesichter gesehen wie dort, glauben Sie mir.

Spezialität: Zuschauen, wie die oberen Zehntausend leben. Und natürlich shoppen.

Warnung: Meiden, wenn man nicht gerade sechs Richtige im Lotto hatte. Lassen Sie es mich einmal so ausdrücken: Jackie Kennedy hat all ihre Einkäufe bei Bergdorf's erledigt. Das sagt doch alles.

Essen gehen

1. Rock Center Café im Rockefeller Center

Einfach schön und im Winter mit Blick auf die Eislaufbahn. Außerdem sehr vernünftige Preise. Und wer weiß, nach ein paar Drinks schlägt man die Vorsicht vielleicht in den Wind, leiht sich ein Paar Schlittschuhe und versucht, der nächste Star in *Dancing on Ice* zu werden. Aber geben Sie mir Bescheid, falls Sie, so wie ich, auf den Hintern fallen, während das gesamte Restaurant zuschaut.

2. Raoul's Restaurant, 180 Prince Street, SoHo

Ein französisches Bistro, wo es – glauben Sie mir – die besten Pommes frites in der Stadt gibt. Hier ist immer etwas los, und vor der Damentoilette sitzt sogar eine Wahrsagerin. Also kann man sich beim Schlangestehen die Zeit vertreiben, indem man sich weissagen lässt, dass man einem großen, dunkelhaarigen, attraktiven Fremden begegnen wird …

3. Tribeca Grill, 375 Greenwich Street

Ein tolles Restaurant der mittleren Preisklasse. Inhaber ist kein anderer als Robert De Niro höchstpersönlich. Ein Paradies für Filmfreunde, denn die Wände sind mit Andenken an seine Filme gepflastert. Also verspeist man seinen Hamburger unter dem finsteren Blick von Jake aus *Wie ein wilder Stier*. Halten Sie sich jedoch vor Augen, dass Robert De Niro zwar der Inhaber ist, was allerdings nicht heißt, dass er einem den Mantel abnimmt und fragt, ob es einem geschmeckt hat. Ein Freund von mir dachte das tatsächlich und wurde schwer enttäuscht.

4. Blue Fin, 1567 Broadway, Ecke Times Square

Wenn Sie ein Fan von *Sex and the City* sind, erinnern Sie sich vielleicht an die Szene, in der Big und Carrie sich zum Mittagessen treffen und er ihr erzählt, dass es mit Natasha was Ernstes ist. Sie rastet aus und stürmt aus dem Lokal, so schnell ihre Jimmy Choos sie tragen. Und wer könnte ihr das zum Vorwurf machen? Jedenfalls wurde diese Episode im Blue Fin gedreht.

Unbeschreiblich cool. Am Tresen drängen sich, insbesondere freitagabends, Anzugträger mit Geld, die das Angebot in Augenschein nehmen. Spitze für Singles, allerdings nicht für Leute, die in Begleitung sind, denn die Chancen stehen hoch, dass man jemanden kennenlernt, wenn man sich am Tresen etwas zu trinken holt. Schließlich ist in New York alles möglich …

Pflichttermine für Touristen

1. Die Fähre nach Staten Island

Wie der Name schon sagt, verbindet sie Manhattan mit der nahe gelegenen Staten Island. Die Fähre verkehrt im Halbstundentakt zwischen dem Whitehall Terminal an der Spitze von Manhattan und dem St. George Terminal auf Staten Island, sodass man nie lange warten muss. Die Fahrt gilt als einer der tollsten Kurztrips der Welt, und der Grund ist leicht zu erkennen. Man bekommt nicht nur die majestätische Skyline in ihrer Gesamtheit zu sehen, sondern hat auch einen phantastischen Blick auf die Freiheitsstatue. Übrigens läuft derzeit eine große Spendensammelaktion, um die Statue zu restaurieren. Der Slogan lautet »Die große alte Dame, die Millionen in Amerika willkommen geheißen hat, braucht nun selbst Hilfe«. Das geht ans Herz, oder?

2. Das Empire State Building

Muss ich noch etwas hinzufügen? Wir kennen es alle, insbesondere die, die sich durch *Die große Liebe meines Lebens* oder *Schlaflos in Seattle* geheult haben. Am besten besucht man es in einer klaren Nacht, wenn sich die Stadt wie ein glitzernder Zauberteppich unter einem erstreckt. Nicht zu empfehlen, wenn es bewölkt ist, denn glauben Sie mir, dann sieht man kaum die Hand vor Augen.

3. Central Park

Wundervoll geeignet für einen Spaziergang am Sonntagmorgen, wenn man sehen möchte, wo die echten New Yorker joggen, ihre Hunde ausführen oder sogar reiten. Besichtigen Sie Strawberry Fields, eine Gedenkstätte, die John Lennon gewidmet ist, ganz in der Nähe des Dakota Building, seines letzten Wohnsitzes. Im Sommer, in der »Shakespeare in the Park«-Saison, kann man hier Theateraufführungen von Weltformat erleben. Und im Winter gibt es nichts Romantischeres als eine gemächliche Kutschfahrt rund um die North Meadow. Man muss es einfach lieben.

Claudia Carroll wurde in Dublin geboren, wo sie bis heute lebt. Dies ist ihr achter Roman.

Vielen Dank an Marianne Gunn O'Connor, eine wundervolle Agentin, eine wundervolle Frau und eine wundervolle Freundin.

Danke auch Pat Lynch für die grenzenlose Geduld und den unermüdlichen Arbeitseinsatz.

Dank an das unglaubliche Team bei HarperCollins Avon. Es macht wirklich Spaß, mit dem A-Team zusammenzuarbeiten.

Dank an alle anderen bei Avon, insbesondere Caroline Ridding, Claire Power, Charlotte Allen, Kate Bradley, Sammia Rafique und Keshini Naidoo. Ich schulde euch so viel für alles, was ihr für mich getan habt und noch immer tut. Aus unerklärlichen Gründen fühlt es sich nie wie Arbeit an, mit euch Mädels zu sprechen.

Tausend Dank an Moira Reilly, die Legende. Was würden wir ohne sie tun? Und auch an Tony Purdue, der sich hier in Dublin so sehr engagiert.

Und zu guter Letzt danke ich allen Leserinnen und Lesern, die so freundlich waren, mir von nah und fern zu schreiben und meine Bücher zu loben. In diesen wirtschaftlich angespannten Zeiten beschämt es mich immer wieder, dass jemand sein hart verdientes Geld für etwas ausgibt, das ich geschrieben habe.

Ich möchte Ihnen an dieser Stelle sagen, wie viel es mir bedeutet, dass Sie Freude an meinen Büchern haben. Vielen Dank.

Leseprobe aus dem Roman von
Philipp Andersen und Miriam Bach:
»*Warte auf mich*«, erschienen bei Pendo.

Kapitel 1

I.

Warten. Ihr schien es, als bestünde ihr Leben seit Monaten nur noch aus Warten. Warten auf das nächste Treffen mit ihm, die wenigen gestohlenen Stunden oder Tage, die sie miteinander hatten. Warten auf die Telefonate, immer spät in der Nacht, wenn er ungestört sprechen konnte. Und schließlich warten darauf, dass sich alles eines Tages änderte. Ohne auch nur die geringste Ahnung zu haben, ob das jemals passieren würde.

Doch sie wartete.

Ausgerechnet sie, die immer Rastlose, der nie etwas schnell genug gehen konnte. Immer zack, zack, höher, schneller, weiter, gehetzt und ohne jede Geduld, heute hier, morgen dort. Und jetzt also das Warten, stunden-, tage-, wochenlang, das gesamte Leben abgestellt auf ein paar Momente, diese wenigen Augenblicke, wenn sie in seinen Armen lag. Aber es machte ihr nicht einmal etwas aus. Denn in Wahrheit hatte sie schon eine kleine Ewigkeit auf ihn gewartet, viele Jahre auf den einen, der ihren grenzenlosen Durst, ihren quälenden Hunger nach dem stillte, was sie lange nicht hatte benennen können. Mehr. Sie hatte nach dem »Mehr« gesucht und es in ihm gefunden.

»Himmelfahrten« nannte er ihre gemeinsamen Fluchten, ihre heimlichen Treffen, bei denen nichts zählte außer ihren Gefühlen füreinander. Und es waren tatsächlich

Himmelfahrten, Momente, in denen sie den Rest der Welt vergaßen.
Aber kein Himmel ohne Hölle.

Sie kannte ihn schon einige Jahre, nur flüchtig zwar, aber sie wusste, wer er war. Zwei- oder dreimal hatte sie ihn auf der Buchmesse gesehen, als sie eine Zeit lang im selben Verlag veröffentlichten. Einmal hatte er ihr sogar einen seiner Romane signiert, den sie zu Hause ungelesen ins Regal gestellt und dann vergessen hatte. Er war ein arrivierter Autor, seine Bücher in den Bestsellerlisten, in zwei Dutzend Sprachen übersetzt. Sie selbst war auch nicht unerfolgreich, doch weit unterhalb seiner Wahrnehmungsschwelle und außerdem in einem vollkommen anderen Genre tätig; während er über die Vergangenheit schrieb, zog sie es vor, sich mit der Gegenwart, mit dem Hier und Jetzt, zu beschäftigen.
Sie mochte ihn nicht sonderlich. Arrogant und blasiert kam er ihr vor, ein selbstgerechter Schwätzer, der wie ein Pfau über die Messe stolzierte, immer umzingelt von Journalisten, Fans und Verehrerinnen. Es war wohl auch ein kleiner Stachel namens Neid, den sie in ihrer Brust verspürte, wenn dieselben Journalisten, die ihn zuvor in den Himmel gelobt hatten, ihr gegenüber eine gewisse Abfälligkeit an den Tag legten. Sie war noch ein halbes Kind gewesen, als sie ihren ersten Roman veröffentlicht hatte, und auch Jahre später musste sie darum kämpfen, dass sie als Schriftstellerin ernst genommen wurde. Und er war eben das Sinnbild dafür, der Sündenbock, auf den sie diese Ungerechtigkeit projizierte.

Dann der Abend, der alles veränderte: ein Verlagsjubiläum in München, dreihundert geladene Gäste. Darunter sie, Miriam Bach. Und natürlich auch er, Philipp Andersen, der Star des historischen Romans. Sie entdeckte ihn bereits zu Beginn der Feier, wie er im vorderen Teil des Festsaals saß, wichtig schwadronierend mit den Großen und Einflussreichen der Branche. Nicht ohne Genugtuung stellte sie fest, dass er anfing, in die Jahre zu kommen; seine dunklen Haare waren zwar voll, aber von weißen Strähnen durchzogen, und trotz seiner schlanken Statur zeichnete sich unter seinem Hemd ein deutlicher Bauchansatz ab, eine Lesebrille steckte in der Brusttasche seines Jacketts. Insgesamt war Philipp Andersen ein attraktiver Mann, keine Frage, aber eben einer, der seinen optischen Zenit vor gut und gern zehn Jahren überschritten hatte. Einer, dem Leben und Erfahrung unübersehbare Spuren ins Gesicht gezeichnet hatten, während sie selbst trotz ihrer neununddreißig Jahre immer noch mehr Mädchen als Frau zu sein schien. Nie hätte sie gedacht – niemals und nie! –, dass ausgerechnet dieser Abend eine schicksalhafte Wende in ihrem Leben bedeuten würde.

Und als sie zu späterer Stunde an der Bar stand, ein bisschen gelangweilt mit einer Kollegin plauderte und ihren Blick dabei beinahe abwesend durch den Raum schweifen ließ; als sie plötzlich bemerkte, dass Philipp Andersen sie von seinem Platz aus unverwandt ansah und ihr mit einer kleinen Geste bedeutete, dass sie zu ihm kommen sollte – da ging sie einfach zu ihm rüber.

Hätte sie um die Folgen dieser wenigen Schritte gewusst, sie hätte sich keinen Millimeter von der Bar weggerührt. Und wäre gleichzeitig, so schnell sie nur konnte, zu ihm gerannt.

2.
22. März

Plötzlich war sie da. Wie vom Himmel gefallen. Saß einfach neben mir, so nah, dass unsere Schenkel sich berührten, und hielt meine Hand, oder ich ihre, das ließ sich nicht unterscheiden. Wie war sie bloß auf diesen Stuhl geraten, auf dem doch eben noch mein alter Freund Christian gesessen und mir die Ohren vollgelabert hatte? Ich weiß es nicht mehr, so wenig, wie ich mich daran erinnern kann, wie wir uns begrüßt und über was wir als Erstes geredet haben. Ich weiß nur noch, dass wir uns von Anfang an duzten. Als würden wir uns seit einer Ewigkeit kennen. Und dass ich wahnsinnig gern mit ihr sprach, egal worüber, und wenn es der größte Blödsinn war.

Warum, zum Teufel, haben wir uns eigentlich geduzt? Herrgott, ich bin doch viel zu alt für so was! Das ist doch alles längst vorbei!

Wahrscheinlich waren es ihre Augen. Diese wasserhellen blauen Augen mit einem scharf konturierten, dunklen, fast schwarzen Ring um die Iris, mit denen sie mich von der Bar aus angeflirtet hatte. Huskyaugen. Noch nie hatte ich Augen gesehen, die so unglaublich traurig blicken konnten, um im nächsten Moment aufzuleuchten und zu strahlen, als hätte jemand ein Licht in ihr angeknipst. Und dann ihr Mund. Auch ihr Mund hatte diese Traurigkeit, wurde manchmal ganz klein und schmal, als wolle er sich selbst verschlucken, sogar wenn sie gerade einen Witz erzählte. Aber genauso wie die Augen konnte sich auch ihr Mund verändern, urplötzlich, von einem Moment zum anderen, wurde ganz weich und groß, blühte auf.

April, dachte ich. Eine Frau, in der Aprilwetter ist.

Bis Mittag hatte ich an meinem neuen Roman gearbeitet, und noch auf der Autobahn hatte ich mich gefragt, was ich eigentlich auf dieser Party sollte. Der Verlag, der sein hundertjähriges Jubiläum feierte, war ja gar nicht mehr mein Verlag, wir hatten uns nach meinem vorletzten Buch getrennt. Mein alter Verleger wollte immer dasselbe von mir, einen historischen Roman nach dem anderen. Aber ich bin nicht Autor geworden, um an einer Marketingstrategie entlangzuschreiben. Ich will Geschichten schreiben, die ich schreiben muss*! Doch wenn der Verlag mich trotz unserer Trennung zu diesem Festtag einlud, wäre es sehr unhöflich gewesen, die Einladung auszuschlagen. Außerdem war der Abend eine gute Gelegenheit, mal wieder ein paar Leute zu treffen. Präsenz zeigen, Backen aufblasen und wichtigtun. Schließlich brauchte ich bald neue Verträge.*

Und dann war sie plötzlich da, und all die wichtigen Leute, wegen derer ich gekommen war, interessierten mich nicht mehr. Ich schaute ihr in die Augen, schaute auf ihren Mund, ohne irgendetwas anderes von ihr wahrzunehmen, während unsere Hände miteinander sprachen, als würden sie uns vorauseilen, und ihr nackter Schenkel unter dem Saum ihres albernen goldenen Paillettenkleids, in dem sie zu Ehren des schwerhörigen Seniorverlegers und Sohn des Verlagsgründers »Happy birthday, Mr. Publisher« ins Mikrofon gehaucht hatte, immer höher an meinen Oberschenkel heraufrutschte und ich immer neugieriger wurde auf diese Frau, die ich nicht kannte und die mir doch so seltsam vertraut vorkam. Wie siehst du wohl aus, wenn nicht April in dir ist, sondern Mai oder August oder November?

3.

Alles, wirklich alles, was sie je über ihn gedacht hatte, war falsch. Er war witzig und charmant, ein brillanter Geist, ein Kindskopf, ein Spinner, ein vollkommen verrückter Mensch. Sie saßen da und redeten miteinander, die Minuten flogen wie Sekunden vorüber. Auf einmal – sie konnte nicht sagen, wie es dazu kam – hielt er ihre Hand, sie steckten tuschelnd ihre Köpfe zusammen und nahmen nichts mehr wahr von dem, was um sie herum geschah. Sie sah nur noch seine großen blauen Augen, die ihr wie ein Spiegel ihrer selbst erschienen, hörte sein tiefes Lachen, das wie ein Stromschlag durch ihren Körper zitterte, spürte und roch seine Nähe, genoss jedes einzelne seiner Worte. Wie er von seinen Büchern erzählte und sie nach ihren fragte, wirklich und aufrichtig interessiert wollte er alles von ihr und ihrer Arbeit wissen. Keine Spur von dem blasierten Wichtigtuer, für den sie ihn immer gehalten hatte, im Gegenteil, seine Neugier beschämte sie fast, weil sie ihm ganz offensichtlich Unrecht getan hatte. Denn jetzt saß er vor ihr und sagte ihr, dass er unbedingt mal etwas von ihr lesen wolle, er hätte Lust, in ihrer Seele herumzuspazieren, um zu sehen, was sich in ihrem Köpfchen verbarg. Genauso sagte er es, »in deiner Seele herumspazieren«, und es kam ihr nicht einmal kitschig oder überzogen vor.

Und dann waren da ihre Hände, die einander festhielten und sich gegenseitig streichelten als sei es das Natürlichste der Welt. Hier, auf diesem Fest, wo jeder es sehen konnte und es trotzdem vollkommen egal war.

»Was machen unsere Hände da?«, fragte sie irgendwann, ohne ihn auch nur eine Sekunde lang loszulassen.

»Lass sie doch«, erwiderte er lächelnd, »die spielen nur und vertragen sich schon.« Ihr Blick wanderte über seine schönen, schlanken Finger, die verästelten Adern, die leicht unter der Haut durchschimmerten, die vielen kleinen Sommersprossen, die sich vom Handgelenk aus Richtung Ellbogen ausbreiteten, und seine behaarten Unterarme, die aus den Ärmeln seines Hemds hervorlugten. Und den Ring, seinen Ehering am vierten Finger seiner linken Hand, natürlich bemerkte sie auch den.

»Bist du zum Spielen nicht viel zu verheiratet?«

Er lachte. »Viel zu verheiratet? Kann man denn weniger verheiratet sein?«

»Ich weiß nicht. Kann man?«

»Vielleicht. Dann bin ich jetzt gerade mal weniger verheiratet.«

»Und hast du eher mehr oder weniger Kinder?«, setzte sie das Spiel fort.

»Eher weniger. Eine Tochter. Aber die ist schon erwachsen.«

»Dann muss ich dich jetzt wohl fragen, wie alt du eigentlich bist.« Er zögerte, seine Hand zuckte kurz zurück, aber sie hielt sie fest. Würde er jetzt lügen? Sie schätzte ihn auf Mitte oder Ende vierzig.

»Fünfundfünfzig, fast sechsundfünfzig.«

»Oh.« Noch nie hatte sie mit einem Mann dieses Alters Händchen gehalten oder auch nur geflirtet, im Gegenteil, mit ihrem kindlichen Aussehen zog sie meist wesentlich jüngere an. Doch es war seltsam: Hatte sie zu Beginn der Feier noch mit leichter Häme gedacht, dass er langsam in die Jahre kam, schien er jetzt, während er ihr gegenübersaß, mit ihr sprach und seine Finger mit ihren verschränkt hatte, von Sekunde zu Sekunde jünger zu werden. Benjamin Button, er war ein Benjamin Button! Seine großen blauen Augen, mit denen er sie neugierig musterte, lachten,

in beiden Wangen bildeten sich jungenhafte Grübchen, ständig fiel ihm eine dicke Strähne seines vollen Haars in die Stirn, die er sich wieder und wieder aus dem Gesicht pustete, und selbst auf seiner Stupsnase entdeckte sie mehrere große Sommersprossen und dann noch eine direkt links über seinen vollen Lippen. »Dein Alter macht mir nichts aus«, sagte sie und kam sich im selben Moment unglaublich dämlich vor. Wie konnte sie so etwas sagen?
Aber wieder lachte er nur. »Das freut mich. Mir macht es auch nichts, dass du fast zwanzig Jahre jünger bist.«
Dann schwiegen sie beide, sahen sich einfach nur an, ließen ihre Hände weiter miteinander spielen und reden, sich alles erzählen, was ihnen auf dem Herzen lag, durch die Berührung Geheimnisse austauschen.
Irgendwann war es Mitternacht, und sie musste gehen, am nächsten Morgen wartete ein früher Termin auf sie. Doch sie konnte nicht. Sie wollte nicht, wollte seine Hand nicht loslassen und ihn dadurch verlieren. Nicht, ohne ihm zu sagen, in welchem Hotel sie wohnte, und ihn zu bitten, ihr später zu folgen.

4.
23. März

Kaiserhof«, hatte sie mir beim Abschied ins Ohr geflüstert, »ich warte auf dich.« Fünf Minuten nachdem sie fort war, verließ auch ich die Party. Das Hotel lag nur ein paar Minuten entfernt. Einigermaßen nervös huschte ich durch die Bar, aber ich sah in dem schummrigen Raum keine Frau, die ihr im Entferntesten glich, nur ein paar Geschäftsleute, die sich gegenseitig bei einem Absacker langweilten. Halb enttäuscht, halb erleichtert gab ich es auf. Alter Trottel, was hast du hier verloren? Du bist verheiratet, seit fast dreißig Jahren, glücklich *verheiratet, und streunst mitten in der Nacht durch Hotelbars wie ein ralliger Kater? Sieh zu, dass du ins Bett kommst, und zwar in dein eigenes!*

»Suchen Sie jemanden?«, fragte der Portier, als ich wieder in die Halle kam. »Nein«, sagte ich, »das heißt – doch. Eine Frau, die angeblich hier wohnt. Sie muss gerade zurückgekommen sein.«

Der Portier zog ein sehr professionelles Gesicht. »Ihr Name?«

Verflucht, ich wusste nicht mal, wie sie hieß! Dabei war sie, so hatte mir der Verleger beim Abschied zugeraunt, in ihrem Genre eine kleine Zelebrität. Zum Glück fiel mir wenigstens ihr Vorname ein. »Miriam …«, sagte ich und reichte dem Portier einen Geldschein. »Mitte dreißig. Blonde Locken, glaube ich …«

Der Portier runzelte kurz irritiert die Brauen, dann schlug er im Gästebuch nach und griff zum Telefon: »Da ist ein Herr, der nach Ihnen fragt«, sprach er diskret in die Muschel. »Herr …?« Ein fragender Blick in meine Richtung.

»Andersen.«

Ein paar Sekunden Hochspannung, während ich leise ihre Telefonstimme hörte, doch ohne etwas zu verstehen. Dann die Auskunft des Portiers: »Nr. 17.«

Das Zimmer lag im ersten Stock, doch da ich ziemlich eilig die

Treppe hinaufstieg, war ich ein bisschen außer Atem, als ich an ihre Tür klopfte.

»Sofort!«

Hinter der Tür Geraschel und Schritte. Als sie öffnete, holte ich tief Luft. Sie hatte sich schon ausgezogen, trug nur noch einen schwarzen BH und ein kleines bisschen schwarze Spitze unten herum.

»Komm rein«, sagte sie, als würde ich sie schon zum hundertstenmal mitten in der Nacht in einem Hotel besuchen, und tippelte auf ihren nackten Füßen zurück ins Zimmer. Vor dem Bett blieb sie stehen und drehte sich zu mir um.

»Du bist ja gar nicht blond«, sagte ich verwirrt.

»Wie bitte?«, lachte sie. »Warum sollte ich blond sein?«

»Ach nichts«, sagte ich, ging einen Schritt auf sie zu und strich über ihr glattes, braunes Haar. »Wahrscheinlich war es dein goldenes Kleid, weshalb ich ...« Statt den Satz zu Ende zu sprechen, nahm ich ihr Gesicht zwischen die Hände.

Sie sah mich an, ein bisschen prüfend, ein bisschen spöttisch. »Was jetzt?«

»Was wohl?«

Ich hob ihr Kinn, und dann küssten wir uns. Doch seltsam, der Kuss fiel vollkommen leidenschaftslos aus. Wir küssten uns eher pflichtgemäß, weil es sich in dieser Situation eben gehörte, sich zu küssen, so wie es sich gehört, jemandem zur Begrüßung die Hand zu geben.

»Nur damit du es weißt«, sagte sie, als wir irgendwann aufs Bett sanken, »ich werde nicht mit dir schlafen.«

»Wie kommst du darauf, dass ich mit dir schlafen will?«, erwiderte ich. Statt einer Antwort warf sie einen kurzen Blick auf meine Hose. Ihr Mund lächelte, aber ohne ihre Augen.

»Oh Gott, bin ich müde.« Tatsächlich, jetzt gähnte sie auch noch.

»Willst du schon schlafen?«, fragte ich wie ein Idiot.

Sie gab keine Antwort, sondern kuschelte sich einfach unter ihre Decke, als wäre ich gar nicht da, und es dauerte keine Minute, bis sie schlief. Was war das denn für eine Nummer? Lädt mich in ihr Zimmer ein und pennt hier einfach vor mir weg? Für einen Moment war ich beleidigt, ein Reflex meiner männlichen Eitelkeit, aber der Moment dauerte gerade einen Wimpernschlag. Tatsächlich war ich gar nicht beleidigt, nicht im Geringsten. Eher amüsiert. Eine Verrückte! Total durchgeknallt! Ihr Atem ging schon ganz gleichmäßig, und ihre Lider zuckten, als würde in ihr immer noch irgendwas kämpfen. Plötzlich, ohne jeden Grund, hatte ich das Gefühl, dass ich sie wahnsinnig gernhaben würde, wenn wir uns erst kannten … Doch dazu würde es wohl nicht kommen. Schade. Sehr schade. Ich stand auf und suchte meine Schuhe.

»Wenn du willst, kannst du ruhig bleiben«, murmelte sie im Halbschlaf. »Du bist doch genauso müde wie ich.«

»Meinst du das im Ernst?«

»Natürlich.« Blinzelnd schlug sie die Bettdecke zurück und rückte ein Stück zur Seite. »Komm, stell dich nicht so an.«

Einen Moment zögerte ich. Meine Nacht bei Maude *fiel mir ein, ein uralter Film von Truffaut, mit Jean-Louis Trintignant und Jeanne Moreau. Nein, so blöd wie Trintignant, der die ganze Nacht im Mantel und mit hochgestelltem Kragen an Maudes Bett auf seinem Stuhl hockte, war ich nicht! Also zog ich mich aus und legte mich zu ihr.*

Ohne sich umzudrehen, tastete sie mit einer Hand nach mir. »Oh, du bist ja nackt«, sagte sie. »Ganz nackt.«

Heidi Hohner

Zipfelklatscher

Roman. 288 Seiten.
Piper Taschenbuch

Wer sagt denn, man könnte nur auf einer Hochzeit tanzen? Die Fischerin Kati Lochbichler jedenfalls nicht. Wenn bei ihr auf der Fraueninsel im »Hotel zum See« eine Hochzeit gefeiert wird, tauscht sie Gummistiefel gegen Partykleid und Perücke und tanzt unerkannt die Nächte durch. Bis ihr der neue Hotelmanager einen Strich durch die Rechnung macht. Doch da hat er nicht mit Katis bayrischem Stursinn gerechnet …

»Eine bayerische Romanheldin und schrulliges Inselvolk. Witzig, originell und romantisch!«
Rita Falk

05/2736/01/L

Sarah Harvey

Bitte nicht füttern

Roman. Übersetzung aus dem Englischen von Marieke Heimburger.
348 Seiten. Piper Taschenbuch

Linda Rivera ist jung. Und abenteuerlustig. Ihr wildes spanisches Herz sehnt sich nach Liebe und Freiheit. Dumm nur, dass ihr Vater sie am liebsten schnell verheiraten würde; der passende Kandidat ist auch schon gefunden. Nix wie weg, denkt sich Linda und fährt erst mal nach England zur Hochzeit ihres Bruders. Cornwall ist herrlich! Aber die Männer doch ganz anders als in Spanien – insbesondere der Sternekoch Rory, dem Linda ganz und gar nicht aus der Hand fressen will. Jedenfalls vorerst nicht …

»Eine wunderschöne Liebesgeschichte« Brigitte über »Kann ich den umtauschen?«

»Sarah Harvey verzaubert mit viel Witz, Situationskomik und Charme.«
Laura

05/2738/01/R

Adriana Popescu

Lieblingsmomente

Roman. 384 Seiten.
Piper Taschenbuch

Layla und Tristan verstehen sie sich auf Anhieb prima – als Freunde. Immerhin sind beide in festen Händen. Tristan bringt ihr abends Essen ins Büro, entführt sie auf seiner alten Vespa an die schönsten Stellen Stuttgarts und imitiert mit geworfenen Wunderkerzen Sternschnuppen, weil er weiß, dass Layla noch nie eine gesehen hat und zu viele ihrer Träume unerfüllt sind. Gemeinsam erleben sie Lieblingsmoment um Lieblingsmoment. Gibt es die große Liebe und perfekte Lieblingsmomente wirklich? Und welchen Preis zahlt man, um sie zu erleben …?

05/2753/01/L

Heidi Hohner

Erst der Sex, dann das Vergnügen

Roman. 272 Seiten.
Piper Taschenbuch

Heidi ist fassungslos: Sie ist nicht nur fast pleite – ihr Freund Felix hat sich außerdem mit einer grazilen Surferin abgesetzt! Ausgerechnet jetzt erfährt sie, dass sie von Felix schwanger ist – und ab sofort liegen muss. Sie erreicht Felix in Kalifornien, und es kommt zum heißen Versöhnungstelefonat. Danach hat Heidi die Idee, wie sie auch vom Sofa aus ganz schnell an ganz viel Geld kommen kann: Telefonsex! Heidi schießt Felix endgültig in den Wind, strickt fortan Babysocken und redet Schweinkram, während keiner ihrer Freunde ahnt, was sie am Telefon tatsächlich treibt. Bis Felix eines Tages doch wieder vor der Tür steht …

05/2756/01/R